돗개무리

도깨무리

④ 천애적소 天涯謫所

| 이번영 강사소설 |

이른아침

차 례

1

선위교서

우의정 한확이 집현전 부제학 김예몽金禮蒙에게 선위교서禪位敎書와 즉위교서卽位敎書의 작성을 부탁했다.

단종이 익선관과 곤룡포를 갖추고 근정전으로 나아갔다.

그리고 선위교서를 반포했다.

나 소자小子는 방가邦家(독립국가)의 어려운 때를 당하여 어린 나이에 선왕의 대업을 이어받고 궁중 안에 깊이 거처하고 있으므로 내외의 모든 사무를 알 도리가 없었다.

그리하여 흉한 무리들이 소란을 일으켜 종사에 많은 해를 끼쳤다.

다행히 숙부 수양대군이 충의를 분발하여 나의 몸을 도우시면서 수많은 흉도凶

使를 능히 숙청하고 어려움을 크게 극복했다.

그러나 아직도 흉한 무리들이 다 진멸盡滅되지 않아서 변고가 이내 계속되고 있으니 이 큰 어려움을 당하여 내 과덕한 몸으로는 이를 능히 진정시킬 수 없는 바라, 종묘사직을 수호할 책무가 실상 우리 숙부에게 있는 것이다.

숙부는 선왕의 아우님으로서 일찍부터 덕망이 높았으며 종사에 큰 공로가 있어 천명과 인심이 귀의하는 바가 되었다.

이에 이 무거운 짐을 풀어 우리 숙부에게 부탁하여 넘기는 바이다.

종친과 문무백관 대소신료들은 우리 숙부를 도와 조종祖宗의 유훈에 보답하여 뭇사람에게 이를 선양宣揚할 지어다.

단종이 선위교서를 반포하는 사이 한명회가 신숙주에게 소곤거렸다.

"전하께서 아무래도 사신을 만나러 갈 것 같은데 미리 귀띔해두는 게 좋을 것 같네."

도승지 신숙주가 달려 나갔다. 선위식이 행해지는 경복궁을 빠져나온 신숙주는 사신들이 잔치를 벌이고 있는 태평관으로 갔다.

"급히 드릴 말씀이 있습니다."

기생을 끼고 있는 사신 고보 앞에 신숙주가 머리를 조아렸다.

"무슨 급한 일이 있소?"

고보가 게슴츠레한 눈으로 신숙주를 바라보았다.

"전하께서 수양군에게 왕위를 물려주셨습니다."

"아니, 왕위를 물려준다 했소?"

고보가 화들짝 놀랐다.

"그렇습니다. 전하께서 수양군에게 대위를 넘겨주셨습니다."

"허어, 그게 너희들끼리 주고받을 수 있는 것이냐? 그 자리는 황제 폐하께서 정해주신 것인데 너희끼리 그래도 된단 말이냐?"

태평관이 울릴 만큼 고성을 질렀다.

"갑작스럽게 된 일이라 양해를 구할 새가 없었습니다. 따로 주문奏文을 올리고자 합니다."

"이런 고얀……."

"방해를 드려 죄송합니다. 그럼 이만 물러가겠습니다."

신숙주는 재빨리 빠져나와 경복궁으로 달렸다. 가다가 광통교에서 단종의 어가御駕를 만났다. 단종이 어가를 멈추고 신숙주를 불렀다.

"어디를 다녀오시오."

"예, 전하. 그것이 저……. 바쁜 일이 있사옵니다."

당황하는 모습이었다.

"몹시 바쁜 모양이오."

"황공하오이다, 전하."

이제 가보란 말이 없어도 된다는 듯 신숙주는 그 자리를 떠나버렸다. 단종은 태평관으로 가고 신숙주는 경복궁으로 갔다. 단종이 좌승지 박원형朴元亨을 데리고 태평관에 도착했다.

기생을 희롱하고 있던 고보가 자세를 갖추고 단종을 맞이했다.

"내가 어린 나이에 즉위했소. 계유년에 안평군이 반란을 도모하여 숙부 수양군이 평정했습니다. 그런데 남은 일당이 아직도 변란을 꾀하고 있는데 어린 나로서는 감당할 길이 없소. 수양군은 종실의 장으로서 사직에 공로도 높은 바 중임을 부탁할 만합니다. 그래서 그에게 임시로 국사를 서리署理토록 하고 장차 이에 대하여 주문奏文을 올리고자 합니다."

"선위는 국가의 큰일인데 국왕 본인이 직접 설명해주시니 오해할 일이 없을 것 같습니다."

선위 사실을 사신에게 알려준 단종은 경복궁으로 돌아와 사정전에 들었다.

수양이 사정전에 들어 단종을 알현했다.

"전하께서 물려주신 이 나라를 보람되게 다스리고자 하오니 상왕으로서 지켜봐 주시기 바라옵니다. 또한 맹세코 상왕전하 내외께서 천수를 다하실 때까지 평안히 지내시도록 최선을 다해 돌봐드리겠습니다."

"고맙습니다, 숙부. 잘하시리라 믿어요."

사정전을 나온 수양은 면복冕服을 입고 면류관冕旒冠을 쓰고 근정전에 나아갔다.

수양의 즉위식이 거행되었다.

발아래 문무백관이 도열해 섰다. 이제 조선팔도가 수중에 들어온 것이었다. 그 안의 모든 것, 백성들뿐만 아니라 산천초목까지 다 수중에 들어온 것이었다.

수양대군은 감개무량했다. 형(문종)과 아우(안평), 그리고 잘난 것들에 대한 열등의식을 기어이 극복하고, 39세에 마침내 무소불위의 권좌에 올라선 것이었다. 그것만이 기쁜 것이었다.

한확이 전문箋文(일종의 축시)을 지어 읽어서 등극을 하례했다.

　백성이 도우니 천명을 받아 군왕이 되었도다.

큰 덕을 갖추어 인심에 순응한 까닭이로다.

위태로운 사직이 안정되니 조야가 기뻐하도다.

수많은 문무백관이 듣고 있었으나 한확의 전문에 수긍하는 사람은 극히 적었다. 대부분은 입가에 냉소를 머금고 서 있었다.

즉위교서가 반포되었다.

공경히 생각하건대, 우리 태조께서 하늘의 밝은 명을 받으시고 이 대동大東을 세우셨고, 열성列星께서 서로 계승하시며 밝고 평화로운 세월이 거듭되어 왔다. 그런데 주상전하께서 선업을 이어받으신 이래 불행하게도 종사에 어지러운 일이 많았다.

이에 덕 없는 내가 선왕과는 한 어머니의 아우이고, 또 조그만 공로가 있었기에 장군長君(대군들의 맏이)인 내가 아니면 이 어렵고 위태로운 상황을 진정시킬 길이 없다고 하여, 드디어 대위를 나에게 주시는 것을 굳이 사양하였으나 이루지 못하였고, 또 종친과 대신들이 모두들 이르기를 종사의 대계로 보아 의리상 사양할 수 없다고 하는지라, 필경에는 억지로 여정輿情(대중의 감정)을 좇아 경태景泰(명 경태제 연호) 6년 윤6월 11일에 근정전에서 즉위하고 주상을 높여 상왕으로 받들게 되었다.

이렇게 임어臨御하는 초기에 당하여 의당 관대한 혜택을 베풀어야 할 것이므로 오늘 새벽 이전에 있었던 일로서, 모반 대역한 자, 자손으로 조부모·부모를 모살했거나 때리고 욕한 자, 처첩으로서 지아비를 살해한 자, 노비로서 주인을 모살한 자, 강도를 범한 자를 제외하고는 이미 발각되었거나 아직 발각되지 않았거나 또한 이미 결정했거나 아직 않았거나 모두 용서하여 면제하며, 앞으로 감히 이 유지宥늡 전의 일을 가지고 서로 고하여 말하는 자가 있으면 그 죄로써 죄를 줄 것이다.

아, 외람되게도 중대한 부탁을 이어받으니 걱정이 마음에 가득한 바 실로 두렵고 삼가는 마음으로 이에 큰 은혜를 널리 베풀어 경신更新의 치화治化를 넓히고자 하는 바이다.

소년 단종은 이제 상왕上王이 되었다. 임금의 윗자리에 있게 되었으나 실권은 없어진 것이었다. 열두 살 나이에 즉위하여 임금으로 있은 지 3년 1개월, 왕조 역사상 가장 외로운 임금으로 지내다 열다섯 살 나이에 간교하고 사악한 도철饕餮의 무리에게 쫓겨났던 것이다.

수렴청정을 받을 나이였지만 단종에게는 대비도 대왕대비도 없었다. 잔병이 없고 신체 강건했던 문종은 단종의 후원 세력이 될 자신의 새 왕비를 서둘러 세우지 않았다. 자신의 건강 장수를 자신하고 있었기 때문이었다. 또한 잠시 앓던 종기로 그렇게 쉽게 쓰러지리라고는 생각지도 않았기 때문이었다. 자신이 분명히 단명하리라 여겼다면 야심만만한 대군 아우들을 두고 평온한 마음으로 지낼 수는 없었을 것이다.

즉위식을 마치자 경회루에서 축하연이 벌어졌다.

해가 인왕산 너머로 사라지고 땅거미가 찾아왔다. 경회루는 대낮같이 불이 밝혀졌고 찬탈에 성공한 무리들은 환락에 들떠 있었다. 잔치는 자정이 다 되어서야 끝났다.

신왕(이른바 세조)이 된 수양은 의장을 단속하고 잠저潛邸(왕위에 오르기 전에 살던 집)로 향했다.

"뭐라고? 그게 정말이란 말이냐?"

지아비 수양대군이 보위에 올라 즉위식까지 마쳤다는 소식을 들은 부인 윤씨는 얼굴이 창백해지고 가슴이 쿵쾅거렸다.

"나리께서……. 아니 전하께서 곧 돌아오신다 하옵……."

얼운이 신바람이 나서 여쭈다 핀잔을 맞았다.

"그만 됐네."

윤씨 부인은 현기증을 느꼈다.

"어머님!"

며느리 한씨가 함박꽃같이 웃는 얼굴로 탄성처럼 불렀다. 한씨로서는 꿈속에서도 그리던 일이 이루어졌던 것이다.

"……."

그러나 윤씨는 미간을 찌푸린 채 눈을 감고 있었다.

"어머님……."

"……."

한씨는 심상찮은 시어머니의 기색에 조용히 다시 불러보았다. 한씨는 윤씨 부인의 태도를 이해할 수가 없었다.

"너, 나가서 집안 단속을 좀 해야겠다."

눈을 뜨며 윤씨는 며느리에게 일렀다.

"예에? 무슨 단속이옵니까?"

"얼운이 말한 게 헛소문일 수도 있다. 비록 사실이라 해도 불온不穩하다 여기는 사람들도 있을 것이다. 무슨 변이 일어날지 모른다."

"어머님. 그럴 리가 있사옵니까? 지존의 뜻을 거스를 사람은 이 나라에는 없사옵니다."

"잠자코 더 들어라. 그렇다 해도 집안이 모두 자중해야 하느니라. 등극이니 즉위니 하는 말은 입 밖에도 내지 마라. 그리고 문을 걸어 잠가서 아무도 출입을 하지 못하게 해라."

"아무도 출입하지 못하게 말씀입니까?"

"그래, 나리께서 돌아오실 때까지는 아무도 안에 들이지 않게 해라."

"예……."

한씨는 마지못해 일어나 나왔으나 납득이 되지 않았다. 등극한 날이기에 하례를 위해 찾아오는 사람들이 많을 것인데 집안 단속이라니…….

그러다 계유정난의 밤에 시어머니가 갑옷을 챙겨 입힌 일이 생각났다.

"나는 배움이 모자란 사람이다."

평소 시어머니가 이렇게 말하던 일이 생각났다.

'참으로 속 깊은 분이시구나.'

며느리 한씨는 시어머니에 대해 새삼 탄복하게 되었다.

수많은 내객이 찾아와도 열리지 않던 수양저의 대문은 한밤중이 되어서야 열렸다. 새 임금의 환저還邸를 맞이하기 위해서였다. 담장 밖은 대낮같이 밝았고 갑사들의 경비는 삼엄했다. 그러나 담장 안 집주인의 거처는 조용했다.

"이만 물러가서 앞으로 할 일들을 생각해보시오."

식솔들의 하례가 끝나자 수양은 다만 한마디 했을 뿐이었다.

부인 윤씨도, 아들 도원군도, 며느리 한씨도 조용히 물러났다.

'일구월심 바라던 소원은 이루어졌지……. 허나 모두 다 다소곳한

눈초리는 아니야. 조심해야지…….'

수양은 잠을 이루지 못하고 있었다.

잠을 이루지 못하는 사람은 수양뿐만이 아니었다.

수양이 사저로 떠나자 대궐도 조용해졌다. 삼경이 지난 그 시각 홀로 경회루에 올라 시름에 겨워하는 사람이 있었다. 낮에 상서사에서 옥새를 가져다 이 경회루에서 단종에게 바친 성삼문이었다.

계유정난 후 집현전 학사 출신에게도 공신호가 내려졌다. 공신호를 받은 자들은 차례로 축하연을 베풀었다. 그러나 성삼문은 홀로 연회를 베풀지 않았다. 물론 저들이 회유하기 위해서 내린 공신호인 줄 알았지만 그 공신호가 참으로 욕되게 여겨졌기 때문이었다.

오늘은 또 불한당 같은 놈에게 대위를 넘겨주기 위해서 자신이 옥새를 갖다 바쳤던 것이다. 그는 비감悲感에 젖어 도저히 잠을 이룰 수가 없었다. 자기를 몹시도 아끼고 신임하던 세종대왕과 마치 친구처럼 가까이 대해주고 어린 단종을 부탁까지 하던 문종의 얼굴이 자꾸 떠올라 견딜 수가 없었다.

그는 연못에 투신해 죽으려 했다. 이에 난간 위로 올라섰다.

"여보게. 무슨 짓을 하려는가?"

깜짝 놀라 쳐다보니 박팽년이었다. 박팽년 역시 잠을 이룰 수 없어 경회루를 찾아온 것이었다.

"……?"

"자네가 죽으면 상왕은 누가 돌보는가? 목숨을 아껴서 중히 써야지."

박팽년이 가까이 다가왔다.

"나같이 무력한 사람도 목숨을 쓸 데가 있단 말인가?"

"암, 있고말고. 설사 없다 하더라도 상왕께서 외로이 계시는데 어찌 먼저 죽으려 한단 말인가? 선대왕의 고명을 생각해야지."

"……!"

그런데 그때 난간 밑에서 어슬렁거리는 사람이 있었다.

"누구냐?"

"어느 놈이 남의 말을 엿듣는 것이냐?"

"어험, 놀랄 것 없소. 유응부兪應孚란 사람이외다."

평안좌도절제사로 있다가 지금은 올라와 동지중추원사로 있는, 머리가 희끗희끗한 노장군이었다.

"오, 대감"

그 또한 세종과 문종의 총애를 받았던 장군이었다. 그도 낮에 있던 일이 믿기지 않고 하도 허망해서 잠을 이룰 수가 없었다.

"하하하……. 내 두 사람의 이야기를 다 들었소."

"……?!"

"옳은 말씀들을 하셨소. 이 불한당들을 소탕하고 상왕을 다시 모셔야 합니다."

"대감, 고맙사옵니다."

"우선은 뜻을 감추고 기회를 봅시다."

"예. 대감."

세 사람은 의미심장한 눈빛을 맞추며 돌아섰다. 중천을 지나는 높은 달이 구름 속으로 들어가며 그들의 모습을 가려주었다.

잠저에서 하룻밤을 지낸 새 임금은 입궐을 서둘렀다. 종친들, 문무백관을 초치하고 상왕을 모셔 치사致謝의 잔치를 베풀어야 하기 때문이었다.

　　경회루에서 잔치가 벌어졌다. 신왕은 익선관에 곤룡포를 입었고, 상왕은 익선관에 검은색 곤룡포를 입었다. 상왕이 남면南面하여 앉고 신왕은 그 앞에서 서면西面하여 앉았다. 신왕은 상왕에게 치사의 전문箋文을 올렸다.

> 지도至道는 어려운 것인데 명백히 그 겸양을 보이셨고, 대명大命은 용이한 것이 아닌데 범용한 자에게 잘못 미쳤나이다.
>
> 삼가 절하고 받으니 놀랍고 황공하여 어찌할 바를 모르겠나이다.
>
> 엎드려 생각건대, 신의 타고난 성품이 천박하고 학문 또한 소루疏漏한데, 지난번 어렵고 위태로운 때를 당하여 약간 연애涓埃(물방울과 티끌)에 불과한 보답을 드렸고, 더욱 심혈을 기울여 시종 그 정성을 굳히려 하였더니, 어찌 하루아침에 이 엄명이 내리실 것을 기약했겠습니까?
>
> 재삼 사양함을 얻지 못하여 더욱 전전긍긍하며 회모만 간절할 뿐입니다.
>
> 실로 관인의 덕과 겸양의 마음을 지니신 성상을 만나 드디어 잔열孱劣한 인품으로 하여금 참람僭濫하게도 크나큰 기업을 계승하게 되오니, 신이 감히 그 수성守成의 어려움을 생각지 않을 수 있겠습니까?
>
> 편히 있을 겨를이 없을 것이며 부탁의 중하심을 생각하여 오직 길이 노력할 결심만을 가질 뿐이옵니다.

　　양녕대군 이하 종친들이 잔을 올렸고 백관들이 잔을 올렸다. 연회가 끝나고 신왕은 상왕을 처소까지 따라갔다. 처소에 들어 신왕은 상왕에게 다시 절을 올렸다.

"전하, 미천한 신이 성념을 받들어 보위에 올랐사옵니다. 바른길로 인도해주시옵소서."

"잘하실 것입니다. 온 백성들도 모두 그러리라 여길 것입니다. 설마하니 이 조카만 못하시겠습니까?"

"망극하옵니다, 전하."

"숙부와 조카 사이입니다. 겸사하실 것 없습니다."

"전하, 이 몸이 비록 보위에 올랐으나 전과 다름없이 전하를 모실 것이옵니다. 하교하실 일이 있으면 언제라도 불러 당부해주시옵소서."

단종은 내심 고소를 금치 못했다.

'전에 무엇을 얼마나 잘했다고 나에게 이러는가?'

불한당 같아 무섭기만 하던 숙부가 이제는 징그럽기까지 했다.

"하면 부탁이 있어요, 숙부."

"그저 하명만 내리시옵소서. 천명으로 받들어 모시겠나이다."

'저 성품 저 덩치에서 어찌 이리 간지럽고 징그러운 말이 나온단 말인가? 기쁘기는 황홀하게도 기쁜 모양이구나.'

"숙부, 금성 숙부에게 어떤 경우에도 사약을 내리지 마십시오."

"예, 명심하겠사옵니다."

"그리고 화의군, 한남군, 영풍군, 혜빈, 영양위 등 그분들도 해치지 않겠다고 약조해주세요."

"전하, 명심해서 거행하겠사옵니다."

"그리고 또 하나 청이……, 수강궁壽康宮에 내 처소를 마련해주세요."

"아니……?"

"그리하시겠지요?"

"전하, 그는 당치 않은 분부이시옵니다. 신은 상왕전하를 하늘같이 받들어 모실 것이옵니다. 전하께서 경복궁을 떠나시면 세상 사람들이 무어라 하겠습니까? 아니 되옵니다."

"내가 떠나려는 데는 두 가지 뜻이 있습니다. 하나는 경복궁이 싫은 것이오. 너무나 많은 일을…… 참으로 많은 일을 겪어서 경복궁이 싫어졌어요."

"망극하옵니다."

"또 하나는…… 내가 경복궁에 있으면 숙부가 불편해집니다. 그러니 수강궁으로 보내주세요."

"아니 되옵니다, 전하."

"그러시면 약조가 틀리지 않습니까? 잠시 전에 내 말을 천명으로 받들겠다고 하셨지요. 그렇게 해주세요."

"……."

"이 두 가지 약조만 지켜주시면 내 숙부께 더는 원이 없습니다."

"망극하옵니다, 전하."

신왕은 확답을 하지 않은 채 물러 나왔다.

수강궁은 경복궁 밖에 있었다. 태종도 세종에게 보위를 물려주고 상왕으로서 수강궁에서 기거했다. 그러나 지금은 그때와는 사정이 달랐다. 가뜩이나 어린 조카를 보위에서 쫓아냈다는 비방이 있는 터에 상왕의 거처를 수강궁으로 정한다면 조카를 궐 밖으로까지 내쫓았다는 비방도 들어야 할 판이었다.

신왕은 의정부 빈청으로 갔다. 정인지가 와 있었다. 어제 즉위식이 끝나고 새로이 영의정만 정인지로 임명했었다.

"양사의 상소가 올라와 있습니다. 금성을 다시 논죄해야 한다는 것입니다."

정인지가 거론했다.

"아, 그거참. 다음에 얘기합시다."

"……?"

"내가 좀 쉬고 싶소."

"하오나 전하."

"내 좀 나가 있겠소."

신왕은 나와서 광화문까지 걸어서 갔다. 그리고 거기서 연輦을 타고 대궐을 나갔다. 말하자면 퇴궐이었다.

명례궁 사저가 갑자기 대궐이 되었고 노비들이 뒷전으로 밀려났다. 바깥채 쪽은 별감 내시들이 들어와 있었고 큰사랑은 신왕의 침전이 되었다. 안채 쪽은 상궁 나인들이 들어와 있었다. 부인 윤씨가 거처하는 내당이 중궁전인 셈이었다. 도원군이 거처하는 아래채는 동궁전인 셈이었다. 신왕은 서청西廳이라 불리는 데서 정무를 보았다.

다음 날, 즉 보위에 오른 지 3일째 되는 날에 상궁들이 윤씨 부인에게 중전의 옷을 지어 올렸다.

"중전마마, 서둘러 이 옷으로 갈아입으시고 국모의 위엄을 갖추시옵소서."

"그럴 수 없네."

윤씨 부인이 조용히 대답했다.

"중전마마……."

"나는 아직 중전으로 책봉되지 않았네."

"하오나, 중전마마."

"어서 물리게."

이렇게 되자 세자빈의 모습을 한시라도 빨리 보여주고 싶었던 며느리 한씨도 차분해질 수밖에 없었다.

정무를 보는 서청에 등청한 사람들은 영상만 새로 임명된 사람일 뿐 나머지는 선왕 때의 사람들 그대로였다.

"전하, 금성대군을 대역으로 다시 치죄해야 합니다."

사헌부에서 상소를 올렸다.

"역률로 다스려 극형에 처해야 합니다."

"그러하옵니다."

"이대로 두어서는 아니 되옵니다. 후환을 없애야 하옵니다."

영의정 정인지는 물론 우의정 한확도 강경했다. 신왕으로서는 상왕과 약속했기 때문에 금방 더 무거운 벌을 줄 수는 없었다.

"영상은 들으시오."

"예."

"따지고 보면 금성대군 유瑜에게 큰 죄가 있는 것은 아니오. 다만 자신을 위한 계책으로 인해서 약간의 과오가 있었을 뿐이오. 옛날에 당태종은 위징魏徵에게 묵은 원한이 있었으나, 당태종은 즉위하면서 위징을 중용했소. 내가 금성을 즉시 불러올리려 하나 스스로 경계하는 마음을 갖도록 하고자 아직 더 놓아두는 것이오. 유배시로 보낸 나머지 사람들도 마찬가지요."

신왕의 말은 실로 이현령비현령耳懸鈴鼻懸鈴(이렇게도 또는 저렇게도 해석할 수 있음)이었다. 그러나 그럴듯하게 들리기도 했다.

"하오나 전하."

"다시는 거론하지 마시오."

신왕은 겉으로 위징의 고사를 들먹이며 금성대군을 옹호하고 있었으나 내심으로는 즉위하자마자 극도로 나빠진 민심을 무마하려는 의도가 더 컸다.

"……"

다음 날 사헌장령 최청강崔淸江이 금성을 중벌에 처하라는 상소를 올렸다. 그리고 사헌부에서는 연명의 상소도 올라왔다. 신왕이 불윤하자 15일에는 사간원에서, 16일에는 의정부에서까지 중벌을 주장하고 나섰다.

"경들은 과인의 심중을 그렇게도 헤아리지 못하는 거요? 위징의 고사를 모른단 말이오? 내 저들의 귀양지를 옮기겠소."

이 또한 민심을 의식한 조처였다. 사실 신왕이 그들을 방면해준다 해도 그만인 것이었다. 그러나 신료들의 뜻을 그렇게 깔아뭉갤 수도 없었다.

신왕은 신료들의 주장을 적당한 수준으로 조정하면서 반대 의사를 나타냈다. 그래서 일부의 귀양지를 도성 가까운 쪽으로 옮기라 명했다. 한남군을 아산으로, 영풍군을 안성으로, 영양위를 양근으로 옮겼다. 그리고 혜빈 양씨는 도성으로 돌아와 근신하도록 했다. 그리고 경혜공주가 병석에 누웠다고 하자 영양위를 아예 방면하여 돌아오게 했다.

그러자 이번에는 더 큰 불만을 토로하는 상소가 올라왔다. 대사헌 최항崔恒, 좌사간 신전愼詮이 상소에서 금성대군의 죄상을 매우 격렬하게 비난했다.

그뿐만이 아니었다. 사헌부와 사간원 관원들이 모두 사장辭狀(사표)을 올렸다. 이들은 또한 초장부터 신왕의 콧대를 적당히 꺾어놓으려는 의도도 있었다.

신왕은 슬그머니 화가 치밀었다.

'이것들이 감히 왕을 다듬어보려는 것인가? 건방진 놈들. 그렇게는 안 되지. 처음부터 버르장머리를 고쳐놓지 않으면 안 되겠어.'

신왕은 금성을 삭녕朔寧(연천, 철원 지역)에서 경기도 광주로 옮겼다.

"경들이 다시 주청하면 죄인들을 다 사면할 것이니라."

신료들이 참을 수밖에 없었다.

상왕은 신왕이 사정사정하여 수강궁을 포기하고 그보다 좀 더 가까운 창덕궁으로 이어移御했다. 그러자 신왕이 가솔과 함께 경복궁으로 들어왔다. 즉위한 지 아흐레만인 윤 6월 20일이었다.

그런 뒤 28일까지는 신료들의 인사를 단행했다. 영의정 정인지, 좌의정 한확, 우의정 이사철, 좌찬성 이계린, 우찬성 정창손, 좌참찬 강맹경, 이조판서 박중손, 병조판서 이계전, 형조판서 권준, 공조판서 이변, 이조참판 권람, 예조참판 하위지, 호조참의 유수, 예조참의 홍윤성, 우승지 구치관, 좌부승지 한명회, 우부승지 성삼문이 자리에 올랐다. 신왕은 이번 인사에서 집현전 출신들의 호감을 사고자 신경을 많이 썼다.

7월 11일, 상왕 단종을 공의온문상태왕恭懿溫文上太王으로, 단종비 송씨를 의덕왕대비懿德王大妃로 책봉했다.

왕비 책봉식은 7월 20일에 거행되었고, 26일에는 아들 도원군을 왕

세자로 며느리 한씨를 세자빈으로 책봉했다.

좌의정 한확이 퇴청 중에 빈궁전을 찾았다.

"빈궁마마, 하례 드리옵니다."

"아버님, 고맙사옵니다."

"빈궁마마, 자중자애 하시옵소서. 윗전에 공손하고 아랫사람들에게 인자하시고, 아무리 어렵고 괴로운 일이 계시더라도 사사롭게 처결할 수 없음이 빈궁마마의 도리임을 명심하시옵소서."

"너무 심려치 마시옵소서, 아버님."

빈궁 한씨는 매우 환하게 웃고 있었다.

그러자 한확이 정색을 하고 꾸짖듯이 말했다.

"마마께서는 간택이 되어 빈궁에 오르신 분이 아니옵니다."

"......!"

한씨의 웃음기가 싹 가셨다.

"아비가 비록 좌상이라는 높은 자리에 있지만 밤낮으로 반성하고 있음을 잊지 마시옵소서."

"......!"

"평생을 배우셔야 될 줄로 아옵니다. 평생을 배워도 부족함이 있는 것이 사람의 일이옵니다. 명심하시옵소서."

"예, 명심하겠사옵니다. 아버님."

"신은 이만 물러가옵니다."

신왕의 하루 일과는 창덕궁으로 가 상왕에게 문후를 올리는 것으로 시작되었다. 세상의 빈축과 노려봄을 누그러뜨리는 일이 우선은 급선

무라는 것을 신왕은 잘 알고 있었다. 그래서 중전도 세자도 빈궁도 자주 창덕궁에 들리라 종용하기도 했다.

"아니 오셔도 됩니다. 오히려 번거롭고 불편합니다."

상왕 단종은 문안 오는 것이 싫었다. 보면 볼수록 괴로웠다. 그럼에도 신왕은 문후에 열성이었다.

'어이구, 어디 두고 보자. 그 정성이 얼마나 갸륵한지, 얼마나 오래 갈지 두고 보자.'

오기와 배짱으로 견디기도 했지만 싫은 것은 싫은 것이었다.

신왕은 이제 자신을 보위에 올린 사람들에게 보답을 하고자 했다. 좌부승지 한명회를 불렀다.

"애쓴 사람들 말이오. 공신 책록을 하고 싶소만……."

"성은이 망극하옵니다, 전하."

"공신의 명칭을 뭐라 하면 좋겠소?"

매미 소리가 들렸다. 무더위가 가시는 선율이었다.

'맞아. 익선관翼善冠을 쓰도록 도와준 사람들이 아닌가.'

"좌익佐翼이……. 그렇사옵니다. 좌익공신佐翼功臣이라 하는 게 좋겠습니다."

"좌익이라……. 거 좋소. 영상과 의논해서 명부를 만들어보시오."

"성은이 망극하옵니다, 전하."

"그리고 참, 언제 술 한잔 하면서 회포 풀이를 좀 하고 싶소만……."

"전하, 그런 분부는 옳지 않은 줄로 아옵니다. 신들과 어찌 그 같은 파탈이옵니까?"

"흠, 내가 어디 세자로 있다 임금이 되었나? 나는 짬이 나면 그대들의 집에도 들를 것이요 술청도 찾을 것이오. 임금이 밖에 나가 민정을 살피는 것도 할 일이 아니오? 허허허."

신왕이 웃자 한명회도 따라 웃었다.

어느새 추석이 찾아왔다. 들판엔 황금물결이 일렁이고 과일나무엔 무르익은 열매들이 매달렸다.

한명회는 동생 한명진의 무덤에 다녀와 몹시 취해 있었다.

'박복한 사람······.'

며칠 전 양정이 함길도 도절제사로 떠나는 날에도 몹시 취해 있었다.

"대임을 명심하게. 변방이 조용해야 종사가 편안하지."

"형님, 심려 놓으십시오. 이놈이 해야 할 일이 바로 이 일이 아닙니까?"

"그래. 고맙네."

9월 5일 좌익공신 책록이 있었다. 정난공신에 이어 또다시 공신이 된 사람도 여럿 있었다. 그들에게 주어진 은전도 정난공신 때와 같았고, 후에 시행한 원종공신 책록도 정난공신 때와 같은 규모였다.

좌익공신(합계 41명)

1등(제 7명)

계양군 이증, 익현군 이곤, 한확, 윤사로, 권람, 신숙주, 한명회

2등(제 12명)

정인지, 이사철, 윤암, 이계린, 이계전, 강맹경, 윤형, 최항, 홍달손, 양정, 권반, 전균

3등(제 25명)

정창손, 이징석, 권공, 황수신, 박강, 권자신, 박원형, 구치관, 윤사균, 성삼문, 조석문, 이예장, 원교연, 한종손, 이휘, 황효원, 윤자운, 이극배, 이극감, 권개, 최유, 조효문, 한계미, 정수충, 조득림(나중에 홍윤성, 김질 책록)

좌익공신이 발표된 날 오후였다.

홍윤성이 방문을 걷어차듯이 세차게 열어 제치고 들어가서 한명회에게 고함을 질러댔다.

"이 홍윤성이를 이따위로 대접하고도 일이 잘되어갈 줄 아십니까? 도대체 이럴 수가 있습니까?"

"허어, 이 사람. 우선 앉으라고."

한명회는 성깔 부리는 홍윤성을 올려보며 일렀다.

"앉으라고요? 내가 앉게 되었소이까? 속이 뒤집어지는데."

"앉으라 해도 이 사람이! 앉아서 얘기를 해봐야 무슨 말인지 알게 될 게 아닌가?"

"얘기를 해야 한다고요? 그럼 이 홍윤성이 속 뒤집어지는 이유를 모른단 말입니까?

"내가 자네 속을 어찌 아는가? 말을 해봐야지……."

"허어……, 나 참."

"그래. 말을 해봐."

홍윤성이 왜 화를 내는지 잘 알지만 한명회는 일부러 시치미를 뚝 떼고 있었다.

"좋소이다. 말을 하지요."

식식거리며 털썩 주저앉았다.

"술 좀 해야지?"

"싫소이다."

"허, 자네가 술 싫은 때도 있는가? 별일이구먼. 그래 요즈음은 어느 계집을 후리고 다니는가?"

"공연히 헛소리 하지 마세요. 다 해놓으시고 말이오."

"아니, 내가 뭘 해놓았단 말이야?"

"아니, 거 좌익공신인가 하는 것을 나리가 정하지 않았다 이 말입니까?"

"헤헤, 나는 또 뭐라고."

"거 능청 떨지 마시오."

"허, 이 사람, 나도 오늘 공신록을 받고서 황감해 하고 있던 중이야. 그런 일을 내가 어찌 정한단 말인가? 전하께서 의정부와 논의해서 정하신 것을……."

홍윤성이 주먹으로 연상을 꽝 내리치며 소리쳤다.

"그게 말이라고 하시는 거요? 의정부고 뭐고 전하께서는 나리를 더 높이 보고 계심을 세상이 다 알고 있다고요."

"허 참. 그럼 그렇다 치고 자네 이렇게 날뛰는 까닭이 뭔가?"

"아니, 정말 모른단 말이오?"

"모르니까 묻지."

"내가 왜 공신에서 빠졌는가 그 말이오."

"아, 그랬던가?"

"나 참……."

"홍윤성이가 빠졌단 말이지?"

"그렇소."

"홍윤성이 빠졌다? 가만있자. 그러고 보니 자네 이번에는 한 일이 없는 것 같네."

"예?"

"정난공신 때는 한몫 단단히 했으니까 공신이 되었지만, 이번에야 자네가 한 일이 없잖은가?"

"……?"

홍윤성이 갑자기 기가 죽는 것 같았다.

"전하께서 보위에 오르시기 전날 밤에 정난공신들을 중심으로 뜻 있는 사람들이 모두 다 잠저의 후원에 모였었네. 그날 모인 사람들이 좌익공신이 된 게야. 그런데 자네는 그날 없었어. 도대체 그날 자네는 어디를 갔었는가?"

"……!"

기운이 뚝 떨어지는 듯 홍윤성의 얼굴엔 낭패스러운 빛이 완연했다.

"이 사람, 그날 어디 있었는가? 응, 말을 해봐."

"그건…… 참……."

"그날 밤 우리는 거기서 목숨을 걸었던 것이야. 전하께서 응낙을 아니 하셨다면 우리는 모두 역적으로 몰려도 할 말이 없게 된 거지. 모든 일의 성패가 바로 그날 밤에 달려 있었단 말이야. 그런데 정작 그날 밤에 자네는 없었어. 그런데 공신이 못되었다고 자네가 큰소리칠 수 있는가?"

"후……."

홍윤성이 고개를 처박듯 몸을 수그렸다.

"응, 내 하도 괘씸해서 사헌장령으로 그만 놓아둘까 하다가 예조참의를 시켜준 것만도 황송해야 하거늘, 공신이 안 되었다고 야료를 부려?"

"……."

"그리고 한양이 좁다 하고 휘젓고 다니면서 싸움질에다 계집질하고, 남의 집과 땅을 으박질러 빼앗고……. 그렇게 못된 짓을 하고 다니는 걸 남들이 다 알고 있단 말이야. 네놈 때문에 내가 낯을 들 수가 없어."

"크……."

"이 미련퉁이야. 가만히 있어도 굴러들어올 재물이요 계집인데 왜 그리 못되게 굴며 욕심을 부려?"

"……."

"이놈아. 네놈이 그러고 다니면 네놈 하나만 욕을 먹는 게 아니라 공신들 모두가 싸잡아 무더기로 욕을 먹게 마련이고, 그리고 주상전하 에게까지 누를 끼쳐드리는 게 된단 말이야."

"휴……."

"욕심만 부리지 말고 의리를 지켜야지. 엄자치를 보아라. 공신인데 도 죄 받아 죽고 말았지 않아?"

"소인을 어찌 엄자치와 비교하시오?"

"이 미련한 놈이 그래도? 엄자치를 공신들 중에서 하나만 옹호해주 었어도 그 지경까지는 안 갔을 거야. 평소에 교만하고 탐욕스러워 신 망을 잃다 보니 아무도 나서서 도와준 사람이 없었단 말이야. 너도 그 렇게 처신하다 인심을 잃으면 마찬가지야. 이놈아. 정신 차리라고."

"……."

"이놈아. 전하께 밉보이게 되면 어찌 될지 한번 생각이나 해보았느 냐? 지금이라도 한번 생각해보란 말이야."

"……!"

"앞으로도 우리가 할 일은 많이 남아 있다고. 우리는 아직도 조심하며 살얼음판을 디디듯 지내야 한단 말이야. 그런데 네놈은 뭣도 모르고 못된 짓만 하고 다녔어."

"흥, 그래서 소인을 뺀 것이오?"

"그래. 네놈 정신 좀 차리라고 뺀 거야."

"어이구……."

대꾸는 못해도 섭섭해 하는 표정은 분명했다.

"이 사람 윤성이."

기가 꺾인 것을 알고 은근히 불러보았다.

"예."

"이제부터 할 일이 많네. 보위에 오르는 게 다는 아니야. 상왕이 왜 저리 되었는가? 보위를 지키는 게 더 어렵다고. 그래서 우리가 더 잘 보필해야 한다고. 알겠어?"

"……."

"양정인들 그 변방에 나가고 싶어서 나갔겠는가? 잘 지켜내야 하는 땅이기에 아무나 보낼 수 없어서 양정을 보낸 거야. 그 사람인들 어찌 대궐에 남아 편히 지내며 정승판서 하고 싶지 않았겠는가?"

"나리, 죄송하게 되었소이다."

"그래, 알았으면 되었어. 앞으로는 자네가 어찌 지내든 상관 않겠네. 알아서 하게."

"예. 잘 알겠소이다."

2

수양왕과 신숙주

　신왕 세조는 좌익공신을 책록한 뒤《공신계감功臣戒鑑》이라는 책자를 찬진撰進케 했다. 그동안의 사실을 모두 자신들의 구미에 맞게 왜곡하고 조작해서 거짓말로 알맞게 꾸며 편찬했다. 한마디로 말하자면 찬탈을 정상적인 왕위 계승으로 합리화시킨 책자였던 것이다.

　태종 이방원은 제1차 왕자의 난에서 형제를 죽이고 정사공신定社功臣을 책록했고, 제2차 왕자의 난에서 형제와 싸우고 왕위를 받은 다음 좌명공신佐命功臣을 책록했다. 세조도 그것을 본뜬 것이었다.

　그러나 태종은 조선 개국에 큰 공을 세워 창업의 영웅이라 할 수 있었지만, 세조는 당초부터 열등의식에 뒤틀려 흑심만 가득 차서 형님 왕을 모살하고 조카 왕을 내쫓은 악랄한 찬탈자에 불과했다.

날씨 좋은 계절이라선지 그들에게 이 가을은 유난히 짧은 것 같았다.

신왕의 핵심 세력이라 할 수 있는 그들 다섯 명이 한명회의 소실 집에 모였다. 송도의 경덕궁지기로 있을 때 한명회는 정몽주의 손자 정보鄭寶를 만나 그의 서매庶妹(첩에게서 태어난 누이)를 소개받고 첩실로 삼았다. 한명회는 정녀가 꽤나 미인이라는 데에도 자부심을 느끼고 있었지만, 그보다 충신 정몽주의 손녀라는 데에 더 묘한 자부심을 느끼고 있었다.

한명회는 그녀를 송실松室이라 불렀고 아주 가까운 사람들에게만 알려주었다. 소실이라면 내당이 있는 본집에 데려와 살 수도 있었지만 송실은 어머니를 모시고 있어 따로 집을 사주어 살게 했던 것이다.

"오늘은 내가 한턱 내야겠으니 송실로……."

그들에게 속삭였다. 송실은 한명회의 소실의 이름이지만 이럴 때는 소실의 집 이름도 되었다.

예문관 대제학 신숙주, 이조참판 권람, 병조참판 홍달손, 예조참의 홍윤성 그리고 우승지 한명회, 이렇게 이 시절의 사실상 실세들이 송실에 모이게 되었던 것이다.

"헤헤헤, 사돈(신숙주)과 정경(권람)이 명나라로 떠나야 하고……, 아직 송실 집들이도 못 했기로 겸사겸사해서……. 헤헤, 살림이 어려우니 그리 알고 너무 타박들은 하지 마소."

"능청도 심하시면 못된 짓이 되오이다. 우승지나리."

홍윤성이었다. 자신더러 못된 짓 하지 말라고 다그치던 일이 생각난 보양이었다.

"저 주둥이는 채워둘 수가 없구먼. 하기야 오늘은 입이 더 벌어지겠네. 버러기(자배기)를 대령해놓았으니…… 헤헤."

"말씀 잘 나오셨습니다. 그 버러기 당장 좀 들이라 하십시오. 나리 덕택에 근신하다 보니 이 몸이 위고 아래고 다 거미줄 치게 되었소이다."

"헤헤헤, 뭐라? 위고 아래고 다 거미줄?"

"하하하."

"허허허."

"형수니~임. 그 버러기 좀 빨리……."

내실 쪽은 주안 차비로 바빴지만 사랑방은 아직 잡담으로 한가했다. 그런데 갑자기 권람이 정색을 하며 한명회를 불렀다.

"이보게 자준이. 내 자네에게 청이 하나 있구먼."

"아니 이 사람, 무슨 소리를 하려고 그리 정중한가?"

"우선 들어주겠다고 약속부터 하게."

"다른 사람이라면 모를까 정경의 청인데 내가 어찌 거절하겠나?"

"암. 그래야지. 여기 증인들이 다 있네. 사나이 대장부가 일구이언은 않겠지."

"헤헤. 자네와 나 사이는 관포지교管鮑之交인데 무슨 소리야?"

그러자 권람은 마음 놓고 털어놓았다.

"자네, 나와 사돈하세."

"……?"

순간 한명회가 놀라 얼굴이 굳어졌다.

"아니, 이 친구가 놀라기는……. 이미 범옹과는 사돈을 맺지 않았는가. 또 근자에는 영천위鈴川尉 댁과 혼담이 있는 줄 아네만, 나만 쏙 빼놓을 셈인가? 셋째를 우리 집 며느리로 주게."

"후……."

한명회는 시름에 빠진 듯 한숨을 쉬었다.

"거참, 진즉에 그리 됐어야 할 일이 아니었소?"

홍달손과 홍윤성은 당연하다고 맞장구를 쳤다.

"가만, 사돈 생각은 어떤가? 내가 정경과 사돈을 해도 괜찮은가?"

한명회가 신숙주에게 물었다.

"그거……. 절대로 안 되지."

예기치 못한 신숙주의 대답에 권람이 당황했다.

"아니 범옹, 나는 왜 자준이와 사돈을 못 한단 말인가?"

권람이 노기를 띠며 소리쳤다.

"……."

한명회가 고개를 갸웃했다.

"이보게 범옹, 왜 자네는 되고 나는 안 되는가?"

권람의 노기는 여전했다.

"우리 셋은 연배도 비슷하고 그간 목숨을 건 일도 함께해 왔지."

"그런데?"

"우리 셋은 또 앞으로도 주상전하를 가까이에서 함께 모실 게 아닌가?"

"……?"

"그런데 우리 셋이 너무 밀착되면 주상전하께서 우리를 의심하실지도 모르네."

"……!"

"전하께서는 파란을 겪으시며 보위에 오르신 만큼 경계하는 마음 또한 남다를 수 있네. 자준이와 내가 사돈이 된 것이야 전하께서 주선하신 일이니 상관없겠지만 더는 조심하는 게 좋을 거야."

"음……."

한명회가 고개를 끄덕이자 권람도 이해가 가는 모양이었다.

"내 생각이 짧았네. 없던 일로 하세. 허허."

"헤헤. 이보게, 정경. 우리는 때려 죽여도 관포지교管鮑之交야. 헤헤."

"하하. 맞아. 관포(관중과 포숙아)도 서로 쏘아 죽이려 했었지. 하하."

"하아, 맞소이다. 앞으로 소인이 쏘아대도 화내지 마시오, 우승지나리."

홍윤성이 또 한명회에게 되갚음을 한 셈이었다.

"윤성이 자네. 어른 앞에서 까불면 오늘 버러기를 깨버리라고 할 거야. 헤헤."

"아이구, 그것만은 아니 되옵니다."

그때 푸짐하게 차린 주안상이 들어왔다. 아낙들이 주안상을 놓고 나가자 송실이 들어와 이들의 수발을 들었다.

"한공, 한공 팔자가 부럽소이다. 소원 성취하시더니 이런 미희를 곁에 두시고……. 정말 부럽소이다."

홍달손이 잔을 든 채 송실을 쳐다보며 감탄조로 말했다.

"허어, 아깝다. 아까워. 저 풍신에 천하절색이라니……. 이보시게 송실이. 자네 사람 잘못 골랐네."

송실이 미소를 감추며 머리를 숙이자 한명회가 너털웃음을 터뜨렸다.

"와핫핫핫……. 이 사람들. 사내가 인물이 좋아야 미색이 따르는 줄 아는가? 도량 넓고 경륜 높고 자애 깊어야 미인이 따르는 것이야. 헤헤헤."

"허허허……."

"하하하……."

격의 없이 농담을 하고 웃으면서 한명회는 홍윤성의 기색을 살폈다. 꾸중을 들은 뒤 혹시나 의기소침해졌나 보았으나 전혀 그렇지 않았다. 조심하면서도 쾌활해지려는 기색이 역력했다. 한명회는 마음이 편해져 홍윤성에게 손수 술을 따라주었다.

"자, 더 들어. 오늘은 윤성이가 흠뻑 취해야 한다고……."

그 앞에 놓인 버러기에 가득 술을 채웠다.

한명회의 말뜻을 방 안 사람들은 알아듣고 있었다.

"암, 취하도록 마시고 난동을 부려야 살맛이 나지."

"그래, 홍윤성이 잠잠하면 세상이 적막하다고……."

"홍윤성이 팔팔하게 살아야 세상에 활기가 돌지. 허허허."

여기 있는 사람들은 홍윤성이 왜 근신하고 있는지 다 알고 있었다.

두어 버러기 술을 마시고도 그는 취기라곤 전혀 없었다.

"허어, 역시 홍윤성이야. 암만 암."

사람들의 시선이 자기에게 쏠리고 있음을 홍윤성은 알아차렸다.

"왜들 이러십니까? 소인 술 마시는 것을 처음 보셨습니까?"

"과연 천하라도 삼킬 기상이 아닌가? 새삼 놀랍네그려."

"그래, 천하라도 버러기에 담아만 주면 못 삼킬 홍윤성이 아니지. 하하."

"허허허."

"헤헤헤."

"양정이 있었으면 더 좋았을 걸 그랬소."

"그러게 말이야."

분위기가 갑자기 숙연해졌다.

"하는 수 없지. 정이가 아니면 함길도를 맡아볼 사람이 없는 걸. 앞으로도 큰일은 우리가 맡아 할 수밖에 없을 거야. 그래서 범옹도 정경도 떠나는 게 아닌가?"

"하긴 그렇지."

"맞는 말이야."

홍달손과 홍윤성도 눈을 지그시 감고 고개를 끄덕이고 있었다.

"그런데 참, 사돈."

한명회가 신숙주를 불렀다.

"음, 왜 부르시나?"

"성삼문 등과는 왕래가 여전한가?"

신숙주가 돌연 안색이 어두워졌다. 사실 신숙주로서는 가장 아픈 얘기였다.

"소원한 셈이야."

"음, 그래."

"……."

"그 사람들 말이야. 아무 탈이 없을까?"

"아니, 그게 무슨 말인가?"

신숙주가 놀라자 좌중 역시 긴장했다.

"나는 아무래도 미심쩍어. 세종 그리고 문종의 고명을 받았다는 사람들이 아닌가? 그런데 그들이 너무 조용하니까 이상하다는 말이야. 아무래도 불안해. 지금 안으로 곪고 있는지도 모르지……. 곪고 있다면 언젠가는 터질 것이 아닌가? 아무래도 불안해."

"……!"

"······?"

"성삼문, 박팽년, 하위지, 이개 등등······. 순순히 포기할 사람들이 아니야."

한명회의 느낌은 사실 늘 동물적 감각이라 해도 과언이 아니었다.

"······!?"

"언젠가 말한 적이 있지만 앞으로 세력은 그들과 우리 편의 양자 대결이 될 것이네. 참판 승지 때에야 그럭저럭 지내겠지만 정승 판서쯤하게 되면 둘 중 하나는 사라져야 할 것일세."

"······!?"

"우리가 짐작하고 있는 것처럼 그들도 모르고 있지는 않을 것이야. 점점 저들이 불리해져 간다는 것도 짐작할 것이고······. 상왕이 곧 성년이 되는 것도 알 것이고······. 나 같으면 무슨 일이든 도모해볼 것이네."

신숙주가 입을 열었다.

"그럴 법하긴 한데······. 무슨 일을 저지르지는 못할 것이네. 이치에 밝고 심지가 곧긴 하지만 그들은 과단성이 없어. 학문에는 능하지만 정치에는 예민하지 못해서······."

"장담할 수는 없지."

"그들은 내가 잘 알아. 무슨 일을 꾸미지는 못할 사람들이야."

신숙주의 말이었다.

"하여튼 주의는 해야 한다고. 내가 성삼문을 살피고 있으니······. 그래 윤성이는 하위지를 살펴보게."

"예."

"그리고 홍참판이 박팽년을 살펴주시고······."

"알겠소이다."

"정경과 범옹은 당분간 떠나 있을 테니 돌아오면 다시 얘기하겠네."

"것참…… 그…….."

신숙주가 혼잣말처럼 중얼거렸다.

"여보게 사돈. 너무 언짢게 생각 마시게. 만일 무슨 일이 있다 해도 사돈을 곤란하게 할 리야 없지. 사돈과 정경은 명나라 일만 잘하고 오면 되네."

"알겠네."

"자. 더 듭시다."

"듭시다."

신왕 세조가 보위에 오르자 조정에서는 예조판서 김하金何를 정사로 형조참판 우효강禹孝剛을 부사로 하여 사신을 명나라에 보내 이 사실을 알렸다.

이번의 사신은 청사위주문사請辭位奏文使였다. '청사위'라는 말은 임금의 벼슬자리를 사임하고 물러나기를 요청한다는 말이었다. 그 말은 사면 요청을 허락하고 동시에 왕의 자리를 물려받은 수양대군을 왕으로 삼아달라는 뜻을 내포하고 있었다.

이번에도 그 주문奏文은 김예몽이 작성했는데 내용은 몇 가지로 요약되었다.

첫째, 왕이 어려서부터 몸이 허약하여 늘 병을 달고 있었고, 머리가 명민치 못하고 학문이 깊지 못하기 때문에 왕 노릇을 할 수 없었다.

둘째, 이러한 몸으로 열두 살에 왕이 되어서는 어찌할 바를 모르고 모든 일을 신하들에게 맡겨버렸다.

셋째, 그랬더니 간신들이 역모를 꾀하여 이를 수양대군이 먼저 왕에게 고하고 그들을 처단하여 나라를 안보했다.

넷째, 그런데 아직도 흉한 무리가 남아 있는데 자기는 왕 자격도 없으려니와 그에 대처할 능력도 없어, 학문이 도저到底하고 공덕이 많고 만민의 숭앙을 받는 숙부 수양대군에게 윤6월 11일에 황제의 허락도 없이 왕위를 물려주었다.

그러나 명나라 중신들 중에는 다음과 같은 실상을 알고 있는 사람들이 많았다.

첫째, 왕이 나이는 어리나 결코 허약 체질이 아니고 병을 앓은 적이 없었다.

둘째, 왕은 두뇌가 매우 명철했으며 왕손으로 있을 때부터 장차 명군이 될 자질을 갖추고 있었다.

셋째, 황보인, 김종서 등은 명나라 대관들이 다 잘 아는 사람들인데 그들의 인품과 충의로써는 결코 역심을 품고 역모를 꾀할 사람들이 아니다.

그러므로 명 조정에서는 생각을 좀 달리하고 있어 승인하는 조칙詔勅이나 고명誥命을 보내주지 않고 있었다.

하루라도 빨리 책명冊命을 받아야 하는 조선에서는 다시 주문사를 보내기로 했다. 그래서 신숙주를 정사로, 권람을 부사로 내정해놓고 있었다.

그러나 바로 보낼 수가 없었다. 명나라의 의견도 국내의 여론도 어느 정도 가라앉기를 기다리기로 했기 때문이었다. 신왕에 대한 국내의 여론은 점점 더 참혹할 만큼 나빴다.

그러다 1455년(세조 1) 10월 24일, 신숙주와 권람이 마침내 명나라로 떠났다. 아버지를 수행하고자 약관의 나이에 통례원奉禮院 봉례랑奉禮郎(정4품)의 벼슬에 있는 신숙주의 큰아들 주澍도 따라갔다. 효심 깊은 아들이었다. 그리고 이번 사신은 개성 인삼을 특히 많이 가져간다는 특이점이 있었다.

명나라의 승인이 내려오지 않아 또다시 사신을 보내면서 신왕은 속내가 매우 불편했다. 그럴 때 마침 양녕대군이 찾아왔다.

"어이구, 백부님. 오랜만이옵니다. 어서 오십시오."

"주상, 요즘에는 왜 영단을 내리시지 않으시오. 전처럼 영단을 내리시오."

문안 이야기도 없이 대뜸 나무라기부터 했다.

"백부님. 갑자기 무슨 말씀이십니까?"

"요즘 조야가 소란스럽지 않습니까?"

"이제 좀 안정된 셈이지요."

"허어, 주상은 궐내에 계시니 밖의 일은 모르시고 있소그려. 어느 사이 임금이 되셨다고 바깥 사정을 모르십니까?"

"무슨 말씀이신지 자세히 좀 깨우쳐주십시오."

"주상, 나라를 통치하려면 소를 버리고 대를 취해야 합니다. 내 밖에서 소문을 듣다 보니 가만히 있을 수 없어 찾아온 것이오."

"무슨 소문을 들으셨습니까?"

"요즘 혜빈 일파가 금성대군을 충동질하여 어린 상왕을 다시 내세우려는 조짐이 있소. 비록 사소한 일 같지만 문제는 민심이 그쪽으로 쏠리고 있다는 것이오."

"제가 덕이 없는 탓이겠지요. 조카의 왕위를 빼앗았다고들 여기고 있어서 그런가 봅니다."

두 사람 사이는 옛날부터 털어놓고 말할 수 있는 사이였다.

양녕은 잠시 눈을 감았다 떴다.

"주상, 조카의 왕위를 빼앗은 일은 결코 찬양할 일은 아닙니다. 그러나 지금 도로 왕위를 내놓는다면 나라는 뒤죽박죽이 되고 백성은 혼란에 빠집니다."

"자고로 천하를 다스리는 제왕은 강력해야 합니다. 이 백부가 보기에 주상은 명 영락제보다 더 나으실 줄 아는데 왜 일을 하시다 말고 잠잠 하시오?"

"예? 잠잠하다니요?"

"그럴 것이면 애당초 왜 그렇게 많은 피를 흘리게 했소?"

"그야 어쩔 수 없이⋯⋯. 하오나 저 같은 사람이 어찌 영락제를 본받겠습니까? 동방 소국의 임금으로 백성이나 잘 다스리면 되지요."

"그 무슨 말씀을⋯⋯. 주상은 명 영락제보다 더 굳센 임금입니다. 김종서 등 전조의 대신들이 관록을 믿고 발호跋扈하는 것을 깨끗이 소탕하여 우리 이씨 조선의 왕권을 반석 위에 놓았어요. 그런데 그 반석이 흔들리고 있어요. 그대로 두어서야 되겠소? 이 반석이 흔들리지 않게 더욱 단단히 고정시켜야지요."

"그러시나면 백부님. 좋은 계책을 지시하여 주십시오."

"계책은 다른 게 없어요. 하늘에는 두 해가 없다 했습니다. 그런데 우리나라에는 금상보다 어린 임금이 상왕으로 계시니 될 말입니까? 자고로 이 나라의 상왕은 태조대왕 이래로 보령이 연만年晩하시어 뒤에서 보살펴주셨습니다. 그래도 트집이 생기곤 했는데 지금은 금상보다 까맣게 어리신 상왕이 계시니 어떻게 일이 되겠소?"

"그러시면 상왕을…… 폐출하라 그 말씀입니까?"

"해는 하나여야 합니다. 근자에 상왕 처소에 드나드는 혜빈과 그 무리들을 그대로 두어서는 안 돼요. 혜빈이 연못의 물을 다 흐려놓고 있어요. 그걸 그대로 두는 것은 주상의 불찰이오. 왕이란 절대 권력을 가져야 합니다. 또한 신하들에게 휘둘려서도 안 됩니다."

"예. 백부님. 잘 알겠사옵니다."

"자, 그럼 이 사람은 또 산천경개山川景槪를 좀 더 둘러볼까 하오."

"아니. 백부님. 그냥 가시다니요……."

"주상, 또 들릴 것이니 그리 아시오."

양녕대군은 바람같이 사라져 갔다.

신왕은 그날 밤 잠을 잘 수가 없었다. 표면상으로는 자기보다 높은 게 상왕이다. 그런 상왕을 창덕궁에 모시고 양육하고 있는 셈이었다. 다시 말해, 어린 상왕이 점점 멀쩡한 성년 상왕이 되도록 양육하고 있는 셈이었다. 어쩌면 호랑이를 기르고 있는지도 모르는 일이었다. 어쩌면 그 호랑이가 자기를 잡아먹을 수도 있는 일이었다. 그날 이후 혜빈 양씨에 대한 생각이 완전히 전도되고 말았다.

신왕은 한명회를 조용히 침전으로 불렀다.

"한공. 혜빈 양씨의 근황을 혹 알고 있소?"

둘이 만나면 이전의 재야 시절처럼 격의 없이 친근해졌다.

"늘 주시하고 있사옵니다. 보고가 들어옵니다."

"허, 역시 한공이오. 그래 근황이 어떻다 하오?"

"창덕궁 상왕과 줄을 대려고 은밀히 움직이고 있습니다. 상왕에게 가장 큰 영향을 끼치는 사람도 혜빈입니다. 그동안의 사정을 보면 금성대군의 반역을 부추긴 원흉이 바로 혜빈 아니옵니까? 물론 앞으로도 마찬가지일 것이기 때문에 사실 맨 먼저 제거해야 할 사람이 혜빈이 아닌가 생각되옵니다."

"그러면 어떻게 처리하면 좋겠소?"

"영단을 내리시옵소서."

"음, 알겠소."

신왕은 금성무리들을 다 잡기 전에 우선 혜빈을 없애기로 마음먹었다. 혜빈 등을 죽이지 않기로 한 '상왕과의 약속' 따위는 단 일순一瞬의 고민도 수양에게는 없었다.

하여 11월 9일, 혜빈 양씨는 마침내 의금부 관차官差들에 의해서 교형에 처해져 죽고 말았다.

단종을 어려서부터 맡아 기른 혜빈 양씨에 대해서는 백성들도 다 알고 있었다. 혜빈이 신왕에 의해 교살을 당했다는 소문이 퍼지자 인심은 더욱 나빠졌고 신왕과 그 패거리인 공신들, 특히 한명회는 더 많은 욕을 먹게 되었다.

혜빈을 죽이고 나서 마음이 퍽 개운해진 신왕은 한명회와 홍윤성을 침전인 강녕전으로 불러 주안을 내렸다. 주안을 들기 전 한명회는 신왕에게 처음으로 홍윤성의 주량을 알려주었다.

"허어, 그렇소? 과연 홍윤성다워. 여봐라. 버러기를 가져오너라."

상궁들이 버러기를 가져오고 술도 더 들여와 버러기에 찰랑거리게 술을 따라놓았다.

"들게."

"아니옵니다. 전하……."

"괜찮아. 내가 좋아서 불렀어. 양껏 마셔봐."

"송구하옵니다. 하오면……."

홍윤성은 버러기 하나를 단번에 비웠다.

"오, 과연 장사로세."

"버러기로 서너 번은 마셔야 마신 것 같다 하옵니다."

"허, 그럼 더 들게."

홍윤성은 신왕이 보는 앞에서 쉬지 않고 버러기 세 개를 비웠다.

"전하, 전에 김종서의 집에서 이렇게 마신 다음 종서가 내준 강궁을 부러뜨린 그 주량이옵니다."

한명회가 지난 일을 말해주었다.

"가히 경해傾海로세. 바다를 기울일 주량이 아닌가."

이날 이후 홍윤성의 별명이 경해가 되었다.

"황공하옵니다."

"그래, 요즈음은 많이 근신하고 있다면서?"

신왕이 미소를 지으며 홍윤성을 보았다.

"……."

홍윤성이 고개를 숙였다.

대신 한명회가 설명해주었다.

"보기가 딱할 지경이옵니다. 원래 성정이 역발산 기개세力拔山 氣蓋世
(옛 초나라 항우의 용기와 기상)로 거칠고 사나운데, 요즘은 조용하기가 바다 밑 같다고나 할 만한 지경이옵니다."

"하하하. 그래서야 홍윤성이가 아니지. 제 성품 죽이고 사는 것을 어이 사는 것이라 하리오?"

홍윤성은 여전히 고개를 숙인 채 듣고만 있었다.

"어떻소? 우승지. 윤성이를 공신으로 책록하는 거 말이오."

홍윤성의 고개가 번쩍 들렸다.

"전하. 그 같은 일을 신이 어찌 관여할 수 있사옵니까? 그저 하해와 같은 성은이 계시길 감히 주청드릴 뿐이옵니다."

한명회는 원래 신왕과 짜고 홍윤성의 버릇을 고치기 위해서 일부러 좌익공신에서 제외했던 것이다.

"우승지의 뜻이 그렇다면 따르는 게 좋겠지……. 좌익 3등 공신으로 책록하도록 조치해주시오."

"전하, 성은이 망극하옵니다."

두 사람이 동시에 합창을 했다.

"기쁜 날이야. 공신이 하나 더 늘었어. 자, 더 들자고……."

밤이 이슥해서야 두 사람은 물러나왔다. 동짓달 밤바람이 꽤나 차갑고 매서웠다. 달빛마저 싸늘했다.

"나리……."

홍윤성은 걷다 말고 땅바닥에 털썩 주저앉아 무릎을 꿇었다.

"나리, 이 은혜 백골난망이옵니다."

"허, 이 사람. 전하의 성은일 뿐이네. 일어서게."

"그간의 무례를 용서하시옵소서."

"그만 되었어. 일어나게."

"이놈이 비록 미련해도 오늘의 일을 어찌 모르겠습니까?"

"허, 이 사람. 그만 되었으니 일어나."

한명회는 홍윤성의 손을 잡아 일으켰다. 홍윤성은 울고 있었다.

"이제 그만……. 앞으로 자네가 할 일이 무언지 그것만 알고 있으면 되는 것이야."

"명심하겠사옵니다. 나리."

"밤이 차구먼. 자네 잠깐 내 집에 들르려나?"

"데려가 주신다면야 기꺼이 따르지요."

"허, 이 사람이. 힘을 내게. 이제 자네다워야지."

"아, 예. 험……."

차가운 밤바람도 싸늘한 달빛도 좀 누그러진 것 같았다.

새해(1456년) 들어 신왕 2년이 되었다.

지난해는 반년가량 왕 노릇을 했지만 이제부터는 온전히 신왕의 시대가 열린 것이었다. 그러나 신왕과 그 무리들인 공신들에 대한 백성들의 욕설은 여전했다. 글깨나 배운 선비들은 신왕을 '임금'이니 '전하'니 '금상'이니 그렇게 부르지 않고 항상 '수양왕'이라 불렀다.

그들이 왜 군이 수양왕이라 부르는지 일반 백성들은 잘 몰랐다. 수양대군이 왕이 되었으니 그러려니 하고 자연스럽게 여겼다. 그러나 뜻있는 자들이 군이 그렇게 부르는 것은 천하에 짐승 같은 놈이 왕 노릇을 한다는 뜻으로 부르는 욕설이었던 것이다.

뜻있는 사람들이 부르는 수양왕은 '獸樣王', 즉 짐승과 똑같은 무리의 괴수라는 뜻이었던 것이다.

공신들 중에서 신숙주는 변절자라 하여 백성들이 훨씬 더 많은 욕을 퍼부었다. 사람들은 그를 '숙주나물'이라고 했고, 숙주나물은 조금만 오래 두어도 금방 쉬어서 시큼한 신맛이 나 못 먹게 된다고 해서 '신 숙주나물'이라고도 부르며 놀려댔다.

이에 신숙주의 어린 아들들은 밖에 나가 놀 수조차 없을 지경이었다.

"너희 아버지가 숙주나물이라며……."

"숙주나물이래. 금방 쉬어서 못 먹는 나물이란다."

"그러니까 시디 신 숙주나물이지……. 잉. 시어 터진 숙주나물을 어떻게 먹니?"

신숙주가 사신으로 떠난 뒤 부인 윤씨의 병은 더 악화되어 갔다.

신숙주 부인 윤씨는 세종조 명신의 한 사람인 윤회尹淮 집안의 손녀로서 매우 똑똑하고 사리에 밝았다. 남편이 전날에 선대왕의 고명을 받았음에도 불구하고 의리를 버리고 수양대군과 어울리는 것을 늘 못마땅하게 여겨왔다.

마침내 어린 왕을 내쫓는 수양의 대역부도한 찬역簒逆에 신숙주가 일등공신이 되어 돌아오자, 부인 윤씨는 골방에 들어가 목을 맸다. 가솔들이 매달려 말리고 남편이 달래서 겨우 살아났으나, 어린아이들이 밖에 나가기만 하면 놀림을 받고 울며 돌아오는 것을 보고는 그만 화병火病이 나서 드러눕고 말았다. 그 화병은 점점 심해졌다.

윤씨의 병이 심해지자 한명회도 걱정이 태산 같았다. 그의 딸이 바로 윤씨의 맏며느리요 장남 신주의 부인이 아니던가.

신왕 또한 걱정이 컸다. 신왕은 동부승지 윤자운尹子雲을 불렀다. 윤씨 부인이 윤자운의 누이였다.

"중환이라 하던데……."

"그런가 하옵니다."

"큰일이 아닌가? 대제학은 아직 명나라에 있는데……."

"……."

"전의를 데리고 가게. 회복되도록 노력해보세."

전의가 돌보고 비싼 탕제로 최선을 다했지만 소용없었다.

부인 윤씨는 신숙주가 돌아오기도 전 1456년 1월 23일, 마침내 숨을 거두고 말았다. 이 소식이 명에 가 있는 신숙주에게 전달되자 아들 신주가 먼저 달려 나왔다.

딸의 신세 때문에 가슴이 뚝 떨어진 한명회를 신왕이 불렀다.

"승정원에 어찰御札(임금의 부탁 편지)을 내릴 것이오. 상사에 소홀함이 없도록 해주시오."

조정 중신이 세상을 떠나면 어찰을 내려 조의를 표하는 일은 항용 있었으나, 중신 부인의 상사에 대해서 어찰을 내리는 일은 극히 드문 일이었다.

신 대제학은 다른 공신의 예와 다르고, 또한 만리 외방에 있으며, 또 아직 어린 자식이 여럿이니 나의 애통을 다 말할 수가 없다. 승정원에서 주선하여 관에서 염장殮葬하게 하며, 또한 관원을 보내 치제致祭(임금이 제물과 제문을 보내 제사 지냄)하는 등의 일을 상세히 아뢰도록 하라.

신왕은 신숙주의 매부 되는 조효문曹孝門에게 호상護喪(장례의 총책)을 명하고, 관곽棺槨과 쌀, 콩 각 50석, 종이 70권, 석회 50석, 송지松脂(소나무 진) 3두, 유둔油芚(두꺼운 기름종이) 4부를 내렸다.

윤씨의 장례를 치르며 너무나 애통한 탓인지 큰아들 주도 2월 21일에 숨을 거두고 말았다.

신숙주 부인의 상사로 우울했던 신왕에게 반가운 소식이 찾아왔다.

2월 3일, 통사로 사신을 수행했던 김유례가 앞서 돌아와 기쁜 소식을 전했다. 신숙주 일행이 대임을 성공리에 마치고 곧 귀로에 오른다는 사실과 2월 15일경 명나라 사신 윤봉尹鳳 등이 황제의 조칙과 고명을 가지고 북경을 떠난다는 소식을 가져왔던 것이다.

수양왕을 비롯한 그 무리들의 기쁨은 헤아릴 수가 없었다. 당면해 있던 가장 큰 문제가 해결된 것이었다. 이제 수양왕의 등극은 아무런 하자 없이 정상화된 것이었다.

이번 주문사 신숙주 일행의 과공에 흡족해 고명을 내린 명 황제 경태제景泰帝, 단종 즉위년(1452) 10월에 사은사로 간 수양대군의 과공에 감동되어 그를 잊지 않고 있던, 바로 그 속이 시커멓고 어리벙벙한 황제였다. 애초부터 수양대군의 시커먼 속내에 놀아난 셈이었다.

아무튼 그래도 신숙주의 비상한 수완이 주효한 것이라고 수양왕은 높이 평가하지 않을 수 없었다.

"이를 어찌 신대제학의 공로라 아니 하랴. 귀로에 오른 신대제학과 권참판에게 그 공을 치하하는 유시諭示를 보내도록 하시오."

그 통지의 말미에 신숙주에게 병조판서(정2품)를, 권람에게 이조판서를 제수한다는 내용이 기록되어 있었다. 신숙주가 판서에 오른 것도 빠른 편인데 권람은 과거 급제 후 겨우 5년 만의 일이니 주군을 잘 선택한 덕택으로 이루게 된 벼락출세가 아닐 수 없었다.

수양왕은 그의 욕심으로 집현전 출신들을 다 포섭하고 싶었기에 정난참가파와 고명고수파를 균형 있게 키워가고자 내심 신경을 썼다. 그러나 이때부터 그 균형은 무너지기 시작했다. 같은 날 이개李塏는 집현전 부제학(정3품 당상관)에 제수되었다.

신숙주는 길을 재촉해 2월 21일 도성에 이르렀다. 바로 그의 장남 신주가 숨을 거두던 날이었다.

신숙주는 대궐에 먼저 들렀다. 수양왕은 용상에서 뛰어 내려와 두 손으로 신숙주의 손을 잡았다.

"병판, 내 뭐라 할 말이 없구려."

"전하, 신 신숙주 천지신명이 보우하시어 무사히 대임을 마치고 돌아왔사옵니다."

"고마우이. 범옹. 참으로 고생했어……."

"당연히 해야 할 일을 했을 뿐이온데 병조판서의 중임을 주시니 몸 둘 바를 모르겠사옵니다."

"내가 경의 가슴에 한을 심었네. 경의 애통함을 내 어찌 모르겠는가? 나를 원망하시게."

"아녀자의 죽음에까지 성은을 내려주셨는데 전하를 신이 어찌 원망하겠사옵니까? 하해와 같은 성은에 그저 감읍할 따름이옵니다."

"범옹, 그저 고마우이."

"전하……."

세조는 신숙주의 손을 놓지 못하고 있었다. 이 순간의 두 사람은 군신 간임을 잊어버리고 혈맹의 동지 사이로, 오래된 친구 사이로 서 있었다.

이제 계절도 봄이었다. 꽃이 피고 새잎이 돋았다. 훈풍 속 새소리도 정겨웠다. 신숙주 마누라가 언제 죽었는지는 다들 이미 잊고 있었다.

경복궁은 연일 밤낮을 가리지 않고 잔치로 들뜬 나날이었다. 학수고 대하는 사신의 왕림을 생각할 뿐, 그 이외의 일에는 군신이 다 몽롱한 머리통으로 환락의 나날을 즐기고 있었다.

불한당 패거리를 모아 멀쩡한 충신들을 쳐 죽이고, 주공의 탈을 쓰고 역심을 가리고 있다가 마침내 본색을 드러내 어린 조카의 왕위를 강탈했어도 이제 당당한 왕이 된 것이었다. 명나라가 인정해주면 그만이기 때문이었다. 어찌 아니 기쁘고 어찌 아니 고마우랴.

수양왕은 우참찬 황수신黃守身을 원접사遠接使로 하여 의주에 보내고, 또한 선위사宣慰使로 동지돈녕부사 심회沈澮를 안주에, 이조참판 어효첨魚孝瞻을 평양에, 판중추원사 조혜趙惠를 황주에, 화천위 권공權恭을 개성에 보내며, 사신 영접에 열성을 다하라 했다.

3월이 가면서 원접사 황수신으로부터 보고가 올라왔다. 두목頭目(북경상인) 25인을 거느린 사신 일행이 의주에 도착했다는 것이었다. 평양, 황주를 지나 개성에 이르렀다는 보고가 올라오자 수양왕은 도승지 박원형朴元亨을 벽제관碧蹄館에 급파했다. 벽제관을 떠났다는 보고가 오자 수양은 급히 모화관慕華館으로 나아갔다.

우거진 신록이 모르는 사이 짙어졌다 싶은 4월 20일이었다.

일구월심日久月深 기다리던 명 사신 정사正使 태감太監 윤봉尹鳳과 부사副使 우감승右監丞 김흥金興이 황제의 조칙詔勅과 고명誥命, 국왕과 왕비의 책봉문서을 가지고 드디어 모화관에 도착했다. 수양왕이 몸소 사신을 영접하고 대궐로 모셔왔다.

근정전에서 고명의식이 거행되었다.

> 짐은 조선 국왕에게 칙유勅諭하노라. 전왕 이홍위李弘暐는 적장자로 동번東藩, (동쪽의 제후국가)의 왕위를 세습했으나 병약한 몸으로 간흉의 환란을 감당하지 못하여 왕위를 종친의 어진 이에게 손양遜讓하겠다고 간청하여 특별히 그의 숙부 이유李瑈를 조선 국왕으로 봉하노니 그대는 마땅히 신하로서 충성을 다하며 더욱 사대事大를 착실히 하여 전왕의 양위讓位를 욕되게 하지 말지어다.

수양왕은 근정전에 올라 무릎을 꿇어 배례하고 조칙과 고명을 받았다.

행사를 마친 사신은 태평관으로 들었다. 수양이 상왕과 함께 거기서 하마연下馬宴을 베풀었다.

황감惶感한 이 황은皇恩의 보답에 지체가 있을 수 없었다. 좌의정 한확이 사은사로 급거 명나라로 떠났다.

흥청거리는 잔치는 계속되었다. 팔도의 대표 기생들이 소집되었고 온갖 산해진미가 진상되었다.

3

상왕 복위 사건

인왕산 옥류동玉流洞 골짜기는 입구에 들어가서 서북쪽으로 조금만 돌면 바위들이 밖을 가려주어 매우 아늑했다.

냇가에 모여 앉은 세 사람이 술과 안주를 지고 따라온 가노家奴들에게 조용히 일렀다.

"입구가 보이는 저쪽 숲가에 있다가 혹 누가 오면 곧바로 알려라."

그런 뒤 세 사람은 술자리에 둘러앉았다.

"인수仁叟(박팽년의 자)가 너무 늦는 것 같은데……."

"글쎄……. 허나 오기는 꼭 올 걸세."

그때 가노가 와서 인수가 온다고 통지하고 나자 박팽년이 빠른 걸음으로 다가오는 모습이 보였다.

"미안하네. 오래들 기다렸지?"

"아니. 막 짐을 풀어놓은 참이네."

"오다가 홍윤성 그놈을 만났지 않은가. 그놈을 따돌리고 오느라고 좀 늦었어."

"그놈이 혹 무슨 낌새라도 차리지 않았을까?"

"걱정 안 해도 될 것이네."

성삼문, 이개, 유성원이 박팽년을 기다렸던 것이다.

"오늘은 사신들이 어디서 대접을 받는다든가?"

이개가 물었다.

"용산강에 배를 띄우고 대접한다던데……."

박팽년이 대답했다.

"칙사勅使 대접이란 말이 있지만 너무 지나쳐. 몇 달을 해야 그칠지 원……."

유성원이 탄식했다.

"순전히 날강도 짓을 해서 차지한 임금 자리를 승인해주었으니 그럴 만도 하지. 수양으로서야 대궐인들 못 떼주겠는가?"

노기怒氣가 묻어나는 성삼문의 한탄이었다.

"이런 꼴을 언제까지 보아야 하는지…… 참."

이개가 술잔을 탁 놓았다.

"나야말로 죽고 싶은 심정이야. 하필이면 그날 당직이 되어 옥새를 내 손으로 수양 놈에게 갖다 바쳤으니……. 게다가 정난공신에 좌익공신까지 되었다고……."

성삼문의 한탄이었다. 술 두 잔을 연거푸 마셨다.

"근보謹甫는 너무 자책하지 말게. 우리 모두 다 죄인으로 살고 있음이야. 수양의 세상에서 숨을 쉬고 있으니 말이네."

박팽년도 자책했으나 말을 다시 이었다.

"허나 오늘 모인 뜻은 후일을 기약해보자는 것이 아닌가? 자책은 이제 그만하고 앞일을 의논해보세."

"그래. 그런데 전하께서는 요즘 어찌 지내시는고?"

이개가 물었다.

"무양無恙하시긴 하시지만, 그 심기야 오죽하시겠는가? 양위兩位 분께서 밤마다 눈물로 지새우신다 하시니…… 크……."

금방이라도 눈물을 쏟을 것 같은 성삼문의 목소리였다.

"수양이 처음에는 꼬박꼬박 문안을 올리더니 요즘은 뜸하다면서?"

"들은 바로는, 전하께서 번거로우니 그만두라 하셨다지만……. 그렇다고 그만둘 수가 있는가?"

"지금까지야 고명誥命 받기 전이기에 받드는 시늉이라도 냈겠지만, 이제 고명을 받았으니 앞으로는 다를 것이네. 대놓고 홀대를 할 게 분명하다고. 창덕궁에서도 언제 쫓아낼지 모르고……."

"행사다, 연회다 해서 왜 그렇게도 전하를 밖으로 자주 불러내는지 참……. 수양으로서야 상왕을 잘 모시며 화목하게 지내고 있다는 것을 백성들에게 보이고 싶겠지만, 전하의 심기는 전혀 고려치 않는 게 큰일이지. 치미는 울화 때문에 가슴이 터질 것 같을 때가 한두 번이 아니란 말이네."

"안타까워 한탄만 한들 뭘 하겠나? 억울한 고초를 겪고 계시는 건 전하이고, 바로 쳐 죽일 놈은 수양이라는 것은 삼척동자도 아는 일이네. 이제 우리가 무엇을 어찌해야 할 것인지 의논해보세."

"맞아. 그걸 궁리해 봐야지."

"세종대왕, 문종대왕 두 분의 고명顧命을 잊지는 않았겠지?"

"잊을 리가 있는가?"

"각골난망刻骨難忘이 아니던가?"

"그러면 잘 들어들 보시게. 앞으로 명 사신들이 떠나고 나면 수양의 왕권은 굳어지고 말 것이네. 지금은 사신들의 눈이 있으니까 전하를 극진히 모시는 체하고 있지만 일단 그들이 떠나면 틀림없이 위해를 가할 것이네."

박팽년이 심각하게 말했다.

"……."

"명 사신들이 있는 지금이 저들의 경계가 많이 흐트러져 있는 때이기도 하네. 사신들과의 연회에 정신을 팔고 있는 데다, 또 수양은 저희 패거리들의 집에까지 찾아다니는 일이 많네. 일을 도모하기에 아주 좋은 호기인 게 틀림없어."

"옳은 말이네. 게다가 사신들이 있을 때 일을 해치우면 명나라에서도 수양의 찬탈을 똑바로 알게 될 것이고 이 나라에 충의가 있음을 알게 아닌가?"

이개의 말이었다.

"그럼 우선 거사한다는 데는 의견이 모아진 것이지?"

"암, 해야지."

"거사하세."

고개를 끄덕이던 유성원이 입을 열었다.

"좋아. 허나 우리가 뜻을 정했다고 일을 성사시키기는 쉽지 않네. 우리 네 사람이 그냥 칼을 들고 덤벼들어 수양을 칠 것인가? 수양이 역모를 성공시킨 것도 그 간당奸黨들의 도움이 있기 때문이었네. 한명회 같은 모사, 홍윤성과 양정 같은 역사도 있기 때문이었어. 이제 우리가 그들을 치려 하는 것이니 우리도 신중한 방도가 있어야 하네."

성삼문이 나섰다.

"옳은 말이야. 우선 내가 궐 안의 사람들을 더 포섭하겠네. 아직 장담은 할 수 없지만 김문기나 권자신 이런 분들은 틀림없이 호응할 것이네. 김문기는 도진무都鎭撫이니 병력이 필요할 때는 큰 도움이 될 것이고, 권자신은 단종의 외숙이니 목숨 걸고 합류할 사람이고……."

"그러네그려."

"그리고 이미 우리 집 어르신께서도 뜻을 같이 하시고 계시네. 아버님을 통해 많은 무인들을 얻을 수 있을 것이네. 조금만 더 힘을 쓰면 우리도 만만찮은 세력이 될 것이야."

성삼문의 아버지 성승成勝은 도총관을 지냈고, 당시 지중추원사 자리에 있는 사람으로 성정이 호방한 무인이었다.

박팽년이 이어서 말했다.

"우리 아버님도 계시네."

박팽년의 아버지 박중림朴仲林은 예문관 대제학으로 있었다.

"힘이 절로 나네."

유성원이 활짝 웃었다. 성삼문이 다시 계획을 말했다.

"오늘부터 각자 착실한 사람들을 더 포섭해야 하네. 한자리에 모이는 것은 눈에 띄기 쉬우니 은밀히 기별하면서 뜻을 모으도록 하세. 수양이 틀림없이 또 궐 밖 나들이를 할 것인즉 한편으로는 기회를 엿보고……. 우리 모두 신중하게 움직이면 성사가 될 것이네. 어떻게든 수양을 처치하고 종사를 바로 잡아야지."

"암, 그래야지. 열여섯 어린 나이에 유폐나 다름없이 살고 계시는 상왕을 생각하면 자다가도 목이 메네."

모두들 눈시울이 뜨거워졌다.

"일이 성사되면 모든 것이 좋아질 것이네. 자자. 우리 맹세의 의미로 술 한 잔 더 드세."

그들은 다 같이 술잔을 높이 들었다. 한 줄기 훈풍이 그들을 맴돌아 나갔다.

옥류동을 내려온 네 사람은 그들과 뜻을 같이할 사람들의 포섭에 나섰다. 주로 밤을 이용하여 은밀하게 움직였다. 만에 하나 밀고자가 생기는 날엔 거사를 해보기도 전에 모두 역적으로 몰려 참살을 면치 못하고 말 것이었다.

성삼문과 이개가 만나 하위지河緯地의 포섭 여부를 의논했다.

"천장天章(하위지의 자)께서는 틀림없이 호응하실 것이네."

성삼문의 의견이었다.

예조참판인 하위지 역시 집현전 학사 출신이었다.

"그분이 수양과 함께 역대병요歷代兵要, 진설陣設 등을 찬수纂修하는 동안에……."

이개는 하위지가 혹시 수양에게 동조하는 사람이 아닌가 의심했다.

"이 사람, 청보淸甫(이개의 자). 그분이 어찌 수양이 좋아서 그 병서를 함께 찬수했겠는가? 그때는 다 같이 신하가 아니었는가? 또 그분의 뛰어난 인품으로 보면 이 일을 마다하실 분이 아니네. 나이가 비록 우리보다 많긴 하지만 결코 망설일 분이 아니네."

"음……."

하위지는 문장으로 이미 정평이 나 있었다. 성품이 신중 과묵하여 소인배들의 접근이 어려웠다. 또한 청렴결백한 청백리清白吏로도 이름이 나 있었다. 하위지는 수양왕 즉위 후 수양왕의 국정 전횡을 친위 세력의 공고화로 보아 매우 마땅찮게 여겼다.

수양이 영의정이던 시절에는 육조의 업무를 의정부를 거쳐 왕에게 보고하는 제도인 의정부서사제를 고집했으나, 왕이 되자 육조가 각자의 업무를 왕에게 직접 보고하는 제도인 육조직계제로 즉시 바꿔버렸다. 이에 하위지는 상소를 올려 의정부를 통해 국가 공사를 처결하라고 건의했었다.

이 같은 상소에 수양왕은 화를 벌컥 내고 하위지를 극형에 처하고자 하옥시켜 버렸다. 그러나 수양이 생각해보니 하위지를 처벌하면 집현전 출신들의 포섭에 매우 나쁜 영향을 줄 것 같았다.

"그대의 충성으로 알겠소. 왕이 죽었거나 어릴 때는 의정부가 나서야 하지만……. 지금 과인은 죽은 것도 아니고 어리지도 않소. 앞으로도 과인을 많이 도와주시오."

수양은 아니꼬운 하위지를 바로 방면했던 것이다.

"함께 찾아뵈었으면 하네만……."

"그러세."

둘은 하위지의 집을 찾았다.

"어서들 오시오."

하위지는 동생 같은 두 사람을 따뜻하게 맞았다.

성삼문이 내방의 뜻을 설명하자 하위지는 이들을 기다리고나 있었던 듯 기뻐했다.

"내심 서운하게 여기고 있었소. 지조 있는 사람이라면 이런 일이 있으리라 짐작하고도 남는 일인데……, 정말 고맙소."

성삼문과 이개는 기쁨의 시선을 교환했다.

"세종대왕의 성은을 입어온 우리들 아닙니까? 우리는 학문으로 마음을 닦아온 사람들이 아니오. 상왕전하를 다시 보위에 모시는 일은 천명으로 알아야 할 것입니다. 근보와 청보가 이 우거_{寓居}를 찾아오신 것은 세종대왕의 혼백이 아직 나를 버리지 않으신 것이오. 성을 다해 나섭시다."

"고맙습니다."

"고맙다니요. 오히려 내가 고맙소이다. 계책을 말씀해주시오. 내가 앞장을 서겠소."

성삼문은 먼저 뜻을 같이하는 사람들을 일러주었다. 그리고 계책을 설명했다. 명나라 사신들이 돌아가기 전에 거사한다는 것이 주요한 사항이었다. 수양이 정난공신들의 집으로 거동하여 술자리에 참석할 때 거사한다는 계획을 더 자세히 설명했다.

"잘됐습니다. 그만한 인재들이면 이 일은 반드시 성공할 것입니다."

하위지는 매우 기뻐했다.

"그럼 소상한 정보는 그때그때 사람을 보내든지 제가 직접 찾아와 말씀드리든지 하겠습니다."

두 사람은 하위지의 집을 나섰다.

이들과 뜻을 같이하는 사람들은 은밀하게 자주 회동했다. 회동이 잦을수록 열기는 높아갔다.

"내일이고 모레고 수양이 거동하면 그날이 거사 일이오. 거동일이 정해지면 연락할 테니 우리가 정한대로 움직이면 되는 것이오."

모두 성삼문의 의견을 따랐다.

이제 모든 준비는 끝난 셈이었다. 수양이 거동하여 모이면 그 자리에서 그들 모두를 처단하면 되는 것이었다. 이들은 수양의 궐 밖 나들이를 숨죽여 기다리고 있었다.

그런데 5월 21일의 경연經筵에서 시독관侍讀官 양성지梁誠之가 수양에게 의외의 간언을 올렸다.

"성상께오서 대신들을 우대하여 이미 여러 번 그 집으로 행차하셨습니다. 하오나 어두운 밤중에 민가 사이를 세자와 훈신과 함께 행차하시니 신은 불가하게 여기옵니다. 숙위宿衛하는 금군에게도 일절 술을 내리시지 마시고, 변진邊鎭의 군사들에게도 명절에 연회하고 술 마시는 것을 금지하시고, 의창義倉에 저장하여 흉년에 대비한 곡식은 다시 곡진하게 조치토록 하시며, 도성과 모든 진성에는 옹성을 쌓게 하소서."

양성지의 간언을 듣고 수양이 물었다.

"과인이 공신들과 함께 연회를 좀 하는 것이 무슨 해가 되겠소?"

수양은 법도와 이치에 얽매이기 싫어하는 성품이었다.

구치관(좌승지)이 다시 간언을 올렸다.

"신 또한 우승지(한명회)와 함께 아뢰고자 했사옵니다. 시독관의 간언이 옳은 줄로 아옵니다."

잠시 생각하는 것 같더니 수양이 수긍했다.

"그리하겠소."

이후로 수양은 공신들의 집 나들이를 뚝 끊어버렸다. 이렇게 되자 성삼문 등은 잠시 맥이 빠졌다. 그렇다고 물론 포기할 수는 없었다. 마음을 추스르고 기회를 기다리며 포섭을 계속했다.

공조판서 김문기金文起, 동지중추원사 유응부兪應孚, 중추부첨지사 송석동宋石同, 형조정랑 윤영손尹鈴孫, 공조참의 이휘李徽, 무관 최득지崔得池와 최치지崔致池, 집현전 부수찬 허조許慥, 성균관 사예 김질金礩 등이 합류했다.

그러나 이제 어떻게 해야 틀림없이 수양을 제거할 수 있을지 그 방법이 문제였다. 성삼문을 비롯해 여럿이 만나서 이런저런 대책을 상의해보았지만 아직 마땅한 방법을 찾을 수가 없었다.

은밀한 동조자들이 조금씩 초조해하던 그 무렵 천우신조天佑神助와 같은 절호의 기회가 그들에게 찾아왔다. 6월 1일, 상왕이 사신들을 위해 주최하는 잔치를 창덕궁의 광연전廣延殿에서 열기로 했다는 소식이 전해졌던 것이다.

임금이 참석하는 잔치나 행사에는 별운검別雲劍이 배치되기 마련이었다. 별운검은 2품 이상 무반의 관원이 운검이라는 큰 칼을 차고 임금의 좌우 또는 뒤에서 시립하여 호위하는 임시관직이었다. 그런데 이날의 잔치에는 임금과 상왕 외에 세자도 참석하기에 세 사람의 별운검이 시립 호위하기로 되어 있었다. 그 별운검에 임명된 사람이 성승, 유응부兪應孚 그리고 도총관 박쟁朴崝이라 했다.

성삼문의 아버지인 성승은 선대왕 시절 존경받는 무인이었다. 경상좌도 병마절제사, 의주목사를 거쳐 동지중추원사가 되고 도총관이 된 인물이다. 그는 수양이 단종을 위협하여 선위를 받자 말을 달려 집으로 돌아와 통곡했으며, 수양이 지중추원사로 승진시켰으나 병을 칭탁하고 조정에 나가지 않고 있었다.

유응부 또한 세종, 문종의 총애를 받은 무관으로 평안좌도 도절제사를 지냈고 수양에 의해 동지중추원사에 임명되어 있었다. 그 별운검 두 사람 성승과 유응부는 이미 뜻을 같이한 사람이요, 박쟁 또한 즉시 뜻을 같이할 사람이기에 거사는 이미 성공한 것이나 마찬가지였다. 그야말로 하늘이 돌보고 선대왕의 신이 돕지 않고는 이렇게 절묘한 기회를 얻을 수는 없는 일이었다.

성승은 유응부를 집으로 초대해 술상을 대접했다.

"절호의 기회가 온 셈이오."

"젊은이들이 참으로 기뻐할게요."

두 분이 만났다는 소식에 성삼문과 박팽년이 달려왔다.

"아버님, 별운검으로 지명된 것이 사실이옵니까?"

성삼문의 목소리가 떨려왔다.

"그렇구나, 여기 신지信之(유응부의 자)와 박쟁이 함께 별운검을 서게 되었다."

성승의 목소리도 고조되어 있었다.

"하늘이 도우신 것이옵니다. 하늘이옵니다."

박팽년의 목소리 또한 들떠 있었다.

"이제야 하늘과 백성들에게 얼굴을 들게 되었네. 내 수양 역적의 목을 단칼에 벨 테니 자네들은 주상전하를 모실 준비를 하게. 버릴 곳을 몰라 하던 이 늙은 목숨이 종사를 위해 쓰게 되었으니 참으로 기쁘이."

유응부의 감회 어린 말이었다.

"내 마음 또한 신지와 같소."

박팽년이 잠시 고개를 숙였다가 들며 물었다.

"어르신, 박쟁 그분은 어떠실지, 그 점을 생각해두셔야 할 것으로 아옵니다만……."

유응부가 손을 들어 저으며 말했다.

"그 점에 대해선 염려들 말게. 그 사람의 인품을 내가 알지. 우리의 뜻을 알면 기꺼이 따를 사람이네."

"하오면 어르신께서 맡아주실 수 있겠사옵니까?"

"그 일은 내게 맡기게. 그날 하여튼 수양의 목을 치는 일은 우리에게 맡기게. 별운검의 위치가 어딘가. 바로 수양의 뒤가 아닌가? 하나도 아니고 세 사람이나 칼을 잡고 나서는데 어쩔 것인가? 처치하는 것은 모두 우리에게 맡기고 자네들은 그 후의 대책을 마련하게."

"예, 알겠사옵니다."

"주상전하를 다시 모시게 되면 영상은 누굴 모실 참인가?"

"그것은 아직……."

유응부의 호통이 터졌다.

"아니. 이 사람들. 그것도 생각해두지 않았단 말인가? 허어, 빨리 대책을 세워야지."

"송구하옵니다. 대책을 세우겠습니다."

"3공 6판을 다 정하지 못하더라도 영상이 누구라는 것 정도는 정해두어야지. 그래야 조정이 수습될 게 아닌가?"

성삼문과 박팽년이 송구해 쩔쩔매는 것을 보고 성승이 나섰다.

"자, 신지. 야단은 그만 치고 이 자리에서 결정해봅시다."

"아, 그렇군요."

선선한 유응부였다.

"누가 좋을까? 모두가 납득할 만한 지위에 있으면서도 아주 수양의 심복은 아닌 사람 말이야."

성승의 말에 박팽년이 대답했다.

"우찬성 정창손대감이 어떨지……."

"정창손이라?"

성승의 언급에 유응부가 동의했다.

"무방할 듯하오."

"그러하옵니다."

성삼문도 동의했다.

"정창손이라. 그래 그 이상은 생각이 안 나는구먼. 그럼 영상은 결정이 되었네. 그런데 누가 정창손에게 부탁을 하지?"

성승이 물었다.

"아버님, 거사가 끝날 때까지는 알리지 않는 게 좋겠사옵니다. 정인지처럼 수양 편은 아니지만 그래도 수양을 따르고 있는 사람이 아니옵니까? 누설의 위험이 있사옵니다. 수양을 죽인 후에 추대하면……, 아마도 거절은 아니 할 것이옵니다."

"그렇겠구먼."

"그렇게 합시다."

이것으로 한 가지는 결정된 셈이었다.

"자네들, 한명회의 살생부 이야기를 들었겠지. 자네들도 누구누구를 죽여야 할 것인지 결정해놓았는가?"

"예, 그것은 정해놓았사옵니다."

"오, 말해보게."

"우선 한명회, 권람, 신숙주, 윤사로이옵니다."

"음······."

"다음이 3정승이온데 한확은 명나라에 가 있고, 이사철은 본래 우유부단한 사람이라 꼭 죽일 필요는 없고, 영의정 정인지만 처단하면 될까 하옵니다. 홍윤성이나 홍달손 같은 자들은 주상께서 복위하신 다음에 처치해도 될 것이옵니다."

"음······."

"그래······."

성승, 유응부 두 사람은 고개를 끄덕였다.

이후 6월 1일을 기다리며 뜻을 같이한 사람들은 은밀히 연락을 주고받으며 숙의해서 대책을 세웠다.

4

창덕궁 광연전

1456년(수양왕 2) 6월 1일, 마침내 거사일의 먼동이 트고 있었다.

한명회는 몸을 뒤틀다 새벽잠을 깨면서 벌떡 일어나 앉았다. 온몸이 식은땀에 젖어 있었다.

'아무래도 흉몽이야.'

따사로운 강변 잔디밭에서 수양왕이 낮잠을 자고 있었다.

'이제 천하태평이야. 이런 데서 왕이 편안히 잠들 수 있으니 말이야.'

바라보던 한명회가 한마디 하고 미소를 지었다.

그런데 그때부터 강물이 불어나 몸을 덮칠 듯 차오르고 있었다.

'전하, 전하, 일어나시옵소서. 물이 차오릅니다. 어서 일어나시옵소서.'

한명회의 부르짖음을 들었는지 못 들었는지 수양왕은 그냥 태평으로 자고 있을 뿐이었다. 한명회는 달려가 수양왕을 일으키려 했으나 어찌 된 일인지 몸이 꿈쩍도 하지 않았다. 수양왕의 몸을 금방 덮칠 듯 넘실거리던 강물이 이젠 핏빛으로 보였다. 수양왕은 아무것도 모르고 깊은 잠에 빠져 있는 모양이었다.

'전하, 전하, 빨리 일어나셔야 하옵니다. 전하, 전하.'

빨리 깨워 이동하지 않으면 수양왕은 죽을 판이었다. 수양왕이 죽으면 한명회 자신은 물론 그들 패거리도 다 끝나는 것이었다. 한명회는 있는 힘을 다해 기를 쓰며 일어나려고 발버둥 치다 번쩍 잠에서 깨어났던 것이다.

'분명 악몽이야. 꿈은 예시像示라고 했어. 뭔가 있을지도 모르는 일인데…….'

임금이 핏물 속에 잠기려는 꿈이라면 임금에게 위험이 닥친다는 뜻이 되는 셈이었다.

'그래, 오늘이 광연전廣延殿 연회가 있는 날이 아닌가. 뭔가 꺼림칙한 게 있었어. 그래, 바로 그거야.'

이치적으로 따져 알기 이전에 동물적인 육감으로 짐작하는 일들이 한명회에게는 자주 있었다. 관례상 별운검을 세운다는 게 한명회는 별 이유 없이 꺼림칙했다. 그것도 이번에는 셋씩이나 세운다 하지 않던가.

한명회는 서둘러 입궐했다. 그의 업무부처인 승정원에 들어서자 이미 출근해 있던 성삼문이 반갑게 맞았다.

"안녕하시오. 오늘은 등청이 좀 이른 것 같소."

"안녕하시오. 오늘은 아무래도 좀 바쁠 것 같아서……."

한명회는 대답하면서 성삼문의 기색을 살폈다. 이상한 기미는 보이지 않아 다행이었지만 한명회는 차분하려고 무척 신경을 썼다.

"오늘 날씨가 아주 좋아 다행이오만 너무 덥지 않을까 걱정이오."

한명회는 일부러 잡담을 늘어놓았다.

"오뉴월이니 그 정도는 덥지 않겠소. 허나 광연전은 아래층이고 창문이 많아 딴 곳보다는 시원할 것 같소만……."

"좀 그래야지. 사람들이 많이 모이는 큰 잔치가 되어서 산들바람이라도 좀 불어줄지 풍백風伯(바람의 신)에게 좀 빌어볼까?"

"하하, 풍백이 어디 있는 줄 알아서 거기에 빌겠소?"

"헤헤, 오래된 고목은 혹 알 것도 같은데……. 한번 나가서 물어볼까? 헤헤."

한명회는 일부러 잡담을 지껄이며 승정원을 나왔다.

그는 조용히 편전으로 가 수양왕 앞에 부복했다. 부복하고도 말이 없자 수양왕이 먼저 물었다.

"무슨 일이오, 한승지?"

두 사람 외에는 내관 전균뿐이었다. 전균이라면 안심해도 되었다.

"별일은 아니옵고……. 오늘 연회의 일로 한두 가지 아뢰고자 하옵니다."

"연회의 일이요? 뭣이 미비된 거라도 있소?"

"미비된 것은 전혀 없는 것으로 아옵니다만……."

"그러면……. 뭐든 말해보시오."

"예, 그저 시생의 생각입니다만……. 창덕궁도 궁이긴 하오나 경복궁으로 본다면 궐 밖인지라……, 세사서하까지도 함께 출궁하심은 부당한 줄로 아옵니다. 통촉하시옵소서."

"허어, 한승지, 지금 뭐라 했소? 세자와 함께 나가려는 뜻을 모른다는 게요?"

"어찌 모르겠사옵니까? 세자와 상왕전하까지 모두 한자리에 모여 이 나라 왕실의 화목하심을 보이시려 하심이 아니옵니까?"

"허, 잘 알면서 그런 말을 하오?"

"세자저하께서 아니 나가시고 주상전하와 상왕전하 양위분만 계셔도 왕실의 화목은 보일 수가 있사옵니다. 예로부터 주상께서 궐을 비우시면 동궁은 궐에 남아 궐을 숙위宿衛하는 것이 상례이옵니다. 이는 조금의 빈틈도 없이 만약의 사태에 대비코자 함이요, 또한 불의의 사태에서 대통의 단절을 막기 위한 조처이옵니다. 통촉해주시옵소서."

"그야 맞는 이야기이기는 하나 지금 무슨 불의의 사태가 있을 것이라고 그러는 게요? 이 태평성대에 말이오."

"전하. 다시 아뢰옵기 황송하옵니다만 우선 왕통의 소중하심을 생각하시와, 천만 번에 한 번의 위험이라 해도 삼가심이 옳은 줄로 아옵고……. 또 태평성대라 하시오나 아직 남아 있는 간당의 무리들이 불온한 마음을 품고 있을지도 모르는 일이옵고……. 전하, 통촉하시옵소서."

수양왕은 고개를 모로 꼬고 눈을 한번 끔벅거렸다.

"그럼, 누군가가 우리를 해치려 한단 말이오?"

"그도 모를 일이옵니다. 하오니 어떤 위험에도 대비해두는 지혜를 갖춰야 하옵니다."

"그건……, 과연!"

다른 사람이 아닌 한명회의 말이라 세조는 금방 수긍이 갔다.

"하오시면?"

"세자는 여기 남도록 합시다."

"망극하옵니다, 전하."

"내 한승지 말이라 받아들이긴 하지만, 이 보위에 올라 있다는 게 참 쓸쓸하기도 하구먼……."

"전하, 어찌 그런 말씀을……."

"아니오. 우리 사이니 내 하는 말이지만 이제 일 년이 다 되었는데, 그리고 이제 명나라의 고명도 받았는데……, 아직도 과인을 노리는 자가 있단 말이오?"

"……"

"있소, 없소? 말을 해보시오."

"있을 것이옵니다."

"음……. 그렇겠지. 과인의 생각으로도 없지는 않을 것이라 여기기는 하지만……. 답답한지고……. 대세는 이제 완전히 기울어져 있는데 다시 무엇을 어찌하겠다는 건지, 원."

"……"

"한공. 한공의 짐작으로는……, 언제면 모두가 다……, 아니, 이 나라의 산천초목까지도 다 나를 따를 것 같소?"

"전하, 아뢰옵기 황공하오나, 전하께서는 지금까지 해오신 대로 꿋꿋하게 정도正道만 가시면 되옵니다. 좌고우면左顧右眄하실 필요가 없사옵니다. 정도만 굳게 지키시면 다 따라오게 되는 것이옵니다."

"음, 정도라……."

"세상을 제대로 못 보는 사람들, 편협한 이기심만으로 사는 사람들, 그런 사람들은 늘 있게 마련이옵니다. 전하께서 꿋꿋하게 정도를 가시면 그들도 불평을 중얼거리기는 하겠지만 다 따라올 수밖에 없사옵니다."

"음, 알겠소."

"전하, 하온데 오늘 날씨가 무더울 것이고 광연전은 큰 잔치 자리로는 아무래도 비좁은 것 같사옵니다. 명 사신들 앞에서 혹 무슨 실례라도 생길까 염려되오니 소신에게 연회장의 모든 분별을 맡겨주시옵소서."

"연회장의 일이야 예조에서 다 알아서 하지 않소?"

"예조 관원들은 법도만 따지기 좋아하는 사람들이라 무슨 착오가 생겼을 경우에는 당황하여 낭패를 보는 경우가 허다하옵니다. 하오니 소신에게 맡겨주시옵소서."

그럴듯한 말이었다. 혹 무슨 실수가 있어도 한명회의 재치라면 임기응변으로 대처할 수가 있을 것이었다.

"알겠소. 그리하시오."

"성은이 망극하옵니다."

한명회는 얼른 어전을 물러나와 창덕궁으로 달렸다. 날씨는 벌써부터 무더울 낌새를 보이고 있었다. 그러나 한명회는 무더위를 느낄 처지가 못 되었다.

광연전 주변은 벌써 들떠 있었다. 한명회는 주위를 지키는 병사들 수효부터 늘렸다.

'이제 됐어. 꺼림칙한 그것을 아예 들이지 못하게 하면 되는 거야.'

그는 사실 별운검을 치우기 위해 아침에 임금과 여러 말을 주고받았던 것이다.

한명회는 부지런히 움직였다. 잠시 후면 벌어질 큰 잔치를 차질 없이 치르려는 움직임 같기도 했으나, 사실은 모여드는 사람들의 면면과 동태를 살피고 있는 것이었다. 그러나 아무도 한명회의 그러한 속셈을 눈치채지 못했다.

그리고 또 한 사람, 성삼문도 무더위를 느끼지 못하고 있었다.

그는 잠시 후면 수양과 그 세자라는 아들이 피투성이가 되어 쓰려져 죽을 것이라는 사실을 전혀 의심하지 않고 있었다. 이를 위해 그는 지난밤 이 거사의 주축이 되는 사람들에게 각자 해야 할 일들을 맡겨 주었던 것이다.

성삼문 역시 일찍 나와서 분주히 움직였으나 의심하는 사람은 없었다. 왕이 움직이는 곳에는 어차피 승지들은 분주한 사람들이었다.

"성승지, 전하께서 내게도 연회장을 살펴보라 하셨소."

성삼문을 만나자 한명회는 짐짓 수양왕이 먼저 지시한 것처럼 말했다.

"하하. 한승지의 안목을 높이 보시는 것일 테지요."

성삼문은 한명회의 말에서 무언가 섬뜩함을 느꼈다. 성삼문은 수양과 그 패당의 모든 모사를 한명회가 주도해왔음을 잘 알고 있었다. 한명회가 빈틈없이 용의주도하며 재치가 비상하고 잔머리가 뛰어나다는 것을 성삼문은 잘 알고 있었다.

매미 소리가 멈추는가 싶더니 전균의 긴 외침이 들려왔다.

"주상전하 납시오!"

수양왕의 모습이 서서히 다가오고 그 옆에 상왕이 따르고 있었다. 수양왕은 환하게 웃는 낮으로 상왕에게 뭔가를 이야기하며 걸어오고 있었다.

"아니, 근보. 이게 어인 일인가? 세자라는 자가 안 보이지 않는가?"

박팽년이 다가오며 성삼문에게 물었다.

"글쎄, 안 보이는데……."

성삼문은 꽤나 실망하는 안색이었다.

"이 사람아, 승지인 자네가 모르면 누가 아는가? 세자가 경복궁에 남아 있다는 말이 아닌가? 자네가 왜 그걸 몰랐는가?"

이상하니까 성삼문에게 그저 물어보는 말이었으나 성삼문으로서도 알 수 없는 일이었다. 연회 계획에는 세자가 분명 들어 있었다.

'그거참 이상한데…….'

성삼문이 눈살을 찌푸리고 있는데 아버지 성승이 초조한 모습으로 다가와 물었다.

"좀 이상하구나. 세자가 안 오게 되었느냐?"

"……."

성삼문과 박팽년이 대답을 못 하고 있자 성승이 혀를 찼다.

"쯧쯧, 이거 낭패가 아니냐? 혹 저들이 무슨 낌새를 챈 건 아니냐?"

"……."

"저기 저 한명회라는 자가 저리 설치고 다니는 것이 아무래도 심상치가 않은 것 같다."

"수양이 한명회에게도 연회장을 살펴보라 했다 합니다."

"그것 또한 수상쩍구나. 무슨 말이 새나간 게 아니냐?"

"그럴 리가 없을 것이옵니다."

성승은 박팽년에게도 물었다.

"틀림없단 말이지?"

"예. 그러하옵니다."

"음, 알겠네만……."

그때 유응부가 다가왔다.

"왜들 모여 있소? 남들이 수상쩍게 보아요."

"세자가 안 보여서……."

"세자가 안 왔다고? 그래서 대사를 미루겠단 말이오?"

유응부의 말에 성삼문이 대답했다.

"일을 성사시켰다 해도 경복궁에서 세자가 군사를 일으키면 어찌 되겠사옵니까?"

"이런 사람들 하고는……. 수양을 베고 그 일당을 처치하고서 상왕 전하를 옹립하면, 그때는 대세가 우리에게 있게 되는데 병골 세자가 무슨 힘을 쓰겠는가? 예정대로 해치우면 되는 게야."

유응부가 낮은 소리지만 대담하게 밀고 나갈 것을 주장했다. 유응부는 성승을 재촉해 앞으로 나가며 성삼문과 박팽년에게도 계획대로 하라는 다짐을 두었다.

"자, 우리 먼저 듭시다. 자네들은 나머지 일들을 계획대로 처리하게."

때마침 박쟁도 당도하여 세 사람의 별운검은 광연전 쪽으로 나란히 걸어갔다. 이미 뜻이 일치된 세 사람은 남몰래 사뭇 흥분해 있었다. 그들 생각으로는 왕위를 도적질한 도적떼의 일개 괴수에 불과한 수양이었다. 그 수양을 단칼에 베고 눈물의 세월 속에 갇힌 상왕을 복위시킬 순간이 바로 눈앞에 다가와 있기 때문이었다.

그 세 사람을 뒤에서 바라보는 성삼문, 박팽년 등의 눈에는 감개 어린 눈물이 고이고 있었다.

'이제 곧 바른 세상이 오리라.'

'제발 이루어지소서.'

그들은 기원하고 있었다.

그런데 난데없는 일이 벌어졌다. 광연전 주위를 빙빙 돌면서 이것저것 간섭하고 다니던 한명회가 이들 세 사람의 별운검 앞을 가로막고 선 것이었다.

"들어가실 수 없습니다."

"아니. 이 사람. 우리 세 사람이 별운검으로 든다는 것을 모른단 말인가?"

성승이 운검을 들어 보이면서 따졌다.

"송구하옵니다. 운검을 들이지 말라는 어명이 계셨사옵니다."

한명회의 차분한 대답이었다.

"어명이라고?"

성승이 되물었다.

"그렇사옵니다."

"무슨 이유인가? 이같이 큰 잔치에 운검을 폐하다니?"

유응부의 거구에서 울화가 터졌다.

"어명이라 하였소이다. 날은 더운데 장소가 넓지 않다 보니 너무 번거롭지 않게 하라는 어명이셨습니다. 그래서 세자께서도 나오시지 않으셨고 또 세 분 대감들께서는 모두 연로하신 터라 더위에 갑옷까지 입으시고 고생하시는 게 성념에 걸리신 듯하옵니다. 하오니 오늘은 이만 돌아가 쉬시지요. 이는 주상전하의 망극하신 성은일 것이옵니다."

"……."

유응부의 가슴이 울분으로 차올랐다. 운검을 잡은 손이 부르르 떨렸다.

"나는 별운검을 서라는 어명은 받았으나 그만두라는 어명은 받지 못했어. 내 들어가 여쭤볼 것이네."

다시 막아서면 베겠다는 기세로 한 발 나서며 유응부가 말했다.

"대감. 왕명을 출납하는 게 승지입니다. 승지가 어명을 전하는데 듣지 않으십니까?"

한명회도 당당하게 나왔다.

"승지도 승지 나름이 아닌가?"

너 따위는 승지로 인정 못 한다는 괄시였다.

"대감. 말씀이……."

일촉즉발의 살기가 감돌았다. 이때 한명회 곁으로 홍윤성이 다가서고 있었다. 물론 관복 차림이었지만 그 안에 철퇴가 숨겨져 있을 수도 있었다.

"비켜. 내 들어가 직접 들을 것이야."

한명회가 꿈쩍 않고 막아섰다.

"이놈이 감히……."

유응부는 한발 물러서며 칼을 뽑으려 했다. 그 순간 다가온 성삼문이 재빨리 유응부의 팔을 붙잡았다.

"대감. 고정하시옵소서."

"이거 놓게."

"한승지 말이 거짓이 아닐 것이옵니다. 어명을 자의恣意로 전할 수가 있겠사옵니까?"

성삼문이 이렇게 말리자 유응부도 어쩔 수가 없었다. 성승과 박쟁도 나서서 말리자 유응부도 하는 수 없이 끌려 나오고 말았다.

멀리 떨어진 곳에 오자 유응부가 분통을 터뜨렸다.

"왜 말려, 이 사람들아. 그놈을 베고 들어가 수양도 베어버리면 그만인 것을……."

"대감. 참으시옵소서. 다음으로 미루는 게 상책인 듯하옵니다."

"허어……. 이 사람들. 지금이 호기란 말이야. 지금이라도 들어가 저놈들을 베어야 한다고……. 이런 호기가 언제 또 올지 모르고 또……."

유응부는 지금이라도 쳐들어가자는 것이었다.

"대감. 제 말씀 좀 들어보시지요."

"허어. 말은 무슨 소용이야? 지금 쳐들어가면 되는 거지."

"대감. 세자가 경복궁에 남은 것도, 갑자기 별운검을 폐하라는 것도 다 저들의 무슨 대비인 것 같사옵니다. 그러니 지금 칼을 뽑는다 해도 성패를 알 수 없고, 또 성공한다 해도 경복궁에서 세자가 군사를 일으켜 대항한다면 그 또한 알 수 없는 일이옵니다. 그러니 다음날을 기하는 것이 옳은가 하옵니다."

"허어 이 사람들. 이 무슨 꼴이야. 이 일이 무슨 시문 짓는 일인 줄 아는가? 잘못을 고치고 말고 하게. 병귀신속兵貴神速이란 말도 못 들었어? 이런 일은 벼락같이 해치우는 게 제일이야. 그리고 또 이런 일은 늦추다 보면 누설이 될 수도 있어."

"절대 그런 일은 없을 것이옵니다."

박팽년의 장담이었지만 유응부는 고개를 저었다.

"세자가 오지 않았다 하지만 수양과 그 일당이 모두 여기에 있으니 그야말로 천재일우의 좋은 기회란 말이야. 지금도 늦지 않아. 다시 올라들 가세."

"……!?"

그러나 성승도 박쟁도 반응이 없었다.

"허어. 정 그렇다면 나 혼자라도 올라가 해치울 것이네. 이 팔 놓게나."

성삼문이 유응부의 팔을 잡고 있었다.

"대감. 고정하시옵소서."

"대감. 만전지책萬全之策이 아니옵니다."

성승과 박쟁은 쓴 입맛만 다시고 있었다.

"휴우우……."

유응부가 가슴이 터질 듯 숨을 들여 마시다가 길게 토해냈다.

"다 틀렸네. 이제 다시는 기회가 오지 않아."

"아니옵니다. 반드시 훗날이 있사옵니다."

"아닐세. 아니야."

유응부는 고개를 저으면서 멀리 광연전 쪽을 바라보고 있었다. 그곳에선 홍윤성과 함께 한명회가 그대로 입구를 지키고 있었다. 성삼문을 비롯한 모두가 낙심한 기색을 감추지 못하고 있었으나 일이 이렇게 된 이상 포기치 않을 수 없었다.

"가만, 윤영손 못 보았나?"

갑자기 성삼문이 주위를 둘러보며 외쳤다.

"글쎄…… 참."

박팽년 또한 당황하는 기색이었다. 윤영손은 오늘 거사가 진행되면 신숙주를 맡아 죽이기로 되어 있었다. 성삼문과 박팽년은 일어서서 사방을 두리번거렸다. 거사가 이렇게 중지된 것도 모르고 혼자 일을 저질렀다면 큰 낭패가 아닐 수 없었다.

"아까 저기 편방便房 쪽으로 가는 걸 본 것 같은데……."

이개의 말이었다.

성삼문이 그 편방 쪽으로 쏜살같이 뛰어갔다.

"성승지, 뭐에 그리 급하오."

저쪽에서 한명회가 심심했던지 한마디 던졌다.

"아니오. 땀이 좀……."

땀을 씻으러 간다는 듯 성삼문도 한마디 던지며 달렸다. 사실 등에서는 식은땀이 흐르고 있었다.

성삼문이 조용히 편방 문을 열었을 때 깜짝 놀랐다. 아차하면 큰일날 아찔한 순간이었다. 신숙주는 한구석에서 벽 쪽을 향해 몸을 구부린 채로 흐트러진 머리를 잡아 올려 다시 정돈하고 있었다. 그리고 윤영손은 칼을 빼 들고 신숙주 뒤로 다가서려는 참이었다.

윤영손이 인기척을 느끼고 뒤를 돌아보았다. 성삼문은 조용히 손짓으로 나오라 했다. 윤영손은 칼을 빼든 채 성삼문을 따라 밖으로 나왔다. 성삼문은 손짓으로 칼을 집어넣으라고 했다.

"왜 그러십니까?"

윤영손이 작은 소리로 물었다.

성삼문은 주위를 둘러보고 나서 조용히 일러주었다.

"거사를 연기하기로 했어."

"예에?"

눈이 휘둥그레지는 윤영손이었다.

"나중에 얘기할 테니 물러가세."

성삼문이 소매를 잡아끌며 가자 하니 따르기는 했으나 윤영손은 불만스러운 모양이었다.

"이런 좋은 기회를 왜 연기하십니까?"

"어서 가자고……."

"……?"

광연전의 연회는 이렇게 아무 일도 없이 흥겹고 즐겁게, 참석한 이들 모두가 흐뭇하게 돌아가며 잘 끝이 났다. 그러나 한편으로 거사의 뜻을 모았던 사람들에게는 참으로 허망하고 비통한 하루였다.

'이 또한 하늘의 뜻이야. 하늘의 뜻인 것을…….'

하늘의 뜻에 돌려도 가슴이 미어지는 비감은 어쩔 수가 없었다. 뜻을 이루지 못한 이 모든 허사가 한명회 한 사람의 육감과 잔머리에서 비롯되었음을 안다면, 통분감과 낭패감은 몇 배 더했을 것이다.

연회가 다 파한 뒤에도 성삼문과 박팽년은 돌아서지 못하고 광연전 주위를 공연히 맴돌고 있었다. 그건 너무도 크고 너무도 뜻밖인 허망과 회한을 떨치지 못한 배회였다.

"근보, 상왕전하를 좀 뵙고 갈까?"

"무슨 낯으로……. 얼마 전 문안차 뵈었을 때 '곧 좋은 날이 올 것이옵니다' 했는데 무슨 낯으로 찾아뵙겠는가?"

"그렇기도 하네. 참."

"후우……."

"근보."

"왜 부르시나?"

"이제 그만 진정하고……, 얼굴도 좀 펴게."

"가슴이 저리는데 얼굴이 펴지겠나?"

"다시 기회가 올 것이네. 수양 그자가 오늘은 운 좋게 살아났지만 천도天道가 있는 한 수양 따위는 반드시 주살될 것이네. 기회는 다시 올 것이야."

"그래, 나 역시 그래서 그 어른을 만류했네만……. 그래도 너무 허망해서……."

"다시 도모하면 되네."

"그래. 그러세."

"그런데 근보."

"응, 말해보게."

"뜻을 같이한 동지들을 의심하는 말이 될지도 모르지만……."

"……."

"오늘 일이 실패했으니 모두 불안할 것이 아닌가? 아예 틀린 일이 아닌가 하고 말이야. 그래서 혹시……."

"혹시……?"

"밀고자가 있지 않을까 걱정이 되기도 해서……."

"아니, 이 사람 인수. 그럴 리가 있나?"

"아니야. 근보. 동지들에게 안 된 말이긴 하지만 그런 생각도 해보아야 할 것 같아."

"허 참. 그들이 누군가. 거의 다 집현전 출신이야. 누가 배신을 하겠어."

"아니야. 범옹을 보게. 범옹이 저리될 줄 우리가 짐작이나 했던가?"

"……!"

성삼문은 말이 막혔다. 성삼문으로서도 신숙주가 저리될 줄은 꿈에도 상상치 못했던 것이다.

"사람의 일이란 알다가도 모르는 것일세. 단속을 해야 하네."

"그러면 어찌해야 하는가?"

"모두 한자리에 모여서 다시 다짐을 해야 하네. 다음 기회를 노리고자 하니 다들 더욱 조심하고 더 굳건한 충심으로 따르라고 말이야."

"음……."

"그렇게 재차 다짐을 해놓아야 흔들리는 마음이 없을 것이네."

"음, 그건 그렇구먼. 그러나 오늘 내일은 안 될 것 같네."

"왜?"

"아까 우리를 지켜보고 있는 한명회의 모습을 보았지 않았는가? 틀림없이 우리를 의심하고 있을 것이야. 그는 틀림없이 우리의 동정을 살필 것이네. 좀 시일을 두는 게 좋을 게야."

"음, 그럴 것도 같네만……."

"자, 그만 가세. 여기서 오래 서성대는 것도 저들의 의심 거리가 될 수 있어."

"그럼 가세."

해가 기울어가고 있었다. 한에 사무친 채 두 사람은 창덕궁을 빠져나갔다.

"인수, 죽기를 맹세한 사람들이 아닌가? 조금만 기다렸다가 다시 모이면 의기가 더 강해질 것이네."

성삼문은 찜찜해하는 박팽년을 위로했다.

"그렇겠지."

목숨을 걸어야 하는 일이 실패하게 되면 그 동지들 가운데는 필연코 의심을 품는 자가 있게 마련이었다. 계유정난의 시초에 거사를 미루자는 의논들이 꽤나 거셌다. 그때 만일 수양대군이 그 말에 따라 거사를 미루었다면 반드시 내부의 배신이 있었을 것이고, 수양과 그 주구들의 처지는 전혀 딴판이 될 수도 있었을 것이다.

이번의 거사는 두 번의 실수를 저지른 셈이었다.

첫째, 유응부가 즉시 쳐들어가 수양을 베자는 것을 극구 말린 것이었다. 그때 유응부 단독으로든 별운검 세 사람이 함께든, 수양에게 어명을 확인하러 들어가는 척하며 들어가 좌우간 수양의 목만 베었다면 거사는 성공했을 수도 있을 것이었다.

둘째, 박팽년의 의견대로 즉시 다시 모여 다짐을 하지 못한 것이었다. 동지들이 경계를 강화하며 즉시 다시 모여 다짐을 했다면 곧 닥칠 김질의 고변은 일어나지 않을 수도 있었다.

틀림없이 성공하리라 믿었던 거사가 어이없게도 실패로 돌아가자 사실은 많은 사람들이 마음속으로 동요하고 있었다. 핵심 권력에서 벗어나 있는 사람들은 특히 그 동요가 더 심했다. 이것은 따지고 보면 인지상정이었다.

'혹시 발각된다면 어떻게 되겠는가?'

누구나 다 이런 의문을 가질 수 있었다. 그 대답은 빤한 것이었다. 역적이 되어 삼족이 멸하는 것이었다.

'내가 먼저 고변을 한다면 어찌 되는가?'

누구나 다 이런 생각을 해볼 수도 있었다. 그 대답 또한 빤한 것이었다. 부귀영화가 따르는 것이었다.

'배신자라는 낙인이 찍히면 어찌 되는가?'

이는 참으로 고뇌 속의 방황이 될 것이었다.

'배신자는 될 수 없으니 삼족이 멸해도 좋다.'

'배신자가 될지라도 부귀영화를 택하는 게 좋다.'

이러한 고뇌 또한 인지상정이었다.

5

김질

성균관 사예司藝 김질金礩은 잠을 이루지 못하고 있었다.

그는 동지중추부사 김종숙金宗淑의 아들이요, 우찬성 정창손鄭昌孫의 사위였다. 문과 급제 후 집현전 학사가 되었고 성삼문, 신숙주 등과 함께 문종 임금의 총애를 받은 젊은 재사였다.

당시 나이 35세로, 성삼문보다 네 살 아래요 신숙주보다는 다섯 살 아래였다. 성품은 퍽 유순하고 너그러우나 심지는 그리 굳지 못한 사람이라고들 알고 있었다.

그는 거사가 후일로 연기되었다는 소식을 들은 후 큰 고민에 빠졌다. 어느 후일일지 모르지만 거사가 반드시 성공하리라는 확신이 서지 않아서였다.

그는 문을 닫아걸고 심사숙고에 들어갔다. 그는 처음 성삼문으로부터 거사 계획을 들었고, 거사가 성공하면 장인인 정창손을 영의정으로 올린다는 것과 장인 정창손의 설득을 맡아야 한다는 것으로 동조 요청을 받았다. 그는 선뜻 내키지는 않았으나 그때의 논의로 보아 거사는 꼭 성공할 것 같아서 동조를 수긍했던 것이다. 그러나 이제 후일을 기약한다니 성공에 대한 확신이 서지 않았다.

"휴……."

그는 태산이 무너지듯 큰 한숨을 내쉬었다.

'어찌한다?'

처참한 꼴로 죽어가는 자신의 모습이 떠올랐다. 먼 변방으로 쫓겨가 관노살이 하는 식솔들의 참담한 모습도 떠올랐다.

'이제 다 틀린 일이 아닌가?'

앞으로 이 거사가 성공하리라는 확신은 전혀 서지 않았다. 실패할 것이 빤한 거사에 그냥 묻어갈 수는 없는 일이었다. 그런데 이미 저들과 약조를 한 판에 손을 빼려 한다면 저들이 그냥 놓아둘 리가 없었다.

역모였다. 배신하면 죽이는 것이 상례였다.

'그렇다면 길은 하나다.'

그것은 고변하는 것이었다.

'고변을 하면 성삼문의 무리는 다 역률로 처단될 것이고 나는 용서받을 것이다.'

'그러나……. 배신자라는 소리는 영세토록 들을 것이 아닌가?'

소심한 성품으로 인해 스스로는 수양왕 앞에 차마 나아갈 수가 없을 것 같았다.

'그렇다. 장인어른에게 먼저 가보자.'

새벽닭 우는 소리가 들리고 먼동이 터 오고 있었다. 밤을 꼬박 지새운 것이었다. 그런데 날이 샌 뒤 생각해보니 무슨 자랑스러운 일도 아닌데 벌건 대낮에 장인을 찾아뵌다는 게 또한 내키지 않았다. 또 가다가 동조자 누구라도 만나게 될까 그것도 두려웠다.

하는 수 없었다. 저녁때까지 기다렸다가 땅거미가 찾아오면 장인을 뵈러 가기로 마음먹고 벌렁 드러누웠다.

'아이고, 몸이 왜 이러나? 오늘은 하루 쉬어야겠다.'

한명회는 늦잠을 자고 일어났는데 온몸이 다 쑤셨다. 어제 광연전 연회 때문에 너무 긴장했던 것 같았다.

한명회가 늦은 조반을 마치고 다시 자리에 막 누운 때였다. 홍윤성이 찾아왔다.

"헤헤, 참의나리께서 이 어인 거동이슈?"

농담 환영에도 홍윤성은 꽤나 심각했다.

"나리, 어제 연회는 잘 끝났습니다만 불궤한 기미가 분명 있었소이다."

"아니, 불궤한 기미?"

홍윤성 이놈도 눈치가 제법이라고 한명회는 생각했다.

"나리께서는 다 알고 계셨지 않습니까? 그래서 별운검을 폐지했고요……."

"그거야 어명이었지."

"나리, 무슨 말씀을……, 먼저 폐하고 나서 아뢴 탓에 전하께서 질책하시지 않았소이까?"

"응, 그렇게는 되었지만……."

연회가 끝난 다음 한명회는 세조의 꾸지람을 받았다. 영의정 정인지가 별운검을 폐한 것은 조정의 품위를 손상시킨 것이라고 문제를 제기했기 때문이었다. 세조가 꾸중했을 때 한명회는 자신의 실수였으니 벌을 내려주시라고 했을 뿐 다른 말은 전혀 하지 않았다.

그러나 홍윤성은 별운검 사건의 전말을 궁구해오기나 한 것처럼 자신 있게 말했다.

"성승, 유응부, 박쟁 이 세 사람이 불궤를 도모했다면 그 배후에는 분명 집현전 책 버러지들의 공모가 있었을 것입니다. 성삼문의 아버지가 성승이 아닙니까?"

"헤헤, 글쎄……."

"제 생각이 틀림없습니다. 그것들이 역모를 꾀하고 있었소이다. 나리가 아니었으면 정말 큰일 날 뻔했습니다요."

'흥, 이놈이 제법인 걸…….'

"이봐, 윤성이."

"예."

"이 사람아. 그렇게 생각했다면 그때 즉시 말해야지. 왜 이제 와서 말을 하는가?"

"그거야…… 이놈 생각일 뿐이고…… 긴가민가해서……. 그러니 지금 말씀드리는 것이 아닙니까?"

"헤헤헤, 사람이 그래 가지고서야……, 앞으로 정승판서를 해 먹을 수 있겠는가? 이제야 짐작을 했으니 사후약방문이지. 헤헤."

"아니, 그럼……."

"역모였어. 저들이 역모를 꾀했단 말이야."

"아니. 그게 확실하다면 어찌 이리 태평하게 계시옵니까?"

"저러니……, 평생 참의 노릇이나 하고 말겠어. 헤헤."

"예에? 그 무슨 말씀을…… 역도들을 당장 잡아들여야지요?"

"무슨 까닭이 있어야 잡아들이지."

"역모라 했잖습니까?"

"무슨 증거가 있어야지."

"예에?"

"역모를 꾸몄다는 확증이 있어야지……."

"아니. 잡다아 두들겨 패면 불 게 아닙니까?"

"헛. 저러니…… 참의도 과한 사람이 아닌가, 끌끌……."

한명회는 조소嘲笑 같은 미소를 지으며 혀를 찼다.

"참의 따위 떨어져도 좋으니 어서 입궐하시지요. 어서 가십시다."

"답답하기는……. 전하께 아뢸 일이면 어제 벌써 아뢰었을 게 아닌가?"

"그렇지요. 그런데 왜 어제 아뢰지 않으셨습니까?"

"이 사람 참. 증거가 없다 하지 않았나."

"패면 나온다 했잖습니까? 그까짓 것들 패면 된다니까요. 매 앞에 장사 없소이다."

"저런 답답한 놈. 이놈아. 너는 사람 패 죽이는 일밖엔 아무것도 모른단 말이냐?"

"예에?"

"쯧쯧……. 다소곳이 내 말 잘 들어봐."

"……."

"우리 전하께서 보위에 오르시기까지 너무 많은 사람이 죽었어. 물론 대의명분을 내세운 일이긴 했지만…… 그러나 민심이란 우리 마음 같지가 않단 말이야. 전하께서는 앞으로 선정을 베풀어 민심을 얻어야 하는 일이 크나큰 과제인 것일세. 그런데 이제 또 밑도 끝도 없이 마구잡이로 잡아들여 닦달을 해보게. 말 많은 사람들이 또 떠들어대면 민심은 더욱 전하와 멀어지게 되고 전하께서는 또 손가락질을 당하게 된단 말이야. 알겠는가? 될 수 있는 대로 순리를 따라야 한다고……."

"……"

"더구나 그들이 누군가. 집현전 출신들이네. 지금 그들과 우리가 조정의 양대 세력이라는 것은 어린애도 다 아는 일이야. 확증도 없이 저들을 잡아들여 문초하면 파당 싸움으로 비칠 테고 소문만 나빠질 것이야."

"그러면 역모를 꾸미는 것을 알면서도 그냥 두자는 것입니까? 그러다 정말 일이 벌어지면 어찌하시려는 것이옵니까?"

"것 좀 침착하라고…… 내가 알고 있는 이상 내가 가만있겠는가?"

"어찌하시려고요?"

"기다려야 하네."

"예에?"

"불궤의 증좌가 드러나기를 기다려야지."

"거참. 답답한……"

"저들이 조심하느라 시일을 끌다 보면 배신자가 나타날 수도 있어."

"……!"

"자네만 알고…… 조용히 기다려보세."

"어휴, 답답한……."

홍윤성은 주먹으로 제 가슴을 두어 번 쳤다.

"잠자코 있게. 공휴일궤功虧一簣(한 삼태기 모자라 공이 무너짐)가 되게 하지   말고."

"……!"

"좀 이르긴 하네만 어떤가? 한잔하겠나?"

"아, 아닙니다. 등청해야지요."

"헤헤, 방앗간 그냥 지나는 참새도 있군. 등청하거든 하참판을 세심히 살펴보게. 티내지 말고……."

하참판은 예조참판 하위지를 말함이었다. 홍윤성이 예조참의이니 둘은 싫어도 자주 만나야 할 사이였다.

홍윤성은 한명회의 집을 나와 경복궁으로 향했다. 한창인 여름 무더위가 오늘도 기승을 부릴 것 같았다.

6

병자사화

하오가 되자 김질은 의관을 정제하기 시작했다. 어차피 결정한 일이니 남보다 먼저 고변해야지 아차 늦으면 자신도 역도로 몰린다는 생각이 들었다.

해가 지자마자 대문을 나섰다. 서녘 하늘을 가득 채운 붉은 노을이 가슴을 울렁거리게 했다.

'피의 바다……'

타는 듯한 노을은 지금 자신이 피의 바다를 향해 가고 있음을 웅변해주는 것 같았다. 가다가 사람을 만나면 미리 가슴이 내려앉았다. 혹시나 뜻을 같이한 동료를 만날까 무서웠다. 다행히 아무도 만나지 않고 정창손의 집에 올 수 있었다.

"아니, 어쩐 일인가? 연통도 없이……?"

정창손은 느낌이 야릇해서 자기도 모르게 주위를 살피며 맞았다.

"……."

김질은 예를 올린 다음 정창손 가까이 다가앉았다.

"……?"

"장인어른. 모의가 있었사옵니다."

"……!"

정창손은 대번에 짐작이 갔다.

"주상전하를 시해하려는 역모가 있었사옵니다."

"말소리를 낮추게."

"광연전 잔치 때 전하를 참살하려 했사옵니다."

"저 문을 걸고 오게."

정창손은 방문을 안으로 걸어 잠그게 했다.

"예에……."

"그래, 누가 그런 무도한 짓을……. 말해보게."

"한두 명이 아니옵니다."

"누구누군가?"

"성삼문, 박팽년, 하위지, 이개, 유성원……."

"허억, 큰일 났구먼. 아이고, 이 사람들이……."

정창손은 깜짝 놀라는 것 같았다. 그러나 겉으로 놀라는 척했을 뿐
이었다. 한 보름쯤 전 김질의 아내인 정창손의 딸이 집안 행사로 친정
에 온 일이 있었다. 그때 딸이 안방에서 정창손 내외와 이런저런 이야
기를 하다가 느낌이 이상한 이야기를 한 적이 있었다.

"아버님이 곧 영상대감이 될지도 모른다고 했사옵니다."

"그래? 김서방이 그러더란 말이지?"

"예."

"그러면 집안에 큰 경사가 나는 일이라 하면서 매우 기뻐했사옵니다."

"어디서 그런 소문을 들었다더냐?"

"그것을 저도 물었사온데 자세한 말은 하지 않고 그런 줄만 알고 있으라 했사옵니다."

"김서방 요즘 별다른 일은 없었느냐?"

"별다른 일은 없었사오나 밤늦게 들어오는 날이 자주 있었사옵니다."

"그래?"

"집현전에 함께 있었던 선배들과 만나 학문과 정사에 관한 이야기들을 한다 했사옵니다."

"그럴 수도 있겠지. 허나 너무 늦게 다니지는 말라고 당부해두어라."

"예."

정창손은 그때 내심으로 짐작하고 있었다. 계유정난으로부터 수양왕 등극까지의 사태를 도저히 견딜 수 없는 충의지사들이 틀림없이 모종의 거사를 도모하고 있을 것이라고 생각했던 것이다. 그 중심 세력은 집현전 출신의 학사들이란 것도 짐작하고도 남는 일이었다. 그리고 정창손은 전혀 내색은 하지 않고 은근히 그들의 성공을 기대하고도 있었다.

"그뿐이 아니옵니다. 성승, 유응부, 박쟁, 김문기……."

"그만……. 참으로 정신 나간 사람들이 아닌가?"

이름을 들으니 다 그럴 만한 충신들이었다.

"광연전에서 성승, 유응부, 박쟁이 별운검으로 서 있다가 전하와 그 일당을 처치하려 했던 것이옵니다."

"……!"

"어제는 성공하지 못했으나 필연코 다시 도모할 것이옵니다. 하오니 고변을 해야 하지 않겠사옵니까?"

"김서방!"

"예."

"이 엄청난 일을 꾸밀 때 저들이 드러내놓고 하지는 않았을 텐데 자네는 어찌 그리 잘 알고 있는가?"

"……"

"솔직히 말을 하게. 그렇지 않으면 내가 어찌 믿겠는가?"

"……"

"허어, 어서 말을 해봐."

"죄송하옵니다. 사실은……"

"그래, 다 털어놓아야 하네."

"성삼문의 청을 거절하지 못하여……, 그들의 모임에 몇 차례 참석했사옵니다."

"무엇이라?"

정창손은 펄쩍 뛰는 척했다.

"그렇다면 자네도 그 역모에 가담하고 있었던 게 아닌가?"

"죽을죄를 지었사옵니다."

"허어 이 사람. 큰일을 내고 말았구먼. 큰일을……"

"……"

"이 사람아, 어쩌자고 그렇게 경솔한 짓을 했는가? 역적은 삼족을 멸한다는 것을 모른단 말인가?"

"저, 사정이 있사옵니다."

"사정? 무슨 사정?"

"일이 성사되면 장인어른을 영상으로 추대한다 했사옵니다."

"허어, 이 어리석은 사람 보았나?"

"제가 장인어른을 설득하기로……."

"그만두게. 자네 정신이 어찌 되었던 게 아닌가? 영의정이란 말에 팔려 삼족을 멸하게 할 작정이었는가?"

"……."

"가세. 당장 일어서게."

정창손은 벌떡 일어섰다.

김질을 데리고 정창손은 앞장서 걸었다. 자비를 타지 않고 그냥 걸어서 갔다. 초승에 밝은 달이 뜰 리 없었지만 은하수가 꽤 밝아 지척을 분간할 수는 있었다.

수양왕은 편전인 사정전에 있었다. 김질은 협실에서 대기하도록 하고 정창손은 수양왕 앞에 나아가 엎드렸다. 정창손의 온몸에서는 땀이 비 오듯 흐르고 있었다.

"아니. 우찬성. 무슨 일이오?"

"전하. 소신을 죽여주시옵소서."

"……? 아니. 갑자기 무슨 말씀이오?"

"전하. 아뢰옵기 황송하오나 역모가 있었다 하옵니다."

"아니. 역모라니요?"

수양왕은 가슴이 덜컹 소리가 날 만큼 내려앉는 것 같았다.

'불안한 예감대로 역시 일이 있었구나……'

'당하지 않은 것이 천만다행이구나.'

안도하면서도 한편으로는 몸서리가 쳐졌다.

'또 얼마나 많이 살육을 감행해야 하는고……'

그 생각이 먼저 떠올라 수양왕은 잠시 멍하니 있었다.

"전하. 불충한 무리들이 광연전의 연회를 빌미로 역모를 일으키려다 이루지 못한 것으로 아옵니다."

"우찬성, 광연전이라 했소?"

"그렇사옵니다."

역모라면 연회 중에 자신을 치려 했음이 틀림없는 것이었다. 수양왕은 퍼뜩 떠오르는 게 있었다. 세자는 경복궁에 있게 하고 별운검은 들지 못하게 한 한명회의 조처가 바로 예방의 묘수였단 말이 아닌가?

"소상히 말해보도록 하시오."

"전하, 그 소상한 일은 신의 사위인 성균사예 김질이 알고 있사옵니다."

"그래요? 그는 어디 있소?"

"협실에서 대기하고 있사옵니다."

"여봐라. 김질을 들라 하라."

밖에 대고 수양왕이 소리치자 전균이 대답했다. 잠시 후 김질이 들어와 수양왕 앞에 부복했다. 수양왕은 잠시 김질을 노려보다가 물었다.

"네가 역모의 자초지종을 알고 있으렷다."

"예. 전하……"

김질은 덜덜 떨고 있었다.

"바른 대로 소상히 고하라."

"전하. 소신에게 중벌을 내려주시옵소서. 소신이 성삼문과 더불어 역모를 논의했사옵니다."

"성삼문과?"

성삼문이란 이름에, 그리고 김질 자신이 역모에 가담했다는 말에 수양왕은 더욱 놀라며 긴장했다.

"전하. 소신에게 중벌을 내려주시옵소서."

수양왕은 스스로 긴장을 풀고 감정을 가라앉히려고 애를 썼다.

"중벌이라니? 네가 나에게 달려와 고변하는 게 가상한 일이 아니냐? 오히려 상을 줄 일이니라. 걱정 말고 소상히 말해보아라."

"성은이 망극하옵니다. 전하."

"그래, 어서 말해보아라."

"예. 전하. 성삼문이 며칠 전에 신에게 말하기를……."

김질은 그간 그들이 모의한 일들을 낱낱이 다 풀어놓았다. 수양왕은 김질의 말이 이어질 때마다 가슴속의 노기가 얼굴빛으로 오르락내리락했다. 옆에서 듣는 정찬손은 자기가 죄를 지은 것처럼 고개를 푹 숙이고 꼼짝하지 않고 있었다.

"소신이 저들의 강권을 감히 거절하지 못하고 그 불측한 무리에 가담했다가 두렵고 망극함을 이기지 못하여 이렇게 아뢰게 되었나이다. 소신을 죽여주시옵소서."

수양왕은 분노가 치밀면서도 한편으로는 허탈감과 소외감에 눌려 기운이 빠지고 있었다. 성삼문을 생각하면 너무나 야속하고 무정해서 통곡이라도 하고 싶은 심정이었다. 아무 공로도 없이 불평만 늘어놓았어도 두 번 다 공신에 책록도 해주었다. 존경하고 성원해주고 싶기도 해서였다. 신숙주나 권람 이상으로 명철하고 진중하여 세상의 대세를 알고도 남으련만, 시세를 외면하고 낡은 충의에 매달려 고적孤寂하고 신산辛酸한 길을 가려 하는지 참으로 답답하기도 했다.

그러나 그것은 어디까지나 수양왕과 그 패거리들의 생각일 뿐이었다. 수양왕은 이제 화가 끓어오르기 시작했다.

"네 말에 추호도 거짓이 없으렷다?"

"맹세코 그러하옵니다. 전하."

수양왕은 믿었다. 김질 자신이 가담했다고 고백한 것 자체가 거짓이 아닌 증거였다. 또한 어제 한명회의 심상찮은 분별이 그런 사실을 뒷받침해주고 있었다.

수양왕 생각에도 김질은 더러운 놈이었다. 역모가 성공했더라면 저런 자가 더 기고만장했으리라 생각되는 놈이었다. 그러나 아무튼 수양왕은 김질이 참으로 고마웠다. 운이 좋았든 하늘이 도왔든 좌우간 김질이 고변한 것은 고마운 일이 아닐 수 없었다. 이런 놈을 홀대하면 앞으로도 이런 약삭빠르고 더러운 놈이 기꺼이 나를 도우려 하지 않을 것이 아닌가.

"우찬성과 성균사예는 잠시 물러가 대기하고 있도록 하오."

두 사람을 내보낸 뒤 수양왕은 승지들을 급거 소집하고 내금위 병사들을 대령시켰다. 급거 달려온 승지는 도승지 박원형, 좌부승지 성삼문, 우부승지 조석문, 동부승지 윤자운이었다. 승지가 여섯이었으나 다른 승지들은 상관없고 성삼문이 들어오기를 수양왕은 바랄 뿐이었다.

성삼문이 들어오는 것을 보자 수양왕은 손가락질을 하면서 외쳤다.

"저놈을 잡아 여기 꿇려라."

내금위 병사들이 성삼문을 잡아 수양왕 앞에 꿇렸다. 다른 승지들은 너무 놀라 하얗게 질려버렸다.

수양왕은 한참 동안 말없이 성삼문을 쏘아보고 있었다. 성삼문은 사태를 짐작했음인지 오히려 차분한 모습으로 수양왕을 바라보았다.

"이놈, 성삼문. 네 죄를 네가 알렸다!"

"황공하오나 무슨 일인지 잘 모르겠습니다."

"잘 몰라? 네가 김질을 모른다 하지는 않겠지."

수양왕은 어금니를 갈며 사납게 물었다.

성삼문은 김질이라는 말을 들으며 이게 무슨 사태인가 짐작하게 되었다.

'이제, 떳떳하게 죽는 길만이 남아 있구나.'

"……."

성삼문은 눈을 감았다.

'한스러운 일이지만 어쩌랴. 이 또한 하늘의 뜻인 것을…….'

성삼문은 더욱 침착해졌다.

"어서 이실직고하지 못하느냐?"

성삼문의 태산 같은 모습을 보자 세조는 울화가 치밀었다.

"……."

성삼문은 눈을 감고 있었다.

"이놈. 성삼문. 입을 열지 않겠다는 것이냐?"

"미안하지만 김질을 좀 불러주시오."

천천히 눈을 뜨며 김질을 청했다.

"김질을 불러라."

즉시 내금위에 인도되어 김질이 끌려왔다. 성삼문이 들어와 앉은 김질을 뚫어져라 쳐다보았으나, 김질은 성삼문의 시선을 외면하고 있었다. 좌중은 죽은 듯 숨소리도 없었다.

"성균사예가 들어왔다. 할 말이 있으면 해보아라. 이놈아."

수양왕이 악을 썼다.

성삼문이 김질의 낯빛을 보려 했으나 김질은 고개를 들지 않았다.

'저 쓰레기 같은 놈에게 무엇을 물어보랴.'

"……"

성삼문은 김질에게서 시선을 돌렸다.

"어서 물어보지 못하느냐?"

"……"

"그래 좋다. 그러면 김질 네가 말해보아라. 성삼문이 너에게 무어라 하더냐?"

"예. 그가……, 저……."

김질은 떠듬거리다 말을 못했다. 김질은 산처럼 진중한 성삼문을 보자 기가 질려서 말이 나오지 않았다.

"김질, 너 어서 말하지 못하느냐?"

사정전이 떠나갈 듯 세조는 고성을 질렀다.

"예. 하시오면……."

김질은 하는 수 없이 모의의 전말을 떠듬떠듬 말해 나갔다. 이야기가 운검에 다다르자 성삼문이 제지했다.

"그만 되었네. 더 말할 필요 없네."

김질이 말을 멈추자 수양왕이 성삼문에게 소리쳤다.

"어떠냐? 네가 그런 일을 부정하겠느냐?"

"모든 일은 그 동기가 중요한데 저자는 그것을 말하지 않았소."

"동기? 그래, 무슨 동기로 네가 그런 일을 꾸몄느냐?"

"혜성이 나타났기에 고변자告變者가 나올까 걱정했더니……."

어차피 세조와도 말 상대가 되지 않으니 성삼문은 할 말이 없어 엉뚱한 말을 해버리고 만 셈이었다. 임금이 안중에도 없는 태도였다.

"저놈을 묶어서 끌어내 마당에 꿇려라. 형틀을 준비해라!"

사정전 앞뜰에서 친국親鞫이 시작되었다. 이어서 악형이 가해졌다. 물론 분풀이가 없으면 수양왕이 아니었다. 야무지게 다져진 체구라고는 하나 그저 선비로 살아온 몸이었다. 몇 차례 곤장질에 성삼문의 몸은 무너지고 말았다.

"네 이놈. 네가 나를 안 지가 오래니라. 그동안 너를 남달리 후하게 대했음도 네가 잘 알 것이다. 그런데 왜 반역을 도모했느냐? 어서 똑바로 고하라."

곤장 몇 대에 살이 터지고 피가 튀어 성삼문은 금방 목불인견目不忍見의 꼴이 되어 늘어졌으나 정신만은 살아 있었다.

"몰라서 물으시오? 바른 임금이신 우리 임금을 제자리에 모시려 하는 일인데 그것을 어찌 반역이라 하시오? 세상 사람들이 다 알고 나를 따르는데 이를 어찌 역모라 할 수 있겠소? 세상 사람들이 다 아는데 나리만 모르니 참으로 답답할 뿐이오."

"무어라? 나리? 네놈이 나를 나리라 했느냐?"

세조는 상투 꼭대기까지 화가 치밀었다.

"그렇지 않소? 수양대군 나리를 무어라 부르겠소? 아무리 익선관에 곤룡포를 입었다 하나 그것은 도적질해서 입은 것일 뿐, 그대는 여전히 나리일 뿐이 아니오?"

"크……. 저 저놈을……."

세조는 말은 못 하고 부르르 떨고만 있었다. 일국의 군왕에게 이 무슨 치욕이란 말인가? 좌중에 모인 승지, 내관, 내금위들이 오히려 무안해서 낯을 들 수 없을 지경이었다.

"나리. 나리 같은 식언대가食言大家(큰 거짓말쟁이)는 아직 못 보았소이다. 계유정난 때부터 나리는 말을 할 때마다 이르기를 주공周公을 끌어다 댔소. 주공이 과연 이런 짓을 했소이까?"

"저, 저. 찢어 죽일 놈……."

"성삼문이 이런 일을 하는 까닭은 오직 한 가지. 나리도 그 까닭을 잘 알고 있을 것이오. 하늘에는 두 해가 없고 백성에게는 두 임금이 없기 때문이오. 광명정대한 임금은 오직 하나뿐인 것이오. 그대는 도철饕餮 무리의 괴수일 뿐 결코 백성들의 임금은 아닌 것이오."

"저, 저놈이 그래도 입은 살아 있다고……."

"반역은 나에게가 아니라, 수양나리 당신의 양심 속에 다 들어 있소이다. 평소 건장무병하신 문종대왕께서 쾌유가 잘되는 종기 따위로 홍서薨逝하셨을 때부터……."

성삼문은 잠시 말을 멈추고 숨을 가다듬었다.

세조의 양심에 엎드려 있는 돈견불약豚犬不若(개돼지만도 못함)의 더러운 처신을 세상에 처음으로 발설해야 하기 때문이었다.

"나리는 세상에서 가장 야비하고 음흉하게도 형왕을……."

"저, 저!"

"형왕 모살의 원흉이었고 지휘자였다는 것을 알 만한 사람은 다 알고 있소."

'엑! 어서 저놈 먼저 죽여야겠구먼. 허튼소리 자꾸 나오기 전에……'

"허, 죽게 생기니까 별 억지소리를……"

"형왕을 죽여놓고 어린 세자를 옥좌에 앉혀놓았으니……, 불한당의 거사가 얼마나 편안했겠소? 계유정난에서 옥좌 찬탈에 이르기까지, 불한당인 나리 패거리 이외에 어느 누가 나리더러 역괴逆魁가 아니라 할 것이오?"

"저, 저런 찢어 죽일……"

세조의 얼굴이 벌겋게 상기되었다.

"적반하장도 유분수인 것이오. 공연한 분풀이하지 말고, 대장부인 척하는 나리의 겉 풍채 정도만큼의 인품이라도 남아 있다면 떠들지 말고 조용히 끝이나 내시오."

겉 풍채 정도만큼의 인품이란 말에 세조는 피가 거꾸로 솟았다.

"저, 저놈을 매우 쳐라. 저런 찢어 죽일 놈. 당장 치라는데……"

수양왕은 성삼문이 무슨 말을 더할까 두려웠다. 부르르 떨며 일어섰다가 앉았다가 어쩔 줄을 몰라 했다.

곤장이 사정없이 내렸다. 성삼문은 금방 정신을 잃고 말았다.

"저, 찢어 죽일 놈……. 찬물을 끼얹어라."

찬물을 끼얹자 성삼문이 고개를 들고 눈을 떴다.

"네 이놈. 그래, 누구와 같이 공모했느냐?"

"······."

"어서 대지 못하겠느냐? 내 이미 다 알고 있느니라."

"알고······ 있는데······ 왜 묻소? 허허, 허우대······ 값이라도······ 해야지······."

성삼문은 정신이 가물가물해지고 말할 기력조차 없었다.

"뭐, 허우대······, 이런 찢어 죽일 놈. 엉, 어서 대지 못하느냐?"

"허······, 이 사람의······ 아비와······ 공모했소."

아버지 성승도 물론 가담했지만 자신이 역도라면 부자간은 어차피 다 죽는 것이기 때문에 한 말이었다.

"또 있지 않느냐? 어서 대라."

"허, 김질이······ 고변했으니······ 다 알고 있을······ 게 아니오?"

"그렇다. 그럼 내가 말할 테니 확인해보아라. 박팽년, 하위지, 이개, 유성원 맞지?"

"허······."

"또 성승, 유응부, 박쟁, 김문기. 맞지 않느냐?"

"후······ 알면서······ 뭘 묻고······ 그러시오?"

세조는 도승지를 보고 일렀다.

"도승지는 즉시 간당들을 다 잡아들이도록 조치하고, 중신들을 즉시 입궐토록 하시오."

성삼문에 대한 문초는 잠시 미뤄졌다.

얼마나 지났을까. 성삼문은 몽롱한 의식 속에서도 자기를 부르는 동지들의 목소리를 알아들을 수 있었다.

'동지들이 잡혀 오는구나.'

잡혀 오는 동지들은 조금의 흐트러짐도 없이 다 당당했다. 병사나 사령들에 의해 난폭하게 형틀에 묶이면서도 그들은 죽음처럼 늘어져 있는 성삼문을 불렀다.

"이 사람, 근보."

"오, 근보."

"여보게, 근보."

잠시 후 또 술렁거리더니 성승, 유응부, 박쟁 등 운검들이 잡혀 오는 것 같았다.

성균관 사예 유성원은 그날 일이 있어 늦게 남아 있다가 이 엄청난 소식을 들었다. 그는 자신의 뒷자리를 깨끗이 정돈해놓고 집으로 향했다.

그는 부인에게 술상을 차려오게 했다. 이윽고 부인이 술상을 들고 사랑에 들었다.

"게 앉으시오. 그리고 한잔 따라주시오."

유성원은 부인이 채운 잔을 들어 깨끗이 비운 다음 그 잔을 부인에게 건네주었다.

"오늘은 부인도 한잔 드시오."

"아이고, 아니옵니다."

"오늘은 받으셔야 합니다."

유성원은 잔을 채우고 나서 조용히 말했다.

"부인, 그동안 고생이 많았소. 내 부인의 고마움을 결코 잊지 않을 것이오."

평소에 없던 남편의 심상찮은 태도가 부인은 마음에 걸렸다.

"무슨 일이 있사옵니까?"

"예, 아주 경사스러운 일이 있소. 우리 집안은 이제 그 이름이 만세에 빛날 것이오."

"무슨 좋은 일이 있사옵니까?"

"자세한 것은 차차 알게 될 것이오만 내 부인에게 당부할 것이 있소."

"말씀하시옵소서."

"앞으로 집안에 어떤 일이 일어나더라도 체통을 잃지 않도록 가솔들을 잘 다스려주시오."

"……?"

"자, 그 잔을 드시오. 나는 사당祠堂에 좀 들렀다 오겠소."

사당에서 내려올 시간이 되었는데도 남편은 내려오지 않았다. 이에 부인은 사당으로 갔다. 사당 댓돌 위에는 남편의 신발이 가지런히 놓여 있었다.

"나리."

불렀으나 반응이 없었다.

"나리……."

몇 번 좀 더 크게 불렀으나 대답이 없었다. 두근거리는 가슴을 누르고 조용히 사당 문을 열었다. 피비린내가 나는 가운데 유성원이 옆으로 쓰러져 있었다. 오른손에 패도佩刀가 쥐어져 있었다.

7

동물적 감각

중신들 소집에 맨 먼저 달려온 사람은 한명회였다.

사정전에 들어서자 세조가 대뜸 물었다.

"한승지는 어찌해서 이런 일을 고하지 않았소?"

"……."

한명회가 역모를 알고 있었던 것은 아니었다. 다만 육감六感이 심상치 않았던 것뿐이었다.

"이 엄청난 일을 어째서 한공만이 알고 홀로 감당하려 했소?"

"전하, 신에게 벌을 내려주시옵소서. 실은 그것이 아니었사옵니다. 저들이 불온하다는 느낌만 있었지 아무런 확증이 없었사옵니다. 그래서 아뢰지 못하였사옵니다."

세조가 깜짝 놀랐다.

"아니, 한공이 몰랐단 말이오?"

"예. 그러하옵니다."

"그러면 세자를 경복궁에 남아 있도록 한 것도, 별운검을 들이지 못하게 한 것도 다……."

"예. 소신의 육감이었사옵니다."

"오……!"

참으로 경탄을 금치 못할 한명회의 육감이 아닌가?

"……."

"결국 한공이 과인과 이 나라를 살려낸 것이 아니오? 한공이 아니었다면 내 꼼짝 없이 목이 달아났을 게 아닌가 말이오?"

"황공하옵니다, 전하. 하오나 이는 다 천명天命이요 모두 다 전하께서 타고나신 명운命運이옵니다. 저들 조무래기들이 어찌 감히 천명을 거스를 수 있사오리까?"

"허어, 참 고마운 말씀이오. 그런데……, 한승지. 어찌하면 좋을지 모르겠소. 저자들 모두 죄를 준다면 조정의 한쪽이 허물어지는 꼴이 될 텐데 말이오."

"……."

한명회의 생각은 달랐다. 그들을 다 쳐내도 조정은 잘 돌아갈 것이었다. 그들은 앞으로도 모든 일에서 껄끄러운 대상임이 분명했다.

"한승지의 의견을 말해보시오."

"소인이 뭘 알겠습니까마는 전하를 시해하려던 역도들이옵니다. 처벌은 오로지 전하의 재량에 달려 있사옵니다. 통촉하시옵소서."

나는 모르겠으니 알아서 하라는 뜻이었다.

"그것참. 저들의 소행을 생각하면 다 극형에 처해야 옳겠지만……. 한승지, 그대의 계책은 늘 양수겸장兩手兼將의 묘수였소. 이번에도 어찌하면 역모도 다스리고 아까운 인재도 살릴 수 있을지 그 묘수를 좀 일러주시오."

"전하, 성삼문이 죄를 인정했사옵니까?"

"그렇소."

"그렇다면 다른 자들도 인정하리라고 보시옵니까?"

"그렇겠지요."

"그렇다면 역모임이 확실하지 않사옵니까?"

"음……."

"……."

한명회는 다시 입을 다물었다. 그것은 다 죽이라는 뜻이기도 했다. 세조는 어떻게 해서든지 성삼문, 박팽년, 이개 등 인재들을 자기 사람으로 만들고 싶었다.

'권람, 신숙주, 정인지 등 그냥 대세를 따른 자들처럼 저들도 대세를 따르면 될 게 아닌가?'

그건 그저 세조의 아전인수我田引水와 같은 생각일 뿐이었다.

그때 밖에서 내관의 전언이 있었다.

"전하. 죄인들을 모두 포박하여 인치引致(강제로 끌어냄)했다 하옵니다."

세조는 일어나 편전 밖으로 나왔다. 한명회가 뒤를 따랐다. 사정전 앞과 단 위로는 중신들이 모여 있었고, 단 아래 마당에는 산발한 죄인들이 꿇어앉아 있었다.

수양왕이 교의에 앉자 도승지 박원형朴元亨이 아뢰었다.

"전하. 죄인 성삼문, 박팽년, 하위지, 이개, 성승, 유응부, 박쟁, 김문기, 권자신, 송석동, 윤영손, 이휘를 포박 대령하였나이다."

"유성원은 어찌 되었는고?"

"전하, 유성원은 이미 자결했기에 그 시체를 군기감에 인치해놓을 줄로 아옵니다."

수양왕이 일순 당황하는 것 같았다. 중신들도 술렁거렸고 죄인들도 동요가 있었다.

"태초太初(유성원의 자), 잘 가시게."

박팽년이 나직이 중얼거렸다. 다른 죄인들 모두 그런 심정이었을 것이다.

"박팽년을 꿇어내라."

박팽년이 맨 앞으로 끌려 나와 꿇려졌다. 봉두난발로 몰골은 너절했으나 형형한 눈빛이 당당한 기개를 나타내고 있었다.

"네 이놈, 너도 역모에 가담했더냐?"

수양왕의 말에 박팽년이 실소를 머금었다.

"역모라 하지 마시오. 임금을 핍박하여 내쫓고 그 자리를 도적질한 못된 대군을 치려고 한 것을 역모라 할 수 있소?"

세조는 얼굴이 무섭게 일그러졌으나 참고 있었다.

"네가 체면상 큰소리치는 것 같다만 체면 때문에 죽는 것보다는 사는 게 더 사람다운 일이니라. 네가 성삼문과 역모를 꾀했으나 잘못되었다고 내게 사과하면 살 수 있다."

"나리는 사람을 그만 좀 웃기시오. 하하핫, 나리는 도원군을 그렇게 가르치시오?"

박팽년의 얼굴에서는 조소의 빛이 역력했다.

"저런 쳐 죽일 놈을 보았나? 네가 이미 나의 녹을 먹었는데 지금 비록 항거한들 무슨 의미가 있겠느냐?"

"허허 답답한 소리. 나는 상왕전하의 명으로 충청감사가 되었으니 상왕의 신하요. 그리고 나리가 조카의 보위를 찬탈한 뒤로는 내 장계에는 단 한 번도 신_臣이라 적은 일이 없으니 궁금하면 다시 장계를 훑어보시오."

"그건 그렇다 치고 녹은 먹지 않았느냐?"

"허허, 무슨 헛소리. 나리가 준 녹은 뱃가죽이 들러붙어도 먹지 않았소"

"저, 저놈을……. 저놈 뱃가죽이 얼마나 두꺼운지 좀 봐야겠다. 여봐라, 불 인두로 그 뱃가죽을 뚫어보아라."

시뻘겋게 달구어진 인두가 박팽년의 배를 지지며 파고들었다.

"으윽……."

"저놈이 올린 장계를 가져오너라."

승정원 주서_{注書}가 박팽년이 충청감사로 있을 당시에 올린 장계를 대령했다.

세조가 살펴보니 신_臣자 대신 모조리 거_巨자가 써 있었다.

"이런 찢어 죽일 놈을 보았나? 저놈의 손모가지를 불 인두로 지져라."

불 인두가 박팽년의 오른손을 지졌다.

"후우……. 으윽……."

"네 이놈. 지금이라도 내게 칭신_{稱臣}하면 네 재주를 아껴 살려주겠다. 내가 누구냐?"

"허허 수양나리가 아니시오. 헛소리 그만하시고, 나리나 제발 상왕께 다시 칭신하시오."

"뭐라? 수양나리라고? 저런 찢어 죽일 놈. 여봐라. 저놈 허벅지에 단근질을 가해라."

불 인두가 허벅지를 뚫고 들어갔다.

"으윽……. 과연 짐승 같은 놈이로구나……. 짐승 수獸, 모양 양樣이라고 하더니……, 으으윽……. 일찍이 이현로가 말하더니 그대로구나. 저런 놈과 무슨 대화가 되랴!"

박팽년은 입을 다물어버렸다.

수양왕이 악을 쓰며 물었으나 박팽년은 죽은 듯 말이 없었다.

"다른 놈을 끌어오라."

수양왕이 외치자 이개가 앞으로 끌려 나왔다. 수양왕이 노려보자 이개 또한 왕을 노려보았다. 이개는 몸이 약한 편이었지만 약한 모습은 보이지 않았다.

"이놈이 감히 나를 노려보면 어쩔 테냐. 여봐라. 저놈을 매우 쳐라."

병사들이 이개의 온몸에 육모방망이를 사정없이 내리쳤다. 이개가 초죽음이 되자 수양왕이 그만하라 이르고 물었다.

"네 이놈. 성삼문 등과 함께 역모를 꾀했겠다!"

"한마디 하겠소. 뜻을 이루지 못해 통분할 뿐이오. 더 이상은 물어도 할 말이 없소."

"네 재주가 아까워 살려주고자 한다. 잘못되었다고 사죄하라."

"할 말은 이미 다 했소."

"저놈이……. 단근질을 하라."

불 인두가 이개의 등을 파고들었다.

"으윽……."

"사죄하라. 살려준다 하지 않았느냐?"

이개는 이후로 눈을 감고 입을 열지 않은 채 고문을 견디고 있었다.

"허어 지독한 놈……. 다른 놈을 데려오라."

다음으로 하위지가 끌려 나왔다.

"네 죄를 네가 알렷다."

수양왕이 묻자 하위지는 매우 차분한 목소리로 대답했다.

"이미 우리들에게 역모의 죄명이 붙었고, 또한 우리가 거사하려던 바를 부정하지 않으니 마땅히 처벌을 내리면 그것으로 그만이 아니겠소이까? 구차스럽게 무엇을 또 고하라 하시오?"

수양왕은 분노의 기운이 식었다. 과연 그럴 일이었다. 그러나 무언가 아쉬웠다.

'이들의 신망을 받을 도리가 없단 말인가?'

수양왕은 이들의 당당함에 내심으로는 감탄하고 있었다.

'참으로 아깝고 훌륭한 이 동량들의 보좌를 받지 못하고 다 죽여야 한단 말인가?'

세조는 어떤 회한에 가슴이 짓눌려 있음도 깨달을 수 있었다.

그때 죄인들의 뒤쪽에서 불평 소리가 들렸다.

"죽이든 살리든 빨리빨리 처리할 것이지 구질구질하게 뭘 꾸물대고 있는 게야?"

수양왕이 바라보니 저 뒤쪽에서 덩치 큰 유응부가 묶인 몸을 뒤틀면서 중얼거리고 있었다.

"저놈을 끌어내라."

유응부가 앞으로 끌려 나왔다.

"너는 무엇을 맡았느냐."

수양왕이 묻자 유응부는 앙천대소仰天大笑를 터뜨렸다.

"으아핫핫핫……."

"무엄하구나."

"멈춰라."

승지들이 아첨 같은 발언으로 유응부의 웃음을 막으려 했다. 그러나 유응부는 승지들을 무시한 채 수양을 향하여 우렁우렁한 소리로 말했다.

"족하足下('자네'처럼 또래에게 부르는 호칭)가 모른다면 내 일러 드리겠네. 잔칫날에 족하를 한칼에 베고 상왕을 다시 모시려 한 것, 그 것이 내가 맡은 일이었네."

"말버릇이 고약하구나. 족하가 뭐냐?"

승지가 화를 냈다.

"불한당 괴수의 똥 찌꺼기나 받아먹는 측서厠鼠(뒷간의 쥐) 주제에……, 홍, 뭐긴 뭐냐? 조카의 보위를 찬탈한 놈을 족하라 부르면 그나마 대접한 것이 아니냐?"

"저, 저놈이 죽으려고 환장을 했나?"

승지가 어쩔 줄을 몰라 하자 수양의 얼굴이 일그러졌다.

"유응부 이, 이런 괘씸한 놈 같으니……."

"뭐, 내가 틀린 말을 했나?"

"이놈이 그래도……."

"내가 모시는 임금이야 전하라 부르지만 내 발바닥 때만도 못한 작자를 족하라고 부른 것은 그나마 서로 안면이라도 있기 때문이네."

"뭣이라고? 네 주제에 큰소리냐? 성삼문 등이 시킨 일이 아니더냐?"

"그 말 잘 나왔다. 그들이 시켜서든 아니든 내가 하고 싶어서 한 일이면 다 같은 일이다만, 족하는 성삼문, 박팽년 등에게 골백번 고마워해야 하고 당장 풀어주어야 한다. 내가 광연전에서 운검을 제지하는 한명회를 베고 쳐들어가 족하를 베는 것은 식은 죽 먹기와 같은 일이었는데, 성삼문이 내 소매를 잡고 늘어지는 바람에 그러지 못해 족하가 이렇게 살아난 것이니, 그쯤 알고 은혜를 갚도록 해라."

이제는 아예 반말이었다.

"저. 찢어 죽일 놈이 그래도……."

"일찍이 이르기를 서생書生들과는 더불어 일을 꾸미지 말라 했다. 과연 그 말이 맞았다. 나 혼자서도 칼을 써 반드시 다 벨 수 있었는데, 만전의 계책이 아니라고 서생들이 한사코 말려서 오늘 이 꼴이 되었느니라."

"이놈이 또 핑계를 대며 헛소리냐?"

"이제 할 말은 다 했다. 족하가 더 궁금한 게 있으면 저 더벅머리 샌님들에게나 물어보아라."

"저, 쳐 죽일 놈. 여봐라, 저놈에게 단근질을 가하라."

벌겋게 달궈진 불 인두가 유응부의 배와 등을 지지며 파고들었다. 유응부는 신음 소리 한마디 없이 견디고 있었다.

"인두가 식었구나. 더 달구어오라."

"저 지독한 놈. 애들아. 인두 치우고 살가죽을 벗겨라."

수양이 악을 썼다.

예리한 칼날이 유응부의 목덜미를 그었다. 피가 주르르 흘러내렸다. 피를 따라 칼날은 가죽을 벗겨 나갔다.

"네놈이 상왕을 핑계로 사직을 도모하려 했지?"

"사직 같은 소리 작작 해라. 유응부는 너처럼 너절하고 더러운 도적놈이 아니다."

"뭐라고? 건방진 놈. 저놈 가랑이를 불 인두로 쑤셔라."

수양은 격노로 미쳐갔다.

시뻘겋게 달궈진 불 인두가 유응부의 사타구니 사이를 뚫고 들어갔다. 참아내느라 얼굴이 벌겋게 달아오르고 핏줄이 솟아올랐지만 신음 소리 하나 내지 않는 유응부였다.

"쇠가 식었다. 다시 달궈 오라."

말을 마치며 유응부는 혼절해 넘어졌다.

"이것이 무슨 형벌이냐? 이 무도한 놈들."

화가 난 이개가 수양을 향해 외쳤다.

왕조시대 왕의 말은 곧 법이었다. 그렇더라도 형벌은 법으로 규정되어 있었다.

수양이 이개의 눈을 피하다 하위지와 시선이 마주쳤다.

"반역이 확실하다면 마땅히 베면 될 일, 야비한 벌을 주며 즐기다니……, 비루한 자가 취미도 가학적인 취미인가?"

하위지가 엄숙히 나무라자 수양은 눈길을 성삼문에게 돌렸다.

"음, 네놈이 역모의 수괴렷다. 모의한 자를 다 말하라."

"그래, 여기 있는…… 자들이 전부 다요."

"이놈이 아직도……. 여봐라, 저놈에게 불 인두 맛을 보여라."

성삼문에게 단근질이 가해졌다. 등과 어깻죽지 그리고 허벅지를 쑤셔대니 사정전 앞뜰이 온통 누린내로 가득했다.

그래도 성삼문은 태연하게 말했다.

"형벌이 참으로 나리답소. 이름값을 하고 있으니 말이오."

"뭐라? 이름값이라?

"오래전부터 부른 이름인데 아직도 모른단 말이오? 짐승 수獸 모양 양樣이라 부르는 수양대군 말이오."

박팽년에 이어 두 번째로 듣는 부끄러운 별명이었다.

"저, 저, 저놈을 다시 쑤셔라."

그때 단상을 올려다보던 성삼문이 큰소리쳤다.

"이놈. 숙주야."

모진 고문을 받고 있는 죄인들이 모두 옛 친구들이기에 신숙주는 안절부절못하고 있었다.

"숙주야 이놈. 잊었느냐? 너와 내가 집현전에 있을 때, 세종께서 날마다 세손을 안으시고 거니시면서 '과인의 천추만세 이후에는 경들이 모름지기 이 아이를 보호하라' 하시지 않으셨느냐? 그 말씀이 아직도 귀에 쟁쟁하거늘 너만 홀로 이를 잊었단 말이냐? 네 어찌 이리 더러운 놈이 될 수 있단 말이냐?"

신숙주의 얼굴이 벌겋게 달아올랐다.

"범옹은 잠시 피해 있게."

한명회가 넌지시 귀띔을 해주었다.

"네 이놈. 숙주야. 너는 짐승 같은 수양왕을 도와 부귀공명을 누려라. 우리는 죽어서 옛 임금을 뵈올 것이다."

수양이 다시 물었다.

"더 있는 자들을 대지 못하겠느냐?"

"우리 아버지가 계시오."

"또 있지 않느냐!"

"이제 없소."

"강희안도 있지 않느냐?"

성삼문은 내심 깜짝 놀랐다. 누구도 말하지 않은 것 같은데 수양이 어떻게 알았을까?

성삼문은 목소리를 낮췄다.

"세종대왕 이후 나라의 동량들을 다 죽였는데 이 사람만 남은 것 같소. 이 사람은 모의에 가담하지 않았소. 강희안은 참으로 어진 사람이오. 남겨두었다 쓰도록 하시오. 사람 같은 사람 하나라도 남겨두어야 하지 않겠소."

강희안은 성삼문과 동갑이었다. 당시 조선의 수재들이 모여 있던 집현전에서도 군계일학처럼 돋보이던 준재였다. 성삼문은 늘 그를 닮고 싶어 했다. 성삼문은 죽어가면서도 강희안을 살리고자 애쓰고 있었다.

밤이 깊어갔다. 수양도 지쳐갔다.

"이 자들을 의금부에 하옥하라."

잔학한 분노의 배설은 삼경이 지나서야 끝이 났다.

목불인견目不忍見의 친국이 사정전 앞뜰에서 벌어졌다는 소식을 들은 소년 상왕은 너무나 놀라 가슴이 철렁 내려앉고 얼굴이 창백해졌다. 이 일이 자신 때문이라고 여기는 소년 왕은 눈물을 줄줄 흘렸다.

그들이 얼마나 상왕인 자신을 돌보려 하고 있는지 잘 알고 있었다.

"전하, 으흐……, 어찌해야 하옵니까? 으흑, 아까운 충신들이 모두 한목에 다 죽어간다 하옵니다."

대비 송씨가 상왕 앞에 엎어지듯 쓰러지며 울음을 터뜨렸다.

"……."

단종이 무슨 말을 하랴.

"주상의 성품으로 보아 다 죽일 것입니다. 이 일을……. 대체 이 일을……."

"……."

"역모는 무슨 역모이겠어요? 꾸며낸 일일 것이옵니다."

"그렇지 않소."

"예?"

"틀림없이 숙부를 죽이려고 했을 것이오. 이제야 생각이 나는군요. 언젠가 성삼문이 와서 곧 좋은 일이 있을 것이라고 했는데……. 이제 보니 그 말이 바로……."

"……?"

"어느 임금이 자기를 죽이려 한 자들을 살려두겠소? 별수 없이 그들은 다 죽을 수밖에 없을 것이오."

"전하."

"어쩔 수 없는 일이오. 다 죽을 수밖에……."

"전하, 그보다는……."

"무슨 말씀이오?"

"성삼문이 그와 같은 말을 했다면 전하께서도 이 일을 알고 계셨사옵니까?"

"아니오. 나는 그게 무슨 소린지 몰랐소."

"간악한 무리들이 전하께서도 알고 계셨다고 꾸며댄다면……?"

말을 하던 대비도 듣고 있던 단종도 똑같이 놀라며 진저리를 쳤다. 동시에 두 사람은 수양과 그 일당을 떠올렸다. 그들은 무슨 짓이든 못 할 짓이 없는 자들이라는 생각부터 들었다.

"전하. 입궐을 해보시지요."

"입궐을?"

"예. 주상을 만나 그 사람들을 살려주라고 하셔야지요. 저 사람들이 다 역적으로 몰려 죽고 나면 다음은 전하께 해가 미칠 것이옵니다."

"아니. 내가 의심받게 된 처지에 그런 말을 한다면……, 불에다 기름을 붓는 꼴이 될 것이오."

"윗전으로 모시겠다고 맹세한 주상이 아니옵니까? 전하께서 간곡히 청하신다면 어찌 아니 듣겠사옵니까?"

"이 일은 달라요. 그리고 또 주상은 내 말을 곧이곧대로 믿는 사람도 아니오. 내가 할 수 있는 일은 없는 것 같소."

"전하……."

송씨는 끝내 대성통곡을 터뜨리고 말았다.

"후우……."

"전하, 이 일이 어찌 역모이겠사옵니까? 이 나라의 진정한 임금은 전하이시거늘……. 전하께서 본의 아니게 빼앗긴 옥좌를 신하들이 도로 찾으려는 것인데……, 어찌 역모라 하여 죽인단 말이옵니까? 원통하고 분하옵니다. 전하, <u>으흐흐흐</u>……."

"고정하시오, 대비. 옥좌는 내 손으로 물려준 것이오."

"전하, 으흐흐……."

"천명이라 생각하시오. 어찌해볼 방도가 없으니 조용히 지켜나 봅시다."

"으흐흐……."

"이 못난 사람이 무엇이라고……, 그런 일을 하다가……, 아까운 사람들, 으흐흐."

"전하……."

두 사람은 서로 부둥켜안고 꺼이꺼이 목을 놓으며 통곡하고 말았다.

친국을 마치고 돌아서며 수양은 비틀거렸다. 모진 형벌을 받은 자들은 역모를 꾀한 신하들이었으나 그들보다 오히려 더 무참한 몰골이 된 것은 수양이었다.

몰골만이 아니었다.

'형왕 모살 의혹의 원흉이었소.'

그 소리에 내심 기가 죽고 기운이 쏘옥 빠졌다. 아무도 모를 줄 알았던 그 일이 발설된 것이었다.

용포는 온통 땀으로 젖어 있었다. 들이받힌 치욕으로 얼굴은 차마 볼 수 없게 일그러졌고 다리도 후들후들 떨렸다.

"영상은 따라오시오."

맥없는 소리였다.

수양왕과 정인지의 뒷모습을 보며 권람이 고개를 갸웃거렸다.

"영상과 무슨 의논을 하시려는고……?"

권람이 혼잣말처럼 중얼거리자 한명회가 듣고 불퉁스러운 대답을 했다.

"살려주실 요량이신가 보네."

"……!"

권람이 흠칫 놀랐다.

수양과 정인지는 편전에 들어 마주 앉았다. 한참 동안 말이 없었다. 땀에 젖은 두 사람의 옷에서는 누린내가 풍겼다. 단말마斷末魔와 같았던 비명 소리, 그리고 창자를 찢듯 토해내던 신음 소리가 귓전을 맴돌았다.

수양왕이 본인만 데리고 편전에 든 까닭을 정인지는 짐작하고 있었다. 수양왕은 정인지 입에서 말이 먼저 나오기를 기다렸고, 정인지는 자신의 입으로는 뭐라 말할 수 없어 수양의 언급을 기다리고 있었다.

"영상은 내가 어리석어 보이겠지요?"

정인지는 수양왕의 아버지 세종보다 한 살 위인 어르신이었다.

"전하, 그 무슨 망극하신 말씀이시옵니까?"

"아니오. 내가 저들을 선뜻 처단하지 못하는 것을…… 영상은 언짢아하고 있을 것이오."

"……!"

정인지는 고개를 푹 숙였다.

"과인이 생각해도 과인이 어리석어 보이오. 하지만 저들이 누구요? 부왕 세종대왕께서 아끼던 사람들이자, 형왕 문종대왕과 과인의 친구들이오. 거기다 또 학문들이……. 어찌 처단만으로 따지겠소?"

'어이구, 그러면 애초에 찬탈하지 말아야 했지…….'

"……."

"영상."

"예. 전하."

"나는 언젠가 한 번쯤은 이런 일이 있으리라 생각해 왔소. 과인에게 한을 품은 자들이 왜 없겠소? 그들을 널리 용서하는 것도 사직을 물려받은 자로서 과인이 해야 할 도리가 아닌가 생각해보았소."

'흥, 나야 죽지 못해서 빌붙은 꼴이 되었지만……, 저들이 진짜 선비들인 것을……'

"……."

"내가 더욱 놀란 것은 저들이 모두 나와 멀다고는 할 수 없는 사람들이란 것이며……, 또 하나는……, 거사함에 있어 마치 일개 도적을 때려잡는 것처럼 하려 했다는 것이오."

'흥, 도적을 때려잡듯 한 것은 누가 먼저 했는데……'

정인지는 속으로 코웃음을 금할 수가 없었다.

"……."

"영상, 도리도 도리지만……, 욕심도 있소. 나를 죽이려 했지만 너그러이 용서하고 그 학문을 중하게 써서…… 언젠가는 진심으로 나를 따르게 하고 싶은 것이오. 영상, 내 욕심이 가당치 않소?"

'그럴 임금이 따로 있지……'

"전하, 아마도 저들은 영원히 전하를 따르지 않을 것입니다."

"영원히?"

"그럴 것이옵니다."

"영상이 나서서 설득해도 아니 될까요?"

'그들은 나도 천시할 텐데 뭘……'

"……."

"아니 되겠소?"

"아니 될 것이옵니다."

"음……!"

"영상은 저들의 스승과 같은 어른이니……, 살려주고 싶은 마음도 있을 것이고……, 그럴 방도가 있을 것으로 아오만……."

"망극하옵니다."

"끝내 할 수 없다는 것이오?"

"차라리 신을 벌하여 주시옵소서."

수양왕은 눈을 감고 생각에 잠겼다가 잠시 후 눈을 떴다.

"영상, 수고하시었소. 물러가도 좋소."

"예……."

다음 날 정인지에 의해 수양왕의 의중이 밝혀지자 조정은 크게 술렁거렸다. 신료들은 다 놀라지 않을 수 없었다.

'역적을 용서할 수도 있는가?'

역모가 분명한 이상 그에 따른 신속한 조처가 불가피한 것이었다. 의금부에서는 연좌의 법에 따라 역도들의 식솔들을 모조리 잡아들이고 있었다.

밤을 새우다시피 한 수양왕이 아침 수라도 들지 않자 중전 윤씨가 편전으로 나왔다.

"전하, 지난밤 침수도 아니 드셨사온데 아침 수라마저 아니 드시면 옥체가 상하시옵니다."

"중전."

"예."

"저들을 살려야 하오, 아니면 죽일 수밖에 없소?"

"……."

중전은 순간 몸이 굳고 말았다. 중전 자신도 밤새 그 생각을 했던 게 아니던가. 중전 스스로는 도저히 결론을 낼 수가 없었다.

"중전의 심정은 어떻소? 솔직히 한번 말해보시오."

"전하."

중전은 그냥 마음 가는 대로 말해보겠다고 생각했다.

"말씀해보오."

"아뢰옵기 황공하오나 선대왕들께서 아끼시던 인재들이오니 할 수만 있다면 용서하시는 게 어떠할는지요?"

"오, 중전의 생각도 그러하오?"

"예, 그러하옵니다."

"음……."

수양왕은 얼굴을 펴며 고개를 끄덕였다.

"전하, 크나큰 성덕에 만백성이 기뻐할 것이옵니다."

"흠……."

그러나 수양왕은 다시 침울해졌다.

"전하……."

"우리 마음처럼 일이 풀린다면 얼마나 좋겠소? 헌데 그게 간단하지 않소."

"……?"

"사직을 맡은 자의 어려움을 절실하게 느끼고 있소."

"혹…… 신하들이……?"

"신하들의 반대도 반대려니와……. 저들이 부득부득 내게 대드는데……, 어찌 사면한다는 말을 할 수가 있소?"

"……!"

"저들이 '나리'니 '족하'니 하는 호칭만 쓰지 않았어도……, 내 누가 뭐라 해도 용서해주고 싶소. 내 큰마음을 보여주고 싶소."

무엇으로든지 자신도 훌륭한 사람이라는 것을 보여주고 싶은 욕심이 있었다. 참으로 제 주제를 모르는 무식하고 뻔뻔한 욕심이었다. 그들이 다 정인지나 신숙주 같은 놈들인 줄 아는 모양이었다.

"전하, 옥방으로 사람을 보내시어 전하의 심기를 전하며 회유해보심이 어떨는지요?"

"오라……!"

수양의 눈빛이 밝아졌다.

'누구를 보내면 될꼬?'

당장 떠오르는 자가 없었다. 수양은 머리를 절레절레 흔들었다.

"그 일도 어려우시다면 모두 그냥……?"

"아니오. 우선은 처단하지 않을 것이오."

"전하."

"예, 중전."

"전하, 그럴수록 전하의 하해와 같은 성은을 보여주셔야 할 것이옵니다."

"왜 아니겠소? 내 마음은 사실 다 살리고 백성들의 칭송을 받고 싶은 것이오. 저들을 살릴 수만 있다면 내 무슨 짓이라도 할 것이오. 헌데 저들도 너무하긴 너무해요. 친국하는 동안 내 스스로 칼을 뽑아 저들의 목을 치고 싶었던 게 한두 번이 아니오. 허나 참았소. 왜 그런지 아시오? 그것은 세 분 선대왕을 생각해서였소.”

마누라 앞에서야 존경받는 지아비가 되고 싶은 게 남정네의 상정이라 하지만, 참으로 뻔뻔한 작자요 도리 없는 위선자였다.

선대왕 세 분이라면 세종, 문종, 지금의 상왕을 말함이었다. 세 분은 고사하고 단 한 분만이라도 진정으로 생각했다면 애초에 이런 더러운 욕심은 갖지 말았어야 할 일이었다.

고명은 받았다. 하지만 백성들의 지지를 받는 것이 그보다 훨씬 더 보위를 튼튼히 하는 것임을 수양은 알고 있었다. 그래서 저들, 이른바 역도들을 살리고 싶었고 살릴 수만 있다면 무슨 방법이라도 쓸 것 같았다.

사실 방법은 있었다. 그리고 아주 쉬운 방법이었다.

성삼문 등이 원하는 방법, 만백성이 쌍수를 들고 환호하며 지지해줄 방법, 아무도 죽이지 않고 서로 상생할 수 있는 방법, 만고에 영원히 칭송 받을 수 있는 방법, 그야말로 아주 인간다운 방법이 분명 있었다.

그것은 바로 다시 제자리로 돌아가는 방법이었다. 수양이 잘못을 뉘우치고 옥좌를 상왕에게 다시 돌려주고 상왕의 신하로 다시 돌아가는 방법이었다.

‘저들을 살릴 수만 있다면 내 무슨 짓이라도 하고 싶소.’

이 말은 내심과는 전혀 딴판인, 노심초사하는 척하는, 그냥 입에 발린 소리일 뿐이었다.

"누구를 옥방으로 보내야 할지, 내 좀 생각해봐야겠소. 중전은 들어가 계시오."

수양은 중전이 돌아간 뒤 이마의 땀부터 씻어냈다. 그리고 냉 밀수蜜水를 가져오라 해서 벌컥벌컥 마셨다.

수양이 김질의 이름을 생각해낸 것은 해 질 녘이 다 되어서였다. 땅거미가 찾아올 무렵 수양은 김질을 불렀다.

수양은 아주 부드러운 소리로 입을 열었다.

"성균사예는 내 말을 잘 새겨들으라."

"예. 전하."

"그대의 충성이 있어 내가 화를 면했으니 아무리 후한 상을 내린다 해도 과하지 않을 것이다."

"망극하옵니다, 전하."

"그러나 옥사에 있는 저들의 입장에서 생각해보면 그 통한이 가슴에 사무칠 일일 것이다. 그대는 저들의 동지가 아니었더냐?"

"……."

김질의 수그린 목과 어깨가 가늘게 떨리고 있었다.

"과인이 그대에게 야단치려는 것이 아니니 그대는 솔직히 대답해보라. 저들이 그대를 원망하고 있을 게 분명하지?"

"망극하옵니다, 전하."

"저들이 다 처형되고 만다면 그대 또한 편한 잠을 잘 수가 없을 게 아닌가?"

"……."

"그래서 하는 말인데 저들을 살릴 길이 있다면 그대가 한번 나서 보겠느냐?"

"……!"

김질의 어깨가 꿈틀했다. 이게 무슨 일일까 걱정부터 앞섰다.

"이상하게 생각할 것 없다. 내가 그대를 시험할 까닭도 없다. 그러니 어떠냐? 한번 나서보겠느냐?"

"예, 전하. 하명해주시옵소서."

"그래 좋다. 지금 곧 옥사에 가서 과인의 말을 전하라. 이제까지의 일은 없던 것으로 생각할 터이니, 오늘부터라도 생각을 고쳐 과인을 따르라 하라. 과인이 저들 마음을 모르는 바는 아니나 대세란 따로 있는 것이다. 대세를 따르겠다는 말 한마디만 하면 모든 것을 용서하고 전보다 더 중하게 대우할 것이니라."

"망극하옵니다, 전하."

김질은 눈물을 글썽거렸다. 도저히 대면할 수 없는 그 동지들 앞이지만, 명을 받고 보니 그들 앞에 나아가 무릎 꿇고 용서를 빌기라도 하고 싶었다.

"어서 가보아라."

"예, 전하."

김질이 나가자 수양은 좌승지 구치관, 우승지 한명회를 불러들였다.

"당분간은 두 분이 내 곁에서 입직을 해주기 바라오."

"예, 전하."

입직은 교대로 하게 되어 있었으나 수양은 뭔가 불안한 모양이었다.

"한승지."

"예, 전하."

"김질이 방금 조옥詔獄(의금부 감방)으로 갔소."

"……."

"무슨 일인지 짐작하겠소?"

"예. 짐작이 되옵니다."

수양이 고개를 끄덕이더니 다시 물었다.

"일이 잘될 것 같소?"

"송구하옵니다만 잘되지는 않을 것이옵니다."

"김질은 어떻게든 저들을 살리려고 애를 쓸 것이오."

"물론 그리 할 것이옵니다만……, 저들은 김질이 움직이기에는 너무 큰 바위덩어리들이옵니다."

"음, 그럴 것이오. 헌데 김질밖에는 보낼 사람이 없소. 한승지. 과인이 경을 보내지 않은 까닭을 알겠소?"

"예. 짐작하옵니다."

그 까닭은 빤한 것이었다. 권람, 한명회, 신숙주 이 세 사람을 수양은 누구보다도 아끼기 때문이었다. 그들이 나선다고 해서 성사될 것이라는 보장은 없었다. 그러나 그들이 욕된 일을 당할 것이라는 건 분명했다. 그럴 경우 그들의 체면도 문제였으며 후세 사람들의 비웃음도 마음에 걸렸던 것이다.

"한승지."

"예, 전하."

"구승지도 함께 들으시오. 과인의 처사에 모두들 불만이 많겠지요?"

"……."

"한승지가 말해보시오."

"전하. 전하의 심려하심은 신들의 고통을 모두 합친 것보다도 더 크실 것이옵니다. 하오나 어찌 신 등이 가타부타 하여 전하의 성려聖慮를 어지럽힐 수가 있겠사옵니까? 그저 성상의 뜻을 따를 뿐이옵니다."

"그렇긴 그렇구먼."

"하오나 한 말씀 아뢰고 싶은 바는……, 명분 없이 사람을 죽일 수 없는 것처럼, 명분 없이 사람을 살릴 수도 없다는 것이옵니다."

"명분이라……?"

"친국하시는 동안에도 그만큼 아량을 보이셨고…… 또 김질을 보내시기까지 하셨사오니 이는 참으로 하해와 같은 성은이시옵니다."

"……."

수양왕은 대답 없이 고개만 끄덕였다.

밤이 되었는데도 무더위는 낮 못지않았다.

김질은 옥문 앞에 이르러 잠시 걸음을 멈추고 숨을 가다듬었다. 틀림없이 봉변을 당할 판이었다. 그러나 어쩌랴. 수양왕의 명까지 받고 왔으니 아니 들어갈 수는 없었다.

그는 자물쇠가 풀어지자 옥문 안으로 들어섰다. 통로 여러 군데 꽃아놓은 관솔불 덕에 옥 안이 어둡지는 않았다. 대신 피비린내가 코를 찔렀다.

산발에 피투성이로 내동댕이쳐진 그들은 사람이라기보다는 아무렇게나 구겨서 던져놓은 살덩이들 같았다. 다만 감지 않은 눈동자들만이 불빛에 어려 괴기스럽게 빛나고 있어 흡사 야차夜叉들 같았다.

'나 때문에 이 꼴이 된 게 아닌가!'

김질은 솟아오르는 눈물을 어찌할 수 없었다.

"여러분들⋯⋯."

김질의 목멘 소리였다.

갑자기 들이닥친 사람이 김질이라는 것을 알자 옥방 사람들의 얼굴은 금방 분노로 일그러졌다.

"여러분들⋯⋯."

김질이 다시 한 번 불렀을 때였다.

"수양의 개가 웬일로 여기 왔느냐?"

준열하게 외친 것은 박팽년이었다. 성삼문, 유응부와 함께 가장 모진 고문을 받은 박팽년이었다. 유응부는 무인 기질로 원기를 많이 회복했고, 성삼문도 그럭저럭 의식만은 잃지 않고 있었으나 박팽년은 모진 고문의 여파로 기력을 잃어가고 있었다. 그런데도 김질임을 알자 노호怒號를 터뜨렸으니 그 분한忿恨이 실로 뼈에 사무쳤음이 아니랴.

"여러분들⋯⋯."

"꺼져라 이놈."

"썩 물러가."

"당장 나가 이놈."

"이 더러운 놈. 퉤퉤!"

여기저기서 분노의 목소리가 터져 나왔다. 유응부는 침을 뱉고선 덤벼들 듯 씩씩거렸다. 김질은 이러한 그들 앞에 털썩 무릎을 꿇었다.

"무어라 욕을 해도 할 말이 없소."

"알면 당장 나가."

"내 말을 꼭 한 번만 들어주시오. 우리의 일은 애초에 가망이 없었소."

"나가라는 데도 저놈이……."

"옳고 그름은 제쳐둡시다. 다만 한 가지, 지금의 주상께는 누구도 대적할 수가 없소."

"그럴 테지. 그러니 형을 죽이고 조카를 몰아내고 용상을 차지하고 우리를 이 꼴로 만들었지……."

하위지의 야유였다.

"여러분을 살리려 하고 있소. 결코 무도한 분이 아니오. 지금이라도 생각을 고쳐야 하오. 그리고 일단 살고 봐야 합니다."

"저런……. 퉤!"

누군가의 가래침이 김질의 관복자락에 붙었다. 피 섞인 가래침이었다.

"이놈……. 썩 나가지 못해."

쩌렁하게 울리는 유응부의 호령이었다.

"아……, 아닙니다. 잠시들 진정하시지요."

성삼문이었다.

살기등등한 사람들을 진정시키면서 몹시 불편한 몸을 움직여 김질 가까이 앞으로 나왔다. 피비린내가 훅 풍겼다. 너덜거리는 옷 틈새로 보이는 살점들에는 거멓게 그을린 껌정이와 피딱지가 엉겨 붙어 있었다.

메스꺼움을 참느라 웅크리는 김질에게 빙긋 웃으며 성삼문이 말했다.

"수양이 자네를 보냈는가?"

"예. 그렇습니다."

"뭐라고 말하라 하던가?"

"어제까지의 일은 불문에 붙일 것이니 마음을 고쳐먹고 따르기만

한다면 다 용서하고 중하게 쓸 것이라 하셨소.”

“살려주겠다는 말인가?”

“그렇습니다.”

그때 갑자기 폭소가 터져 나왔다.

“으하하하.”

“와하하하.”

“아하아하.”

“이히히히.”

만신창이의 몸들을 비틀어가며 마구 흐트러진 산발을 흔들어가며 웃는 모습들이 흡사 귀신들 같았다. 김질은 소름이 돋는 공포를 참아내고 있었다.

웃음소리가 잦아들자 성삼문이 나직이 말했다.

“수양이 참으로 너그러우시구먼그려. 그러나 그 내심을 우리가 어찌 믿을 수 있겠는가? 우리는 유충하신 주상전하께서 낙루하시며 양위하시는 것을 직접 본 사람들이네.”

“하지만 대세입니다.”

“허어, 이 사람이. 말투마저 수양을 닮아가네그려. 그런 자네는 어찌해서 애초에 이 일에 가담을 했던가?”

“……”

말문이 막혀 얼굴만 붉히고 있던 김질의 눈에서 눈물이 흐르기 시작했다. 마땅히 피투성이가 되어 이 동지들과 함께 여기 있어야 할 자신이 아니던가. 참담하고 창피한 심정을 가눌 길이 없는 순간이었다.

성삼문은 김질을 위로하듯 나직이 일렀다.

"가서 수양에게 말하게. 우리를 용서해도 결국은 우리를 참아내지 못해 괴로울 테니 아예 마음 편히 지금 버리라고……. 그리고 자네 지금 지필묵을 좀 가져다주겠는가? 우리가 수양에게 답장할 게 있네."

김질이 나가더니 지필묵과 촛불을 챙겨왔다.

"내 손이 불편하네. 자네가 좀 받아쓰게."

성삼문은 잠시 눈을 감고 있었다. 그리고 천천히 시조 한 수를 읊었다.

이 몸이 죽어가서 무엇이 될고 하니
봉래산蓬萊山 제일봉에 낙락장송落落長松 되었다가
백설이 만건곤滿乾坤할 제 독야청청獨也青青 하리라.

듣고 있는 사람들도, 그리고 쓰고 있는 김질도 숙연한 가운데 눈물을 흘리고 있었다.

성삼문이 읊기를 마치자 박팽년이 읊기 시작했다.

금생여수金生麗水라 한들 물마다 금이 나며
옥출곤강玉出崑岡이라 한들 뫼마다 옥이 나며
아무리 여필종부女必從夫라 한들 님마다 좇을손가.

박팽년의 시조가 끝나자 유응부도 나섰다.

간밤에 불던 바람 눈서리 치단 말가
낙락장송落落長松이 다 기울어 가노매라

하물며 못다 핀 꽃이야 일러 무삼하리오.

이개가 부스럭거리며 일어나 앉더니 입을 열었다. 이개는 말하는 것
조차 너무 힘이 드는지 한마디 하고 쉬고 또 한마디 하고 숨결을 가다
듬고 하면서 겨우겨우 시조 한 수를 마쳤다.

방 안에 켠 촛불 뉘와 이별하였관대
겉으로 눈물지고 속 타는 줄 모르는고
우리도 저 촛불 같아서 속 타는 줄 모르도다.

이개가 힘들게 시조를 끝마쳐 갈 무렵부터 흐느낌 소리가 들리기
시작했다. 이윽고 흐느낌은 점점 오열로 이어져 갔다.

도망치듯 옥문을 나서는 김질에게는 부끄러운 등판에 쏟아진 뜨거
움이 가슴 속으로 파들었다. 그는 걷다 말고 하늘을 올려다보았다. 광
막한 밤하늘에 가득히 들어차 눈부시게 빛나고 있는 별들이 다 이지
러져 보였다. 눈물이 그치지 않는 까닭이었다.

김질은 먼 길을 걷듯 한참을 거닐다 다시 편전에 이르러 수양 앞에 부
복했다. 옥에서 있었던 일을 그대로 고했다. 수양은 듣고만 있었다. 김
질이 말을 다 마치고 나자 어디선가 멀리 새벽닭 우는 소리가 들렸다.

수양은 어금니를 으드득 갈며 한마디 내뱉었다.

"이것들의 종자를 말리리라."

시절이 하 수상했다. 어느 하늘에서 날벼락이 떨어질지, 어느 구름
에서 소나기가 쏟아질지 모르는 세태였다. 그러다 보니 운종가雲從街

시전市廛에만 사람들이 조금 보일 뿐 도성은 전에 없이 한산했다.

정보鄭保는 한명회의 첩실인 서매가 도성으로 이사 온 후로는 서매의 집에 가끔씩 들리는 편이었다.

정보는 일찍이 문과 급제하여 예안현감禮安縣監을 지냈다가 사헌부 감찰이 되었다. 이후 수양이 계유정난에 김종서 등을 타살하고 정권을 장악하자 관직을 버리고 백수 노릇을 하고 다녔다.

성삼문 등의 역모로 도성이 잔뜩 가라앉아 있던 그때 정보가 모처럼만에 누이 집을 찾았다.

"한승지는 어디 갔는가?"

"죄인을 국문한다고 요새 대궐에서 살다시피 한답니다. 어서 안으로 드시지요."

누이는 버선발로 뛰어나와 정보를 반갑게 맞았다.

"허, 그들이 무슨 죄인이란 말인가? 한승지가 만일 그들을 죽이면 만고의 죄인이 되어 손가락질을 당할 걸세."

"오라버니. 승지가 무슨 힘이 있어 사람을 죽이고 말고 합니까?"

"허, 이 사람이 뭘 모르고 있구먼. 장안에서 목에 힘줄깨나 세운 사람들의 생사여탈도 그 사람 마음에 달려 있다는 소문도 자네는 못 들었는가?"

"오라버니도 참. 겨우 승지 한자리하는 사람이 그럴 수가 있겠어요? 다 헛소문이겠지요. 아무튼 시절이 어수선하니 입조심이 상책입니다요."

"거, 시답잖은 소리 말게. 내 입 가지고 내 말도 못 한단 말인가?"

"아이고, 말 함부로 하다가 집안이 풍비박산 날까 봐 그러지요."

"자네도 그놈의 녹을 받아먹더니 달라졌구먼."

"아니, 오라버니. 누가 들을까 무섭소. 그놈이라니요?"

"내가 뭐 허튼소리 했나? 그럴 만하니까 그놈이라 하지. 아무튼 그놈은 그놈이지만……, 한승지는 성삼문, 박팽년 등 그 사람들 죽이는 일에 관여 말고 살리는 데 힘쓰라 하게."

"아니, 그 사람들이 역적질을 했기에 다 죽을 수밖에 없다던데요?"

"그놈이 역적이지, 왜 성삼문 등이 역적이란 말인가?"

"상감을 죽이려 했다면서요."

"상감인지 그놈인지 모르면 입 다물고. 한서방더러는 성삼문 등을 살려내도록 힘쓰라 하게. 성삼문, 박팽년 등은 다 성인군자요 만고충신인데 그들을 국문鞠問하고 죽이는 데 동참하면 안 되지. 반드시 죄받지."

"그 사람이 무슨 힘이 있다고 역적을 살려냅니까?"

"아까 말했잖아. 장안에서 힘깨나 쓰는 놈도 죽고 살고는 한승지 마음에 달려 있다고……."

"아이고, 강아지 풀 뜯는 소리만 자꾸 하실 거예요?"

"이 사람이 이거……, 에잇."

정보는 툇마루에서 벌떡 일어나 도포 자락을 탁 털더니 밖으로 휑 나가버렸다. 주안상을 준비하려던 누이는 골목길을 빠져나가는 오라비의 뒷모습에 대고 혀를 쑥 내밀었다.

땅거미가 짙어갈 때쯤 한명회가 퇴청해 돌아왔다.

"영감은 언제 진짜 영감 소리를 듣소?"

"도승지가 되면 듣겠지."

"도승지가 되든 도깨비가 되든 상관없고……. 영감 소리 들어야 녹이 많이 들어온다 해서……."

"이제 바리바리 싸다 주는 자들이 생길 것이네."

"그놈이 녹을 먹더니 변했다고 구박하는 사람이 있는데 이왕이면 많이 받아먹고 구박받아야지요."

"아니, 누가 그놈이라 그래?"

"오라버니가 들렀다 화만 내고 갔어요."

"화만 내고?"

"장안에서 힘깨나 쓰는 놈도 죽고 사는 것이 다 한서방에게 달려 있다고……. 그러니 성삼문, 박팽년 그 사람들을 한서방이 살려내야 한다고……."

"허, 나를 아주 잘 보셨구먼."

"그들이 역적질을 했기에 다 죽는다고들 말한다고 했더니, 그놈이 역적이지 왜 성삼문 들이 역적이냐고 화를 냈어요."

"허, 이 자를 그냥 둘 수가……."

정보는 송도 시절의 한명회를 좋은 사람으로 보았고 수완 있는 사람으로 보았다. 그래서 서매를 맺어주었다. 그런데 그가 도성에 올라온 뒤에 보니 그는 천하의 패륜아요 불한당이요, 희대의 찬탈자인 수양의 장자방이 되어 장안을 휘젓고 다녔던 것이다. 그때부터 정보는 그를 명례궁의 개로 취급했다.

한명회는 정보 덕택에 제 자랑처럼 충신의 후예요 미인인 첩실을 얻었음에도, 이제 정보를 죽여야겠다고 마음먹었다.

"정보가 전하를 감히 자者(놈)라고 하며 함부로 입을 놀렸습니다."

한명회는 자기가 입 다물고 있으면 그만일 것을 쪼르르 수양에게 쫓아가 고자질을 했다.

"이런 고얀 놈이 있나? 당장 잡아들이라."

정보가 즉시 잡혀 왔다.

"네놈이 정말 그런 말을 했느냐?"

수양왕이 물었다.

"예. 평소에 성삼문, 박팽년을 성인군자로 보았기 때문에 그런 말이 나왔소."

정보는 당당했다.

"생각을 바꾸면 살 수 있다. 생각을 바꿀 수 있느냐?"

"없소."

"정말이냐?"

"예."

"이런 고~얀 놈. 저놈을 당장 능지처사하라."

형리들이 정보를 끌고 나갔다. 나가는 뒷모습을 보던 수양이 한명회에게 물었다.

"저자는 뉘 집 자손인고?"

"고려 정몽주의 손자이옵니다."

"뭐라고? 그걸 왜 이제 말하오?"

수양은 즉시 명을 거두었다.

"충신의 후손이라 하니 사형을 감하라."

의금부에서 반대하고 나섰다.

"정보가 역신 성삼문을 충신이라 하였으니 마땅히 베어야 합니다."

"장 1백을 때려 경상도 연일현延日縣(포항시 연일읍)의 관노로 영속시켜라."

사헌부에서 반대하고 나섰다.

"간당을 두둔했으니 극형에 처하소서."

"충신의 후손이니 죽이는 것은 불가하다."

"불충한 자의 형벌이 알맞지 않사옵니다."

"적몰한 정보의 집은 전 군기감정軍器監正 윤사흔尹士昕(수양왕비 정희왕후 윤씨의 남동생)에게 주고 더 이상 논죄하지 말라."

정보는 목숨을 건진 후 연일현으로 갔다. 그러나 한명회 무리들의 참소讒訴로 경상도 단성丹城(산청군 단성면)으로 쫓겨 갔다.

그래도 참소는 계속되었다. 정보는 결국 거기서 죽임을 당하고 말았다.

6월 6일 아침, 전 집현전 부수찬 허조許慥가 자진했다는 소식이 들려왔다. 허조는 좌참찬 허눌許訥의 아들이며 이개의 매부였다. 성삼문의 모의에 가담했으나 체포되지 않고 있었다.

허조는 모의가 발각되어 동지들이 잡혀간다는 소식을 들은 뒤, 조복을 입고 사묘祠廟(사당)에 들어가 통곡한 후 목을 찔러 자진했다.

'이놈도 집현전 출신이렷다.'

수양은 눈살을 찌푸리며 갑자기 외쳤다.

"집현전을 혁파하라."

이 무슨 넋 빠진 명령인가.

아버지 세종대왕이 가장 많이 찾은 부서요 가장 아끼던 집현전이 아니던가. 얼마나 많은 인재를 양성해낸 부서이며 얼마나 많은 업적을 이루어낸 집현전이던가. 한글의 창제는 물론, 편찬해낸 전적만 해도 그 양과 질이 모두가 놀랄 만큼 엄청났다. 뿐만 아니라 이 나라의 숱한 동량들을 배출해낸 곳이었다.

한마디로 말해 집현전은 조선왕조의 찬란한 문화와 위대한 정신의 산실이요 그것을 선도해가는 본산이었다.

수양도 집현전이 어떤 곳인가를 잘 아는 사람이었다. 수양 자신도 집현전에서 여러 일을 해봄으로써 그만큼이라도 유식해진 사람이었다. 물론 세종대왕의 배려였지만 수양 자신도 집현전 종사로 인해 자부심이 대단했던 사람이었다.

그런 집현전이 실상은 불한당 괴수에 불과한 수양에 의해서 이 날로 혁파되었던 것이다.

수양의 명령은 여기서 끝이 아니었다.

"경연經筵을 정지하라."

경연은 임금과 신하가 모여 정치와 학문을 강론하는 모임이었다. 주로 집현전 학사들과 마주해야 하는 자리였다. 수양으로서는 더 이상 견딜 수 없는 자리요 꼴도 보기 싫은 자리가 되고 말았던 것이다.

다음 날 박팽년이 무자비한 국문의 후유증으로 옥사獄死했다는 소식이 전해졌다.

'흥, 이것들이 제멋대로 죽어……'

소식을 접한 수양이 입을 앙다물었다. 많은 이들이 에워싼 가운데 거열형車裂刑을 집행해야 속이 후련할 판인데 제 맘대로 편히 죽었다 해서 화가 났던 것이다.

8

거열형

6월 8일 이른 새벽, 아직 해가 뜨지도 않았는데 수양은 사정전思政殿
에 나가 급하게 서둘렀다.

의금부 도제조 윤암, 제조 윤사로, 강맹경, 이인손, 신숙주, 성봉조,
박중손, 어효첨 등이 사형수에 대한 최종 결정문인 결안結案을 가지고
입시했다. 또한 승지, 대간들도 입시했다.

그들은 죄인들을 다 끌어내 장형을 가하며 문초하고 잔당을 추궁하
여 결안을 작성했다.

수양이 결안을 살폈다.

박팽년, 허조, 유성원이 지난겨울부터 성삼문, 이개, 하위지, 성승, 유응부, 권자

신과 함께 파당을 만들고, 박중림, 김문기, 박쟁, 송석동(단종비 송씨의 오라비), 윤영손(단종의 이모부), 아가지(상왕의 유모 봉보부인의 여종), 불덕(권자신의 모), 석을중(아가지의 남편 이오가 내금위의 무기고에서 훔쳐낸 활을 받아서 권자신에게 갖다 주었다는 사람)과 더불어서 어린 임금을 위하여 초하룻날 거사하려 했으니 그 죄는 능지처사陵遲處死에 해당합니다.

성삼문은 중시重試에 장원한 후 교만해져서 스스로 남보다 월등하다고 생각했으나 오래도록 제학提學과 참의參議에 머물러 있어 불만이 많았습니다.

삼문에게 '상왕도 아는가'라고 물으니 '권자신을 시켜 통지했다'고 했습니다(물론 날조였다).

그 아비 성승은 의주목사로 있을 때 사람을 죽여 관직이 떨어지고 고신告身과 과전科田을 몰수당했으나, 이용李瑢(안평대군)의 계청啓請으로 환급해주었으니 이용의 사람입니다.

박팽년은 사위 영풍군의 연고로 화가 미칠까 늘 두려워했고, 하위지는 주상에게 견책받은 것을 원한으로 품었으며, 이개와 유성원은 품계 낮은 자급資級으로 불평불만이 많았습니다.

김문기는 도진무都鎭撫로 있을 때 박팽년과 성삼문에게 말하기를 '그대들은 안에서 일이 성공되도록 하라. 나는 밖에서 군사를 거느리고 있으니 거역하는 자가 있다면 좌시하지 않겠다'고 했습니다.

성균관사예 유성원은 성삼문이 잡혀갔다는 소식을 듣고 집으로 돌아가 자결했고, 허조 또한 목을 찔러 죽었습니다.

이들의 죄상이 이와 같으니 이미 죽은 자도 거열하고 목을 베어 효수할 것이며, 목을 팔도에 전하여 본보기를 보이도록 하소서.

또한 그들의 재산을 몰수하고 연좌된 자들도 아울러 율문에 의하여 시행하소서.

마침내 수양의 명이 떨어졌다.

"친자식들은 모조리 교형에 처하고, 어미와 딸, 처첩, 조손, 형제, 자매, 아들의 처첩은 극변잔읍極邊殘邑(변방의 피폐한 마을)의 노비로 영구히 소속시키라. 백부와 숙부, 형제의 자식들, 형제의 처첩은 먼 지방의 노비로 소속시키라. 여비女婢 아가지와 불덕은 노비로서 주인 심부름을 하지 않을 수 없었으니 연좌시키지 말라. 백관들은 하나도 빠짐없이 군기감 앞에 나아가 역도들이 처형되는 모습을 볼 것이며, 죄인들의 목은 3일 동안 저자에 효수하라. 그리고 제멋대로 죽은 놈들을 먼저 처형하라."

그날의 명단에 공조참의 이휘李徽의 이름이 빠져 있었다.

이휘는 거사 계획이 탄로 났다는 말을 듣고 승정원으로 바로 달려가서 말했다.

"신이 전일에 성삼문의 집에 갔을 때, 마침 권자신, 박팽년, 이개, 하위지, 유성원이 모여서 술을 마시고 있었습니다. 성삼문이 묻기를 '자네는 시사時事(당대 사회적 사건)를 알고 있는가?' 하기에, 신이 '어찌 알겠는가?'라고 대답했더니, 성삼문이 좌중에 눈짓하며 말하기를 '자네가 잘 생각해보게 어찌 모르겠는가?' 했습니다. 신이 묻기를 '그 의논을 아는 사람이 몇이나 되는가?' 했더니, 성삼문이 대답하기를 '박중림, 박쟁 등도 알고 있다' 했습니다. 신이 곧 나와 즉시 아뢰고자 했으나, 아직 그게 무슨 일인지 알지 못하여 감히 아뢰지 못했습니다."

수양이 사정전에서 이휘를 인견하고 고개를 끄덕였다. 그 후 수양은 이휘에 대한 결정을 내리지 못하고 있다가 성삼문 등을 처리한 후 한명회 등 일당과 상의했다.

이휘는 결국 40여 일 후 처단되고 말았다.

수양의 명이 떨어지자 의금부 나장羅將들이 도성 안팎으로 산지사방으로 발바닥에 불이 나게 달렸다. 이번에는 의금부 나장들뿐만이 아니었다. 병조, 형조, 오위도총부, 전옥서, 사헌부, 사간원 등에 배속된 나장들까지 총동원되었다.

갇혀 있는 죄수들이야 언제고 끌어내 처형할 수 있지만, 연좌된 가족, 족친族親들은 사방에 흩어져 있기에 정보가 새어서 달아나기 전에 급습하여 처리해야만 했기 때문이다.

성삼문의 집에 들이닥친 나장들은 아들 맹첨孟瞻, 맹년孟年, 맹종孟終과 갓난아기 아들까지 즉시 목 졸라 죽이고, 여자들을 끌고 갔다. 다른 한 패는 성승의 집으로 들이닥쳐 성삼문의 동생 삼고三顧, 삼빙三聘, 삼성三省의 목에 올가미를 걸어 조였다.

박팽년의 집에서는 그의 갓난아기 아들들까지 여덟을 요절내고, 박중림의 집에서는 박팽년의 아우들 넷을 모조리 처단했다.

물론 그들뿐만이 아니었다. 의금부의 결안에 올라 있는 자들에 연좌되어 이때 잡혀 희생된 사람이 무려 800여 명이나 되었다.

이른바 병자사화丙子士禍의 시작이었다.

6월 8일이었다.

의금부의 옥문이 열리고 형장으로 가야 할 사람들이 한 사람씩 나와서 함거檻車에 올랐다. 의금부 주위에는 새벽부터 몰려든 사람들이 가까이 다가와 구경하고 있었다.

"물러들 서시오."

나졸들이 가까이 오지 못하게 경고는 했으나 굳이 쫓아내지는 않았다.

야만적이라고밖에 할 수 없는 수양의 잔인한 악형을 받아 몸을 가누기 어려운 성삼문이 맨 먼저 나졸들의 부축을 받으며 함거에 올랐다.

그때 웬 돌중 같은 사람이 다가와 나졸에게 부탁했다.

"잠시만 멈춰주시오. 죄인에게 한마디만 하고 가겠소."

나졸이 고개를 끄덕이고 함거는 멈췄다.

그는 성삼문에게 다가가 고개를 숙이고 말했다.

"돌중입니다만 한 말씀 듣고 싶사옵니다."

성삼문이 돌중을 보더니 고개를 끄덕이고 대답했다.

"알 만한 분(김시습)이구려. 고맙소. 한마디 소회를 풀 수 있으니 말이오."

성삼문의 말이 떨어짐과 동시에 돌중은 자기 종자(從者)에게 손짓했다. 다가온 종자는 왼손에는 가죽으로 된 먹물 주머니를 들고 오른손에는 붓을 들고 있었다. 돌중은 종자의 붓을 받아 들어 가죽 주머니 아가리에 집어넣었다가 빼냈다. 가죽 주머니 안에는 자그마한 청자青瓷먹물 병이 들어 있었다.

성삼문이 멀리 하늘을 올려다보고 읊조리기 시작했다.

"격고최인명, 회수일욕사, 황천무일점, 금야숙수가."

'형장으로 끌려가 늦어도 오늘 안으로는 북소리가 울릴 텐데 그러면 하는 수 없이 황천길을 걸어가야겠구나' 하는 심정을 읊조리면서 성삼문은 인생무상을 토로하고 있었다.

돌중은 즉시 받아서 쓰기 시작했다. 돌중을 향해 돌아선 종자의 등

판에는 한 장의 한지가 붙어 있었다.

擊鼓催人命	둥 둥 북소리 사람 목숨 재촉하리라
回首日欲斜	고개를 돌려보면 해는 지고 있을 터
黃泉無一店	저승에는 주막이 없다 하던데
今夜宿誰家	오늘밤은 뉘 집에서 묵어야 할꼬

함거가 서서히 움직이기 시작했다. 멀리에도 가까이에도 군중들이 끝없이 늘어서 있었다.

몇 발짝 가지 않아 군중 사이에서 대여섯 살쯤의 여자아이가 뛰쳐나왔다. 여종 순심이가 뒤따라왔다. 가라앉는 기운을 추슬러 입을 열었다.

"어린아이가 날 보러 왔네. 마지막으로 만나보고자 하니 잠시만 멈춰 주시게."

나장이 수레를 멈췄다.

"너는 딸이니까 살 것이니라."

함거의 세로막이 사이로 손을 내밀어 딸아이의 고사리손을 잡았다. 잔약하고 따사로운 아이의 손이 성삼문의 손 안으로 쏘옥 들어왔다. 평소 다정히 잡아주지 못한 회한이 가슴을 후볐다.

여종 순심이가 술을 담은 작은 조롱박을 디밀었다. 조롱박을 받아 목을 축였다.

함거는 다시 움직여 나아갔다. 그 뒤로 유응부의 함거가 따랐다. 그리고 거적에 싼 박팽년의 시신이 따르고, 그 뒤로 이개의 함거가 따르고……

의금부를 빠져나온 함거들은 광통교를 건너 군기감軍器監 앞에 속속 도착했다.

남별궁南別宮(태종의 차녀 경정공주가 출가해 부마 평양부원군과 살던 집) 앞 나지막하게 펼쳐진 빈 언덕배기에 관복을 입은 사람들이 죽 늘어서 있었다. 정인지, 신숙주, 권람, 한명회, 이사철, 강맹경, 정창손, 홍윤성, 홍달손 등을 비롯한 문무백관이 다 나와 있었다.

그 맞은편 평퍼짐하게 이어진 거리에는 이름도 의관도 없는 어중이떠중이 백성들이 꽉 들어차 깨금발을 하고 있었다. 그 가운데 돌중인지 운수납자雲水衲子(떠돌이 승려)인지 알 수 없는 행색으로 대나무 삿갓을 푹 눌러 쓴 김시습金時習도 종자 대운이와 함께 발돋움을 하고 있었다.

건너편 관복 떼거리와는 다르게 이쪽 거리에 모여 구경하는 사람들은 하나같이 침통하고 겁먹은 모습들이었다. 흐르는 눈물을 손등으로 닦아내는 사람이나, 비강鼻腔이 막혀 코맹맹이 소리를 내는 사람들도 작은 소리로 말을 주고 받았지만, 죽어가는 사람들을 역도라 여기고 역도라 부르는 사람들은 하나도 없었다.

성삼문, 박팽년 등의 함거가 도착했을 때는 이미 두 사람의 거열형이 집행된 뒤였다.

군기감 앞 공터 한쪽 거적자리 밑에는 찢어져 분리된 시신과 잘려진 머리통 두 덩이가 놓여 있었다. 유성원과 허조의 것이었다.

도착한 함거 중에서 박팽년의 시신이 먼저 내려졌다. 형졸들이 부리나케 움직여 시신의 사지, 즉 양 손목과 양 발목과 목을 밧줄로 묶었다. 그 밧줄은 황소의 멍에 줄에 매달린 가로 막대에 이어져 있었다.

이른바 오우분시五牛分屍 또는 오마분시五馬分屍의 거열형車裂刑을 집행하려는 것이었다.

형졸들이 물러나자 잠시 후 언덕 아래에서 북이 울렸다.

"둥 둥…….."

그러자 도사都事가 외쳤다. 도사의 외침에 따라 소몰이꾼이 황소를 앞으로 조금 전진시켰다. 박팽년의 시신이 팽팽하게 당겨진 밧줄과 함께 땅바닥을 떠나 공중에서 또한 팽팽하게 펴졌다.

다시 한 번 북이 울렸다. 도사가 다시 한 번 외쳤다. 박팽년의 시신이 다섯 쪽으로 찢어져 나갔다.

다시 울린 북소리에 따라 도사가 다시 한 번 외치자, 형졸들이 달려 나와 창자가 딸려 나온 채 찢어져 걸레처럼 흩어진, 차마 눈뜨고는 볼 수 없는 시신의 부분들과 머리통을 수레에 주워 담아 싣고 거적자리 쪽으로 끌고 가 치워놓았다.

의금부의 결안에는 능지처사陵遲處死와 거열형이 함께 언급되어 있었다. 능지처사 또는 능지처참陵遲處斬이라고도 하는 형벌은 예부터 주로 중국에서 시행된 형벌이었으나, 우리나라에서도 고려 공민왕 이후 조선조까지 시행되었다.

능지처사는 사람이 죽게 될 때까지 가장 오랜 시간을 고통스럽게 만드는 형벌이었다. 살아 있는 사람을 꼼짝 못 하게 기둥이나 형틀에 묶어놓고, 몸통에서 먼 부위 즉 손가락, 발가락에서부터 시작하여 팔, 다리, 몸통으로 이어가며 살점을 조금씩(1촌, 약 3센티미터) 칼로 계속 저며내는 형벌이었다.

죽을 때까지 며칠 동안 계속 형이 가해질 뿐만 아니라 심한 경우 5,

6천 번의 칼질이 이루어지므로 그 고통은 참으로 무어라 말할 수가 없었다.

수양은 능지처사는 가하지 않고 거열형을 가했는데, 두 다리만 묶어 찢거나, 팔다리 네 곳만 묶어 찢지 않고, 목까지 묶어 찢는 오우분시형(신체의 다섯 곳을 소 다섯 마리에 각각 묶어 찢게 하는 형벌), 말하자면 거열형 중에서 가장 가혹한 형을 가했던 것이다.

박팽년 다음으로 성삼문이 함거에서 내려 형장에 섰다. 산 사람으로는 처음이었다. 관복을 입은 자들도 처참한 몰골로 서 있는 성삼문을 대부분 애잔한 눈빛으로 바라보았다. 성삼문도 관복들을 바라보았다.

"너희들은 임금을 잘 도와 태평성대를 이루어라. 나는 지하로 돌아가 옛 임금을 뵈올 것이다."

말을 마치자 북이 울렸다.

도사가 외쳤다.

"형을 집행하라."

형졸들이 달려와 성삼문의 손과 발 그리고 목을 묶어 달구지 걸개에 잡아맸다. 다섯 마리의 황소가 저마다 왕방울만한 눈을 껌벅이며 고삐 잡은 자의 손을 바라보았다.

북이 다시 울렸다.

"삼보三步 앞으로."

도사가 외쳤다.

황소의 고삐를 잡은 손들이 황소를 세 걸음 앞으로 잡아끌었다. 묶여 있는 성삼문의 몸뚱이가 공중으로 붕 떴다. 가슴 조이며 지켜보던 백성들이 손으로 얼굴을 가렸다.

"어찌할꼬."

"아이고……."

"어휴……."

얼굴을 가린 손가락 사이를 조금 벌리고 쳐다보는 사람도 있었다.

북이 다시 울렸다.

"오보五步 앞으로."

고삐 잡힌 황소들이 다섯 방향으로 힘써 움직였다. 그 순간 '찌지직' 소리와 함께 성삼문의 몸뚱이가 다섯 조각으로 찢어졌다. 붉은 피가 사방으로 솟구치고 딸려 나온 창자가 꿈틀거렸다. 사람들은 대부분 똑바로 쳐다보지 못하고 고개를 돌리거나 머리를 숙이고 말았다. 참으로 참혹한 형벌이었다.

다음으로 유응부의 거열형이 집행되었다. 다음으로 이개……. 이렇게 하여 권자신까지 열두 명이 거열형에 처해진 뒤 나머지는 참형으로 다스려졌다.

처형된 자들의 찢어진 시신은 소금에 절여져 전국 순회에 대비했고, 처형된 자들의 잘린 목은 군기감 앞에 3일 동안 효수되었다. 처형된 자들이 효수된 군기감 앞에는 사람들이 매일 바글거렸다.

다른 때는 효수된 머리를 병사나 포졸들이 지키고 있어 그 앞에서 함부로 입을 놀리거나 떠들 수도 없었지만 이번은 달랐다. 창을 든 병사도, 육모방망이를 든 포졸도 없었다. 매일 많은 사람이 와서 보고 한탄도 하고 욕설도 하고 싸움질도 했다. 너무 통제하면 백성들의 원한이 더 커질 수 있기 때문에 꽉 조이지 않고 숨통을 틔워주기로 수양

일당이 마음 쓴 셈이었다.

죽은 사람의 풀어헤친 머리카락을 모아 장대 끝에 매달아 머리통이 대롱거리게 묶어놓았다. 그리고 각각의 머리통에는 황지단필黃紙丹筆의 전례에 따라 기름 먹인 누런 종이에 붉은 글씨로 죽은 자의 죄명과 이름을 세로로 써서 머리카락에 묶어 매달아놓았다.

모반대역謀反大逆

성삼문成三問

능지처참陵遲處斬

모반대역謀反大逆

박팽년朴彭年

능지처참陵遲處斬

"흥, 모반대역이라고? 진짜 대역한 놈들이 충신들을 죽여놓고 뒤집어씌우는구먼⋯⋯. 천벌을 받지. 암만. 반드시 천벌을 받을 게야."

"천벌 좋아하시네. 잘 죽었지 뭐. 퉤 퉤."

"이 사람. 충신이 죽었는데 잘 죽었다니? 그 무슨 소린가?"

"충신들이 아니라 등신等神들이기에 하는 말이지. 어휴."

"등신들이라고?"

"아. 그 잔칫날 말이야. 칼을 뺐으면 그대로 죄다 무찔러버렸어야지⋯⋯. 만전萬全은 무슨 얼어 죽을 만전? 만전 찾다가 하늘이 준 기회를 놓쳤으니 등신들이 아니고 뭐냐고? 내 그 생각만 하면 열불이 뻗쳐 죽을 맛이라고."

"어, 누가 들으면 어쩌려고 함부로 그래?"

"들으면 어때서? 내가 못할 말 했나?"

"재수 없이 잡혀가 경黥치게 되면 어쩌려고……."

"차라리 잡혀가 경이라도 쳐봤으면 좋겠네. 실컷 울어나 보게 말이야."

"울어? 울지도 못하게 목을 치면?"

"예끼 이 사람. 재수 없는 소리는 그만."

"히히……."

"그런데 이번에는 왜 지키는 자들이 없어?"

"거 다 잔머리꾼 놈의 짓이래."

"잔머리꾼이라니?

"거 '한방'이라고들 하는 쥐새끼의 꾀라 하잖아."

"아아. 수양의 장자방張子房이라 한다는 그놈 말이군. 장자방의 방자房字를 본떠서 한방韓房이라고 한다지. 쳇 쥐새끼 같은 잔머리로 아첨이나 하는 주제에 한방은 무슨 한방……, 분방糞房이라고나 해야지……. 똥물에 튀겨 죽일 노옴."

"마음대로 구경도 못 하게 꼬장꼬장하게 지키고 있다가는 인심만 더 사나워질 테니까, 어차피 많이 보라고 걸어놓은 것이니 기분 좋게 좀 풀어주자 했다는 게야."

"어어, 그랬구먼. 하여튼……."

"그래. 그 쥐새끼 같은 놈 때문에 그날 잔치에 운검들이 못 들어갔다잖아."

"그래 참. 유장군 말대로 그냥 쳐들어갔으면 됐을 거야. 운검이 셋이었으니 순식간에 다 처단했을 텐데……. 참, 너무 아쉽다구."

"그래, 참 아까워. 유장군 말이야. 너무 아까워. 심문받을 때 말이야, 그를 '족하'라고 부르자 그 '노옴'이 찍소리도 못 내고 머엉 하더란 거야."

"그 '노옴'이 진짜 역적이지?"

"그야 당연하지. 말은 못 해도 세상이 다 아는 걸."

"어휴. 똥물에 튀겨 죽일 놈들은 죽지 않고 큰소리치고, 존경받고 살아야 할 사람들은 다 저 꼴이 되었으니 이 원통을 어찌할꼬?"

거열형이 끝나자 의금부 도제조가 계청啓請했다. 불온한 자들을 이참에 더 엄중하게 부처해야 한다는 것이었다.

> 금성대군 이유李瑜를 경상도 순흥에, 한남군 이어李𤥽를 경상도 함양, 영풍군 이전李瑔을 전라도 임실에, 화의군 이영李瓔을 전라도 금산에, 영양위 정종鄭悰을 경기도 광주에 안치하고, 그 고을의 수령에게 난간과 담장을 될 수 있는 대로 높고 견고하게 설치하도록 하고, 내려간 뒤에는 외간 사람들과 소통하지 못하게 하소서.

"계청한 대로 하라."

수양이 윤허했다.

"용안龍眼이라는 무녀가 '상왕께서 금년에 복위復位하시는 기쁨이 계시다'라고 요설妖說을 퍼뜨렸으니 그 죄가 능지처사에 해당됩니다."

의금부 도제조가 주청했다.

"그대로 하라."

수양이 허락했다.

자기가 죽는지도 예견하지 못한 무당이 사지가 찢겨져 죽는 거열형의 형벌을 받아 죽었다.

명나라 사신 운봉과 김흥 일행이 떠났다. 수양이 자행하는 참혹한 대학살을 현장에서 묵인해준 셈이었다.

수양이 직접 모화관에 나아가 환송해주었다. 우의정 이사철, 호조판서 이인손, 도승지 박원형이 벽제역까지 나가 전송하고 돌아왔다.

수양은 대궐에서 자신의 파당인 대소 신료들을 모아놓고 잔치를 벌였다. 멀쩡하게 목이 붙어 있는 게 새삼 신기하고 기뻤다.

자기 목숨을 보전시켜준 정창손, 김질에게 고마움을 표시했다.

"정창손은 좌익공신 3등에서 2등으로 올리고 보국숭록대부輔國崇祿大夫를 더하노라."

"김질은 죄를 사하고 공신으로 삼아 좌익공신 3등으로 추록追錄하고 판군기감사判軍器監事를 제수하노라."

"성은이 망극하옵니다."

정창손의 목소리가 유난히 높았다.

수양은 잔치에서 송현수를 불러 은근히 겁을 주었다.

"역신들의 음모를 처음 들었을 때는 크게 염려할 것이 못 된다고 여겼으나, 그 규모를 조사하다 보니 두려움을 금할 길이 없었소. 예부터 역신은 있었지만 그 규모와 조직이 이번처럼 그렇게 막강한 예는 일찍이 없었소. 다행히 그 흉계가 미수에 그쳤으니 어찌 하늘의 도움이 아니겠소? 오늘같이 기쁜 날 경과 함께 한잔 들고 싶어 이렇게 불렀소."

상왕의 장인인 송현수는 군신 간으로는 신하이지만 사돈으로 예우한다고 말씨까지 고쳤다.

"조정에서는 모두들 경이 역당의 음모에 참여했을 것이라 의심했으나 과인은 믿지 않았소. 경은 내 옛 친구인 동시에 사돈이기 때문이오."

"성은이 망극하옵니다."

성삼문 등을 효수하던 마지막 날이었다.

군기감 앞에서 전옥서 쪽으로 가노라면 청계천에 걸친 모전다리가 나오는데 그 근처 후미진 곳에서 돌중 김시습은 종자 대운이를 기다리며 어떤 생각에 골몰하고 있었다.

'사흘간의 효수가 끝나면 저 머리들을 어디다 버릴 것인가? 아무도 모르는 곳에 갖다 묻어버릴 수도 있지 않을까? 아예 깊은 강물에 버릴 수도 있지 않을까? 가장 안전한 것은 저들이 갖다 버리기 전에 머리들을 풀어내려 싸 가지고 달아나는 것인데, 저 장대 끝에 매달린 머리들을 어떻게 풀어 내릴 것인가?'

좋은 생각이 떠오르지 않아 속을 썩이고 있을 때 대운이가 돌아왔다. 대운이는 짊어진 바랑을 벗어 포전布廛에서 끊어온 베를 김시습에게 보여주었다.

"서방님. 거기 홍정바치(장사치)에게 들었는데요, 오늘 유시酉時(오후 5~7시)쯤 군기감 앞에 달아맨 살신성인한 군자들의 두상을 거두어서 정파역青坡驛을 지나 새남터(죽은 사람의 혼령을 천도시키는 '지노새귀남'이라는 굿을 무당들이 베풀던 곳이나 근대에는 가톨릭 순교 성지 가운데 하나) 근처에 내다 버린다고 했답니다. 그리고 소금에 절이고 남은 시신 조각들도 그 근처에 갖다 버렸다고 했답니다."

"그래? 거 잘됐구나. 헌데 새남터라면 억새 갈대가 무성한 모래밭 진펄이 아니냐?"

"예, 노들나루께지요."

"잘되기는 했다만 우리 할 일이 만만치가 않을 것 같다."

"하오나 매단 두상을 훔치려 했던 것보다는 훨씬 수월하게 됐지요."

"그래. 그리고 일을 추스르는 데도 문안보다는 성저城底(도성 밖 10리 이내)가 훨씬 낫다."

"그런데 거기가 억새 갈대밭일 뿐만이 아니라……, 새남터라면 둔지산 기슭이기 때문에 탈입니다요."

"둔지산 기슭이 탈이라고?"

"노들나루(노량진)에 훈련원의 배가 여러 척 있는데 도승渡丞(나루터 관리자) 밑에 수십 명의 둔병屯兵들이 둔지산에 머물고 있습니다요. 또 전생서典牲暑(제물용 가축을 기르던 관청)가 있어서 목자牧者가 여럿 있고요, 또 거기 서빙고에는 지금 한창 얼음이 나가는 때라 얼음지기가 여럿일 테고요. 또 뭣이냐, 그 와서瓦暑(관용 기와와 벽돌을 만드는 관서)가 있는데 요즘 같은 장마철엔 기와도 귀물이라 기와지기가 여럿 있을 거구요. 그러니 걱정이 많구먼요."

"그렇긴 하다만 강만 건너면 과천 땅이니 적막강산寂寞江山의 야삼경夜三更에 무에 거칠 게 있겠느냐?"

"그러시면 도강을 하시려는 겝니까요?"

"네가 배질에 능수라 하니 어느 물가에 대든 네가 대는 곳이 곧 장지가 되겠구나."

"노들나루에도 빈 배가 있을 테니 물녘에 대기는 수월하겠지만요, 그게 걱정이 아닙니다. 흑석진黑石津께만 해도 언덕 밑에 노량원鷺梁院(행인들의 객사)이 있고요, 길가에 마방馬房, 어막魚幕, 농막農幕, 주막, 송방松房(개성상인의 가게), 점방店房이 수두룩하여 잡인들이 들끓으니, 어느 놈이 어디 숨어서 사찰할지 알 수가 없지요."

"그럴 수도 있겠다만 어차피 일은 치러야지."

"그러시면 해 있을 때 청파 아래뜸의 길눈이나 익혀두시지요."

"그래야겠구나."

여름이 한창이었다. 나뭇잎 하나 까딱하지 않던 날이 초경初更(오후 7~9시)쯤 되자 구름이 자욱하더니 는개가 내리기 시작했다. 열하룻날이니 자욱한 구름만 아니라면 달이 제법 밝아 길 찾기가 수월하련만……

"어둡긴 해도 바람만 안 불면 야거리(노를 저어 가는 작은 배)나 마상이(돛대 하나인 작은 배)를 띄워 강을 건너는 것은 식은 죽 먹기지요."

두 사람은 만초천蔓草川(한강의 샛강)의 배다리 옆 소금장수네 집에서 이른 저녁을 시켜 먹고 밤이 늦어지기를 기다렸다.

그런데 바람이 수상했다. 아무래도 비가 올 것 같았다. 김시습은 소금장수에게 들으라고 일부러 큰 소리로 대운이를 재촉했다.

"아무래도 이 바람이 큰비를 장만하려는 조짐이다. 내일 마지쇠(부처님께 밥을 올릴 때 치는 종) 치기 전에 암자에 대려면 이만 털고 일어나야겠다."

둘은 남이 볼까 조심하며 새남터로 향했다. 구름 탓인지 한 발짝 앞도 오밤중 같았다. 두어 마장도 못 가서 둔지산 기슭에 바짝 붙은, 억새 갈대에 묻힌 모래펄이 나왔다.

바람결에 억새와 갈대 부대끼는 소리가 귀곡鬼哭처럼 으스스한데 물새와 들새가 느닷없이 퍼드덕거려 깜짝깜짝 놀라기도 했다. 바람에 뒤집힌 물결이 물녘에 철썩이는 소리, 갯버들 늘어진 가지들이 태질하는 소리도 스산했다.

그래도 없어서 반가운 게 있었다. 인기척이 없고 개 짖는 소리가 없고 불빛도 없었다.

9

충신들의 두상

"아이고, 휴……."

얼마를 더 걸어야 하는가 한숨을 토하던 참이었다.

심상찮게 희뿌연 무더기가 퍼뜩 눈앞에 나타났다. 몸을 구부려 자세히 보니 틀림없었다. 효수한 머리들을 섬에 담아다가 한군데 쏟아버리고 간 모양새 그대로였다. 머리를 담았던 섬도 좀 떨어진 갯버들에 기대어 있었다.

"아이고, 충신님들, 여기 계셨소이다."

김시습은 가슴이 복받쳐 올라 그대로 엎어져서 울었다. 바람결에 묻어나는 시취屍臭가 틀림없는 그들임을 확인시켜 주었다. 머리끄덩이마다 효수 때 매달아놓은 '황지단필'의 종이 오라기가 그대로 매달린 채

나풀거리고 있었다.

이것이 다행이었다. 그러나 어두워 글씨는 알아볼 수가 없었다. 옆에 꿇어앉아 함께 울고 있던 대운이가 일어나 제 바랑을 뒤지더니 무언가를 꺼내들었다.

"에멜무지로 넣어 왔더니 이런 기특한 소용이 있네요."

그는 기름종이에 싼 황랍黃蠟 한 토막과 부시를 꺼내 들었다. 그리고 부싯돌로 부시를 몇 번 치니 불똥이 부싯깃에 붙어 불이 일어났다. 황랍토막에 불을 붙여 들고 보니 글씨를 알아볼 수가 있었다.

김시습은 단필의 이름을 보고 두상을 하나씩 두 손으로 받쳐 들면서 곡을 했다.

"서방님, 이러시다 여기서 날 새시겠습니다요."

대운이는 갯버들에 걸쳐 있던 섬을 가져와 김시습 옆에 놓으며 일렀다.

"모시고 갈 만큼만 두상을 모시지요."

"아이고 그래, 그럴 수밖에 없구나."

성삼문의 두상을 두 손으로 들어 대운이에게 넘겼다. 대운이가 받아서 섬에 넣었다. 그다음 성승의 두상, 그다음은 유응부, 박팽년, 이개의 두상을 받아서 섬에 넣었다.

그만큼 넣은 뒤 대운이는 섬의 아가리를 다 물리고 일어나 주위를 돌며 두리번거렸다.

"충신님들은 수신水神도 돕는가 봅니다. 여기 배가 있어요."

대운이의 들뜬 소리였다.

다행이었다. 삼판선三板船(갑판 없는 작은 거룻배)이 하나 있어 섬을 싣고 탔다. 김시습은 쪼그려 앉고 대운이는 서서 노를 저었다.

"네가 과연 뱃사공이라, 배 부리는 솜씨가 제법이구나."

"그나저나 강 가운데서 억수만 만나지 않으면 다행인 줄 아십시오."

대운이는 가는 비에 젖는 와중에 솟는 땀을 연방 훔쳐냈다.

"아무튼 과천 땅에 댈 것을 양천 땅에만 대지 않아도 사공으로 쳐주지."

"물살이 세긴 합니다만 한번 해봅지요."

대운이는 흑석진을 향해 노를 저었으나 배는 밀리고 밀리다가 강턱 바위에 부딪치더니 밑 빠지는 소리가 났다. 잘못하면 두상을 잃을세라 김시습은 섬을 두 팔로 얼른 안았다.

"어차피 여기서 헐박歇泊(어떤 곳에 대어 쉬고 묵음) 해야겠네요."

"그러자."

언덕은 가파른 편이었으나 두 사람은 마루까지 그럭저럭 잘 올라왔다. 어디선가 새벽닭 우는 소리가 들렸다.

"저 아래가 노량원이 있는 동네 같구나."

"그렇습니다요."

"그럼 잘 온 것이다."

"잘 오다니요? 노량원도 그렇고, 앞뒤로 손님 치르는 민가도 많고, 강으로 먹고사는 나룻꾼, 짐으로 먹고사는 마바리꾼이며, 날이 밝아서 보면 근방이 사뭇 번잡한데……, 좀 더 깊숙이 들어가 보는 게 낫지 않을까요?"

김시습은 고개를 저었다.

"아니다. 무덤이 외지면 알기보다 모르기가 더 쉽단다. 날씨 꼴을 보니 비가 또 올 모양이다. 더 갈 것 없이 인적이 닿기 좋은 이곳이 외롭지 않을 테니 여기다 모시자."

김시습은 모실 자리를 짚어주었고 대운이는 자루 없는 괭이를 꺼내 구덩이를 팠다.

김시습은 대운이가 사온 베를 꺼내 이로 물고 다섯 폭으로 잘랐다. 먼저 성승의 두상을 받들고 황지단필의 종이 오라기를 떼어냈다. 그리고 머리끄덩이를 손으로 빗질하여 상투를 쪘다. 싸온 기름종이로 두상을 싸고, 잘라 놓은 베로 감싸 맸다.

그리고 구덩이에 모셨다. 아직은 비가 내리지 않아 다행이었다. 그렇게 다음으로 성삼문의 두상을 모시고, 이어서 그렇게 박팽년, 이개, 유응부의 두상을 모셨다.

대운이가 흙을 덮고 쌓아 그럴듯한 봉분封墳을 만들었다. 김시습은 앉아서 흙이 덜 씻겨나가도록 봉분을 차례로 다독거리면서 중얼거렸다.

"충신님들 송구하기 그지없소이다. 풍한서습風寒暑濕은 겨우 면했사오나 성분사초成墳莎草는 훗날의 일이옵니다."

김시습은 손을 비벼 흙을 털고 허리를 펴고 일어섰다. 어느새 날이 밝아 사방이 뿌옇게 다 보였다.

김시습은 제자리에서 천천히 한 바퀴 돌며 사방의 지세를 확인했다. 무덤 자리는 한강을 등지고 저 멀리 산 쪽을 바라보고 있었다.

'허어……, 거참 기묘한 지고……. 우연히 만난 자리가 거역拒逆의 지세라니 하극상下剋上의 풍수가 아닌가. 허어, 다행인고. 충신님들께서는 이 무덤 자리에서 쫓겨날 리는 없겠구먼.'

대운이는 뒤에 서서 송구스러워했다.

"평토제平土祭(성분 후 묘 앞에서의 제사) 술 한 잔도 드리지 못하고……."

중얼거리다 말고 대운이는 뒤를 돌아보았다. 헛기침 소리가 들렸기 때문이었다. 어떤 연장年長의 남자가 먼저 말을 걸어왔다.

"이거. 어두운 새벽에 횃불도 없이 큰일 치르시는데 공연히 객꾼이 들어 송구하오이다."

"그 시주施主님은 뉘시기에 이 새벽에 이런 행보이시오?"

김시습이 짐짓 운수납자인 양 대꾸해주었다.

"아, 스님께서 상제喪制셨소?"

"보시다시피 뭉구리(까까중)올시다."

"사연은 모르겠소이다마는 어려운 밤소일이 꽤 늦으셨소이다."

"그런가 봅니다만 시주님은 이 새벽에 어인 일이시우?"

"이 사람은 저기 고개 넘어서 서울 양반네 도지賭地(세를 내고 쓰는 토지)를 부치는 사람이오만, 요즘 시름겨운 일이 있어 사경추四更啾(새벽 3~5시에 우는 닭) 울면 일어나 공연히 헤매곤 했소이다. 혹 비라도 피해 가시려면 내 집으로 스님을 뫼시고 싶소만……."

"아이고. 시주님 고맙소."

김시습은 무덤 이야기를 은근히 내비칠 양으로 고개를 끄덕이며 대답했다.

밭길인지 논길인지 곁눈질해 볼 틈도 없이 시주를 뒤따라가 어느 오두막에 들었다. 시주는 두 사람을 방에 들이고 나서 토방으로 나가더니 아낙을 깨워서 새벽동자(새벽밥 짓는 일)를 시키는 것 같았다.

김시습은 물에 빠진 듯한 장삼과 등거리를 벗어서 토방에 대고 쥐어짠 뒤 다시 입으며 대운이에게 한마디 했다.

"시주가 분수는 비록 농투성이(농부)나 치덕齒德(나이 들고 덕이 있음)이

보여 다행이구나."

시주가 불땀이 제법인 질화로를 들고 들어왔다. 주인이 흙탕물이 덜 빠진 김시습의 바짓가랑이를 보면서 한마디 했다.

"스님은 어느 산으로 가시오?"

"떠도는 일개 야승野僧이라 정처가 있겠소이까? 하여 수인사를 거르는 것이니 시주께서도 그리 아시오."

"별말씀을……. 이렇게 뵙는 것만도 큰 복이지요."

"아까 시주께서도 보셨듯이 경황 중에 제대로 모시지도 못했습니다만……. 이제 이렇듯 시주님을 만났으니 무얼 망설이겠소. 밤새 거기다 지하地下를 꾸민 혼령들은, 신하가 옥좌를 차지하는 변고로 인하여 벌어진 일로, 엊그제 살신성인하신 승지 성삼문 부자父子분과 참판 박팽년, 직제학 이개, 도총관 유응부 충신들께서 신령님이 되신 자취올시다. 시주께서는 일후에라도 저 자취를 잃지 않도록 눈여겨 봐주시면 그만한 다행이 없겠소이다."

사나이는 머리를 조아리며 진지하게 대답했다.

"아까운 어른들이 거룩하게 돌아가셨다 해도 이 무서운 판국에 스님이 아니시면 뉘라고 이렇게 발 벗고 나섰겠소? 또한 스님 지니신 뜻이 가상하신데 사람 된 자로 어찌 그 뜻을 저버리겠소? 여기 살면서 그 묘들을 돌보지 않는다면 마소나 다를 것이 없지요. 알아도 되는 이는 알게끔 눈치 봐가면서 말해주기도 하면서, 천하없어도 묘를 잃는 일만은 없게 할 것이오."

"참으로 고맙소이다. 묘 순서는 '성·부·자·박·이·유' 이렇게 외워두시면 묘를 혼동할 일도 없을게요."

"예에. 성·부·자·박·이·유……. 외우기가 아주 쉽소이다."

"일체중생 실유불성一切衆生 悉有佛性(모든 중생은 다 불성을 가지고 있다)이라. 그 본을 시주께서 보여주셨소이다. 묘들이 마을에 가까운지라 혹 범이나 뱀이나 개들이 해를 입힐 수도 있으니 그것도 살펴보시고, 또한 먼 훗날에 송추상재松楸桑梓(무덤 근처에 심는 나무)의 덕을 칭송할 수 있게 유념해주신다면 그 이상 아름다움이 어디 있겠소?"

"그 소중한 말씀 내 골수에 넣어두겠소."

그때 부엌 쪽에서 부지깽이로 부뚜막 두드리는 소리가 들렸다. 사내가 나가더니 목판에 차린 더운밥을 들고 왔다. 반찬이라고는 짜디짠 오이지와 건더기 없는 토장찌개뿐이었으나 둘은 숭늉에 말아가면서 맛있게 먹었다.

비가 추적거리고 있었다. 아무래도 비가 뜨막해진 뒤에 길을 나서야 할 것 같았다. 밥상을 치우고 나자 사내가 새벽부터 물녘에 나와 서성거리게 된 사연을 얘기했다.

사내는 중추부 녹사錄事(경아전의 상급서리) 최영달崔榮達이라는 사람의 밭을 부치며 살았다. 그런데 사내는 그 도조賭租(논밭을 빌려 쓰는 대가로 내는 벼)를 최영달에게 내지 않고 금성대군저에 냈는데 벼가 아니라 온갖 채소로 냈다.

최영달이 어떤 인연으로 금성대군의 마음에 들어 녹사에 천거되었는지는 모르지만, 그는 충청도 당진에 있는 금성대군의 전지田地 관리까지 맡고 있었다. 하찮은 채소까지 거기서 올려오자니 비용도 많이 들고, 수시로 올리자니 번거롭기도 이루 다 말할 수가 없었다. 그래서 최영달이 채소 쪽을 사내에게 부탁해 금성대군저에 직접 갖다 주도록 했던 것이다.

사내는 정월부터 섣달까지 때마다 나오는 채소는 물론 향신채인 마늘, 생강, 고춧가루, 심지어 겨자까지도 다 장만해 보내고 김장까지도 도맡아 해주었다.

그러는 사이 대군의 하인배 가운데 여러 사람과 벗을 하게 되었는데 그중에서도 동갑인 어질동於叱同과는 서로 속내를 알아주는 벗이 되었다.

어질동은 참으로 벗바리(드러나지 않게 뒤에서 보살펴주는 사람)였다. 어질동은 가끔가다 제 깜냥대로 한칼씩 모아둔 말고기며 돼지고기 같은 것을 사내에게 슬며시 건네주곤 했다. 늙다리가 다 되도록 육징肉癥(몹시 고기가 먹고 싶은 증세)이 나도 길러 잡은 개고기 외에는 먹지 못했던 사내와 그의 아낙에게, 가끔 먹는 말고기나 돼지고기 한칼의 맛은 그야말로 황홀한 입 호강이 아닐 수 없었다.

사내는 어질동의 아낙이 잇몸이 헐어 헤져간다기에 사흘이나 헤맨 끝에 잡은 두더지 다섯 마리로 두더지소금(두더지 내장을 빼고 소금을 넣어 구웠다 꺼낸 소금)을 만들어 갖다 주었다. 그 소금으로 이를 닦으면 잇몸이 낫기 때문이었다.

또 어질동이 치통으로 밥을 못 먹는다는 이야기에 사내는 말벌에 쏘이면 죽을 수도 있는 위험을 무릅쓰고 말벌집을 떼어서 강을 건너가기도 했다. 이를 말려서 볶아 가루 내서 먹거나 술에 타 먹으면 산종지통散腫止痛(종기가 낫고 통증이 멎음)하기 때문이었다.

사내는 햇마늘 열 접과 만물 오이 한 접을 금성대군저에 갖다 주려고 나루터에 나갔다가 숯섬을 넘기고 오는 사람들에게 충신들이 되잡혀 죽게 생겼다는 소식을 들었다.

그 소식뿐만이 아니었다. 광주목에 귀양 가 있는 금성대군이 언제 약사발을 받을지 모른다는 것이었다. 그렇게 되면 대군의 종들도 극변잔읍極邊殘邑(먼 변방의 피폐한 마을)으로 쫓겨난다는 것이 나루께 사람들의 공론이었다.

사내는 짐을 짊어지고 돌아왔다. 땅을 밟고 왔는지 허공을 밟고 왔는지 오고 나서 생각해도 헷갈렸다. 겁도 났지만 억울하고 분해서 아무것도 보이지 않았다.

사내는 그로부터 물녘에 살다시피 했다. 도성에서 나오는 사람들이 흘리는 풍문으로 어질동의 사정을 알아보기 위함이었다. 만일 어질동이 귀양길에 나섰다는 이야기가 들리면 한강나루나 중랑포를 한달음에 건너가서 보리쌀과 미숫가루와 삶은 달걀을 건네줄 참이었다. 벌써 사내가 아낙을 시켜 음식들을 마련해두고 있었다.

사내는 이야기 끝에 비장한 어투로 자기 결심을 말했다.

"녹사어른이 어느 궁 소속인지는 몰라도 대군의 당파로 여겨져 이 전지가 적몰되면 딴 사람이 부쳐 먹을 것이고……. 우리는 떠나야 하겠지만……, 갈밭을 뒤져서 방게를 잡아먹고 살망정 여기를 떠나지는 않을 것이오."

김시습은 내심 감탄해 마지않았다.

"시주께서 의리가 그리 깊으니 어질동이야말로 아무리 멀리 간들 무슨 외로움이 있겠소? 참으로 가슴 뿌듯한 일이외다."

"스님 말씀을 들으니 속이 좀 누그러집니다만, 어질동에게 보답을 못 하게 될까보아 조바심이 나서 참⋯⋯."

"시주님 만나서 우리가 한시름 놓고 떠날 수 있게 되었소이다. 훗날 만날 일이 없다 해도 시주님 공덕은 늘 잊지 못할 것입니다."

김시습은 종자 대운이와도 헤어질 차비를 했다.

바랑을 끌러 뒤적거렸다. 기름종이로 싼 옷 보따리에 생모시 고의(남자의 여름 홑바지)와 적삼(윗도리에 입는 홑옷) 한 벌이 푸쟁(풀 먹여 손질함)을 한 대로 남아 있었다. 그것을 대운이에게 내주었다.

먹 일곱 개 중 다섯 개를 내주었다. 한지 두 권(40장)과 붓 세 자루를 내주었다. 먹물 병은 하나뿐이어서 김시습이 지녔다. 작은 주머니에 든 기름종이에 싸인 청심원淸心元 여섯 알을 세 알씩 나누었다. 청심원은 한 알에 쌀 서 말을 내야 하는 비싼 약이었다.

끝으로 전대纏帶(돈을 넣는 긴 자루)를 털었다. 베를 끊고 남은 엽전 조선통보가 나왔다. 두 전 서 푼씩 나누었다.

그리고 대운이에게 말했다.

"이제 너는 네 고향으로 가거라. 그리고 네가 그리워하던 아이를 만나도록 해라. 네 고향 이름이 선사仙槎(경북 울진, 평해 지역의 별칭)라 했지? 거기는 옛날부터 뗏목[槎]을 타고 건너가서 신선[仙]처럼 살고 싶은 사람들이 모여 사는 곳이 분명하구나."

"예, 울릉섬(울릉도)으로 가서 산다 했습니다요. 그 아이도 부모 따라 거기 갔는지도 모릅니다요."

"그래, 울릉섬이 선사인지도 모르지⋯⋯."

"볶아대는 관가도 상전도 없다 했습니다요."

"그래, 그런 곳일 게야."

"신선들이 산다 했습니다요."

"그래. 나도 책을 사서 신선 공부를 한번 해볼 생각이다만……, 헌데 신선이라는 게 무엇이겠느냐? 네 말마따나 생사람 잡는 것들, 관가니 상전이니 법률이니 그런 게 없으면 신선이 사는 곳이지. 선사라는 곳이 그런 곳일 게다. 가서 부디 그 아이를 만나거라. 그래서 한 살림 차리고 유자생녀有子生女하고 네 세상 살아라."

"나리……."

"충신들에게 송구하기 짝이 없으나 이렇게라도 모셨으니 이제 다시 떠돌아다닐까 한다. 이제부터는 나에 대한 생각일랑 끊는 게 좋다. 오늘날 말세末世를 뒤집어 성세盛世를 이룰 만한 사람들이 다 돌아가셨으니 언제 또 기대할 수 있을지 알 수 없구나. 말세에 매달리는 자는 말종末種뿐이라는 것을 너도 알 것이다. 말세에 우리가 살 바닥은 없단다. 하지만 '봉황명의 우피고강鳳凰鳴矣 于彼高岡(봉황이 우네 저 높은 산에서)'이요, '오동생의 우피조양梧桐生矣 于彼朝陽(오동이 자라네 해 뜨는 곳에서)' 하니, 나는 높은 산이 있어 다행이고 너는 동쪽 바다가 있어 다행이구나."

김시습은《시경詩經》〈권아卷阿 편〉에 등장하는 문구를 빗대서 이야기했다. 이어서 말을 이어갔다.

"거기 가서 살다 보면, '봉명재수 백구식장鳳鳴在樹 白駒食場(봉황이 오동나무에 나타나고, 흰 망아지가 마당에서 풀을 뜯네)'처럼 성인聖人이 성세聖世에 나타나고 현자賢者가 조정朝廷에서 의논하는 세월도 올 것이 아니냐? 오늘 여기서 이렇게 헤어진다고 너무 안타까워하지 마라. 너는 지금껏 남의 식구로만 살았기에 가는 길에 친척 하나 없이 망문투식望門投食(비럭질)을 벗어날 길이 없으려니와, 선사까지 갈 길이 900리(약 350킬로미

티)인지라, 걸식乞食도 유분수有分數겠지. 혹 문식文識이 있는 자를 만나거든 나를 대라. 너도 이제 알만큼은 알게 되었으니 외면당하지는 않을 것이다."

"예……."

김시습은 소리를 낮춰 속삭였다.

"김시습이든, 열경悅卿(자)이든, 설잠雪岑(법호)이든 대다 보면……."

"……."

"다들 너를 괄시하지는 않을 듯하다. 자, 그리 알고 일어서자."

"나리, 황감무지로소이다."

사내가 옆에서 듣고 있어서 낮은 소리로 알아듣지 못하게 말하고 둘은 헤어졌다.

대운이는 눈물을 흘리면서 큰절을 했다. 대운이는 흑석진을 지나 광나루까지 거슬러 갔다가 경상도 평해 쪽으로 갈 것이었다. 김시습은 팔도 유람을 생각하고 있었다.

김시습과 대운이가 묻고 간 이들의 묘는 그 실체가 근처 백성들의 입으로 몰래몰래 전해졌다. 그러다 어느 때인가는 막대기를 깎아 성씨부成氏父, 성씨자姓氏子, 박씨朴氏, 이씨李氏, 유씨俞氏 등으로 적은 푯말 다섯 개가 무덤 앞에 박혀졌고, 또 어느 때인가는 막대기 푯말이 치워지고 성씨지묘成氏之墓, 박씨지묘, 이씨지묘, 유씨지묘 등 네 개의 표석이 세워졌다.

1636년(인조 14), 이 네 개의 표석이 세상에 처음 알려졌을 때, 이 표석에 비상한 관심을 가지고 당대의 저명한 학자들을 찾아다니며 자문을 구해서 그 실체를 밝혀낸 사람이 박팽년의 7대손 박숭고朴崇古(1615~1671)였다.

그래서 그 묘들이 성삼문, 박팽년, 이개, 유응부의 묘이고, 조금 뒤떨어져 있는 묘는 성승成勝의 묘라는 것이 확정되었고, 박숭고는 표석을 그대로 둔 채 묘의 수축만을 신경 썼다.

1679년(숙종 5), 풍수에 매우 밝았던 숙종은 이 묘들을 관찰하게 했다. 숙종이 확인한 바 이곳은 하극상의 자리였다. 다시 말해 배신자들의 땅이었다. 여기 묻힌 자들은 다 배신자들이라는 것을 알 만한 사람들은 다 알 것임을 숙종은 알 게 되었던 것이다. 숙종은 무덤들을 그대로 두고 봉식封植(흙을 북돋우고 나무를 심음)하게 했다.

1681년(숙종 7)에 숙종은 사당 민절서원愍節書院을 세우게 했다. 겉으로는 충신들을 받들어 현창顯彰하는 일이었으나, 속으로는 역적들의 무덤임을 널리 선전하기 위한 일이었다.

1691년(숙종 17)에 사육신은 모두 관직이 복구되고 명예가 회복되었고, 1692년(숙종 18)에 편액이 하사되었다. 이 또한 숙종의 겉과 속이 다른 의도의 표현이었다.

1782년(정조 6)에는 신도비神道碑(죽은 자의 업적을 기록한 비)가 세워졌다. 유성원, 하위지의 가묘를 함께 세워 사육신의 묘가 완성된 것은 먼 훗날의 일이었다.

이 노량원의 묘들 말고 경북 선산에는 하위지 묘가 있고, 충남 홍성에는 성삼문의 묘가 있고, 충북 충주에는 박팽년의 묘가 있다. 이는 병자년 당시, 누군가가 그들의 버려진 시신의 일부나마 어찌 되었든 그 갈밭 모래펄에서 남몰래 헤매어 찾아내 모시고 간 갸륵함이 있었기 때문인지도 모르는 일이었다.

　멸문지화滅門之禍를 당하던 병자년, 박팽년의 둘째 아들 박순朴珣의 부인 성주 이씨는 임신 중이었다. 그녀는 친정인 묘골(달성군 하빈면 묘리)에 가까운 경상감영의 관비로 보내졌다.

　이씨는 해산달이 가까워지자 친정집으로 보내졌는데, 그때 공교롭게도 친정집의 여종 또한 임신 중에 해산달이 임박해 있었다.

　여종이 이씨에게 은밀하게 말했다.

　"마님께서 여식을 낳으면 다행이옵니다만 혹시 남아를 생산하신다면 제 아이와 바꾸시기 바랍니다. 제가 딸아이를 낳는다면 어차피 종이 될 것이니 상관없는 일이옵고, 제가 사내아이를 낳아서 희생시킨다 해도 그 시댁의 후손을 잇게 하는 일이니 크나큰 보람이 아니오리까?"

　참으로 고마운 일이었다. 이윽고 그녀들은 하루 사이로 해산을 했는데 하늘의 돌보심인지 이씨는 아들을 낳고 여종은 딸을 낳았다. 아무도 모르게 즉시 바꾸어 품고 제 소생이라 했다. 여종은 아들을 낳은 셈이었고, 이씨는 딸을 낳은 셈이었다.

　수양은 당시 죄인의 태중 아이는 해산을 기다렸다가 처벌하라 했는데, 사내아이는 죽이고 여자아이는 종으로 삼으라 했다. 여종의 기지로 목숨을 건진 박팽년의 혈손血孫은 이름을 비婔라 하고 여종의 아들로 성장했다. 물론 이씨의 친정아버지인 이철근李鐵根의 비상한 비호를 받고 자랐다.

　1472년(성종 3), 비가 17세 되던 해에 비의 친이모부 광주이씨 극균克均이 경상관찰사로 부임하여 장인(이철근)을 찾아뵈러 왔다. 이극균은

비의 내력을 알게 되자 장인어른과 상의하여 비를 관가에 자수시키기로 결정했다.

당시에는 병자사화로 죽은 사람들에 대한 인식이 많이 호전된 때였다. 비의 자수를 보고 받은 성종은 육신六臣의 자손 중 유일한 혈손이라는 것을 알고 죄를 사면하고 박일산朴壹珊이란 이름을 하사했다. 산珊은 산호라는 보석으로서 칠보七寶 중의 하나다. 일산이란 이름은 유일하게 남은 보석 같은 존재라는 뜻이었을 것이다.

1479년(성종 10), 박일산은 외가가 절손絕孫되는 바람에 친가 외가 양가의 사손祀孫(제사를 받드는 자손)이 되었다. 동시에 외조부 이철근의 전재산을 물려받게 되었다. 이에 박일산은 묘골에 99칸의 종택宗宅(순천박씨 충정공파, 충정공은 박팽년의 시호)을 짓고 정착하게 되었다.

박일산의 손자 박계창朴繼昌이 묘골 사당에서 조상들의 제사를 지낸 어느 날 밤, 이상한 꿈을 꾸었다. 꿈속에서 고조부 충정공을 포함하여 여섯 분의 어른들이 그 집 사당 앞에 서서 몸을 좀 구부리고 사당 안을 기웃거리고 있었다. 그때 고조부 어른께서 손으로 사당 안을 가리키며 무어라 이야기를 했다.

꿈에서 깬 박계창은 마음속에 짚이는 바가 있어 즉시 고조부 신주神主를 비롯해서 함께 순절한 여섯 분의 신주를 마련하여 사당에 모시고 다시 제사를 지냈다.

그 후 박계창은 사당 이름을 하빈사河濱祠라 정하고 여섯 분의 제사를 늘 함께 모셨다. 하빈사는 그 후 낙빈서원洛濱書院이 되었다. 그리고 그 후 육신사六臣祠가 이루어졌다. 낙동강변 묘골 지역(대구광역시 달성군 하빈면 묘리 640)이었다.

병자사화로 죽은 사람은 사육신 가문 이외에 권자신權自慎, 김문기金文起, 송석동宋石仝, 윤영손尹鈴孫, 최득지崔得池, 최치지崔致池, 이의영李義英, 조청노趙淸老 가문 등 백여 명에 이르렀다.

이렇게 죽은 사람들은 충의를 위해 절개를 지켜 죽었지만, 그들 가문의 여인들은 그들의 원수들인 이른바 공신들이라는 작자들에게 겁탈 대상이나 노리개가 되었으며, 그들의 노비 신세가 되어 평생을 지내야 했다.

병자년(1456년, 세조 2) 9월, 수양왕은 역신에 연좌된 부녀들과 그 부녀들을 하사받은 이른바 공신功臣들의 명단을 실록에 기록할 수 있도록 버젓하게 만들어놓게 했다.

1. 이소동의 아내 천비, 이공회의 아내 동이, 심상좌의 아내 미비을개, 딸 계금을, 계양군桂陽君 이증李增에게 주고,

2. 이담의 아내 소사, 박기년의 아내 무작지, 이오의 딸 평동, 이유기의 누이 효전을, 익현군翼峴君 이련李璉에게 주고,

3. 박팽년의 아내 옥금, 김승규의 아내 내은비, 딸 내은금, 첩의 딸 한금을, 영의정 정인지鄭麟趾에게 주고,

4. 조청로의 어미 덕경, 아내 노비, 최득지의 아내 막덕, 이현로의 첩의 딸 이생을, 좌의정 한확韓確에게 주고,

5. 이현로의 아내 소사, 민보창의 아내 두다비, 김유덕의 아내 금음이, 딸 옥시를, 우의정 이사철李思哲에게 주고,

6. 성삼문의 아내 차산, 딸 효옥, 이승로의 누이 자근아지를, 운성부원군 박종우朴從愚에게 주고,

7. 황보흠의 아내 석을금, 박쟁의 아내 오덕, 딸 효비를, 좌찬성 윤사로尹師路에게 주고,

8. 이유기의 아내 설비, 딸 가구지, 말비, 막금, 성삼고의 아내 사금, 한 살 딸을, 우찬성 정창손鄭昌孫에게 주고,

9. 이승윤의 아내 가은비, 지화의 아내 막금을, 파평군 윤암尹巖에게 주고,

10. 이휘의 아내 열비, 허조의 아내 안비, 딸 의덕을, 전 판중추원사 이계전李季甸에게 주고,

11. 이자원의 아내 유나매, 이개의 아내 가지를, 우찬성 강맹경姜孟卿에게 주고,

12. 이유원의 첩 분비, 이경유의 아내 효생을, 판중추원사 이징석李澄石에게 주고,

13. 박인년의 아내 내은비, 정효강의 아내 보배를, 화천군 권공權恭에게 주고,

14. 원구의 아내 소사, 고덕칭의 아내 보금, 딸 신금을, 우참찬 황수신黃守身에게 주고,

15. 이해의 아내 종금, 딸 불덕, 불비, 김유덕의 누이 막장을, 예조판서 박중손朴仲孫에게 주고,

16. 최면의 누이 선비, 조완규의 아내 소사, 딸 요문을, 병조판서 신숙주申叔舟에게 주고,

17. 이석정의 아내 소사, 권자신의 아내 어둔, 딸 구덕을, 중추원사 권준權蹲에게 주고,

18. 우직의 아내 오래, 김현석의 아내 영금을, 이조판서 권람權擥에게 주고,

19. 윤영손의 아내 탑이, 딸 효도, 이반경의 첩 막생을, 중추원사 박강朴薑에게 주고,

20. 김문기의 딸 종산, 최득지의 첩 지장비를, 대사헌 최항崔恒에게 주고,

21. 성삼성의 아내 명수, 정효강의 아내 효도, 딸 산비를, 병조참판 홍달손洪達孫에게 주고,

22. 성맹첨의 아내 현비, 최사우의 첩 옥금을, 판내시부사 전균田畇에게 주고,

23. 심신의 아내 석정, 딸 금정, 은정, 성승의 아내 미치를, 계림군 이흥상李興商에게 주고,

24. 이의영의 아내 효생, 조극관의 아내 현이를, 도절제사 양정楊汀에게 주고,

25. 박순의 아내 옥덕, 박헌의 아내 경비를, 이조참판 구치관具致寬에게 주고,

26. 송창의 아내 소앙지, 황보석의 아내 소사를, 전 예문제학 윤사윤尹士昀에게 주고,

27. 이말생의 아내 관저, 딸 경비, 김문기의 아내 봉비를, 도절제사 유수柳洙에게 주고,

28. 박대년의 아내 정수, 송석동의 아내 소사를, 동지중추원사 봉석주奉石柱에게 주고,

29. 김승규의 딸 숙희, 권저의 어미 보음미를, 동지중추원사 강곤康袞에게 주고,

30. 박계우의 아내 소비, 김승벽의 아내 효의를, 예조참판 홍윤성洪允成에게 주고,

31. 유성원의 아내 미치, 딸 백대, 이명민의 아내 맹비를, 좌승지 한명회韓明澮에게 주고,

32. 황선보의 아내 복중, 딸 덕비를, 우승지 조석문曹錫文에게 주고,

33. 이호의 아내 개질지, 딸 목금을, 첨지중추원사 유하柳河에게 주고,

34. 윤처공의 딸 숙비, 정원석의 아내 만금을, 이조참의 원효연元孝然에게 주고,

35. 최치지의 아내 미치, 최윤석의 아내 봉비를, 단천군수 최유崔濡에게 주고,

36. 황선보의 누이 소사, 이유기의 딸 소근소사를, 형조참의 황효원黃孝源에게 주고,

37. 조번의 아내 소사, 딸 의정, 황의헌의 아내 복비를, 병조참의 한종손韓終孫에게 주고,

38. 원구의 누이 심이, 조완규의 딸 가이를, 좌부승지 윤자운尹子雲에게 주고,

39. 윤위의 아내 소사, 정관의 아내 신경을, 우부승지 한계미韓繼美에게 주고,

40. 이의산의 딸 소사, 막금을, 경상도 관찰사 조효문曺孝門에게 주고,

41. 이정상의 아내 삼비, 딸 현비, 정비, 최득지의 아내 마배를, 겸판통례문사 이
   극배李克培에게 주고,

42. 윤경의 아내 소사, 성삼빙의 아내 의정을, 판종부시사 권개權愷에게 주고,

43. 봉여해의 어미 소비, 아내 정순을, 상호군 유서柳溆에게 주고,

44. 민보흥의 아내 석비, 이유원의 아내 대비를, 판군기감사 김질金礩에게 주고,

45. 대정의 아내 자근, 하위지의 아내 귀금, 딸 목금을, 지병조사 권언權躽에게 주고,

46. 이보인의 아내 물재, 딸 옥석을, 성균사성 정수충鄭守忠에게 주고,

47. 조완규의 누이 정정, 최사우의 어미 소사를, 상호군 유사柳泗에게 주고,

48. 식배의 딸 귀비, 귀장, 귀금, 소근비, 유응부의 아내 약비를, 예빈시윤 권반權
   攀에게 주고,

49. 민신의 아내 우비, 딸 산비를, 대호군 안경손安慶孫에게 주고,

50. 이지영의 어미 석을금, 아내 종비, 딸 은비를, 대호군 홍순로洪純老에게 주고,

51. 송녕의 아내 소사, 권저의 첩 복가이를, 대호군 조득림趙得琳에게 주고,

52. 김감의 첩 귀덕, 딸 소비, 이양의 아내 월비를, 대호군 이극감李克堪에게 주고,

53. 중은의 누이 귀덕, 딸 귀비, 장귀남의 누이 말비를, 직예문관 유자황柳子滉에
   게 주고,

54. 정분의 아내 순비, 이석정의 첩 말생, 딸 감물을, 대호군 임자번林自蕃에게 주고,

55. 대정의 어미 내은이, 김감의 아내 소사, 딸 복금, 말금, 아지를, 전 호군 김처
   의金處義에게 주고,

56. 최면의 어미 소사, 아내 접물아지, 딸 부허비를, 사복소윤 한서귀韓瑞龜에게
   주고,

57. 최치지의 아내 덕비, 딸 백이를, 전농소윤 송익손宋益孫에게 주고,

58. 이승로의 아내 효정, 딸 숙화, 이오의 아내 소질지를, 군기부정 설계조薛繼祖에게 주고,

59. 이의산의 아내 참군, 딸 아을금을, 사재부정 권경權擎에게 주고,

60. 정관의 어미 소사, 장귀남의 누이 학비를, 군기부정 홍순손洪順孫에게 주고,

61. 허조의 어미 화산, 누이 소근소사를, 겸군기부정 곽연성郭連城에게 주고,

62. 권저의 아내 계비, 딸 순비를, 호군 최윤崔閏에게 주고,

63. 조순생의 아내 가질비, 김선지의 아내 내은이, 딸 가야지를, 전 부사직 이몽가李蒙哥에게 주고,

64. 이석정의 딸 감상, 최면의 누이 막비를, 도승지 박원형朴元亨에게 주라.

10

상왕 내쫓기

군기감軍器監 앞 땅바닥에 스며든 충신들의 핏자국은, 한여름의 뜨거운 햇볕 아래 선명히 빛나는 채로 남아 있어 만백성에게 상처와 격통을 자아내고 있었다.

땅바닥의 상처는 비바람에 가실지 모르겠지만 백성들의 가슴에 남은 상처는 긴 세월에도 쉽사리 가시지 않을 것이었다. 무려 백여 명이 희생된 이번 옥사獄事의 상처는 그만큼 크고 깊은 것이었다.

옥사는 매듭지어졌지만 그로 인해 마음속 깊이 더 큰 원한을 새긴 사람들도 많았다. 그들의 원한은 더 뜨겁게 달궈진 불씨였다. 그 불씨는 언젠가는 반드시 활활 타오르고 말 것이었다.

김종서 등을 쓰러뜨렸을 때 수양은 의기가 매우 양양했었다. 그러나 이번에는 그런 의기는 사라지고 다시 솟아나지도 않았다. 수양은 침울해지고 말수가 줄어들고 정사를 보는 일에도 관심을 보이지 않았다. 임금이라는 강력한 절대 권력으로도 절대로 복종시킬 수 없는 것이 있다는 것을 이번에 절감했고, 그래서 그 좌절감이 그만큼 컸기 때문이었다.

수양의 침울로 인해서 경복궁은 암울해졌다. 창덕궁도 마찬가지였다. 상왕 단종은 자신 때문에 일어난 일임을 알고 있기에 그 죄책감도 컸다. 단종과 송씨도 우울한 나날을 보내고 있었다.

대참극의 6월이 다 갈 무렵 수양이 창덕궁을 찾았다. 단종은 주상이 들었다는 전갈을 받자 가슴부터 두근거렸다.

'또 무슨 조작造作을 내리려는 것일까?'

이윽고 수양이 들어와 부복했다.

"전하, 신이 부덕한 탓으로 또다시 상왕전하께 크나큰 불충을 저질렀사오니 너그러이 용서하시옵소서."

수양은 모습도 말도 맥이 빠져 있었다.

"……."

"전하, 비록 많은 사람이 목숨을 잃었으나, 역모의 무리들은 남김없이 처단되었사오니 상왕전하께서는 안심하시옵소서."

"……."

'흥, 그들이 어찌 역모의 무리란 말인고?'

대비 송씨는 고개를 돌리고 있었다.

"그들은 죽어 마땅한 자들이었습니다만 전하께서 총애하시던 신하들인지라 결단에 고충이 컸사오나 부득이 처단할 수밖에 없었사옵니다. 사직의 안녕과 나라의 장래를 위해 엄벌치 않을 수 없었던 신을 너그러이 보아주시옵소서."

수양은 어디까지나 공손하게 예를 다해 사후 보고를 하고 있었다. 그러나 상왕의 입장에서는 그냥 잘했다고는 할 수 없는 일이었다.

"주상의 나라이니 주상의 뜻대로 하는 것을 누가 뭐라 하겠소마는……. 그들을 처단하기 전에 한 번쯤 나를 찾아주리라 여겼지요. 그들이 주상을 해치려 했으니 그 죄야 어찌 씻을 수 있겠소만……, 그저 충절에서 나온 일이니 목숨만은……."

울컥해진 단종은 말을 잇지 못했다. 쏟아지려는 울음을 참고자 단종은 입술을 깨물었다.

그러나 수양은 갑자기 분노가 치솟았다.

'뭐? 충절이라고?'

"전하, 사전에 아뢰지 못한 점은 송구하오나 실은 전하께 혹시라도 누를 끼치게 될까 염려되어 참은 것이옵니다."

이때 대비 송씨가 한마디 했다.

"상왕전하를 위하여 아뢰지 못했다는 말씀이십니까?"

"……."

수양은 어이가 없었다. 대비는 열일곱의 소녀였다. 수양에게 대비의 말이 매우 건방지고 앙칼지게 들렸다.

"주상, 말씀해보세요. 상왕전하께 누가 될까 사전에 아뢰지 못했다고요?"

"예, 그렇습니다."

"주상, 주상이 즉위할 때 무어라 하셨소? 상왕전하를 윗전으로 모시고 국정의 대사를 윤허 받겠다고 하지 않으셨소? 이번 일이 대사가 아니란 말씀이오?"

"……."

"왜 말씀을 아니 하세요? 누를 끼친다는 게 무엇입니까?"

수양은 화가 치밀었다.

"대비께서는 진정 몰라서 물으시옵니까?"

언성을 높이고 말았다.

송씨도 누그러지지 않았다.

"그래요. 말씀해보세요."

단종은 자못 궁금했는지 눈을 껌벅거리고 있었다.

"그러시면……. 말씀드리지요. 그 역적들이 자복하기를 '상왕전하께서도 이 일을 알고 계셨다'고 했사옵니다."

단종과 송씨는 어이가 없어 서로 얼굴을 쳐다보았다.

"주상, 그 무슨 말씀이오?"

상왕이 다그쳤다.

"아니, 다 알고 계셨으면서도 엉뚱하게 거짓말을 하시옵니까?"

"그런 말은 들은 적이 없어요!"

"그날 연회 때 전하께서는 신과 나란히 앉아 계셨사옵니다. 그때 만일 운검을 들였더라면 그들의 칼이 신의 목을 쳤을 것이옵니다. 그같이 끔찍한 일을 이미 알고 계셨으면서도 바로 옆에 앉은 신에게 모른 척하고 계셨사옵니다."

"허, 나는 정말 모르는 일이오. 가만……, 이제 생각하니 그게 그 뜻이었던가 봅니다."

"……?"

"성삼문이 문안 왔을 때 '앞으로 좋은 일이 있을 것이옵니다'라고 말한 적이 있었는데……, 나는 그것이 그 일이라고는 상상도 못 했습니다."

사실 상왕 단종은 '그 좋은 일'의 내용은 전혀 모르고 있었다.

"저들이 다 자백을 했사옵니다. 아무튼 이제 그만두겠습니다만……. 그들을 일러 충절이라니요?"

'이놈들이 무슨 일이든 꾸며내지 못할까? 분명 나를 궁지에 몰아넣으려는 수작일 것이야.'

"……."

"……."

단종은 속으로 한을 곱씹고 있었다.

'그날 어찌해 저 괴수를 죽이지 못했을꼬? 저 꼴을 앞으로 얼마를 더 봐야 하는고……?'

"그저 신이 부덕한 탓이옵니다. 통촉하시옵소서."

송씨는 다시 고개를 돌리고 있었다.

"부득이한 일이었다 하니……. 더는 거론하지 마시지요."

상왕이 알고도 모른 척하는 것 같아 수양은 화가 치밀었지만 참기로 했다. 그 대신 모진 말을 좀 더 하기로 했다.

어차피 마음이 통하는 대화는 있을 수 없는 사이가 아니던가.

"전하, 또 아뢰올 것이 있사옵니다."

"무슨 일이오?"

"금성 등의 배소를 옮겼사옵니다."

"아니. 금성 숙부를요? 어디로요?"

단종의 눈이 똥그래지며 수양을 바로 보았다.

"금성은 경상도 순흥으로, 한남군은 함양으로, 화의군은 전라도 금산으로, 영풍군은 임실로, 영양위는 광주로 옮겨 안치했사옵니다."

"죄인들이라 하나 지친들인데……. 어찌 그리 궁벽한 곳에……."

단종의 눈에 눈물이 고였다.

"저들의 거처는 담장이나 난간, 문호를 높고 견고하게 하라 했고, 방비를 더욱 강화하여 외인들과는 일절 소통치 못하게 했사옵니다."

"어찌 그렇게까지……."

"전하, 모르시겠사옵니까?"

"……."

"죄인들이 모두 지친인지라 도성 가까이 있으면 불측한 무리들이 모이게 마련인지라……. 다시는 이 나라에 역모라는 것이 없도록 하기 위함이옵니다."

'역모라……, 누가 누구더러 해야 하는 말인지 알 수 없게 되었구먼.'

"……."

"죄인들에게도 언행을 더욱 삼가서 역모의 무리들에 이용당하는 일이 없도록 하라는 글을 내렸사옵니다. 추호라도 이를 어길 때에는 누구든 죽음을 면치 못하리라는 것도……."

"……."

"이제 다시는 피를 보아서는 아니 되옵니다. 상왕전하."

"……."

"전하, 외람된 말씀이오나 전하께서도 언행에서 빈틈을 보이시면 아니 되옵니다. 이번과 같은 일이 다시 일어나서는 절대 아니 되옵니다. 전하께서 신에게 숨기시는 일이 있게 되면 불측한 것들이 바로 그 틈을 이용할 것이옵니다."

놀라 떨고 있는 단종과는 달리 송씨는 배알이 뒤틀렸는지 소리를 지르듯 말했다.

"그 무슨 말씀이오? 주상."

능구렁이가 다 된 40세의 수양이었다. 송씨의 말 따위 개의치 않고 두 사람을 무서운 엄포로 눌러놓았다.

"이번 일을 곰곰이 생각하셔야 하옵니다. 전하께서 다시 역모를 묵인하시게 되면 이는 신에게 승목요지乘木搖之(나무에 올리고 흔드는 일)하시는 것이옵니다. 그리되면 무슨 후환이 있을지 신도 알 수가 없사옵니다."

협박이었다. 다시 또 그런 일이 있으면 용서치 않겠다는 협박이었다.

'다시 역모를 묵인하면 역모자로 몰아 함께 죽일 수밖에 없다.'

수양은 그런 경고를 하러 왔던 것이다.

단종의 눈에 고인 눈물이 드디어 흐르기 시작했다.

'차라리 죽더라도 보위에 앉아 버티고 말 걸……. 자리를 넘겨준 내가 잘못이지……. 당해야 싸긴 하지만……. 나를 이렇게까지 대할 줄이야……, 아이고…….'

송씨는 기어이 통곡을 터뜨리고 말았다.

"아무리…… 이럴 수가……. 으흐흐흐……."

마지막 말이 하고 싶었던 수양이었다.

그 말을 마쳤으니 비위가 상하는 자리에 더 머물 까닭이 없었다.

"망극하옵니다. 신은 이만 물러갈까 하옵니다."

경복궁으로 돌아가며 수양은 송현수를 생각하고 있었다.

'송현수를 따끔하게 한번 타일러 놓아야겠어.'

대비 송씨가 상왕보다 더 큰 문제라 여겼기 때문이었다. 송씨 때문에 상왕의 심기도 더 사나워질 것이라 여겼기 때문이었다.

자기를 죽이려던 무리들을 속이 후련하게 도륙을 냈는데도 수양은 속이 후련해지지 않았다. 어느새 여름이 가고 가을이 오고 있었다. 그런데도 수양의 심중은 여전히 우울했다.

유난히 밝은 달빛은 김종서의 싸늘한 시선 같았고, 고요한 밤에 들리는 기러기 울음소리는 성삼문, 박팽년 등의 항변 같았다.

잠이 오지 않았다. 잠시 졸던 와중에 유응부가 자신을 멸시하며 후려치는 악몽에 시달렸다. 눈은 충혈되고 목소리는 갈라지고 한숨은 길어졌다.

수양은 날마다 술에 의지했다. 우울을 이기는 길은 술밖에 없는 것 같았다. 잠시라도 잠이 들면 갖가지 악몽에 시달렸고 아침이 되어 눈을 뜨면 술상 머리에 쓰려져 있곤 했다.

정사도 잊고 조회도 열지 않았다.

그러다 9월 11일, 수양에게 매우 가슴 아픈 흉보가 전해졌다. 사은사로 중국에 갔던 좌의정 한확이 귀로에 병을 얻어 마침내 객사客死하고 말았다.

향년 57세. 수양보다 열일곱 살 연상이었다. 공적으로는 정난 일등공신이요 좌의정이지만 사적으로는 며느리 한씨의 아버지로 사돈査頓

이었다. 누이 둘이 명나라 황실의 후궁이 되었는데 그 덕택에 한확은 일찍이 명에 들어가 벼슬도 받았다.

이후 한확은 양국 간의 국교에서 없어서는 안 될 인물이 되어 많은 공적을 남겼다. 외모가 준수할 뿐만 아니라 학문과 인품이 출중했고 성정은 온화하면서도 고결했다.

한확은 계유정난 때 우의정의 자리를 단호히 거절했다. 수양왕이 보위에 오르는 것도 탐탁하게 여기지 않았다. 여식이 세조의 며느리만 아니었다면 한확은 능히 성삼문 등과 뜻을 같이할 사람이었다.

"주상전하께 바른말을 주청할 수 있는 어른을 잃게 되었구나."

중전 윤씨의 솔직한 슬픔이었다.

수양은 한명회를 불렀다.

"한승지가 내 대신 좌상의 시신을 호종護從해 오시오."

한명회가 급히 달려가 모시고 왔다. 후히 장사를 지내고 양절襄節이라는 시호諡號를 내려 그의 공적을 치하했다.

수양은 한확의 죽음으로 해서 더 깊은 침울의 수렁에 빠져들었다.

"전하. 조정을 개편하시어 심기일전하시옵소서."

정인지의 주청이 계속되었다.

10월 18일 수양은 조정을 개편했다.

정창손이 우의정에, 김질이 동부승지에 임명되었다. 수양은 이 둘을 먼저 챙기곤 했다. 강맹경을 좌찬성에, 신숙주를 우찬성에, 구치관을 병조참판에, 홍윤성을 예조참판에 임명했다. 그리고 한명회가 도승지에 제수되었다.

권람이 이조판서로, 홍달손이 병조판서로 이미 대감에 올라 있음을 감안하면, 그보다 더 높이 올라갔어야 마땅할 한명회가 이제 도승지 영감이 된 것은 아무래도 이상한 듯했지만, 수양이나 한명회나 두 사람은 그런 것을 전혀 개의치 않아 했다.

　그날 밤이었다.
　"영감마님. 손님 오셨습니다요."
　한명회의 가노 만득이가 큰 소리로 외쳤다.
　이상한 예감에 한명회는 급히 달려 나갔다.
　"허허, 나요. 한승지."
　이미 거나하게 취기가 오른 수양이 파안대소破顔大笑하고 있었다. 미행이었다.
　"아니, 전하!"
　한명회가 깜짝 놀라 엎드리려 하자 내관 전균이 손가락을 입에 대고 조용히 하라 일렀다.
　"안으로 드시지요."
　지인을 맞듯 나직이 속삭이며 머리만 숙였다.
　"파탈擺脫하려고 장자방張子房을 찾아왔소."
　전균을 남겨놓고 둘은 안으로 들어갔다. 이럴 때 밖에서 망을 보는 게 전균의 임무였다.
　수양은 앉자마자 푸념 같은 말을 했다.
　"한공이 내 마음을 반만큼이라도 알까?"
　"……?"

"내 사돈이 죽었소."

"……!"

"그 사람이 어떤 사돈이오? 곧기는 대나무요 향기는 난초인데……, 그런 사람을 험한 일에 끌어들였으니 결국은 내가 죽인 셈이오. 부귀영화를 함께하려 했는데……."

"……."

"참으로 많이 죽는구려. 내가 가는 길엔 시체가 무더기로 쌓여 있단 말이오. 나를 죽이려다 죽고, 나를 돕다가 죽고, 또 죽고 죽고……. 한공도 언제 죽을지 모르오."

"저는 오래 살고자 하옵니다."

"오래 살고자?"

"예. 그러하옵니다. 외람된 말씀이오나 전하보다 더 오래 살아야겠 사옵니다."

"더 오래?"

"그래야 끝까지 충성을 다할 수 있지 않사옵니까?"

한명회의 나이는 수양보다 두 살 위였다.

"그래, 그렇고말고……. 내 한공의 마음을 잘 알지……. 한공도 내 마음을 잘 알 것이고……."

"그러하옵니다."

"그렇겠지. 그럴 것이야. 그런데 왜 저들은 내 마음을 몰라주었을까?"

수양은 독백처럼 중얼거리며 고개를 돌려 먼 곳을 바라보았다.

"……."

한명회는 대답 없이 그저 술만 홀짝거렸다.

"백성들은 또 어째서 나를 믿어주지 못한단 말이오?"

"……."

"내가 사심을 품고 있었다고? 내가 영화를 누리고자 임금이 되었단 말이오? 충신들을 죽였다고? 수도 없이 많이 죽였다고? 살려주겠다고 사정을 해도 듣지 않으니 낸들 어찌할 것이오?"

"전하, 고정하시옵소서."

"허허허……."

"전하……."

"허. 내가 취했나?"

"전하……."

"한주부."

수양은 갑자기 전날이 떠올랐다.

"예, 나리."

한명회도 맞장구를 쳤다.

"하하, 좋구먼. 역시 한주부요."

"나리. 여기는 시생의 집이옵니다. 무슨 말씀이든 하셔도 되는 곳이옵니다."

"암. 그렇지. 그렇고말고……."

수양이 잔을 비우자 한명회가 채웠다.

"……."

"나는 세자는 아니었소. 하지만 보위에 오를 수만 있다면 누구보다도 나라를 잘 다스릴 자신이 있었소."

"……."

"그런데 막상 임금이 되고 보니……, 용상에만 앉아 있을 뿐이지……, 내가 무슨 임금이오?"

"당찮은 말씀이옵니다."

"아니오. 내가 임금이라 하는 것은 아버님 세종대왕 같으신 성군을 말하는 것이오. 내가 선위禪位를 받을 때 내심 다짐한 게 있었소. 내 비록 많은 사람을 희생시키고 보위에 오르긴 했으나 이제부터는 아무도 해치지 않고 성군의 길을 가리라 마음먹었단 말이오."

"성군이 되실 것이옵니다."

"아니오. 그토록 많은 사람을 죽이고서야 어찌 성군이 되겠소? 세종대왕의 치세 동안에는 옥방이 텅텅 비어 있었소. 32년이었소. 그 긴 치세 동안 옥방이 비어 있었소. 아, 그러니 성군이시지."

"……."

"내가 이후로 아무리 공덕을 쌓는다 해도 후세에 나를 일러 성군이라 하지는 않을 것이야. 피를 너무 많이 흘렸어. 또 앞으로 누구를 죽이게 될지 모르는 일이고……."

"고정하시옵소서."

"그러나 하는 수 없지 않소. 보위에 오른 이상 뜻대로 안 된다고 내려갈 수도 없지 않소? 어떻소? 한주부. 이렇게 골치 아프고 잠도 제대로 못 자는 노릇 그만두고 상왕에게 돌려주는 게 낫지 않겠소?"

조카의 보위를 차지한 것이 잘못된 찬탈이라는 것을 마음속 깊이에서는 느끼고 있는 것도 같았다. 한명회는 절대로 돌려주어서는 안 된다고 주장할 사람이기에 털어놓는 말이었다.

"전하, 무슨 당치 않으신 말씀이옵니까? 철부지에 무지몽매無知蒙昧

한 상왕을 어찌 전하와 비교하오리까?"

"허어. 진정 그렇소?"

"임금은 되고 싶어서 되는 것이 아니옵니다. 하늘의 뜻이 없고서는 될 일이 아니옵니다. 전하께서는 시작은 비록 어려웠으나 반드시 성군이 되실 것이옵니다. 부디 성념을 굳게 하시옵소서."

그렇다. 괴롭고 우울한 때 한명회로부터 바로 이 말을 듣고 싶어서, 바로 이렇게 위로받고 싶어서 수양은 찾아왔던 것이다.

"정말 그럴까? 성군이 될 수 있단 말이오?"

"소신이 드린 말씀이 어디 잘못된 적이 있었사옵니까? 전하께서는 바른길을 걸어오셨사옵니다. 누가 뭐라 해도 그렇게 뚜벅뚜벅 소신대로 나아가시면 반드시 성군이 되시옵니다."

"허허허. 과연 나의 장자방이오. 장자방. 허허. 여기 한 잔 더 채우시오."

그때였다. 밖에서 천둥 같은 고함소리가 들렸다.

"주상전하께서 정녕 여기 계신다는 말이냐?"

걸걸한 그 목소리는 분명 어디서 들어본 목소리였다.

"예. 그러하옵니다."

대답하는 소리는 전균의 목소리였다.

"허어, 이 무슨 일인고? 지금이 어느 땐데 주상께서 이런 곳에 납셔 계신단 말이냐?"

"……."

"이런 못된 것들 같으니……, 전하께 술이나 권하는 게 신하의 도리인 줄 안단 말이냐?"

이것은 안에 있는 사람들, 다시 말해 수양을 꾸짖고 있는 말이었다.

한명회가 뜻을 묻듯 수양을 처다보았다. 수양이 고개를 끄덕였다.

'왕실의 원로인 양녕대군에게 하필이면 이런 파탈의 장면을 들켰단 말인가?'

수양도 한명회도 난감했지만 하는 수 없었다. 한명회는 조심스럽게 문을 열고 밖으로 나와 양녕대군 앞에 허리를 굽혔다.

"납시셨사옵니까?"

"……."

양녕대군은 한명회를 뚫어져라 쏘아보았다. 한명회는 고개를 숙이는 수밖에 없었다.

"도승지가 하는 일이 기껏 이런 것인가?"

"……."

양녕대군의 입에서 다시 무슨 말이 나오려 할 때 수양이 입을 열었다.

"큰아버님. 드시지요."

"……."

양녕대군은 한명회를 쏘아보면서 방으로 들어갔다.

"신 양녕 문후 여쭈옵니다. 전하."

전날의 큰아버지와 조카 사이가 아니었다. 양녕은 깍듯이 군신 간의 예를 지켰다.

"아니. 큰아버님. 이게 웬일이십니까? 큰아버님답지 않게 왜 이러십니까? 제가 한승지를 찾아와 모처럼 파탈하여 옛정을 나누고 있었습니다. 한승지는 사실 잘못이 없습니다."

"……."

"큰아버님. 이 조카가 오늘은 좀 취했습니다. 한승지와 옛이야기를 하니까 기분이 매우 좋습니다."

"전하."

"예, 어허허허……."

수양이 너털웃음을 웃었다.

"전하. 전하께서는 전날의 대군이 아니십니다."

"큰아버님. 오늘만은 대군으로 지내고 싶습니다. 전날처럼요."

"당치 않으시옵니다."

"어……?"

"성총聖聰을 잃지 마시옵소서."

"큰아버님. 어찌 이러십니까? 이 수양의 마음을 모르십니까? 누구보다도 이 수양의 마음을 잘 아시는 큰아버님께서 오늘은 어찌……."

"……?"

임금이 자신을 수양이라고 부르는 것에 양녕대군은 깜짝 놀라 말을 잃었다.

"큰아버님. 대궐에 혼자 앉아 있기가 무섭습니다. 원귀들이 나를 찾아올 것 같아서 가슴이 조입니다. 사람들을 죽인 임금이 아닙니까? 그것도 어디 한두 사람이나 몇 사람입니까? 김종서, 황보인, 정분, 조극관, 안평……. 그리고 성삼문, 박팽년, 이개, 하위지, 유성원, 유응부……. 뭐 수도 없이 많이 죽었습니다. 그리고 또 죽여야 합니다."

수양은 실성한 사람처럼 중얼거리고 있었다.

"전하!"

양녕대군은 큰 소리로 부르며 두 손으로 방바닥을 쳤다.

"엥……."

수양은 눈을 크게 뜨고 양녕대군을 쳐다보았다.

"전하, 어찌 이리 유약해지셨습니까? 전날의 기개는 다 어디다 두셨사옵니까? 어차피 누군가는 피를 흘려야만 하는 세상이옵니다. 그 피를 딛고 반듯하게 일어서 계셔야 할 전하가 아니옵니까?"

"어……."

"그렇게 보위에 오르셨으면 전하께서는 더욱 밤을 낮 삼아 정사를 보시고, 늘 삼가시고 근면하시어 세종대왕 버금가는 위업을 남기셔야 하지 않사옵니까?"

"……?"

"전하의 치세가 태평성대가 되지 않으면, 문물이 찬연히 빛나지 않으면, 사욕에 눈이 어두워 조카를 몰아낸 폭군이라는 오명을 남길 뿐이오이다. 그래도 이렇게 지내시렵니까?"

"……!"

"군왕의 자리가 어렵고 힘든 줄을 이제야 아셨소이까? 이 양녕이 주유천하周遊天下로 지내는 까닭을 짐작하셨소이까? 전하께서도 이렇게 지내실 테면 차라리 이 양녕을 따르시옵소서."

"……?"

"백성들 모두 전하 한 분만을 바라보고 있을 것이옵니다. 제발 성총을 가다듬어 위업을 이루시옵소서."

수양은 양녕의 잔소리가 따가워 술이 깨고 있었다.

'흠……. 백부님 말씀 백번 옳습니다만……. 나 혼자 잘하려고 애쓴들 뭐 합니까? 내 뜻을 들어먹어 주어야 하지요. 백성들이오? 흥. 돌아서면 욕을 퍼붓는 놈들이라 하는데……, 백부님만 날 바라보고 있으면

뭐 합니까? 백부님은 역시 천진난만하시옵니다.'

"……."

"어서 환궁하시옵소서."

양녕은 엎드려 머리를 방바닥에 댔다.

'허참……, 모처럼 유쾌했는데…….'

"큰아버님……."

"당장 환궁하시옵소서."

'허참…….'

"예. 알겠습니다."

긴 한숨을 내쉬며 수양은 일어섰다.

"한승지, 나 가오."

"제대로 모시지 못해 송구하기 그지없사옵니다."

한명회는 방 앞에 서서 허리를 굽혔다.

"아니오. 아주 유쾌했소."

수양의 뒤를 따라 나오던 양녕이 한명회를 뚫어져라 쳐다보며 한마디 했다.

"주상을 그따위로 보필하려거든 관복을 벗게. 명신이 있어야 명군이 난다 했어."

"……."

한명회는 유구무언有口無言이었다. 말이 통하지 않는 양녕을 어찌할 도리가 없었다. 전균을 따라 수양과 양녕은 말없이 부지런히 걸었다.

광화문 앞에 이르자 양녕이 걸음을 멈췄다.

"전하. 침수 편히 드시옵소서."

"큰아버님. 잠시 드셨다 가시지요."

"아니오. 종친이란 대궐 출입을 삼갈수록 좋아요."

"……."

"억조창생億兆蒼生들에게 성은을 고루 내려주시옵소서."

"명심하겠습니다, 큰아버님."

"그럼 이만……."

돌아서서 성큼성큼 발을 떼어가는 양녕의 뒤에 대고 수양은 허리를 굽혔다.

'억조창생이라……, 말씀 아니 하셔도 다 알고는 있습니다만…….'

끔찍했던 한 해가 가고 1457년(세조 3) 새해가 왔다.

1월 18일, 홍윤성이 예조판서에 올랐다. 세상만사를 사욕私慾의 입장에서만 보기에 임금조차도 자기 욕심의 방패로 여기는 홍윤성이, 그것도 예조판서에 올라 대감이 되었다. 생사람들을 때려죽이고 겨우 3년 3개월, 33세의 새파란 나이였다.

3월 5일, 양정이 공조판서로 대감이 되어, 함길도 도절제사에서 조정으로 올라오게 되었다. 힘자랑밖에 할 것이 없는 이 불한당 역시 생사람을 때려죽인 덕택이었다.

계유정난의 주역들이 조정을 채워갔다. 신숙주 우찬성, 권람 이조판서, 홍달손 병조판서, 홍윤성 예조판서, 양정 공조판서, 한명회 도승지.

그리고 이들의 동조자들이요 들러리들이 3공을 차지했다. 정인지 영의정, 정창손 좌의정, 강맹경 우의정.

3월 21일, 양정이 올라와 수양왕 앞에 부복했다.

"전하, 신 공조판서 양정, 하늘 같으신 성은을 입고 돌아와 문후 여쭈옵나이다."

"고생 많았소. 경卿의 노고를 어찌 다 치하할 수 있으리오."

"성은이 망극하옵니다, 전하."

그런데 가만히 수양의 얼굴을 보던 양정이 깜짝 놀랐다. 올해 마흔한 살인 수양이 쉰이 넘은 노인으로 보였다. 병자옥사丙子獄事에서 수양 자신이 명하여 속 시원하게 성삼문 등을 말 그대로 찢어 죽였는데, 사실은 속이 시원치 못한 모양이었다.

"전하. 용안이 어찌……. 그 사이 어찌 그리 수척해지셨는지 신은 가슴이 미어지옵니다."

"허어, 사람 죽이는 일이 쉬운 일은 아니었나 보오."

"전하……."

양정은 눈물이 앞을 가렸다.

"마음이 펴질 날이 있겠지요. 경은 맡은 일에 소홀함이 없도록 하시오."

"충심을 다하겠나이다. 전하."

양정은 물러 나오면서 속으로 중얼거렸다.

'상왕이 문제야. 가만, 벌써 열일곱 살이 아닌가…….'

상왕 복위 세력들이 주살되었다고는 하나 다 쓸어낸 것은 아니었다. 아직 금성대군의 세력이 남아 있었다. 그밖에 또 누가 있는지 알 수 없는 일이었다.

'불과 3년 지나면 상왕이 성년이 된다. 분명 또 다른 세력들이 일어날 수 있다.'

그는 걷다 말고 우두커니 서서 생각에 잠겼다.

'이거, 급한 일은 그것이구먼⋯⋯.'

"아니, 공판. 걷다 말고 왜 서 있는가?"

"아이고 정경正卿(권람의 자)대감. 아, 아니오."

"멀리서 보니 무슨 시름이 있는 것 같네만⋯⋯."

"아. 미진한 일들이 좀 있어서⋯⋯."

"허허허, 모두들 생각하고 있는 미진함이 아닌가?"

"예에?"

권람의 대답이 기묘했다. 양정은 어이가 없었다.

'잘 알고 있는 사람들이 어째서 지금껏 그냥 지내고 있단 말인가?'

"저녁에 예조판서 댁에서 연회가 있다 하니 거기서 만나세."

"⋯⋯?"

"공판을 환영하는 자리니까 빠지지 말게."

둘은 헤어졌다.

양정은 혼자 걸으며 결심을 굳혔다.

'상왕의 일을 매듭지어야 한다.'

홍윤성의 집은 숭례문 밖에 있었다. 홍윤성은 양정의 귀환을 환영하고 자신의 판서 승진을 자축하는 연회를 열었다.

남달리 욕심이 많은 그의 집은 그 규모와 치장이 사람들의 눈을 휘둥그레 만들고 정신을 홀리게 하기에 모자람이 없었다. 술과 안주 역시 푸짐하고 진미였다. 술 시중을 드는 많은 여인들도 하나같이 미인이었다.

정난 이후 수양이 내려준 것도 많았지만 그는 그간 재물 모으기에 힘써 거만금巨萬金을 모았다. 물건을 실어서 집에 들이는 가마와 수레가 길을 메울 정도라고 했다.

크게 저택을 짓고 못가에 당堂을 지었는데 수양왕이 경해傾海라는 당호를 써서 하사했다. 거기에 선비들을 초청하여 잔치를 벌이지 않는 날이 거의 없었다.

찬수饌需(반찬)가 풍성하기 그지없어 비록 하증何曾(중국 서진의 승상으로 사치스러운 사람의 표본)이라 해도 따르지 못할 것이라 했고, 잔치 내내 관현악의 쟁쟁한 소리가 끊이지 않았다.

좌객坐客들이 그의 위엄에 눌려 술을 사양치 못하고 계속 마시다가 거꾸로 실려 가는 일도 허다했고, 광대와 기생에게 내리는 행하行下도 따를 자가 없다 했다.

잔치는 경해당에서 열렸다.

등롱燈籠을 수도 없이 내걸어서 연회장은 물론이요 연못 주위가 대낮같이 밝았다. 꽃향기 밀려오는 봄밤이었다. 입신양명의 길을 거침없이 내달리고 있는 패기만만한 인물들이 모인 잔치였다.

옛정의 감회가 깊은 만큼 취흥도 도도해서 그야말로 열락悅樂이 넘치는 잔치였다. 가장 많이 술잔이 몰리는 사람은 역시 양정이었다.

"고생 많았어."

"이제 좀 편히 지내야지."

그저 받아 마시지 않을 수 없는 양정은 일찌감치 취해 갔다.

"어, 허허허……."

양정도 기분이 좋아 연방 너털웃음을 웃으며 넙죽넙죽 받아마셨다.

모인 면면을 보면 조정을 옮겨놓은 듯 요인들이 다 모였는데 직첩職牒으로 보면 도승지 한명회가 가장 낮았다.

그러나 언제고 이런 자리에서는 한명회가 상좌를 차지하고 있었다.

"이보게, 예조판서."

한명회가 불렀다.

"예, 나리."

홍윤성의 대답이 자연스러웠다.

"양정도 오고 했으니 내당 정부인 마님 좀 나오시라 하게."

정부인을 이런 자리에 불러내는 것은 당시의 예의로는 크나큰 실례였다.

"아니, 갑자기 왜 그러십니까?"

"천하절색 미인을 공판에게도 자랑을 해야지."

"아니 됩니다. 법도에 없는 일입니다."

홍윤성이 단호하게 거절했다.

"아니 되다니?"

"소실이 아닌 정실부인을…… 어찌 술을 따르게 한단 말입니까?"

홍윤성은 고개를 홰홰 저었다.

"아 참. 그랬지. 세상에 첩이 둘인 사람은 부지기수일 것이나 정실부인이 둘인 사람은 자네 하나뿐일 것이야. 헤헤헤. 히히히."

한명회가 웃어 젖히자 모두 배를 잡고 웃었다.

"하하하."

"허허허."

"히히히."

홍윤성도 열없어 하며 따라 웃었다.

"아니, 정실부인이 둘이라니요? 둘 다 살아 있는 부인입니까?"

양정만이 그 사연을 모르고 있었다. 그리고 이해할 수가 없었다.

"히히히. 공판이 함길도에 있을 때 일어난 일이니까 모를 수밖에……."

"아, 그러면 그게 사실이란 말입니까?"

"그렇다네."

원래 홍윤성에게는 정실부인 남씨가 있었지만, 홍윤성은 천방지축의 난봉꾼이었다.

그가 도순문출척사都巡問黜陟使가 되어 경기도 지방을 순행하다가 양주楊州 고을에 이르게 되었다. 고관의 행차라 하여 근동에서 모인 구경꾼들이 가히 인산인해를 이룰 지경이었다.

뽐내기 좋아하는 홍윤성인지라 많은 사람이 모이는 것을 좋아했고, 그 속에 혹 절세미인이 있지 않나 하여 자신이 더 구경꾼 쪽을 눈여겨보곤 했다.

행차가 어느 번듯한 기와집 앞을 지날 때였다.

"어……!"

홍윤성이 깜짝 놀라 저도 모르게 탄성을 지르고 말았다. 그 기와집 담장 너머로 한 처자가 고개를 내밀고 있었는데 언뜻 보기에 가히 천하절색天下絶色이었다. 홍윤성과 시선이 부딪치자 처자는 담장 아래로 모습을 감춰버렸다.

홍윤성은 양주관아에 들려 그 처자의 신원을 파악했다. 그 고을 좌수座首(유향소의 우두머리)의 외동딸이라 했다. 홍윤성은 곧 좌수를 불러들여 일방적으로 통고했다.

"네 딸을 오늘 저녁에 내 첩으로 삼을 것이니 속히 돌아가서 술자리 등을 마련하고 나를 맞을 준비를 해라. 만일 지체하면 도륙屠戮을 면치 못하리라."

중앙의 실세인 홍윤성의 탐욕과 악행을 소문으로 다 알고 있는 김좌수는 청천벽력을 만난 셈이었다. 게다가 고을 사또의 압력까지 있고 보니 자신의 처지가 느닷없이 헤어나지 못할 나락에 빠진 꼴이 되었다.

집에 돌아온 김좌수는 부인에게 사실을 말하고는 통곡을 터뜨리고 말았다. 부인 또한 목 놓아 울지 않을 수 없었다.

부모의 울음소리를 듣고 놀란 딸이 쫓아와 사연을 물었다.

"무슨 일이신지 소상하게 말씀해주시옵소서."

딸이 당할 일인데 딸에게 말을 아니 할 수도 없었다. 아버지의 말을 들은 딸이 입을 열었다.

"너무 심려하시지 마십시오. 그저 시키는 대로 하시옵소서."

김좌수는 딸의 말을 들으며 놀라 말했다.

"네가 그분을 모르고 있구나."

딸은 여전히 침착했다.

"아버님, 너무 심려치 마시옵소서. 소녀에게도 다 생각이 있사옵니다."

"……?"

김좌수 내외는 궁금하기 이를 데 없었으나 딸의 말을 따르기로 했다. 일단은 도륙을 면하고 볼 일이었다.

귀한 손님이 온다는 구실로 음식 장만을 서둘렀다. 오만한 홍윤성에게 트집 잡히지 않도록 신경을 썼다.

마침내 해가 졌다. 홍윤성은 호종 없이 홀로 나타났다. 대문이 활짝 열려 있었으나 아무도 맞는 사람은 없었다. 홍윤성이 큰기침을 하면서 중문에 들어섰을 때 뒤에서 인기척이 있음을 느꼈다. 돌아서 보니 바로 그

규수가 서 있는 게 아닌가. 과연 대단한 미인이었다. 자태가 황홀했다.

"허허허……."

반가이 웃으며 홍윤성이 한 걸음 다가섰을 때 처자가 오히려 바짝 다가서더니 눈 깜짝할 사이 홍윤성이 차고 있던 패도佩刀를 뽑아 들었다.

그리고 얼른 두어 걸음 물러서더니 그 패도를 제 목에 갖다 대었다.

"이게 무슨 짓이냐?"

홍윤성이 꾸짖었다.

"공은 나라의 대신으로 명을 받아 지방을 순시하면서 한 가지도 찬사는 받지 못하고 어찌 불의를 먼저 행하려 하시오?"

처자가 오히려 꾸짖고 있었다.

"……?"

"소녀 역시 반가班家의 딸이거늘 첩으로 삼으려 함은 무슨 까닭이오이까? 만약 정실로 삼는다면 따르겠으나 첩으로 삼는다면 이 앞에서 죽고 말겠소이다."

"허허 알았다. 내 너를 반드시 정실로 삼을 것이다."

"그러시다면 마땅히 예를 갖추소서."

"그리하겠노라."

"믿어도 되는 약조이온지요?"

"허허. 홍윤성의 말이니라."

"그러시면 장부일언중천금丈夫一言重千金이란 말을 믿고 따르오리다."

처자는 천천히 다가와 들고 있던 패도를 홍윤성에게 올렸다.

"따르시옵소서."

처자는 홍윤성을 안내하여 앞서 걸었다. 사랑 앞에 김좌수가 서 있다가 홍윤성을 정중히 맞아들였다.

이날 밤 홍윤성은 김좌수를 장인어른이라 부르며 대취했다. 천하제일의 무뢰한이요 불한당이라 해도 과언이 아닌 홍윤성이 꼼짝 못 하고 얌전히 지낸 하룻밤이기도 했다. 그는 끝내 처자와의 합방을 요구하지 않은 채 그 처자의 집을 떠났다.

도성에 돌아온 홍윤성이 수양에게 이 사실을 모두 고하자 수양은 너털 웃음을 터뜨렸다.

"과연 홍윤성이구먼, 허허허."

홍윤성이 사정을 했다.

"전하. 신에게는 이미 정실의 아내가 있사옵니다. 하오나 김좌수의 딸을 또 정실로 삼을 수는 없겠사옵니까?"

"허어, 그러면 정실부인이 둘이 되는 게 아닌가?"

"예, 그러하옵니다. 전조 고려의 일을 살펴보면 경처京妻와 향처鄕妻가 항용 있었던 것으로 아옵니다."

고려시대에는 도성에 있는 부인을 경처라 했고 향리에 있는 부인을 향처라 했었다.

"허어, 그랬던가?"

"조선왕조에 들어와서도 그런 예가 있었던 것으로 아옵니다만……, 감히 신으로서는 송구스러워 발설할 수는 없사옵니다."

"태조대왕의 경우가 그러신 게 아닌가?"

"망극하옵니다, 전하."

"허허, 경도 하는 수 없는 경우를 당했구먼, 그래."

"성은이 망극하옵니다, 전하."

11

두 명의 정실부인

수양이 윤허를 한 셈이었다.

홍윤성은 그렇게 떠벌리고 다녔고 김좌수의 집에 달려가서 이 사실을 알렸다. 처자 또한 승낙을 해서 성대한 혼례의식을 행한 다음 김좌수의 딸을 정실부인으로 맞아들였던 것이다. 홍윤성은 그래서 한명회의 청을 딱 거절했던 것이다.

훗날 두 정실부인 남씨와 김씨가 둘 다 아들을 얻지 못한 채 홍윤성이 죽게 되자 두 부인은 유산을 놓고 대립하게 되었다. 남씨는 자기가 정실부인이니 유산을 독차지하는 것이 당연하다고 주장했다. 김씨는 임금이 인정한 부인이 자기인데 무슨 헛소리냐고 맞섰다. 이 일은 송사訟事로까지 이어졌다.

임금이 인정했다는 게 무슨 말이냐고 묻자 김씨가 대답했다.

"모년 모월 세조대왕께오서 제 집에 납시었사온데 저로 하여금 술을 치게 하셨사옵니다. 그날의 승정원일기承政院日記를 보면 알 것이옵니다. 부인이 술을 쳤다고 기록했습니까? 아니면 첩이 술을 쳤다고 기록했습니까?"

김씨는 역시 영특한 여인이었다.

승정원일기를 찾아보니 다음과 같이 기록되어 있었다.

　상에서 홍윤성의 집에 행차하시와 술에 취하여 부인을 나오게 하여 술을 쳤다.

이 일은 성종임금에게까지 알려지게 되었다. 성종은 특명을 내려 남씨와 김씨 모두 정실부인으로 인정하고 재산을 똑같이 나누어 갖게 했다.

아무튼 이날의 잔치는 점점 무르익어 갔고 모인 사람들은 유쾌하게 떠들며 마음껏 즐겼다.

그런데 이상한 것은 양정의 태도였다. 웃고 떠드는 사람들을 하나하나 뚫어져라 노려보면서 입을 실룩거리는 것이 아무래도 심상치가 않았다. 눈치가 비상한 한명회가 먼저 낌새를 챘다.

'저놈이……'

그냥 취해서만 나타내는 모양새는 아니었다. 무엇인가 불만이 있다는 그 나름의 꼬락서니였다.

"이보게 공판."

한명회가 나직이 불렀다.

"예."

"무슨 할 말이 있는 것 같은데……. 시원하게 털어놓지그래."

"……."

양정은 한명회를 쳐다보며 눈알을 옆으로 굴렸다. 무언가 언짢다는 표현이었다.

"이 사람. 말을 해보라는데……."

한명회의 언성이 높아지자 모두 두 사람에게 시선을 돌렸다.

"그럼, 말씀을 드리겠습니다."

다들 잠시 조용해졌다.

"나는 함길도 변방에 가 있으면서 참으로 여러 가지 생각을 했소이다. 처음엔 나만 변방으로 내쫓은 것 같아 서운한 생각도 들었지만……, 곧 다시 생각했소이다. 내가 대궐에 있어 보았자 무슨 할 일이 있는가? 변방에 나와 말 달리고 활 쏘는 게 내 성미에도 맞고……. 대궐 일이야 학식 높은 분들이 잘하겠거니 그렇게 믿었소이다."

"……."

"그런데. 작년의 그 역모 사건은 어찌 된 것이오이까? 조정 일을 어찌하였기에 그런 꼴을 당한답니까? 그 일 이후로 주상전하의 기력이 전 같지 못하시다는 소식은 들었으나……, 오늘날 뵈옵고는 어전에서 통곡을 할 뻔했소이다."

"……."

좌중이 숙연해지고 있었다.

"만승지존萬乘之尊이신 전하의 용안이 변방을 지키는 병사들의 얼굴보다 더 험해지셨다 이 말씀이외다."

"말씀이 좀 지나치네."

권람이 조금 견제했다. 그 반작용이었는지 양정은 소리를 더 높였다.

"지나칠 거 하나도 없소이다. 사실이 그렇지 않소이까? 날이면 날마다 침수를 제대로 들지 못하시고 대취하신 채 날을 세우신다고 들었소이다. 판서고 승지고 명색만 좋았지 대체 어찌들 보필하신 것입니까?"

"……."

"이치만 따진다고 무슨 일이 되오이까? 전날 정난 때의 기개들이 다어디로 갔습니까? 정작 해치울 일은 하지 않고 전하의 눈치만 살피고들 있으니 전하께서 저리되신 것이 아닙니까?"

"……?"

다들 무엇인가 생각해보는 눈치였다.

"허어, 무슨 소리인지 모르겠습니까?"

"……."

눈을 껌벅거리는 사람도 있었다.

그때 양정이 외치듯 소리쳤다.

"상왕을 내쳐야 한다는 말이외다."

"……!?"

너무도 뜻밖에, 너무도 거침없게, 그런 말을 내뱉는 양정에게 모두흠칫 놀라지 않을 수 없었다.

"아니. 왜들 놀라십니까? 이건 지나친 말이 아니오. 상왕이 창덕궁에 계신 한 조정에 바람 잘 날 없을 것이고 전하의 심기가 편하실 날이 없을 것이오."

"……!"

"근심의 뿌리를 뽑아내지 않고서는 전하께 무슨 말씀을 드려도 위안이 되지 않을 것이오."

양정의 말이 틀린 말이 아니요 듣는 사람 누구도 그것을 모르는 사람이 없건만, 아무도 무어라 대답을 못 하고 있었다.

"……."

모두 꿀 먹은 벙어리처럼 말을 못 하고 눈만 멀뚱거리자 양정은 한명회를 다그쳤다.

"형님께서 말씀해보시지요. 내 말이 틀렸습니까?"

"자네 말이 틀림은 없네. 그리고 그 일은 여러 번 주청을 드렸다네. 허나 아직 윤허를 받지 못했다네."

사실이 그랬다.

그러니까 작년(1456년, 세조 2) 12월 9일, 영의정 정인지 이하 전 의정부가 뜻을 모아 아뢰었다.

"지금 상왕의 명위名位(명성과 지위)가 전하와 서로 같으므로 소인이 틈을 타서 난역亂逆을 도모하고자 합니다. 근일에 일어난 성삼문 등의 난역이 그것입니다. 청컨대 다른 곳에 거처하게 하여 간사한 흉계를 미연에 방지하도록 하시옵소서."

수양왕이 윤허하지 않았다. 이에 육조의 판서들이 다 같이 모여 다시 아뢰었으나 역시 윤허하지 않았다.

다음 날에는 양녕대군 이하 종친들이 모여 주청했으나 불윤不允이었다. 그러자 영의정 이하 백관이 모두 모여 다시 주청했지만 역시 불윤이었다.

해가 바뀌고 나서도 여러 차례 상소와 주청을 올렸지만 수양은 의연하게 윤허치 않았다. 수양왕 파당의 무리들은 하루라도 빨리, 세월이 갈수록 나이가 들수록 거추장스러운 존재인 상왕을 제거하는 것이 조정과 나라의 안정을 기하는 길이라고 여기고 있었다.

사실이 그러하기도 했다.

수양왕은 계속 불윤하는 것도 참 귀찮고 힘든 일이라 여겼다. 수양왕이 상왕을 끝까지 돌보아주려고 그러는 것은 물론 아니었다. 수양왕의 생각은 따로 있었다.

좌의정 이사철이 지난 섣달 중순에 아까운 나이 52세로 세상을 떴다. 이사철은 그리 멀지 않은 종친이었고 수양왕과는 아주 특별한 사이였다. 수양왕은 그의 상사喪事에 특별히 많은 신경을 썼고 부의賻儀도 파격적으로 많이 보냈고 직접 문상도 다녀왔다.

이사철의 상사는 수양에게는 상왕에 대한 주청을 미루게 할 수 있는 좋은 핑계 거리도 되었다. 사람들은 조정의 원로요 가까운 종친이기에 수양왕이 각별히 돌보는 것이라 여겼다. 그러나 전혀 그런 것이 아니었다. 오늘의 자신인 수양왕을 있게 해준, 겉으로는 절대로 발설할 수 없는 대 은인이기 때문이었던 것이다.

아무튼 이사철의 장례 때문에 수양왕은 한동안 귀찮은 주청을 피할 수 있어 좋았다. 수양왕의 생각에도 상왕은 매우 거추장스러운 존재였다. 어차피 제거하지 않으면 안 되는 상왕이었다. 그리고 그 일이 전혀 어려운 일도 아니었다. 그리고 다 생각대로 되는 일이었다. 혈연에 대한 의리나 어린 조카에 대한 인간적인 연민에서 망설이는 것은 더군다나 아니었다.

그런데 그 일은 절대로 서둘러서는 안 된다고 여기고 있었다. 그것은 오로지 수양왕이, 자신에 대한 백성들의 신망에 대하여 매우 신경을 쓰고 있기 때문이었다.

다시 말하면 성군이 되고 싶다는 수양왕 나름의 갸륵한 결심이었다. 백성들의 생각에 어쩔 수 없어서, 불가피해서, 눈물을 머금고 그렇게 할 수밖에 없구나 할 때까지 가능한 한 기다려 보겠다는 것이 수양왕의 내심이었다.

겉으로는 천 번이고 만 번이고 모든 것은 왕가에 대한 의리와 인간적인 정리情理 때문에 수양이 고뇌하고 있는 것이었다. 수양 파당의 무리들도 한 사람을 빼놓고는 아무도 그 내심을 몰랐다.

"사실이 그렇다네. 한승지 말대로야."

이조판서 권람이 거들었다.

"그것은 이 양정도 들어 알고 있소이다. 하지만 말로만 떠들고 있으면 어쩌자는 것입니까? 일을 해치워야지요."

"아니, 해치워?"

한명회가 깜짝 놀라 되물었을 때였다.

"거참, 말 잘했소."

홍윤성이었다. 모든 시선이 그리 쏠렸다.

"나도 공판과 같은 생각이오."

홍윤성의 목소리는 취기에 말려 나왔다. 경해傾海의 별명을 가진 사람이 취할 정도로 마셨다면 그날의 분위기는 알 만한 것이었다.

"이러니 저러니 떠들 것 없어요. 공판의 말대로 해치우면 될 게 아닙니까? 김종서, 황보인 그놈들을 해치운 것처럼 말입니다. 야, 이놈들아."

홍윤성이 말을 하다 당 아래에 대고 버럭 소리를 질렀다.

"예, 대감마님."

즉시 하인들이 쫓아왔다.

"즉시 말을 대령하고 내 패검을 가져오렷다."

"예예. 대감마님."

홍윤성은 취기로 비틀거리며 댓돌 쪽으로 걸어갔다. 그때 하인이 패검을 가져왔다. 홍윤성이 그 패검을 잡더니 칼을 빼들고 소리쳤다.

"자, 갑시다. 가요."

"가긴 어딜 간다는 게야?"

놀라 꽥 소리를 지르는 한명회였다.

"창덕궁으로 가야지요."

"왜 가?"

"내가 단칼에 벨 것이오."

"누구를?"

"열일곱 애송이 말고 누가 또 있소이까?"

"헉……"

한명회의 안색이 하얘졌다. 그리고 모두 놀랐다. 주장하던 양정조차도 넋이 빠졌다. 맨정신으로도 사람 하나 때려죽이는 것을 예사로 아는 홍윤성이었다.

오늘은 양정이 잔뜩 성정을 자극시킨 데다 술까지 취했다. 이대로 두면 그냥 창덕궁으로 달려가 상왕을 베고도 남을 위인이었다.

"네 이노옴⋯⋯."

한명회가 찢어질 듯 고함을 지르며 홍윤성에게 다가갔다.

"당장 그 칼 치우지 못할까?"

"나리. 왜요?"

"당장 치우라는 데도?"

"이 홍윤성도 이제 판서올시다."

"판서면 뭐해? 사람 같아야지."

"⋯⋯?"

홍윤성은 비틀거리면서도 패검을 고쳐 잡았다. 한명회가 소리를 낮춰 타이르듯 달랬다.

"여기는 우리 말고 다른 사람도 있는 자리야. 할 말 못할 말 가려서 하는 게 군자의 도리일세. 여기 주연 파하고 거처를 옮기세."

"여기서 끝장을 냅시다. 우리 집 아이들은 허튼소리 하지 않소이다."

"허어, 어서. 자리를 옮기자니까⋯⋯. 칼 치우고⋯⋯."

한명회는 자신이 먼저 경해당을 내려왔다. 권람, 홍달손, 양정이 헛기침 소리를 내며 뒤따랐다. 홍윤성은 잠시 멍하니 서 있다가 칼집을 들고 서 있는 하인에게 패검을 넘겨주고 비틀거리며 뒤따라 걸었다.

그들도 잘 아는 사랑은 문이 열려 있었다. 한명회가 그 사랑으로 들어가 앉자 뒤따라오던 사람들도 다 들어와 앉았다. 홍윤성도 따라 들어와 앉았다.

패검 소동 때문이었는지 봄밤의 훈풍 때문이었는지는 모르지만 그새 술이 다 깬 듯 사람들이 멀뚱히 앉아 있었다.

"우리들의 생각은 다 같다고요."

한명회가 입을 열었다.

"그런 생각을 갖고 있으면서도 실제로 행하지 못하는 것은 주상전하의 심기 때문이에요."

"거. 심기, 심기 하지 마시오. 그런 생각으로는 죽도 못 쒀 먹습니다."

홍윤성이 볼멘소리로 투덜거렸다.

"우리가 주상전하의 심기를 보살피지 않으면 누가 보살필 것이오? 성삼문 등을 주살하신 것만으로도 괴로워하고 계신데 상왕마저 내치면 그 괴로움이 어떻겠소? 또 우리가 임의로 칼을 휘두른다 해도 세상에서는 주상전하의 명이라 할 것인즉 그리되면 주상전하께서는 어찌 되시겠소?"

"……."

무언가 알아들었는지 홍윤성도 눈을 끔뻑거렸다.

"형님."

양정이 한명회를 불렀다. 아까의 격정은 가라앉는 듯했다.

"그래. 무슨 말씀이 있는가?"

"어찌하실 작정이십니까? 주상전하의 심기 때문에 상왕을 마냥 창덕궁에 놓아둘 작정이십니까?"

"음……."

"그 시기를 따지는 것이 아니라 상왕을 장차 어찌할 것인지 그 점만은 확실히 해두는 게 옳지 않소이까?"

"음……. 알겠네. 내 확답을 주지. 우리끼리만 알고 절대로 발설은 하지 마시게. 상왕은 조만간 외지에 내치기로 했고, 종국에는 편하게 해드리기로 했네."

"편하게요?"

양정이 깜짝 놀란 듯 되물었다. '편하게'의 뜻을 모르는 사람은 없었다.

"그렇다네."

다들 눈을 크게 뜨고 고개를 여러 번 끄덕였다.

"그러면 전하께서 윤허하신 것입니까?"

"아닐세. 내가 주상전하를 몇 차례 독대해서 주상전하의 내밀한 뜻을 살핀 다음 내가 결정한 일이네. 그리고 상왕이 나가 계실 곳도 벌써 다 정해놓았네."

사람들이 새삼스럽게 놀라는 기색들이었다.

"아니. 어디로?"

"그건 차차 알게 될 것이고……. 금천군 박강錦川君 朴薑(좌익 3등공신) 공이 강원도 관찰사로 나가 있을 때 내 부탁을 받고 산천경개가 아주 좋은 곳을 찾아주었고, 그래서 거기에 상왕과 그 종자들이 거처할 처소까지 이미 다 마련해놓았다네."

"오!"

"음……."

모두들 놀라고 탄복해 마지않았다. 한명회의 비상한 재주와 예감을 모르는 바는 아니지만 이에 이르러서는 혀를 내두를 지경이었다. 병자년 성삼문 등의 수양 살해 시도도 순전히 한명회 한 사람의 예감으로 수포로 돌아가고 말지 않았던가?

"우리들이 서둘지 않아도 미구에 일을 진행시킬 사건이 터질 것이니……, 그저 잠자코 맡은 일이나 열심히 하고, 절대로 주상전하의 심기를 불편하게 해 드리면 안 되네. 헤헤. 이제 알겠는가, 공판?"

"예. 형님. 이놈이 우둔해서 그만……."

양정은 뒤통수를 긁적거렸다.

"상왕의 보령이 이제 열일곱. 이제 삼 년 지나면 성년이에요. 그때의 일은 참으로 단언키 어려워요. 상왕은 하루하루 몸집을 불려가는 폭발물과 같아요. 그런 까닭으로 상왕을 외지에 모시는 일은 빠를수록 좋고 또 그분이 성년이 되시기 전에 편하게 해드려야 태평성대도 더 빨리 다가오는 것이오. 백성들이 다 보고 있는데 숙부가 되어서 친조카를 죄수 주살하듯 그렇게 잡아 죽일 수는 없는 일인 것이오. 주상전하에게는 명분이 있어야 해요. 그런데 그 명분을, 아까도 말했지만 곧 주상전하께 드릴 사람이 나타나게 되어 있으니, 그리들 아시오."

"병자년 옥사가 너무 커서 지금은 쉽사리 나설 사람이 없을 것으로 여겨지는데 또 나설 사람이 있을까요?"

홍달손이었다.

"상왕을 복위시키겠다는 것은 여기 있는 우리들을 다 죽이겠다는 것과 같은 뜻이오. 이 나라는 충신이 많은 나라이기도 하지만……, 하여튼 일은 곧 일어나게 되어 있어요."

"아니. 누가 감히 그런 일에 나섭니까? 제 목숨 아까운 줄 모르는 놈이 지금도 남아 있다는 말씀이십니까?"

홍윤성이었다.

"……"

한명회는 대답하지 않았다. 그러나 머지않아 송현수가 전면에 나타날 것이라는 것을 예감하고 있었다.

"하여튼 아직은 두 다리 뻗고 잘 만한 때가 아니니까 그리들 아시고, 일은 미구에 터지게 되어 있으니, 그때 가서 다시 힘을 모아 대처하도록 합시다."

양정도 홍윤성도 차분히 가라앉은 것 같았다. 모였던 사람들은 새로이 마음을 다지면서 조용히 헤어졌다.

수양은 창덕궁에 가서 상왕을 은근히 윽박지르고 돌아온 뒤 송현수를 불렀다.

"창덕궁의 상왕과 대비께서는 앞으로 언행을 각별히 조심해야 할 것이오. 경망스러운 자들의 감언이설에 말려들면 돌이킬 수 없는 화를 당하게 된다는 것을 잘 아실 것이오. 판돈녕께서 창덕궁에 들리는 대로 두 분을 잘 타일러서 언행을 삼가토록 애써주시길 바라오."

"예, 명심 거행하겠사옵니다."

"다짐하는 것이오?"

"예. 다짐하겠사옵니다."

송현수는 수양의 오랜 친구였다. 그러나 국구國舅가 된 뒤부터는 수양은 송현수에게 어김없이 존댓말을 썼다.

수양과의 다짐이 아니더라도 송현수는 상왕이나 그 배후 세력을 부추겨 거사를 도모할 만큼 결기가 있는 사람은 아니었다. 수양의 주의를 들은 이후 송현수는 창덕궁 출입이 더 잦아졌다. 물론 수양의 부탁때문이었다. 그러나 송현수는 마음이 약한 사람이었다.

"아버님, 상왕전하의 노심초사 때문에 이제는 가까이서 모시기조차도 민망하옵니다. 이제 3년이면 성인이 되시는 전하시옵니다. 아버님께서 상왕전하의 힘이 되어주셔야지요."

창덕궁에 들릴 때마다 눈물로 호소하는 대비의 애처로움 때문에 송현수는 가슴이 미어졌다. 집에 돌아오면 송현수는 깊은 시름에 빠지곤 했다.

첫째는, 늘 슬픔에 잠겨 사는 딸의 신세가 가여웠다. 만일 상왕이 복위 될 수만 있다면 얼마나 좋을까. 더구나 딸인 대비는 총명해서 중전 노릇을 누구보다도 잘할 수 있을 것이었다. 또한 상왕이 복위되면 자신도 떳떳하고 존경받는 국구가 될 수 있을 것이었다.

딸의 눈물을 볼 때면 목숨을 내놓고 무슨 짓이라도 하고 싶었지만, 집에 돌아와 아무리 생각을 해보아도 무슨 뾰족한 방안이 떠오르지 않았다. 그러니 세월이 늘 우울하고 답답할 뿐이었다.

그러한 때에 권완權完이 찾아왔다. 대비 송씨가 중전으로 간택될 때 함께 간택된 두 사람의 잉滕(후궁)이 김숙의金淑儀(김사우의 딸)와 권숙의權淑儀였는데 그중 권숙의의 아버지였다. 권완 역시 송현수와 같은 처지에 있는 사람이었다.

"무뢰한 홍윤성이 예조판서가 되더니 불한당 양정이 공조판서가 되었소이다. 조정의 일이 어쩌다 이 지경이 되었는지 얼굴을 들고 살 수가 없소이다."

권완의 하소연이었다.

"두말할 나위가 없지요."

"조정의 근간인 판서들이 무뢰한들이니 참으로 기가 막힙니다."

"어디 그뿐이랍니까? 쥐새끼 같은 한명회가 도승지 아니오?"

"허어 참. 성도 이름도 없는 것들이 입사한 지 4년도 안 되어 판서들이라니 이게 망조亡兆의 나라가 아니고 무엇이겠습니까?"

"그들을 탓해 무엇 합니까? 그게 다 수양 때문인 것을요."

"물론 수양 때문이지요."

"그렇지요. 허나 어쩌겠소? 저들의 행패를 구경이나 하면서 지낼 수밖에……."

송현수는 긴 한숨을 내쉬었다.

"저들 세력이 점점 더 강성해지니……, 상왕전하의 일이 더 염려 되오이다."

"……?"

"함길도의 양정을 불러들인 것이 아무래도 무슨 꿍꿍이가 있는 듯합니다. 전일에 저들이 그토록 떠들어대다 그쳤으니 미구에 다시 시작할 것이 분명합니다."

"무엇을 말입니까?"

"아니 판돈령께서는 몰라서 물으십니까? 상왕전하를 외지에 부처付處하는 일 말입니다."

"……!"

"외지에 부처하는 정도가 아니라 더 끔찍한 일을 꾸미고 있을 게 분명합니다."

"더 끔찍한 일이라고요?"

"전하께 위해를 가하는 그런……."

"아니, 그럼……!"

송현수도 막연히 그런 일을 걱정해본 적이 있었다. 그런데 막상 남의 입을 통해 그런 말을 들으니 금방 가슴이 두근거렸다.

"처음에는 외지에 모신다고 하겠지요. 그러나 그다음은…… 그냥 계속 모신다고 하겠습니까? 남은 일은 위해危害밖에 더 있겠어요?"

"안 되지요. 절대 그럴 수는 없지요."

송현수는 자기도 모르는 사이 결기를 내보이며 강한 어조로 말했다.

"판돈령대감께서도 그리 생각하고 계셨습니까?"

"물론이지요. 명색이 대비의 아비가 아니오?"

"고맙소이다, 대감. 백만 대군을 얻었소이다, 대감."

권완은 기쁨에 상기되어 만면에 홍조를 띠며 탄성을 질렀다.

"……"

그러나 송현수는 고개를 숙이고 눈을 내리깔았다. 수양에게 다짐한 일이 떠올랐기 때문이었다.

"이제 더는 볼 수가 없습니다. 저들이 손을 쓰기 전에 우리가 먼저 일을 해내지 않는다면 판돈령께서나 저는 돌이킬 수 없는 불충을 저지르는 것이 됩니다."

"그러니 어찌하겠습니까? 우리가 무슨 힘이 있어야지요?"

기운이 빠진 송현수의 한탄이었다.

"사람을 모으면 됩니다. 뜻을 같이하는 충신들을 모으면 됩니다."

"충신들을……?"

"금성대군께서 아직 살아 계시지 않습니까. 그쪽과도 은밀히 유대를 가지면서 충절을 모으면 됩니다."

"역모가 되는데……, 누가 감히 하려 들겠소?"

"이게 어찌 역모입니까? 잘못된 가짜 임금을 몰아내고 진짜 임금을 보위에 세대로 모시는 일은 하늘의 뜻입니다. 임금의 자리를 무도한 힘으로 찬탈한 것이 역모입니다. 상왕전하의 복위를 도모하다 죽어간 사람들이 얼마나 많습니까? 그분들을 따르고자 하는 사람들 또한 얼마든지 있습니다."

"정말 따르고자 하는 사람들이 있다는 말입니까?"

"있고말고요. 판돈령대감께서 기둥이 되신다면 사람들은 얼마든지 모을 수 있습니다."

"그렇게 모인 사람들이 저들의 힘을 당해낼 수 있을까요?"

"아니. 왜 그리 심약한 말씀을 하십니까? 이런 일은 병력을 동원해서 하는 일이 아닙니다. 이런 일은 병력이 아닌 충성심으로 하는 것입니다. 수를 줄이고 은밀하고 신속하게 해치우는 것입니다. 어려울 게 전혀 없습니다. 우리가 이대로 조용히 지낸다고 해서 상왕전하와 대비께서 평안히 잘 계시리라 믿으시는 것은 아니시지 않습니까?"

"허, 그렇군요. 저놈들이 그냥 두지는 않을 것 같소이다."

송현수는 닥치는 비극을 이제 확실하게 깨닫는 것 같았다.

"대감께서 마음만 굳게 가지시면 됩니다. 눈물로 지새우시는 대비마마를 생각하신다면 어찌 망설일 수가 있겠습니까? 이는 바로 대비께서 바라는 일이옵니다. 판돈령대감께서 다시 국구가 되시어 나라의 기틀을 바로 세우셔야 합니다. 이래도 제 말이 의심되십니까?"

송현수는 권완의 설득에 용기가 생겼다.

'이대로 조용히 지낸다고 해도 상왕은 잘못될 것이요, 그러면 대비도 나도 잘못될 것은 빤한 일이 아닌가?'

"알겠소이다. 우선 행동거지가 무거운 충절들을 가려서 모으도록 합시다."

"대감, 고맙소이다."

두 사람은 손을 맞잡았다. 뜨거운 열기가 상대의 손으로 전달되었다. 두 사람은 서로의 뜻을 굳게 다짐한 다음 은밀하게 사람들을 모아나갔다.

송현수와 권완이 은밀히 사람들을 모으고 있는 동안 세월은 흘러 봄이 가고 여름이 왔다. 상왕에게 여름은 늘 악몽의 계절이었다.

1457년(세조 3), 상왕(단종)의 17세 여름이 다가오고 있었다. 16세의 여름에는 자신의 복위를 꾀하다 수많은 동량들이 비참하게 죽었다. 15세의 여름에는 아바마마의 뜻을 어기고 본의 아니게 양위를 할 수밖에 없었다.

'하느님. 제발 이 여름은 무사히 보내게 해주시오.'

단종은 여름이 되자 공연히 신경이 쓰였다.

"주상의 심기는 요즘 어떠한고?"

창덕궁 상궁들에게 물었다.

"연일 주연을 베푸시는가 하옵니다."

"연일 주연을……."

수양왕은 지난해 한명회의 집에 들렀다가 양녕대군까지 만나고 돌아온 이후 마음이 많이 편해졌다. 몸도 얼굴도 활기가 돌았다. 조정의 일에도 신경을 썼지만 자신의 패거리 파당의 단합을 더욱 공고히 하면서 조정에 활기를 불어넣고자 했다.

수양왕은 한 사람 또는 두 사람, 많아야 서너 사람을 자신의 거처인 강녕전으로 불러들여 잔치를 베풀었다. 연일 주연이 베풀어지는 셈이었다.

초여름의 신록이 짙어가던 어느 날에는 홍윤성과 양정 두 사람만을 거느리고 강녕전에 들었다. 이들만 부른 것은 특별한 뜻이 있다기보다는 그저 차례가 되었다고 여긴 때문이었다.

"듣자 하니 예판의 집이 대궐만큼이나 호화롭다 하던데……."

"황공하옵니다, 전하. 하오나 짬을 내시어 미행이라도 한번 하시기 바라옵니다."

"허허허, 한번 가야지. 천하절색이라는 경의 정부인도 한번 만나볼 겸."

"그는 아니 되옵니다, 전하."

"허허허……."

"하하하……."

두 사람은 소리 높여 웃었다.

"다들 마음 편히 살아야지. 과인은 경들의 충성을 결코 잊지 않을 것이야. 과인이 보위에 있는 한은 경들의 뒤를 돌볼 것인즉, 허허허."

"성은이 망극하옵니다. 전하."

"이 사람, 공판."

"예, 전하."

"요즘 지내기가 어떤고? 함길도에 있을 때와 비교해서 말이야."

능글맞은 홍윤성과는 달리 양정은 우직 투박했다. 속에 있는 말도 거침없이 그대로 쏟아냈다.

"이대로 더 있다가는 병을 얻을 것 같사옵니다."

"병을 얻는다고?"

"예, 그러하옵니다."

"어째서 그러한고?"

"재목이나 헤아리고 도랑이나 파는 일이 소신에게는 어울리지 않고, 이런 격식 저런 격식 따지는 사대부 노릇이라는 게 소신에게는 걸 맞지 않은 듯하옵니다. 함길도는 변방이긴 하옵니다만 마음껏 소리도 지르고 실컷 말을 달리며 사냥도 하고⋯⋯, 좌우간 속이 후련한 곳이 옵니다."

단순한 무인으로 지내온 터라 대궐 출입이라든가 공조의 사무라든 가 하는 것들이 귀찮고 답답하기도 했을 것이었다. 그 심사를 그대로 털어놓는 양정의 순박함이 수양왕은 마음에 들었다.

"허허허, 그러면 내일이라도 당장 함길도로 보내줄까?"

"그는 아니 되옵니다, 전하."

"아니, 아니 된다고? 경은 방금 함길도가 좋다고 하지 않았는가?"

"⋯⋯."

양정은 무언가 말을 할 듯하다가 입을 다물었다.

"공판은 말을 하게. 함길도가 좋다 하면서도 왜 아니 가겠다는 건가?"

"⋯⋯."

"허어. 답답하네. 말을 해야지."

양정은 힐끗 홍윤성을 쳐다보았다. 홍윤성이 살짝 고개를 끄덕였다. 그러자 양정이 입을 열었다.

"대궐 안팎이 모두 평온해질 때까지는 여기 남아 있어야 하겠나이다."

"뭐라고?"

"수양왕이 자못 긴장하는 듯했다.

"⋯⋯."

"아니, 그게 무슨 말이야? 조정 안팎에 무슨 변이라도 일어난다는 말인가?"

"아직은 없사오나 미구에 있을 것 같사옵니다."

"경도 상왕전하를 의심하는 것인가?"

"그렇사옵니다."

"응……?"

수양왕이 눈을 크게 떴다.

홍윤성이 얼른 끼어들었다.

"전하, 아뢰옵기 황송하오나 공판을 질책하실 일이 아닌 줄로 아옵니다. 사실 상왕전하께서 계시었기에 전날에 역모가 있었지 않사옵니까?"

"흠…….."

"그 역모를 상왕께서 알고 계셨다는 것을 백성들도 다 알고 있는 일이옵니다. 심지어 권자신에게 칼을 내리셨다는 소문마저 있사옵니다."

"……."

"그러한 상왕전하이옵니다. 또 어느 누구의 충동질 때문에 역모의 불씨가 살아날지 알 수 없는 일이옵니다."

"이제 그런 일은 없을 것이네."

"전하."

"그런 일은 없을 것이라 했어. 내가 상왕전하께 다짐을 드렸어. 다시 어떤 일이 있을 때는 무슨 후환이 있을지 모르니 자중하시라고."

"전하. 혹시라도 또 역모가 있을 때에는 신등의 뜻을 가납하시겠사옵니까?"

양정은 그 성정대로 확실한 매듭을 요구했다.

"……."

수양왕은 이미 마음을 정한 지 오래지만 자신의 입으로 말하는 것은 삼가고 있을 뿐이었다.

"전하, 말씀해주시옵소서."

"하교를 내리시옵소서."

"경들은 내 처지를 이해해주어야 할 것이야. 내가 먼저 나설 수 없다는 것을……."

"예. 망극하옵니다."

"또다시 어떤 불궤가 있을 때에는 이미 상주되어 있는 의정부의 건의를 따를 것이네."

"의정부의 건의라 하심은?"

"상왕전하를 외지에 모시는 것이네."

두 사람은 흠칫 놀랐다. 다른 때 같으면 이런 말이 나오자마자 언성을 높여 말을 막았을 판이었다. 수양왕은 이제 이들에게도 자신의 속내를 드러내도 될 만큼 진정의 시간이 흘렀다고 여기는 것 같았다.

"그런 일이 다시 일어나지 않기를 바라는 바이지만……, 허나 알 수 없는 일이네."

이것도 그저 듣기 좋은 말일 뿐이었다. 사건이 일어나기를 기다리고 있는 중이었다. 오래전 이미 한명회와 앞으로의 일들을 결정해놓고 있었다.

여름은 점점 더 맹위를 떨쳐가고 있었다. 유난히 더운 여름이었다.

수양왕은 한명회의 예언 같은 말을 믿고 있었다.

'일은 반드시 일어나게 되어 있사옵니다.'

한명회는 막바지 비지땀을 흘리면서 초조하게 기다리고 있었다.

'송현수가 반드시 일을 저지르고 말 것이야.'

더위가 고비를 지나는가 싶은 6월 21일이었다.

"영감, 마침 집에 계셨소이다."

영감이란 예문관제학 윤사윤尹士昀이었다. 정난, 좌익공신으로서 파성군坡城君에 봉해졌고 당시의 왕비 정희왕후의 오라비였다.

"어, 김서방인가? 꽤 오래 안 보이기에 웬일인가 했지. 어서 들게."

김서방은 서강에 사는 김정수金正水라는 사람이었다. 그는 일정한 직업은 없으나 '만능 돌팔이'라는 별명을 가질 만큼 제법 아는 게 많았다. 의술도 좀 있고, 풍수도 좀 알고, 점도 좀 칠 줄 알았다. 여러 대갓집의 사랑방을 다니면서 그런 재주도 보이고, 또 심부름도 해주면서 돈푼이나 얻어서 그럭저럭 먹고사는 재주꾼이었다.

그에게는 과부가 된 누이가 하나 있었는데 여량부원군 송현수의 집에서 주로 침모針母 노릇을 하며 지내고 있었다. 그런데 어느 날 쫓겨나왔다 하며 오라비 김정수에게 서러운 하소연을 했다.

"나는 그 집 영감을 똑바로 쳐다본 적도 없는데, 꼬리를 친다고 내쫓았고 품삯도 제대로 못 받았어요."

사실은 반반하게 생긴 침모에게 송현수가 눈독을 들이는 것 같아 보이자, 송현수 부인이 침모가 먼저 꼬리쳤다고 뒤집어 씌워서 침모를 내쫓았던 것이다. 김정수는 그동안 이 누이를 통해서 송현수 집에 드나드는 사람들과 그들의 모이는 정황을 듣고 있었다.

"오냐, 알았다. 내 속 시원하게 갚아주마."

김정수는 갓을 쓰고 옷을 갖춰 입고 문 안으로 들어가 윤사윤 댁을 찾았던 것이다.

"영감, 이 사람도 나이 사십이 되었소이다. 그저 김서방 소리만 들으니 꽤 불편하외다."

"허, 이 사람. 오랜만에 나타나더니 벼슬 한자리라도 하고 싶은 겐가?"

"예. 시켜만 주신다면⋯⋯, 못할 이유도 없지요. 이놈 귀밑에는 옥관자玉貫子 금관자金貫子가 못 붙으란 법이 있습니까?"

"이 사람, 오늘은 아무래도 별일일세."

"영감도 생각해보슈. 홍윤성, 양정 같은 건달도 판서가 되고, 만년 낙방거사 칠뜨기 한명회도 도승지가 되는 세상 아닙니까? 영감, 영감 뒷심으로 이놈도 감투 하나 씌워주시오. 히히."

"허어. 이 사람 오늘 무슨 못 당할 꼴을 당했나⋯⋯. 갑자기 감투 타령인가?"

"그건 다 우스갯소리구요. 영감, 이거 정말 큰일 났소이다."

김정수가 정색을 하며 말하자 윤사윤이 눈을 크게 떴다.

"아니, 큰일이라니 어디 역모라도 일어났는가?"

"예. 정말 역모가 일어났습니다요. 쉬⋯⋯."

김정수는 소리를 낮추며 입에 손가락을 댔다.

"이 사람, 그게 누군가? 누가 웅?"

윤사윤은 구미가 확 당겼다. 몹시 궁금했다.

그러나 김정수는 눈을 감고 뜸을 들이며 무언가 생각하는 것 같았다.

"이 사람, 내게야 못 할 말이 무에 있는가? 누구? 누구냐 말이야?"

윤사윤은 김정수의 소매를 잡아당기며 재촉했다.

"저, 영감, 영감이 이 김서방을 저버리지 아니하실 테지요?"

"허어. 그동안 잘 지내왔지 않은가? 내가 왜 김서방을 저버리나? 천벌을 받지. 암."

"영감. 정말이시지요? 정말로 이 사람을 미천한 놈이라 해서 저버리시지는 아니하실 것이지요?"

"허어, 그렇다니까. 자네를 저버리다니 말이 되는가? 내가 맹세함세. 절대로 김서방 자네를 저버리지 않겠네. 알겠는가?"

"예. 그러면 조용한 곳으로 가시지요."

"그래, 사랑으로 드세. 사람 근접을 일절 금하겠네."

윤사윤은 수종隨從에게 사람 근접을 막으라 이르고 둘이 사랑으로 들었다.

그래서 김정수는 윤사윤에게 송현수가 수양을 죽이고 상왕을 복위시키려는 의도를 가지고 암암리에 움직이고 있다는 사실을 말해주었다.

첫째, 행돈녕부판관行敦寧府判官 권완이 여러 차례 송현수를 찾아와서 밤늦게까지 상왕 복위의 일을 상의하고 돌아갔다는 것, 둘째, 송현수의 부인 민씨가 창덕궁을 들락거리며 상왕과 내통하고 있다는 것, 셋째, 송현수가 사람을 놓아 지방의 불우한 무인들을 찾고 있다는 것 등을 말해주었다. 그러면서 김정수는 자기가 지어낸 이야기를 보태어 사건을 그럴 듯하게 부풀려서 이야기해주었다.

윤사윤은 김정수의 이야기가 끝나기가 무섭게 대궐로 달려갔고 사정전에서 수양왕에게 김정수로부터 들은 사실을 고했다.

"아니, 송현수가 역모를 꾀하고 있다는 말씀이 아닙니까?"

수양왕은 짐짓 놀라는 척했으나 기색은 전혀 달라지지 않았다.

"그러하옵니다. 전하. 권완과 동조하여 상왕의 복위를 꾀하고 있는 것이 사실인가 하옵니다."

"음……."

수양왕은 잠시 눈을 감았다. 입시해 있던 도승지 한명회는 천정을 쳐다보며 미소를 짓고 있었다.

'드디어 터졌구나.'

수양왕은 눈을 뜨고 한숨을 내쉬며 가만히 고개를 끄덕거렸다.

"도승지."

"예, 전하."

"예상대로 되어가는 구료."

"망극하옵니다. 전하."

"또 일을 처리할 수밖에 없지 않소?"

세조는 또 한숨을 내쉬었다. 기색으로 보아 안도의 한숨인 듯했다.

"전하. 종사의 대계를 위해서는……."

"알겠소. 예문관제학께서는 의금부에 일러 송현수와 권완을 잡아들이라 하시오."

"예, 전하."

윤사윤이 나가자 한명회에게 일렀다.

"도승지는 중신들의 입궐을 명하시오."

"예, 전하."

"이번 일은 친국이 필요 없고 따로 논죄할 필요도 없을 것 같소."

"예……."

"중신들의 의견은 들으나 마나일 것 같소만……."

"예. 그러하옵니다."

수양왕도 이제 참을 만큼 참았다고 여기고 있었다. 그리고 이제 앞길은 환하게 열린 셈이었다.

서둘 필요도 없고 요란 떨 필요도 없었다. 조용히 그리고 신속하게, 그러나 백성들의 마음에 신경을 써가면서, 마지못해서 하는 듯 그리고 상왕께 최선을 다하는 듯 처리하려는 심산이었다.

심문은 일체 의금부에 맡겼다.

"한공."

둘만이 있을 때는 스스럼없이 나오는 호칭이었다.

"예, 전하."

"아무래도 강봉降封(작위의 등급이 낮아짐)이 돼야 하겠지요?"

한명회는 잠깐 놀랐다. 벌써부터 상왕을 내쫓는 것부터 생각하는 수양왕임을 깨달았기 때문이었다. 형식적으로나마 송현수, 권완을 심문해야 하고 거기서 상왕 관련 증언이 나온 다음에 논해야 할 문제였다.

그러나 둘만의 대화인 이상은 자연스러운 발상이었다.

"당연한 일인가 하옵니다."

"노산군魯山君이라 하는 게 좋겠소."

"예, 전하."

"외방으로 모시자면 어디가 좋겠소?"

"강원도가 적당한 것 같사옵니다."

"하필이면 강원도요?"

"평안도나 함길도는 바닥 민심이 불온하여 무슨 일이 벌어질지 모르는 곳이라 적당치가 않사옵고, 경상도에는 금성대군과 한남군이 있고, 전라도에는 화의군과 영풍군이 부처되어 있지 않사옵니까?"

"참, 그렇구료."

"언젠가 이런 일이 있을 것을 예상하고 강원도 관찰사였던 금천군錦川君 박공朴公(박강)에게 부탁했더니 산천경개가 대단히 좋은 곳을 찾아주었습니다."

"그게 어디요?"

"강원도 영월의 청령포淸泠浦(영월군 남면 광천리)라 했습니다."

"청령포라······. 백성들이 사는 곳이오?"

"아니옵니다. 동, 북, 서쪽 삼면은 남한강 상류인 서강西江이 휘돌아 흐르고 남쪽 한 면은 층암절벽을 이룬 산으로 막혀 있는 평지인데, 웬만한 동네 하나쯤은 자리 잡을 만한 곳이지만 배를 타지 않으면 들고 날 수가 없어 사람은 살지 않는다 하옵니다."

"허, 참 기묘한 곳이오. 그러면 거기 들어가 살 사람들의 집부터 서둘러야 할 게 아니오?"

"예. 하오나 성려聖慮를 놓으셔도 되옵니다."

"아니. 그건 또 무슨 뜻이오?"

"이미 상왕전하께서 계실 곳과 수종인들의 거처를 박공에게 부탁해 세워두게 하였사옵니다."

"허허허······. 과연 한공이오. 가만, 그러면 3년도 넘었을 텐데 집들이 낡았을지도 모르지 않소?"

"하오나 그것 또한 성려를 놓으셔도 되옵니다. 강원도 관찰사 노숙동盧叔소이 이미 손을 보았을 것이옵니다."

"허허, 거참 잘되었소. 한 번 더 부탁을 해두시오."

"예, 전하"

의금부에서는 송현수와 권완을 조옥詔獄(양반 죄수를 가두는 감옥)에 가둔 후 두 집에서 시비侍婢 한 사람씩을 잡아들였다. 시비들은 잡혀 온 곳이 의금부라는 것을 알고는 겁에 질려 벌벌 떨었다. 나졸들이 시비들을 심문했는데 탁자를 손으로 '탕' 치기만 해도 시비들은 사시나무 떨듯 떨며 묻는 말에 그저 '예예'로 대답했다.

의금부에서 공초供招(심문조서)를 갖추어 보고했다.

"시비들이 말하기를 송현수가 권완의 집에 드나드는 것을 보았다 했고, 권완은 실토하기를 '송현수와 밀통하면서 상왕 복위를 시도했으나 쉽지 않았다'고 했습니다. 송현수와 권완을 능지처사하소서."

수양왕이 물었다.

"송현수도 상왕 복위 시도를 자백했는가?"

"자백하지 않고 부인하고 있습니다."

"그렇다면 송현수는 방면하고 권완은 하옥하라."

수양왕의 명이 떨어지자 대사헌 김연지金連枝와 좌사간 김종순金從舜이 상소를 올렸다.

《춘추전春秋傳(공자가 지은 역사서 《춘추》를 해설한 책)》에 이르기를 '신자臣子는 역린逆鱗의 마음이 없어야 하며 역린의 마음이 있으면 반드시 베어야 한다'고 했습니다. 송현수를 법대로 처리하여 나라의 법을 바로잡아 주소서.

"비록 시비들이 자복했으나 본인이 실토하지 않으므로 죄를 줄 수 없다."

송현수가 성삼문 등의 반역에 연루되어 죽을죄를 지었으나 성상의 너그러운 은혜로 면죄되었사온데, 이제 또 권완과 몰래 내통한 정황이 드러났습니다. 죄가 큰 데도 죽기를 무릅쓰고 실토하지 않으니 청컨대 법에 의하여 단죄하소서.

"역모를 도모하지 않았다 하지 않느냐?"

대간들이 직접 수양왕 앞에 부복했다.

"송현수가 대역의 죄를 두 번씩이나 범했는데 두 번 다 용서하신다면 적賊을 치고 악惡을 징계하는 법이 무슨 소용이 있겠사옵니까?"

"세 번인들 용서치 못하랴?"

의정부에서 나섰다.

정인지가 앞장섰다. 우의정 정창손, 좌찬성 강맹경, 우찬성 신숙주, 좌참찬 황수신이 뒤따랐다.

"상왕의 명위名位가 전하와 같으니 이를 빌미로 역란逆亂을 도모하는 자가 나타납니다. 성삼문 등의 대역이 그렇고 송현수와 권완의 역모가 그렇습니다. 상왕으로 하여금 한양을 떠나 멀리 딴 곳에 있게 하시옵소서."

말하자면 패거리들의 본론이 나온 셈이었다.

정난의 주역들인 이조판서 권람 등 판서들이 나섰다.

"두 임금 사이의 틈을 타서 난을 꾀하는 자가 있으니 청하옵건대 상왕으로 하여금 멀리 피하여 있게 하여 더 이상 불미스러운 일이 일어나지 않도록 하시옵소서."

"과인과 상왕 사이에는 틈이 없노라."

"비록 부자 사이일지라도 혐오스러운 일이 있으면 피하는 것이오니,

청하옵건대 신등의 청원을 따라서 종사의 계책을 공고히 하옵소서.”

“원래 과인의 뜻이 이렇지 않으니 경들은 재론하지 말라.”

수양왕은 느긋했다. 일은 다 되어가니 민심을 위해서 가능한 한 버티는 데까지 버티면 되는 것이었다. 자신들의 추방을 놓고 벌이는 군신 간의 공방을 지켜보는 상왕과 의덕대비의 불안과 초조는 피를 말리는 것이었다.

내쫓기 전에 스스로 나가고도 싶었지만 그 또한 되지 않는 일이었다. 조롱에 갇힌 새들의 신세였다. 잠시 조용할까 했더니 이번에는 종실의 좌장격인 양녕대군이 나타났다. 그는 여러 종친들을 거느리고 의정대신 이하 문무백관을 대동하고 입궐했다.

“전하. 상왕을 궁에서 내보내시옵소서.”

“…….”

수양은 이제 드디어 때가 왔다고 여겼다.

“상왕전하를 위해서도 한가롭고 평온한 곳으로 이어移御하심이 옳은가 하옵니다.”

수양은 드디어 결론을 내렸다.

“전에 성삼문이 말하기를 ‘상왕도 모의에 참여했다’ 했으므로 종친과 백관들이 함께하여 ‘상왕도 죄를 지었으니 도성에 편안히 거처하는 것은 옳지 않다’고 여러 번 주청했소. 그래도 과인은 윤허하지 않고 초심을 지키려 했소. 허나, 오늘에 이르기까지 민심이 안정되지 않고 계속 잇달아 난을 선동하는 무리가 그치지 않으니, 내가 어찌 사사로운 은의恩誼로써 나라의 큰 법을 왜곡할 수가 있겠소? 이에 여러 사람의 논의에 따라, 상왕을 노산군魯山君으로 강봉시켜 궁에서 내보내 영월에 거주케 하고, 의덕왕대비는 군부인郡夫人으로 강등시켜 궁에서 퇴출토록 하시오."

찬탈 완성의 마지막 수순에 드디어 발을 내디딘 것이었다. 계유정난으로부터 겨우 3년 8개월이었다.

12

출궁

창덕궁에서는 아무것도 모르고 있었다.

상왕 자신의 영월 부처가 결정된 다음 날, 1457년(세조 3) 6월 22일 아침이었다. 내관 전균이 찾아왔다.

"상왕전하, 신 전균 주상전하의 어명을 받잡고 왔나이다."

"들어와 고하라."

그때 대비의 모친인 부부인 민씨도 와 있었다. 송현수가 잡혀간 사실을 고하러 와 있었던 것이다.

전균이 침통한 모습으로 들어와 엎드렸다. 그런데 그는 입을 열지 못하고 있었다. 전균은 세종으로부터 문종, 그리고 단종을 모셨던 내관이었다. 입이 열리지 않을 만했다.

"전내관은 괘념치 말고 어서 말하라."

"전하……."

"과인의 복위復位(다시 그 자리에 오름) 이야기가 있었음을 알고 있다. 어서 고하라."

"전하……."

"비록 사약賜藥이 내려진다 해도 놀라지 않을 테니 어서 말하라."

상왕은 자신도 모를 만큼 담담했다.

"전하, 전하께오서는 노산군으로 강봉되셨사옵니다."

"……!?"

상왕은 담담한 표정이었으나 대비와 부부인은 통곡을 터뜨렸다.

"전하, 으흐흑……."

"으흐으흐윽……."

밖에서도 통곡이 터졌다. 강봉되었다는 것은 곧 유배를 간다는 뜻임을 다 알고 있기 때문이었다.

상왕은 여전히 의젓하고 침착했다.

"강봉이 되었다면 궁궐에서 살 수 없음이 아니냐? 내가 어디로 간다 하더냐?"

"전하, 흑흑……."

전균은 흐느꼈다.

"어차피 알아야 할 일이 아니더냐?"

"강원도 영월이라 하옵니다. 으흐윽."

상왕은 용케 참았던 눈물을 흘리고 말았다.

두 여인은 다시 통곡을 터뜨렸다.

"내 한 몸……, 그래 없어지면 백성들도 편해지겠지."

"전하……."

"전내관."

"예, 전하."

"판돈녕부사께서는 어찌 된다 하더냐?"

"아직 그것은 모르옵니다."

"음……. 그래 나는 언제 떠난다 하더냐?"

"오늘 모실 것으로 아옵니다."

"……."

상왕은 가만히 머리를 끄덕였다. 죄인의 호송을 지체할 까닭이 없다는 것 정도는 알고 있는 상왕이었다.

"그럼 대비는 어찌한다더냐? 대비도 함께 모신다더냐?"

"……."

"어서 시원하게 말하라."

"대비께오서는…… 함께 가시지 못하는 줄로 아옵니다."

"으흐흐흐……."

"그럼 어디로 가신다더냐?"

"우선 정업원淨業院으로 모시는가 하옵니다."

"정업원이 어디에 있다더냐?"

"흥인지문 밖 인창방仁昌坊에 있는가 하옵니다."

대비가 다시 자지러지게 흐느꼈다. 단종이 대비 송씨를 위로했다.

"잘되었소, 대비. 나야 죄인이니 어쩔 수 없지만 대비야 무슨 죄가 있소? 대비만이라도 편히 지내셔야지요."

"전하, 전하께서 영월 땅으로 가시든 또 어디로 가시든 마땅히 신첩이 뫼셔야 할 것이옵니다. 마땅히……."

"대비. 내 마음도 그렇소. 대비의 그 심정이야 알고도 남소만……, 그리 될 수는 없는 일인 것 같소."

"전하, 아니 된다고 분부하시옵소서. 이럴 수는 없사옵니다. 전하……."

"대비, 내 이제 일개 군君일 뿐이오. 어찌 왕명을 거역하겠소?"

"으흐흐. 전하……."

"빙모聘母, 대비를 잘 보살펴주시오. 이제 빙모뿐이오."

단종은 이렇게 빙모에게 부탁하고 나서 대비 송씨의 손을 꼬옥 잡았다.

"대비. 내 대비에게 할 말이 없소. 나야 왕실에 태어나 기업을 감당치 못했으니 당연한 일이지만……, 대비는 전생에 무슨 죄를 짓고 이승에 태어났기에 겨우 이 나이에 이 같은 슬픔을 겪는단 말이오?"

"전하……."

"궁에 들어와서 네 해 동안 마음 편할 날이 하루도 없었고 한숨과 눈물로 보낸 세월이었소. 그게 다 지아비를 잘못 만난 탓이니 나를 원망하시오."

"전하, 당치 않사옵니다. 신첩이 미천하고 용렬하여 전하의 심기를 편하게 해드린 날이 단 하루도 없었사옵니다. 하오니 전하, 마지막 소청이옵니다. 신첩이 전하를 따라가 뫼실 수 있도록 해주시옵소서."

단종이 할 수 있는 일이 아니었다. 단종은 대비의 손을 좀 더 꼭 쥐었다.

"대비, 고정하시오. 내가 할 수 있는 일이 아니오."

"으흐흐……."

대비는 그저 오열할 뿐이었다. 단종은 그저 눈물을 쏟아낼 뿐이었고……. 부부인 민씨는 소리를 죽이려고 혀를 깨물고 있었다.

전각 밖이 소란스러웠다. 의금부, 내금위 병사들이 들어오고 있었다. 그들의 뒤로 검은색 가마가 따르고 있었다.

"아뢰옵니다. 군부인께서는 지금 바로 떠나셔야 하옵니다."

대비는 군부인으로 강등되어 있었다.

이렇게 허무하게도 문득 작별의 시각은 찾아왔다.

"대비……."

단종은 대비의 손을 잡고 만단설화萬端說話를 감춘 한마디로 불러 볼 뿐이었다.

태어나면서부터 참으로 외로운 단종이었다. 자신의 어머니는 자신을 낳은 지 하루 만에 세상을 떴다. 아버지도 겨우 열두 살일 때 세상을 떴다. (사실은 암살당했다.) 그때 보위에 올라 만인지상萬人之上이 되었지만, 하늘 아래 천애고아나 마찬가지였다.

피붙이라고는 다섯 살 위의 누이 하나뿐이었다. 그 누이는 자신이 열 살 때 결혼하여 궁 밖으로 나가 살았고, 지금은 누이도 매부도 어디가 있는지 알 길이 없었다.

아버지 문종의 상중인 열네 살 때 비록 본의 아니게 한 살 위의 송씨와 결혼했으나, 그때부터 송씨는 외로운 단종에게 피붙이로 의지할 수 있는 유일한 여인이 되었다.

단종에게 송씨는 어머니같이 누나같이 의지하던 아내였다. 정은 점점 깊어져가 이제 열일곱 살의 남편과 부부의 정 또한 깊어가던 때였다. 이들을 갈라놓는다는 것은 사람으로서는, 더군다나 강제로 혼인시킨 숙부로서는 도저히 할 수 없는 짓이었다. 그런데 그 숙부가 다시 갈라놓고 있는 것이었다.

하여 다시 만날 기약이 없는 이 작별의 고통이야 어찌 필설로 표현할 수 있으랴.

"전하……, 전하……."

대비는 몸부림쳤다. 어찌 이렇게 헤어져야 한단 말인가?

"잠시도 지체할 수 없사옵니다. 서둘러 가마에 오르시옵소서."

나장의 재촉이었다.

"대비, 살아 있으면 언젠가는 만나게 될 것이오. 지체하면 저들의 노여움이 커질 것이오. 그만……."

단종은 말을 하다 말고 몸을 돌려 외면하고 말았다. 그의 떨리는 양 어깨를 바라보던 아내는 오열로 들먹였다. 하는 수 없었다. 대비는 부부인의 부축을 받으며 일어섰다. 그리고 단종을 향하여 작별의 배례를 드렸다.

"전하, 용렬한 신첩을 너그러이 용서하여 주시옵고…… 부디 만수무강…… 만수무강하시옵소서. 으흐흐……."

대비는 배례를 마치고는 일어나지 못했다.

"무엇들 하느냐? 어서 대비를 뫼셔라."

단종이 언성을 높여 소리치고는 고개를 돌렸다.

"전하, 전하……."

대비는 부부인에게 안기어 끌리듯 걸어가며 몇 번이고 탑전榻前을 돌아보며 물러나고 있었다. 애끓는 목청으로 전하를 부르는 대비의 목소리가 귀청을 때려도 단종은 끝내 돌아보지 않았다.

대비는 가마에 오르며 단종을 쳐다보려 했으나 눈물로 일그러진 시선 속에 단종은 보이지 않았다. 내관, 상궁, 나인들이 땅바닥에 엎드려서 목을 놓고 울었다.

대비가 가마에 오르자 금방 가마는 움직여갔다. 수종 궁인 대여섯이 뒤를 따랐다. 상궁 나인들이 땅을 치며 통곡하는 사이 가마는 땡볕을 가려주는 녹음 속으로 사라져 갔다.

단종은 마루에 나와 서서 멀리 대비의 가는 길을 내다보았다. 그러나 열기에 뜬 여름 아지랑이뿐 움직이는 것은 아무것도 보이지 않았다.

'잘 가시오, 대비. 만수무강하시오.'

창덕궁의 다른 전각에 있던 단종의 후궁 김숙의와 권숙의도 이날 사가로 쫓겨 나갔다.

창덕궁을 나온 대비는 정업원淨業院으로 갔다. 정업원은 왕실의 기도처이자 왕실 비빈들의 출가도량出家道場이기도 했다.

정업원은 고려시대 이후 도성 안에 있었던 여승방女僧房이었다. 조선 개국 후 한양천도에 따라 정업원도 한양으로 옮겨왔으나 도성의 동문 밖에 자리 잡았다.

정업원은 고려 공민왕의 총비寵妃 혜비惠妃가 공민왕이 암살당한 후 머리를 깎고 여승이 되어 지내던 곳으로 이름이 알려졌다. 또 이성계의 계비 신덕왕후神德王后의 딸인 경순공주慶順公主가 이방원의 제1차 왕자의 난에 세자 이방석 등과 함께 남편 이제李濟(조선 개국공신)가 죽임을 당하자, 아버지 이성계의 명으로 머리를 깎고 여승이 되어 지낸 곳으로도 이름이 난 곳이었다.

그러나 후세에는 단종비 정순왕후定順王后 송씨의 일화로 더 유명해졌다.

대비 송씨가 떠나고 나자 노산군을 호송할 군사들이 들어왔다.

첨지중추원사 어득해魚得海, 군자감정 김자행金自行, 판내시부사 홍득경洪得敬이 금부도사와 금부군사 50여 명을 데리고 왔다. 말이 여러 필, 보따리와 물건들을 실은 수레들도 따라왔다.

"마마, 준비가 다 되었습니다."

판내시부사 홍득경이 월대月臺에 엎드렸다. 호칭이 달라졌다. 어제까지 상왕전하로 부르던 분을 하루아침에 마마라 부르며 목소리마저 어정쩡했다.

"알았다."

자리에서 일어난 단종이 좌우를 휘둘러보았다. 그동안 답답하게 지내던 곳이었지만 그런대로 정든 곳이었다. 이제 떠나면 볼 수 없는 곳일 것만 같아 가슴이 아렸다.

천장을 쳐다보았다. 어제와 똑같은 천장인데 엄격해 보이는 할아버지의 모습이 나타났다. 직접 본 기억은 없지만 세종 할아버지로부터 이야기를 자주 들어본 태종 할아버지가 분명했다.

'할아버지는 상왕이 좋아서 여기 들어오셨지만 저는 수양 숙부가 강제로 상왕이 되라 해서 여기 들어왔습니다. 하라고 한 숙부가 나쁩니까? 아니면 그게 싫다고 여긴 제가 나쁩니까?'

태종 할아버지는 말없이 빙그레 웃기만 했다.

'할아버지는 수강궁에서 상왕 노릇을 즐기셨지만 제가 있던 이곳은 창살 없는 감옥이었습니다. 아름답게 잘 지어진 이 집이 대대로 상왕 전이 될까 걱정됩니다.'

태종 할아버지도 걱정하는 모습이었다.

'다시 올지 알 수 없지만 꼭 다시 한번 오고 싶습니다.'

고개를 숙이려 하는데 세종 할아버지 모습이 어른거렸다. 기뻤다.

'할아버지, 수양 숙부는 꼴도 보기 싫어요.'

그 옛날처럼 달려가 안기고 싶었지만 할아버지는 천장에 계신데…… 내려와 옛날처럼 머리를 쓰다듬어줄 것만 같은데 내려오지 않고 있었다.

'할아버지, 지금 떠나면 다시는 못 올 것 같아요. 저를 돌봐주세요.'

눈물이 고였다. 그러면서 할아버지의 모습이 일그러졌다.

"떠나실 준비가 다 되었습니다."

메마른 목소리였다.

어쩌랴. 문을 열고 밖으로 나왔다. 햇살이 눈부시게 쏟아지고 있었다. 일산日傘을 받쳐 주는 사람도 없었다. 손을 이마에 올려 햇살을 가리고 천천히 걸어 가마에 올랐다. 남녀 수종자隨從者들이 십여 명 그 뒤를 따를 준비를 하고 있었다.

'죄를 받은 귀양길에 가마라……?'

지난밤 조정에서는 이 탈것 문제 때문에 밤늦도록 설왕설래로 시끄러웠다.

"죄인이니 당연히 함거에 태워 보내야 합니다."

공조판서 양정 등의 주장이었다.

"말 정도 태워 보내도 될 듯합니다."

우참찬 권람 등의 주장이었다.

"백성들의 눈과 귀가 있지 않소. 가마를 태워 보내야 합니다."

이조판서 김하金何 등의 주장이었다.

사람들은 줄곧 말없이 지켜보고만 있는 도승지 한명회를 쳐다보았다. 기고만장하던 대감들이 알 듯 모를 듯 한참 아래인 영감의 눈치를 보는 묘한 분위기는 비단 이날만의 일이 아니었다.

"전하를 생각해서도 가마가 좋을 듯합니다."

동궐, 즉 창덕궁의 정문은 돈화문敦化門이었다. 죄인은 정문을 통과할 수 없었다. 노산군을 태운 가마는 동남쪽으로 언덕을 내려가 선인문宣仁門으로 빠져나갔다. 시전市廛과 배오개 시장에서 대궐에 납품하는 곡물과 채소 등이 드나드는 문이었다.

배오개 시장 근처에서 동쪽으로 방향을 잡은 가마는 흥인지문興仁之門(동대문)을 향해 움직여갔다. 그 뒤를 수종자, 내관, 궁녀들이 따르고, 짐을 얹은 여러 마리의 말이 따르고, 창대를 치켜 든 군사들 50여 명이 따랐다.

예사롭지 않은 가마와 행렬을 발견한 길가의 백성들은 그것이 무엇인지 궁금하고 수상하여 따라가며 소곤거렸다.

"부인네 가마는 아닌 성싶구먼……."

"창병들이 저리 많이 따라가는 것을 보면 중죄인이 귀양 가는 것 같기도 하고……."

"함거가 아니고 가마인 것을 보면……, 혹 상왕전하가 아닐지……."

"아니, 왜 상왕전하가 귀양을 갑니까?"

"허어 모르는 소리……, 상왕의 장인어른이 복위를 도모했다는 소문을 들었소만……."

"복위가 뭔 뜻이오?"

"금상을 죽이고……."

"쉿! 수양왕을 죽이고 상왕을 다시 임금으로 모시려다…… 아마 또 틀어진 모양이오."

"그러면 저 속에……?"

"모르면 몰라도 필시 상왕께서……."

"으……. 상왕께서 귀양을……."

"쉿, 목 달아날 소리…… ."

정업원에 들어간 송씨는 곧바로 궁인들과 함께 길을 되돌아 나오고 있었다. 상왕의 행렬이 어디로 언제 떠나는지 알아보기 위해서였다.

송씨에게도 행인들의 소식이 날아들었다. 노산군의 호송 행렬이 흥인지문을 나가고 있다는 소식이었다. 깜짝 놀란 송씨가 버선발로 그냥 내달렸다. 한참 뛰다 보니 한쪽은 맨발이었다.

흥인지문을 통과한 행렬은 역일계驛一契의 주막을 돌아 남쪽으로 방향을 잡았다. 그 주막은 삼남三南(충청·전라·경상도)에서 올라온 나그네들이 한양성에 들어가기 전 마지막으로 들려서 끼니를 때우고 목을 축이는 곳이었다.

행렬은 싸전골을 지나 영미골 청계천 하류에 놓인 왕심평대교 들머리에 이르렀다. 광나루와 송파나루를 건너 도성으로 들어가는 중요 다리였다. 때마침 백성들의 왕래가 많아 통행을 통제하기 위하여 행렬은 멈춰 쉬고 있었다.

"바람 좀 쏘이고 싶소. 가마에서 내려도 되겠소?"

가까이 서 있는 김자행에게 물었다.

"여부가 있겠습니까? 그리하십시오."

노산군이 가마에서 내렸다. 시원한 바람이 상쾌하게 느껴졌다. 군사들이 이리저리 뛰어다니고 있었다. 행인을 통제하고 수레가 지나갈 수 있도록 작업을 하는 것 같았다.

"정업원이 어디 있습니까?"

대비가 정업원으로 간다 했는데, 흥인지문 밖 인창방仁昌坊(숭인동과 창신동 지역)이라 하여 그게 어디쯤인지 궁금했다. 대비가 있는 그곳을 멀리서나마 한번 보고 떠나고 싶었다.

"저기 저 석산石山 밑에 비구니 승방이 있는데 그곳에 있다 합니다."

홍득경의 갈라진 목소리였다.

눈 위로 손을 올리고 그곳을 쳐다보았다. 아주 먼 곳은 아니었다. 허락만 하면 잠시 들렀다 가고 싶었다.

'허락할 리가 없지……'

두 손을 눈 위로 올려 바라보려 하는데 바로 앞 저만큼에 낯익은 얼굴이 보였다.

"아니……!"

순간 피가 거꾸로 솟는 것 같았다. 머리칼이 바람에 휘날려 흐트러졌어도 손으로 치마를 여며 쥐고 서 있는 여인은 누가 보아도 여염집 아낙 같은데……. 분명 대비 송씨였다.

송씨 역시 심장이 멎는 것 같았다. 하늘이 도왔음인지 상왕이 거기에 서서 자신을 바라보고 있지 않은가.

'전하'라고 외치며 달려나가고 싶었으나 너무 달려온 탓인지 입도 몸도 굳어버려 움직여지지 않았다. 심장의 고동이 잦아들며 숨이 막힐 듯 목도 굳어지고 다만 흐르는 것은 눈물뿐이었다.

"마마. 이제 오르시지요."

홍득경의 목소리였다.

"아니다. 잠깐만 더 있다 가자."

노산군은 대비가 서 있는 곳으로 걸어갔다. 그리고 대비의 손을 잡았다. 흐트러진 머리에 한쪽 발은 맨발이었다.

"전…… 하…….'

대비는 겨우 한마디 했지만 여전히 멍하니 서서 눈물만 흘리고 있었다.

"고맙소. 이렇게 달려와주어 고맙소. 앞으로도 분명히…… 하늘의 돌봄이 있을 것이오."

노산군은 대비의 손을 잡은 손에 힘을 주었다.

"마마. 이제 떠나셔야 하옵니다."

"알았다."

하는 수 없었다. 대비의 손을 다시 힘주어 잡은 다음 천천히 놓고 돌아섰다. 가마에 오르려던 노산군은 돌아서 다시 한 번 대비를 바라보았다.

대비는 그 자리에 그대로 망부석望夫石이 되어 서 있었다. 두 눈에서는 눈물이 하염없이 흘러내리고 있었다. 노산군이 가마에 오르고 가마가 움직여 다리를 건너가고 따르는 사람들과 마필과 수레들이 움직여 떠나서 멀리 사라질 때까지, 대비는 그렇게 망부석이 되어 서 있었다. 빗물같이 눈물이 흐르는 망부석이 되어 있었다.

후세 사람들은 이 다리를 영영 떠나간 다리라 하여 영도교永渡橋라 불렀다.

왕십리를 지나 행렬은 중랑천에 걸친 살곶이다리에 이르렀다. 세종 때 세우기 시작한 다리인데 세우고 무너지기를 반복하며 아직도 완공되지 못한 채 교각만 남아 있었다.

이에 임시로 만든 흙다리로 건너갔다. 드넓은 벌판에 들어섰다. 군사훈련을 하던 강무장講武場이었다. 왕실의 사냥터로 이용하던 구의동 구릉과 아차산이 빙 둘러 있는 곳이었다.

세종 할아버지의 손을 잡고 사냥구경을 하던 옛일이 생생히 떠올랐다. 세종이 자주 이용하던 별장인 화양정華陽亭에 이르렀을 때는 한 나절이 거의 다 지나고 있었다. 그런데 거기 내관 안로安璐가 미리 와서 기다리고 있었다.

"상왕전하, 옥체보전하랍시라는 주상전하의 문안을 전해 올리옵니다."

안로는 그래도 상왕에 대한 마지막 예를 갖추고 있었다.

"아니 보내셔도 되련만 무거운 발걸음을 시키셨습니다."

환송연을 위해서 온 것이었다.

군사들을 비롯한 수행원 모두에게 밥을 먹이고 요원들에게는 간단한 연회를 베풀었다. 수양의 면피용 환송연일 것이었다.

안로가 가만히 노산군의 귀에 대고 물었다.

"성삼문 등의 역모와 송현수 등의 역모를 정말 알고 계셨사옵니까?"

단종은 안로가 왜 이런 질문을 하는지 잠시 생각해보았다.

수양왕이 알아 오라고 시킬 수도 있는 일이었다. 그런데 생각해보니 수양왕은 단종에게 면대해서 '알고 있으면서도 잠자코 있었다'고 공격한 사람이었다. 단종은 모르고 있었는데 저들이 뒤집어씌웠을 것이라고 안로만은 여기고 있는 것 같았다. 몰랐다고 대답하면 후일에라도 부지불식간에 상왕의 결백을 주장하다 안로가 큰 변을 당할 수도 있는 일이었다.

'이제 와서 그게 무슨 변화를 가져오랴.'

단종은 조용히 시조 한 수를 읊었다.

알았던들 어떠랴 몰랐던들 어떠랴

가신 님 살아올 수 없고 산 님 떠나는데

떠나간 기러기는 언제 다시 돌아올 것인가.

시조를 읊고 나서 단종이 일어서서 가마에 들자 행렬은 다시 움직였다.

"상왕전하, 만수무강하시옵소서."

안로는 땅바닥에 엎드려 행렬의 뒤에 대고 몇 번이고 절을 했다. 멀리 행렬의 뒷모습이 가물거릴 때 안로는 말에 올랐다.

'무사하셔야 할 텐데…….'

그러나 안로는 말 위에서 고개를 절레절레 저었다. 아무래도 머지않아 사약賜藥의 행렬이 찾아갈 것이라 생각되었다. 핏기 없는 모습으로 처량하게 시조를 읊던 상왕을 떠올리며 안로는 마상에서 하염없이 울었다.

돌아가 수양왕에게 복명하고 나서 안로는 단종이 읊던 시조를 적어 간직했다. 때때로 상왕이 그리울 때면 남몰래 꺼내 보며 상왕의 안녕을 빌었다.

해가 중천을 지나면서 일행은 광나루(광진)에 이르렀다.

한강에는 열대여섯 군데에 나루가 있었다. 도渡나루에는 도승관渡丞官이 있고, 진鎭나루에는 수군이 있었는데, 광나루는 도와 진을 겸하고 있는 나루로 군사요충지였다.

나루에는 몇 척의 배가 대기하고 있었다. 여기서부터는 배를 타고 이포梨浦나루까지 갈 예정이었다.

맨 가장자리 군선에는 단종과 판내시부사 홍득경, 그리고 시종 나인들이 탔다. 다음 나룻배에는 호송 책임자인 어득해와 군자감정 김자행, 그리고 호송 군사들이 탔다. 그다음 거룻배에는 군마와 수레 그리고 식량을 실었다.

모두 배에 오르자 수군들이 닻을 올리고 삿대를 강안에 대고 밀었다. 육중한 배들이 움직이기 시작했다. 배가 서서히 강심으로 들어가자 수군 지휘관이 소리쳤다.

"돛을 올려라."

하늬바람(서풍)이 제법 서늘하게 불어왔다. 배가 속도를 냈다. 아차산이 시야에서 멀어져 갔다.

배는 미사리를 지나 도미천渡迷遷 나루에 도착했다. 승객이 없어 나룻배가 졸고 있는 한적한 나루였다. 수군들이 내려 물을 마시고 휴식을 취하는 사이 단종은 고개를 들어 지나온 서편을 바라보았다.

관직을 그만두고 한양을 떠나 낙향하는 선비들은 여기서 한양을 향하여 하직예배를 올린다 했다. 한양의 목멱산木覓山(남산)이 보이기 때문이었다.

단종이 바라보니 아득히 봉우리가 보이기는 하는데 아른거려서 목멱산인지 삼각산인지는 알 수가 없었다. 시선을 내려 아래쪽 강안을 보자 게딱지같은 초가집들이 옹기종기 모여 있었다. 팔당八堂마을이라 했다.

수군이 오르자 배는 떠서 배알미동(경기도)에 이르렀다. 여기도 낙향하는 선비가 마지막으로 임금 계신 한양을 향하여 배알拜謁하는 곳이라 했다.

소문은 빠르기도 했다. 강 언덕에는 사람들이 구름처럼 모여 있었다. 무릎을 꿇고 있기도 하고 서 있기도 하고 손을 들어 흔들기도 했다.

"으흐, 사앙와앙저언하아……."

바람결처럼 들리는 소리는 분명 눈물 섞인 곡성哭聲이었다. 희미해지는 곡성을 뒤로 하고 남동 방향으로 꺾어 나아가자 산자락 양지바른 곳에 조성한 지 얼마 되지 않은 것 같은 꽤나 큰 묘가 눈에 들어왔다.

능내리陵內里(남양주시 조안면)였다.

"누구의 묘이지요?"

"좌의정 한확의 묘입니다."

"오, 형님의 빙장어른이군요."

"그러하옵니다."

형님이란, 지금은 세자가 된 수양왕의 맏아들 도원군桃源君(후일의 덕종)을 이르는 말이었다. 도원군의 부인이 한확의 딸이었다.

도원군은 단종이 어렸을 때 가장 좋아하며 따르던 세 살 위의 형이었다. 도원군은 어린 동생인 임금을 깍듯이 존중하고 받들었으며 역심을 품고 조카를 핍박하는 아버지에게 항변하곤 하던 형이었다.

배는 거기서 북동쪽으로 향했다. 가다 보니 소나무들을 이고 선 연이은 기암괴석奇巖怪石의 절경이 나타났다.

"여기가 어디요?"

"녹운탄綠雲灘이라 합니다."

"금강산 그림이 연상됩니다."

"예. 경강京江(뚝섬에서 양화진까지의 한강 일대)을 뺀 한강 8경 중 으뜸이라 합니다."

녹운탄을 지나 조금 더 가니 남한강과 북한강이 만나는 두물머리(양수리)였다. 양쪽의 물줄기가 서로 부딪쳐 일렁이는 모양새가 서로 만나는 게 기뻐서 춤을 추는 것 같았다.

'대비, 몸 성히 잘 계시오.'

단종은 대비 생각에 눈시울이 붉어졌다.

땅거미가 찾아올 무렵 이포梨浦나루에 도착했다. 강원도의 임산물과 경기도의 곡물이 집산되는, 경강 밖 상류 지역에서는 가장 큰 나루였다. 일행은 여기서 하룻밤 묵었다.

[제1박, 1457년 6월 22일, 이포나루, 경기도 여주시 금사면 이포리]

다음 날(6월 23일) 아침부터는 단종도 말을 타고 육로로 갔다.

육지로 가면서부터는 인솔자들이 갈 길을 서두는 것 같았다. 일행은 상구리上九里(여주 대신면)에서 잠시 쉬었다. 단종이 물 한 모금 마시고 나자 일행은 곧 출발했다.

원통고개라는 곳을 지나 흥호리興湖里(원주시 부론면)에서 하룻밤 보냈다.

[제2박, 1457년 6월 23일, 흥호리, 강원도 원주시 부론면 흥호리]

다음 날(6월 24일)은 단강리丹江里(원주시 부론면)에서 하룻밤 지냈다.

[제3박, 1457년 6월 24일, 단강리, 강원도 원주시 부론면 단강리]

다음 날(6월 25일) 아침에 일어나 보니 이제까지 타고 온 말은 없어지고 웬 당나귀들이 줄지어 서 있었다.

"웬 당나귀요?"

"예. 오늘부터는 험악한 산길이 많사옵니다. 산길에는 당나귀가 제일입니다."

그날은 여러 산 고개를 넘어 화당리花塘里(제천시 백운면)에서 하룻밤 쉬었다.

[제4박, 1457년 6월 25일, 화당리, 충북 제천시 백운면 화당리]

다음 날(6월 26일)은 운학리雲鶴里(제천시 백운면)를 지나 구령재를 넘어 신림리神林里(강원도 원주시)에 이르러 하룻밤 잤다.

[제5박, 1457년 6월 26일, 신림리, 강원도 원주시 신림면 신림리]

다음 날(6월 27일)은 산세가 험준한 감악산의 여러 고개를 넘었다. 싸

리재를 넘고 황둔리黃屯里(원주시 신림면)를 지나 솔치재를 넘었다.

심한 갈증을 참으며 주천酒泉 고을에 들어섰다. 홍득경이 사발에 우물물을 떠다 단종에게 바쳤다.

"주천의 물맛은 조선에서 제일입니다."

"그런가?"

"똑같은 재료로 술을 담가도 이곳 물로 담그면 명주名酒가 된다 합니다."

단종이 물을 마시고 사발을 내려놓았다.

"과연 물맛이 좋구나."

"후세 사람들이 어음정御飮井이라 하겠습니다."

"마시는 곳마다 어음정인가?"

핀잔을 주었다.

신흥역新興驛(영월군 주천면 신일리)에 이르렀다. 바로 그 건너편에 공순원公順院이 있었다. 길 떠나는 관리들이나 길손들에게 숙식을 제공하는 곳이었다. 여기서 하룻밤을 새웠다.

[제6박, 1457년 6월 27일, 신흥역, 강원도 영월군 주천면 신일리]

다음 날(6월 28일) 다시 길을 나섰다. 가파른 고개 마루에 올랐다. 솔바람이 고마웠다.

"무슨 고개가 이렇게 험준한가?"

"이름 없는 곳인데 이제부터는 군등치君登峙가 되겠습니다."

김자행의 말이었다. 임금이 오른 고개라는 뜻이었다.

"임금 자리 내놓은 지가 얼만데 임금이란 말인가?"

"노산군도 군이 아닙니까?"

"허, 이 사람이······."

배일치 고개(강원도 영월군 한반도면 광전리)에 이르러 단종이 당나귀에서 내렸다. 멀리 서녘하늘을 바라보던 단종은 의관을 정제하고 무릎을 꿇었다. 그리고 절을 올렸다.

"에?"

사람들이 단종의 느닷없는 행동에 모두 시선을 집중했다.

"임금이 계신 곳을 향해 절을 올렸습니까?"

김자행이 느물거렸다. 수양왕을 임금으로 인정하느냐고 묻는 것이었다.

"청천백일재서방青天白日在西方(청천백일이 서쪽에 있지 않은가?)."

고답한 독설毒舌이었다. 김자행이 머쓱해져 어깨를 움츠리고 물러났다.

선돌, 문개실 마을을 지나 마침내 청령포에 도착했다. 대궐을 떠난 지 7일 만이었다.

[제7일, 1457년 6월 28일, 청령포, 강원도 영월군 남면 광천리]

강원도 관찰사 김광수金光晬가 수행원들을 데리고 나와 있었다. 강을 건너 들어가야 한다 했다. 청령포清泠浦라 했다.

인적 없는 포구에는 나룻배 한 척이 외로이 떠 있었다.

"산이 가팔라 보이는데 이름이 뭔지 아시오?"

"도산刀山이라 하옵니다."

관찰사가 대답했다.

"칼 도刀자가 제격인 것 같소."

"예. 지명에는 다 유래가 있는가 하옵니다."

"……"

"저쪽으로는 대여섯 개의 봉우리를 가진 도산이 깎아지른 절벽을 두르고 서 있고, 나머지 삼면은 강이 둘러싸고 있어 이곳은 육지고도陸地孤島와 같사옵니다."

"……!?"

"이 안쪽이 청령포인데 한 마을이 들어갈 만하옵니다."

"전에 사람들이 살았습니까?"

"아니옵니다. 사람이 거주한 적은 없는 것으로 아옵니다."

"……!!"

나룻배가 가까이 다가왔다.

"오르시옵소서."

강을 건너는 데는 일다경一茶頃(차 한 잔 마시는 시간)도 되지 않았다.

배에서 내렸다. 질펀한 자갈밭이었다. 자갈밭을 지나 조금 가니 기와집 한 채와 초가집 한 채가 덩그렇게 자리 잡고 있었다.

가까이 가 보니 금방 지은 집들이 아닌 것 같았다. 몇 년 된 집들 같았다.

'사람이 산 적 없다 했는데?'

"……!!"

단종은 뒤통수를 얻어맞은 듯 황망하고도 어이가 없었다.

수양 숙부는 '성삼문이 복위를 도모했고, 또 송현수가 복위를 도모해서 나를 노산군으로 강봉시켜 영월로 보낸다'고 했다. 그런데 이 집들은 성삼문이 능지처참을 당한 작년에 지은 것도 아니지 않은가? 적어도 3, 4년 전에 지은 집 같았다.

관찰사는 여기에 사람이 산 적이 없다고 했다. 이렇게 험하고 궁벽진 오지의 고도孤島에 누가 살려고 집을 지었을 리는 만무했다. 그렇다면 성삼문, 송현수는 구실에 불과했던 것이 아닌가? 지금까지는 그래도 숙질간이라는 피붙이에 대한 정리는 최소한 남아 있는 줄 알았다.

그러나, 그러나…….

'계유정란(1453년)이……, 그래, 4년 전이 아닌가? 그래, 이 집이 딱 4년 정도 된 집이야!'

이 집들은 성삼문 사건 이전, 말하자면 수양왕이 충신들을 도살하고 영의정이 된 그해에 이미 지어놓은 집이란 말이 아닌가! 이야말로 그때부터 작정하고 자신을 축출해 유폐시키고자 계획을 세우고 있었다는 사실을 웅변해주고 있는 증거가 아닌가!

"으으윽……!!!"

단종은 이때서야 수양대군의 그 음흉한 본 모습을 확연히 깨닫고 있었던 것이다.

'아, 이럴 수가……, 이럴 수가 있단 말인가!'

병사들과 수행원들이 계속 짐들을 나르고 있었다. 나룻배가 몇 번이고 강안을 오가고 있었다.

집들을 뒤로하고 천천히 소나무들 사이를 걸었다. 할아버지 세종, 아버지 문종이 불현듯 보고 싶었다. 눈물이 왈칵 쏟아졌다.

"흐윽…… 할바마마! 아바마마!"

이어 대비가 떠올랐다.

"아, 대비, 대비가 옳았소. 보위는 넘겨줄 일이 아니었소. 내가 속았소. 무슨 일이 있어도 넘겨서는 안 되는 보위였소."

머리가 뜨겁고 가슴이 부글부글 끓었다.

'나를, 나를……, 그래도 피붙이라고 믿었던 숙부가 나를……, 세상에…… 이런 곳으로 쫓아내…… 처박을 수가 있단 말인가!'

화가 치밀면서 숨결이 가빠졌다.

"헉 헉……."

"종종 찾아뵙겠사옵니다. 옥체 보전하시옵소서."

관찰사 김광수가 작별을 고하는 모양이었다. 단종은 모습도 눈물도 보이고 싶지 않아 돌아서지 않았다.

조금 뒤에 코가 막힌 것 같은 목소리가 들렸다.

"상왕전하, 저희들은 이만 돌아갈까 하옵니다. 만수무강하시옵소서."

어득해였다.

단종이 눈물 자욱 진 얼굴로 천천히 돌아섰다.

"그래야지요. 쉬어가랄 형편도 아니구료."

"망극하옵니다."

"경들의 보살핌이 있어 무사히 여기까지 왔소. 험한 길이니 조심해 가시도록 하시오."

"성은이 망극하나이다."

13

이보흠

순흥부順興府(경북 영주시 순흥면) 부사府使(종3품) 이보흠李甫欽이 뛰어들면서 금성대군錦城大君을 불렀다.

"나리, 나리."

이보흠은 땀에 흠뻑 젖은 모습이었다.

"오, 이부사. 웬일이시오?"

"나리. 큰일 났소이다."

"아니. 큰일이라니요?"

"아이구, 저……, 상왕전하께서……."

"상왕전하께서…… 어찌 되셨단 말이오?"

금성대군의 눈이 휘둥그레졌다.

"상왕전하께서······ 노산군으로 강봉되시어······ 영월로 쫓겨나셨다 합니다."

"뭐요? 노산군으로······, 영월로 쫓겨나······?"

금성대군은 순간 안색이 벌게지고 표정이 일그러졌다. 부릅뜬 두 눈에서는 분노가 이글거렸다.

"그렇다 하옵니다."

"이런 역적들이 있나? 하늘 무서운 줄 모르고 날뛰고 있어······."

금성대군은 이를 뽀드득 갈았다.

"저도 들으면서 믿기지가 않아서······, 대명천지大明天地에 어찌 이런 일이······."

"도대체 왜 그랬다는 것이오?"

"판돈녕부사 송현수와 행돈녕부판관 권완 등이 상왕전하의 복위를 도모했다 합니다."

"그렇다면 그 두 사람은 어찌 되었답니까?"

"의금부에 하옥되어 있다 합니다."

"음······."

"상왕전하를 유배 보내다니······, 참으로 하늘이 두렵습니다."

"이 야차夜叉 같은 놈들이 더러운 술수로 보위를 도둑질하더니, 이제 군으로 강봉시키고 죄인으로 내쫓아? 나를 역적이라고 쫓아내더니······. 성삼문, 박팽년 등을 죽이고, 국구國舅마저 역적으로 몰고······. 이놈들이 충신들의 씨를 말릴 작정이구먼. 어찌 천벌을 받지 않으리오."

넋두리같이 뱉어내는 대군의 말에는 피맺힌 한이 스며 있었다.

"나리."

"……."

금성대군은 이보흠이 부르는 소리를 듣지 못하고 있었다. 허공을 뚫어 지게 쳐다보며 어금니를 갈고 있었다.

"나리."

소리를 높여 재차 부르자 금성대군은 그때서야 이보흠을 쳐다보았다.

"이부사. 이 일을 어찌해야 하오? 이 일을 말이오."

"나리. 저들은 여기서 그치지 않을 것입니다. 전하께서 상왕으로 계실 적에야 감히 해칠 생각을 못했겠지만 이제 군이 되었으니 저들이 사약인들 내리지 못하겠습니까?"

"으윽, 그렇지……. 저놈들의 의도가 거기에 있었구먼."

금성대군은 새삼스럽게 놀랐다. 미처 생각지 못한 것을 이보흠이 상기 시켰던 것이다.

금성대군은 살 맞은 짐승처럼 울부짖기 시작했다.

"이 찢어 죽일 놈들이 이럴 수가 있단 말인가? 아우를 죽이고 조카를 위협해 보위를 찬탈하더니, 이제 그 조카를 또 죽이려고 해? 세상에 이런 법이 어디 또 있단 말인가?"

"나리, 고정하십시오."

"부사, 이러고 있을 때가 아니오. 일을 서두르도록 합시다."

"예, 그렇습니다. 저도 그 일에 대해 상의 말씀 드리러 왔습니다."

이보흠은 가까이 다가앉았다.

두 사람 사이에는 진즉부터 내밀한 묵계默契가 있었다. 원래 이보흠은 세종 때 문과 급제한 후 집현전 박사博士를 지내고 여러 요직을 거친 준재俊才였다. 성삼문 사건이 있은 후 벼슬이 싫어 향리인 영천榮川

(경북 영주시)에 내려가 있었는데, 그의 재주를 알고 있는 수양왕이 불러 1457년(세조 3) 봄에 순흥부사를 제수했던 것이다.

성삼문 사건이 있은 후 금성대군은 순흥으로 쫓겨와 유배 생활을 하고 있었다. 그러다 이보흠이 순흥부사로 온 뒤부터는 금성대군의 유배 생활은 그 양상이 달라졌다. 거처도 바꿔주고, 거실의 비품도 마련해주고, 수발하는 사람들도 늘려주고, 생필품도 넉넉히 대주었다. 이보흠의 대접이 각별해서 말만 유배 생활이지 일상에 전혀 불편이 없는 자유를 누리게 되었다.

그뿐만이 아니었다. 이보흠은 틈만 나면 찾아와 금성대군과 세상 돌아가는 이야기를 나누곤 했다. 두 사람이 친숙해지면서 부사는 대군의 처소에서 밤늦게까지 밀담密談을 하다 돌아가는 일이 잦아졌다.

그러다 두 사람은 어느새 뜻을 같이하게 되었고, 이제는 혈맹血盟과도 같은 사이가 되어 새로운 결의를 다지게 되었다. 그 결의란, 야비한 협박으로 어린 임금의 보위를 찬탈한 수양왕을 몰아내고 상왕을 다시 보위에 모시자는 것이었다.

금성대군은 고마움의 표시로 금으로 된 정자頂子(전립의 윗부분에 다는 장식)와 산호珊瑚로 장식한 입영笠纓(갓끈)을 이보흠에게 내주었다.

"드릴 만한 게 이것밖에 없소."

더한 것도 주고 싶었지만 유배지 신세에 가진 것이 없었다. 이보흠은 사양했으나 끝내는 받을 수밖에 없었다. 이보흠은 일어나 절하여 받고 죽기로써 충성을 다할 것을 맹세했다.

"공은 머지않아 당상관이 될 것이오."

영남은 충의의 선비들이 많은 지방이었다. 수양왕의 무도불의無道不

義를 개탄하는 사람들이 많았다. 선비는 물론 향리鄕吏 같은 하급관리들도 금성대군의 거처를 찾아 인사를 드리고 정국을 한탄하며 울분을 토하곤 했다.

그런 분위기 속에서 금성대군이나 이보흠은 은근히 자신감을 갖게 되었다. 영남의 각 지역 수령들을 설득하면 아니 따를 자가 없을 것 같았다. 영남의 수령들과 군병들과 민심을 하나로 모을 수만 있다면 충분히 승산이 있다고 믿었다.

그런 마음으로 힘을 모을 때를 기다리고 있는데, 갑자기 상왕의 유배 소식이 전해졌으니 이들이 놀라고 흥분하지 않을 수가 없었다.

"때가 온 것 같소이다. 이부사."

"예, 그렇소이다. 나리."

두 사람은 의미 있는 시선을 마주하며 고개를 끄덕였다. 이제는 구체적인 방법이 문제였다.

"제가 생각해 본 게 있습니다."

"말씀해보시지요."

부사가 거사 계획을 설명했다.

첫째, 금성대군의 이름으로 영남 각 고을에 격문을 보내 상왕을 따르게 한다.

둘째, 각 고을 수령들은 모두 상왕께 충성 맹세를 한다. 이보흠의 계산으로는 따르지 않을 수령은 하나도 없다는 것이었다.

셋째, 순흥의 군사들을 비밀리에 영월로 보내 극비리에 상왕을 모셔 오게 한다.

넷째, 조령鳥嶺(문경시 문경읍)과 죽령竹嶺(영주시 풍기읍)의 두 길을 차단하고 조정의 군사와 대치한다.

다섯째, 호남湖南(전라도)과 호서湖西(충청도), 해서海西(황해도)에 격문을 보내 상왕을 따르게 한다. 이보흠의 계산으로는 모두 따른다는 것이었다.

여섯째, 그렇게 되면 관서關西(평안도), 관북關北(함경도)에서는 사람들(민, 관, 군)이 자발적으로 일어나, 수양왕의 군사를 물리치고 수양왕을 내쫓거나 잡아 죽일 것이다. 그때 동조하여 상왕을 보위에 다시 모시고 조정을 정상화한다.

이보흠의 계산으로는 호남, 호서, 해서가 따르기 전에 관서, 관북의 봉기가 먼저 일어날 수도 있다는 것이었다.

"어떻습니까, 나리? 이렇게만 하면 상왕전하께서는 다시 보위에 오르시게 되고 나리께서는 영상이 되시는 것입니다."

"내가 영상이 되고 안 되고는 상관이 없고……, 상왕께서 다시 보위에 오르시게만 된다면 나는 죽어도 여한이 없겠소."

"자, 그러면 우선 나리께서 격문을 초하시지요."

"아니오. 나보다 부사가 초해야 더 나은 격문이 나올 것 같소."

이보흠은 다시 금성대군에게 사양했으나 결국은 자신이 격문을 쓰게 되었다.

"사나이가 글을 배워 이런 데 쓰니 사무여한死無餘恨(죽어도 여한이 없음)입니다."

이보흠은 감개무량하여 붓을 잡은 손으로 눈물을 닦았다. 대군은 옆에서 먹을 갈았다.

이보흠은 평생의 필력筆力을 다하여 한 자 한 자 써내려갔다. 다 쓰고 붓을 놓을 때에는 이보흠의 망건網巾 편자에 땀방울이 송글거렸다.

"나리, 어떻습니까? 고칠 데가 있으면 고쳐야지요."

금성대군이 천천히 읽어나갔다. 그리고 두 사람은 상의를 해가며 몇 자를 고쳤다.

"참으로 잘된 것 같소. 이 격문을 읽으면 감동되지 않을 수가 없겠소. 충성심이 끓어오를 것 같소."

이보흠이 다시 정서를 했다.

격檄

(알리노라)

독념추로지속대강충효지의獨念鄒魯之俗對講忠孝之義

[오로지 공맹(孔孟)의 풍속만을 생각하고, 일찍이 충효의 뜻을 말했도다.]

부하국운비황시사창양夫何國運否荒時事愴攘

(도대체 어쩌다 이렇게 나라의 운이 꽉 막히고, 되어가는 일이 비참하게 어지러워서)

일부지토미건육척지고안재一扶之土未乾六尺之孤安在

[한 움큼의 흙(문종의 무덤)이 아직 마르지도 아니했는데, 나이 어린 후계자(단종)는 어디에 계시는가?]

구능창의부강탄력효성苟能倡義扶綱殫力效誠

(진실로 힘써 충의를 일으키고 사람의 도리를 받들어서, 역량과 정성을 다하여)

관방양령별립일조갱사오왕關防兩嶺別立一朝更使吾王

(조령과 죽령을 막고, 따로 조정을 세우고 우리 임금으로 하여금 다시)

어극어차토즉도신읍제숙감부종御極於此土則道臣邑帝孰敢不從

(이 땅에 등극하시게 하면, 모든 지방관아, 그 누가 감히 따르지 않으리오.)

차소이협천자영제후주감부종此所以挾天子令諸侯疇敢不從

(이는 이른바 천자를 모시고 제후에 이르는 바와 같으니, 누가 감히 따르지 않을 것인가.)

여액항이부기배야如拒項而附其背也

(이는 마치 목을 서로 껴안고 등을 밀면서 달려오는 것과 같을 것이오.)

"자, 이제 서명을 하시지요."

격문 끝에 금성대군이 대군호大君號와 이름을 쓰고 수결手決을 두었다. 그리고 거기서 조금 떨어져 이보흠이 직명職名과 이름을 쓰고 수결을 두었다.

이보흠이 돌아간 뒤 금성대군은 그 격서를 봉한 뒤에 문갑 속에 넣고 이 일 저 일 생각하다 잠이 들었다.

금성대군과 이보흠이 이렇게까지 되는 사이, 밖에서도 또 다른 하나의 역사가 이루어지고 있었다. 그것은 금성대군 처소 시녀의 한 사람인 금련金蓮이와 이보흠을 늘 수종하는 순흥부의 급창及唱(군아의 노복) 이동李同의 정분情分이었다.

금련은 예전부터 금성대군저에 있었는데 금성대군을 따라와 시중을 들고 있었다. 스무 살 남짓한 한창나이에 곱상한 자태는 사내들의 눈길을 끌 만했다. 금련이는 금성대군이 좋아서 줄곧 따라다녔지만 금성대군은 그녀를 시녀 이상으로는 대해주지 않아서 노상 불만이 많았다.

스물대여섯 살의 동이는 순흥의 급창들 중 눈에 띄게 훤칠하고 다부진 체격을 가진 데다 머리가 잘 돌아가고 제법 학식도 있어, 이보흠이 주로 데리고 다니는 수행원이었다.

시녀와 급창, 이들의 정분도 대군과 부사만큼이나 깊어졌다. 이동은 진즉부터 부사와 대군이 자주 만나는 것을 수상히 여겼다. 자신도 두 사람의 만남과 대화를 유심히 관찰했지만 특히 금련이에게 염탐시켜 더 자세한 정보를 캐내곤 했다.

지금의 왕인 수양왕에 대한 반역죄로 귀양 와 있는 금성대군을 부사 이보흠이 깍듯이 대하며 받드는 것을 보고, 그들이 한통속이 되어 무언가 일을 꾸미고 있다는 것을 동이는 이미 간파하고 있었다.

그들은 주로 순흥의 봉서루鳳棲樓에서 만났다. 오늘 부사가 돌아갈 때 동이는 저만큼 뒤에 있는 금련이를 보며 오른손 검지로 오른쪽 귓바퀴를 가려운 것처럼 서너 번 긁었다. 그것은 이따가 밤에 봉서루에서 만나자는 둘만의 신호였다.

그러자 금련이도 돌아서면서 같은 동작을 취했다. 상대가 보고 같은 동작을 취하면 만날 수 있다는 신호이고, 손으로 머리를 두어 번 털면 사정이 있어 만날 수 없다는 신호였다.

금련이는 금성대군이 잠들자 몰래 빠져나와 봉서루로 갔다.

"여기야."

먼저 와 있던 동이의 인기척이었다. 둘은 만나자마자 서로 껴안았다.

"이봐. 오늘은 두 사람이 상의해서 무언가를 썼지?"

동이가 급하게 물었다.

"잘은 모르지만 그런 것 같았소."

"내가 거처의 뒤꼍으로 돌아가서 뒷문에서 몰래 다 엿들었는데 틀림없이 격서를 쓴 거야."

"격서가 뭔데요?"

"이봐 금련이, 내 말 잘 들어. 그 종이 한 장이면 나는 당장에 벼슬을 하고 부자가 되고 자네를 마누라로 모셔와 호강시킬 수 있는 그런 엄청난 보물이야."

"어머나. 그 종이가 그렇게 엄청난 보물이유?"

"그렇다니까. 자네, 그 종이를 어디에 둔지 아는가?"

"그런 건 대개 문갑에 넣어두시니까……"

"자네, 오늘은 잠을 못 자도 좋으니까 이 길로 바로 돌아가서 그 격서 봉투를 찾아내 가지고 와야 해. 나도 들어갔다 길 떠날 준비를 해가지고 나와서 기다릴 테니까. 알았지? 어서 가봐."

"아니, 어디로 길 떠나는데요?"

"한양."

"어머나, 한양? 한양 누구에게 주려구요?"

"상감마마."

"엥? 상감마마요?"

"그렇다니까? 갖다 바치기만 하면 나는 당장 많은 상금에 높은 벼슬에……. 상팔자 벼락이 떨어지는 거야. 내가 그래야 자네도 호강 벼락이 떨어지지……. 알았지? 어서 가서 그걸 훔쳐내서 이리 가지고 와야 해. 얼른 가라고."

"알았소. 그럼……."

둘은 살며시 헤어져 갔다.

금련이 돌아와서 보니 금성대군은 방에 불을 켜놓은 채 코를 곯으며 자고 있었고, 협실夾室은 불이 꺼진 채 토방에는 다른 시녀들의 신발이 다 놓여 있었다.

금련은 금성대군이 자는 방 앞으로 갔다. 손가락에 침을 바른 다음 문고리 있는 쪽의 창호지에 손가락 끝을 대고 손가락을 살살 돌려 구멍을 뚫었다. 그리고는 안에서 걸어놓은 동그란 문고리를 가만히 밀어냈다. 그리고 방문을 살짝 열고 들어갔다.

윗목의 문갑 쪽으로 기어가 문갑을 열고 뒤졌다. 한쪽에 종이 접은 것이 몇 개 포개져 있었다. 봉투에 넣은 것도 있고 넣지 않은 것도 있었다. 어느 것이 그 보물인지 알 수가 없었다.

금련이는 거기 있는 몇 개의 접은 종이들을 다 집어 들었다. 그리고는 저고리 앞섶을 올리고 치맛말기 속에 쑤셔 넣었다.

금성대군은 한번 돌아눕더니 그대로 그냥 곤하게 잤다.

금련이는 살며시 기어 나와 방문을 닫아놓고 밖으로 나왔다. 사방은 잠잠했다. 성긴 구름 사이로 별빛이 은은했다. 고양이처럼 잽싸게 달려 봉서루로 갔다.

"나 왔어."

동이도 어느새 와 있었다. 두 켤레 미투리가 매달린 괴나리봇짐을 짊어지고 있었다.

"가져왔지?"

"예. 여기 있소."

금련이는 가슴에서 종이 뭉치를 꺼내 건넸다.

"아니. 이건……."

"어느 것인지 몰라서……."

"잠깐……."

동이가 봉투에 든 것을 빼내 보았다.

橄……, 錦城大君……. 順興府使……

이렇게 써진 것을 보니 틀림없는 격서였다.

"됐네, 바로 이거야. 이게 보물이라고……."

"그럼, 다른 종이는?"

"이건 다 쓸데없는 거니까 내가 가다가 없애버릴 거야. 그럼 어서 들어가 봐. 나는 이 길로 한양으로 갈 테니까."

"잉, 임자 잘되고 나면 천것이라고 나를 버리면 안 돼요. 알았어요?"

"그러면 천벌을 받지. 다 자네 덕에 잘되는 건데. 자. 그럼."

그들은 잠시 꼬옥 껴안고 있다가 헤어졌다.

이동은 그 격서를 인근 지방관에게 갖다 주어 조정에 고변하도록 할까도 생각해보았으나, 이보흠과 그들이 한통속일 수도 있다고 여겨져 직접 한양으로 가기로 마음먹었던 것이다.

다음 날 아침 금성대군은 늦잠을 잤다. 그래서 늦은 조반을 먹었는데 또 곧 외출했다가 해가 서편으로 가 있는 저녁나절에서야 돌아왔다.

무슨 생각이 떠올라 들어오자마자 문갑을 열었다. 자신의 기록물을 넣어놓는 칸을 열었다. 칸은 텅 비어 있었다.

"……?"

문갑의 다른 칸들을 다 열어보았다. 격문 봉투는 물론 함께 있던 기록물들은 어디에도 없었다.

"오늘 방 치운 사람이 누구냐?"

"예, 우리 둘이 치웠는데요."

실제로 금련이와 또 다른 시녀가 들어가 이부자리를 치우고 쓸고 닦았던 것이다.

"문갑을 열어보았더냐?"

"아니요. 위에 놓인 것들만 치우고 걸레질을 한 다음 그대로 올려놓았는데요."

"그래? 누구 다녀간 사람은 없었더냐?"

"예. 아무도……."

큰일이었다. 지금 아랫것들을 문초해보았자 소란만 커지고 소문만 나고 별 효과가 없을 것 같았다.

당혹한 빛을 애써 감추며 하인을 불렀다.

"너 얼른 가서 부사를 오시라 일러라. 지체 없이 오시라고……."

잠시 후 이부사가 달려왔다.

"나리, 무슨 일이 있소이까?"

"……."

금성대군은 정신 나간 사람처럼 멍한 눈으로 부사를 바라보았다.

"나리……."

"이부사. 격문이 사라졌소이다."

소리를 낮춰 말했다.

"……!?"

이보흠의 안색이 하얘졌다.

"이 일을 어쩌면 좋소? 이부사."

"좀 자세히 말씀해보시지요."

"자세히고 말고가 없소. 출타했다 들어와 찾으니 흔적도 없이 사라졌단 말이오."

"시녀들을 문초해보셨습니까?"

"문초는 안 했소만⋯⋯. 이 방은 물론 집 안에도 출입한 자가 없었다는 거요."

"⋯⋯."

부사는 번쩍 머리에 떠오르는 게 있었다. 그동안 자신이 여기에서 금성대군과 함께 있는 동안 은밀히 자신들의 동태를 살핀 자가 있었을 것이다. 그리고 그자가 격문을 아무튼 은밀하게 낸 다음 어디론가 가지고 갔을 것이다. 이 집 안에 협조자가 분명 있을 것이다.

게다가 그놈은 자기를 늘 따라다닌 동이일 것이다. 그놈이 간 곳은 아마도 이 근처의 관가가 아닌 도성일 것이다. 이렇게 생각을 한 것은 동이가 아침부터 보이지 않았고 아무도 그의 행방을 모르기 때문이었다.

"부사, 무슨 방도가 있겠소?"

"예. 아무래도 범인은 우리 급창 동이인 것 같소이다. 그놈이 아침부터 보이지 않아 찾아보았으나 아무도 그의 행방을 모른다는 것입니다."

"그럼, 어찌합니까?"

"그놈은 분명 한양으로 가고 있을 것입니다. 그놈이 본래 길을 잘 걸어서 하루에 이백 리는 족히 가는 놈이옵니다."

금성대군은 파랗게 질렸다.

"허어, 그럼 어찌해야 그놈을 따라잡겠소?"

부사가 손등으로 턱을 괴고 그윽이 생각에 잠기더니 입을 열었다.

"한 가지 방법이 있소이다. 기친현基川縣(영주시 풍기읍) 현감 김효흡金孝洽이 말을 잘 타고 또 잘 달리는 말을 데리고 있으니 그 사람에게 청을 할까 합니다. 지금 바로 사람을 기천으로 보내서 그 사람이 어디 가지 않고 거기 있기만 하면, 그래서 곧 말을 타고 떠나기만 하면 급창 동이가 아무리 빨리 간다 해도 대재(죽령)를 못 넘어서 붙잡힐 것입니다."

"아, 그렇게만 되면 다행이겠소. 헌데 그 기천현감을 믿을 수가 있소?"

"예, 그것은 염려 없을 것입니다. 그 아비가 생전에 소인과 친분이 있었고, 그 사람도 조실부모하고 혈혈단신으로 지낼 때 소인의 집에서 거두어주었고, 또 남행南行(문벌의 연줄로 벼슬에 임명됨)으로 출륙出六(7품 이하의 참하 품계에서 6품의 참상 품계로 오르는 것)을 하게 된 것도 소인과의 인연 덕분인데, 제가 소인의 청을 거절이야 하겠습니까? 염려 놓으셔도 됩니다."

"좋소, 그럼 그리해봅시다."

이보흠은 기천현감에게 간곡하게 부탁하는 편지를 썼다. 금성대군도 이번 일에 힘써주기를 바란다는 말과 후일에 공이 크리라는 말을 편지로 썼다.

두 사람의 편지를 한 봉투에 넣어서 봉하고 걸음이 잽싼 순흥 관노 하나를 골라 후한 상금을 걸고 기천현감에게 다녀오도록 심부름을 시켰다.

기천현감이 순흥부사 이보흠의 편지를 받은 것은 다음 날 평명平明(아침 해가 솟을 무렵)이었다. 김효흡은 문관이면서도 호쾌한 기질이 있어 말달리기, 활쏘기를 좋아하고 또한 주색도 좋아했다. 기천현에서 말타기, 활쏘기, 노름하기, 술판 벌이기 좋아하는 건달패들이 현감 휘하로 모여들어 동헌에는 주야장천晝夜長川 풍류가 질탕했다.

김효흡이 이러고도 파직을 당하지 않는 것은 이보흠의 뒷배 덕택이었다. 이보흠은 일개 부사에 불과했으나 그의 전력과 이름값으로 인해서 대관들에게도 상당한 존경을 받고 있었기에 그의 영향력 또한 없을 수 없었다.

김효흡은 이보흠의 편지를 보자 곧 말에 올라 급창을 추격하기 시작했다. 김효흡은 순흥에서 이보흠이 금성대군과 함께 엄청난 모의를 하고 있음도 다 짐작하고 있었다. 암암리 군사들의 훈련도 강화하고 있는데, 이제는 영월에 부처된 상왕과도 남몰래 연락을 취할 것이라는 것도 짐작하고 있었다. 모른 척하고는 있었지만 김효흡은 이보흠과 금성대군의 모의가 성공하기를 바라고 있었다.

김효흡의 계산으로는 동이가 아무리 빨리 갔어도 충주는 지나지 못했을 것이었다. 역마를 갈아타고 신속히 쫓아가면 빠르면 장호원, 늦어도 이천 안쪽에서는 잡을 것으로 예상했다.

김효흡은 말에 채찍을 가하며 가을색 창연한 대재를 단숨에 넘어 단양 육십 리를 점심 지을 때도 못 되어 통과했다. 그는 밥도 마상에서 먹고 주막 잠도 자는 둥 마는 둥 달려서 사흘 만에 동이를 장호원 지나 음죽陰竹(경기도 이천) 못미처에서 따라잡았다.

김효흡은 한 달에 한두 번은 이보흠을 만나러 순흥부에 갔기에 급창 동이를 잘 알았다.

"네 이놈. 게 섰거라."

동이는 김효흡인 걸 알자 샛길로 달아났다. 그러나 금방 김효흡에게 잡히고 말았다. 여러 날 걸어온 급창으로서야 더 달아나 피할 기력도 없었다.

"이놈아. 그 편지 내놓아라."

급창이 버티자 그의 몸을 뒤져서 격문이 든 전대纏帶를 빼앗았다.

"너 이 발칙한 놈. 그렇게 사또 신세를 많이 진 놈이 그래 꼭 이렇게 해야 되겠느냐?"

김효흡은 말채찍으로 급창을 후려친 다음 격문을 꺼내 읽었다. 급창은 분이 차올라 식식거렸다. 손에 잡았던 보물덩어리를 그만 강탈당한 것이었다. 급창은 김효흡에 대항할 아무런 방도도 없어 이만 뽀드득 뽀드득 갈며 길가에 퍼질러 앉아 있었다.

김효흡이 다 읽고 나더니 한마디 했다.

"이 고얀 놈. 너 이게 무엇인 줄 알고 훔쳐 가지고…… 어디로 가려던 게냐? 이건 바로 찢어 없애야……."

김효흡이 격문을 찢으려고 종이의 두 끝을 잡으려는 순간 번개같이 동이가 일어나 김효흡의 팔을 잡았다.

"사또! 잠깐만 입쇼. 소인 말씀 한마디만 들으십쇼."

"그래? 무슨 말이냐?"

기천현감이 찢기를 그만두고 손을 내리며 물었다.

"사또, 지금 경상감사가 궐위闕位인뎁쇼. 그 자리에 안 가시려 하십니까? 사또만 하신 양반이 기천현감 따위에 합당하십니까요?"

"이놈. 웬 딴소리냐?"

호통은 쳤지만 전혀 듣기 싫은 소리는 아니었다.

"사또. 그 격문을 가지고 한양으로 올라가십쇼. 그러시면 내려오실 때는 경상감사는 떼어놓은 당상입니다요. 경상감사 되시거든 소인 부르시와 두둑한 구실 자리나 하나 주시와요."

동이가 굽실거리듯 고개를 숙였다.

김효흡은 망설였다. 과연 이 격문은 엄청난 것이었다. 금성대군과 이보흠이 반역을 도모한다는 확실한 물증이 아니던가? 고변만 한다면 급창의 말 정도가 아니었다.

'하지만 이보흠의 신세를 어찌할꼬?'

순간 번개같이 아주 좋은 생각이 떠올랐다.

'금성대군 혼자서 격문을 쓴 것으로 하면 될 게 아닌가?'

격문을 쓴 긴 종이 왼쪽 끝에 한 줄로 쓰인 이보흠의 관등성명과 수결을 감쪽같이 잘라내면 격문은 금성대군 혼자서 쓴 게 되는 것이었다.

'옳다. 됐다.'

김효흡은 이렇게 작정을 하고 그 격문을 소매 속에 집어넣고 말 위에 올랐다.

급창이 말 앞에 버티어 섰다.

"사또. 소인은 어찌할깝쇼?"

"순흥으로 돌아가거라."

"가서 죽으라 그 말씀입쇼? 사또 귀히 되시거든 소인 공도 내세운다는 무슨 필적이라도 내려줍쇼."

필적이라는 말에 김효흡은 분기탱천하여 채찍으로 동이를 세차게 후려갈겼다. 동이는 휘청하고 옆으로 쓰러졌다. 머리에서 귀퉁이와 뺨으로 떨어진 채찍으로 인해 귀퉁이와 뺨이 터져 피가 흘렀다.

이 틈을 타서 김효흡은 말을 달려나갔다. 동이는 하얀 먼지를 일으키며 기운 좋게 달려가는 기천현감의 뒷모습을 바라보며 이를 갈았다.

'어디 두고 보자.'

그는 일어나 옷의 먼지를 털고 오던 길을 되돌아 걷기 시작했다. 그의 머리에 떠오른 생각은 기천현감은 헛물을 켜게 되고 자기가 반역을 도모한 역당을 잡는 공로자가 되는 것이었다.

'기천현감의 고변을 듣고 관병이 순흥부에 내려오기까지는 빨라도 칠팔일은 걸릴 것이다. 지금부터 나는 안동으로 가서 안동부사에게 고변하여 안동군사가 불시에 순흥을 급습하게 하는 것은 나흘이면 될 것이다. 이렇게 되면 순흥부사와 금성대군을 잡은 공은 내게 돌아올 것이다.'

이렇게 생각한 동이는 김효흡에게 언어맞아 쓰라린 아픔을 잊고 기운을 다해 안동부로 향해 발걸음을 재촉했다.

김효흡은 경상감사의 교지敎旨가 눈에 선하여 피곤도 잊은 채 더욱 채찍질을 가하여 도성에 이르렀다. 그리고 판중추원사 이징석李澄石을 찾아갔다.

이징석은 고향인 양산군梁山郡(경남 양산시)에 내려오면 풍산豊山(안동시 풍산면) 등지에서 사냥을 즐겼다. 그때는 고관이며 공신인 그와의 친분을 위해서 인근 수령들이 사냥에 함께 참석하여 안내도 하고 대접도 해주었는데, 기천현감 김효흡도 그때 낯을 익혔었다.

한편 김효흡이 돌아오기를 눈이 빠지게 기다리던 이보흠과 금성대군은 사흘이 가고 나흘이 가도 소식이 없자 비로소 의아하게 여기기 시작했다.

절대로 그럴 리는 없지만 그래도 만일 김효흡이 그 격문을 가지고 한양으로 갔다면, 금성대군과 이보흠은 역적으로 몰려 죽지 않을 수가 없게 되는 것이었다.

닷새가 지나자 두 사람은 김효흡을 단념하기로 했다. 그리고 죽을 각오를 하기로 했다. 그래서 두 사람은 서둘러 다시 격문을 쓰고 그 격문을 관장官長들에게 돌리기로 했다.

격문이 안동부安東府에 들어갔다는 전갈을 받은 날 저녁이었다. 안동부와 예천군醴泉郡의 병사들이 순흥부를 에워싸기 시작했다.

"이거 웬 놈들이고?"

성문을 지키는 군사들이 물었다.

"금성대군과 이보흠부사를 잡으러 왔다."

"응, 뭐라? 귀신 씨 나락 까먹는 소리 아이가? 어림도 없다."

"한양에서 대군大軍이 내려온다 카든데……. 그때는 마 다 도륙을 낼 끼라."

안동 예천 군사들은 포위를 하고 있을 뿐 쳐들어가지는 않고 있었다. 동이의 고변을 들은 안동부사 조안효趙安孝는 즉시 고변장계를 써서 말 잘 타는 군관에게 내주었다.

"밤낮을 가리지 말고 달려가야 한다."

그리고는 즉시 안동과 예천의 군사를 동원해서 반역 주도자 두 사람이 도주하지 못하게 순흥을 이중 삼중으로 포위하고 있었던 것이다.

이징식은 김효흡을 데리고 가 수양왕을 만났다.

6월 27일이었다.

"금성대군이 반역을 꾀한 증거가 여기 있사옵니다."

김효흡이 이동으로부터 빼앗은 격문을 올렸다.

격문을 훑어보던 수양왕은 깜짝 놀라며 신음 같은 소리를 냈다.

"어이구, 이, 이놈이 또……."

수양왕은 한 손으로 이마를 누르며 도승지 한명회를 불렀다.

"한승지가 내막을 좀 알아보시오. 나는 머리를 좀 식혀야겠소."

수양왕은 침전으로 들어가고 한명회가 김효흡을 만나 이것저것을 물었다.

"금성대군의 이런 행동을 순흥부사는 전혀 모른단 말이오?"

"확실히는 모르오나 그런 것 같습니다. 확실히 알았다면 왜 보고가 없었겠습니까?"

"음…… 이 격문은 어떻게 입수했소?"

"제가 잘 아는 순흥의 급창이 소인에게 가져온 것입니다. 이 급창은 이것을 자기가 잘 아는 금성대군의 시녀를 시켜 빼내 왔다 합니다."

"그렇다면……. 그 급창은 이 격문을 자기 상관인 순흥부사에게 주지 않고 왜 기천현감에게 가져온 것이오?"

"그게 저도 이상해서 물었더니 그놈 말로는 소인을 더 존경한다 했습니다만……."

"음……. 고생했소."

한명회는 이징석과 기천현감을 일단 돌려보내고 강녕전으로 들어갔다.

"전하, 유의 역모 사실이 분명하옵고, 순흥부사가 돕고 있는 듯하옵니다. 순흥부사가 돕고 있다면 규모가 걷잡을 수 없이 커질 수 있사옵니다."

"허어……."

"영남의 관민이 동조하여 조정과 맞설 수도 있사옵니다."

"참……. 믿기지가 않는구료. 금성이 끝끝내 나를 해치려 별짓을 다 하다니……."

"전하, 즉각 순흥에 사람을 보내어 확실한 실상을 파악하셔야 하옵니다."

"그럽시다."

"틀림없이 순흥 인근이 동요하고 있을 것이오니 인근에도 사람을 보내야 하옵니다."

"알겠소."

다음 날 바로 조사관들이 내려갔다.

소윤少尹(정4품) 윤자尹慈를 순흥으로, 우보덕右輔德(종3품) 김지경金之慶을 예천으로, 의금부진무義禁府鎭撫(정3품) 권감權瑊을 안동으로, 그리고 내관 지덕수池德壽, 안충언安忠彦을 보내 유瑜(금성대군)를 밀착 감시하라 했다.

그들이 내려가고 며칠 후 안동부사 조안효로부터 소상한 장계가 올라왔다. 한명회가 짐작한 대로 금성대군과 이보흠이 한통속이 되어 영남의 관민을 선동하여 반역에 동참시키려 하고 있다는 것이었다. 그리고 더욱 놀라운 사실은 저들이 영월에 안치된 노산군과 내통하는 기미가 있다는 것이었다.

"허어, 이럴 수가……. 이것들이 가는 곳은 돌림병이 퍼지듯 사람들이 반역병에 걸린단 말인가?"

"전하, 진즉에 신들이 말씀 올린 대로입니다. 병소病巢는 그저 일찌감치 도려내는 게 상책이옵니다."

"이거야 원……. 대사헌을 부르시오."

대사헌 김순金淳이 대령했다.

"믿을 수가 없는, 해괴한 일이 순흥에서 벌어지고 있다 하오. 경은 급히 내려가서 자세히 조사하고 일호의 가감도 없이 사실대로 아뢰도록 하시오."

명에 따라 김순은 판예빈시사判禮賓寺事 김수金修와 함께 즉시 순흥으로 떠났다.

14

천벌

안평대군을 죽인 후 세상의 인심은 수양왕의 생각대로 돌아가지 않았다.

안평의 호학과 풍류가 사람들을 끌어모았을 뿐 그 사람들은 안평을 부추기지도 않았고, 안평이 그 사람들을 이용해 보위 탈취를 시도하지도 않았다는 것을, 세상은 점점 더 확실히 깨닫고 있기 때문이었다.

수양왕이 자신의 더러운 흑심을 위해서 친아우 안평을 제물로 삼았다는 것을 세상은 더 잘 알고 있기에, 수양왕은 또 하나의 동모동기간同母同氣間인 금성을 크나큰 부담으로 여길 수밖에 없었다.

'내가 밉다 해도 상왕 복위니 뭐니 하며 되지도 않을 일에 신경 쓰지 말고 그냥 좀 조용히 지낼 수는 없단 말이냐?'

순흥으로부터 올라오는 장계는 금성대군의 역모 사실을 낱낱이 밝혀 놓고 있었다. 또한 현지에서 잡힌 순흥부사 이보흠이 거사 계획의 전모를 자백했다는 보고를 보면서는 맥이 탁 풀렸다.

조정 대신들은 또 술렁거리기 시작했다. 자신의 패거리들이 지켜왔다. 또 죽여라, 죽여라 하며 악귀들처럼 달려들 게 아닌가? 더 걱정인 것은 금성이나 이보흠의 처단만으로는 끝나지 않을 것 같다는 것이었다.

'필경 영월 땅의 노산군을 거론할 게 아닌가? 어차피 해치워야 할 일이긴 하지만 이렇게 급하게 돌아가서는 안 되는 것인데……'

"금성대군을 안동으로 옮겨 부처하라."

수양왕이 맥 빠진 소리로 분부했다.

"전하, 아니 되옵니다. 서둘러 사사賜死하심이 옳은 줄로 아옵니다."

"전하, 천부당만부당하옵니다. 즉시 처단하셔야 하옵니다."

"금성의 사사가 급한 게 아니오. 영남의 동요를 막는 일이 더 급하단 말이오. 죽이는 것만이 다가 아니오. 알겠소?"

화가 치밀어 연상을 몇 번 치며 소리치자 중신들이 잠잠해졌다.

수양왕은 이 틈을 이용해서 다시 큰 소리로 명을 내렸다.

"공조판서(양정)를 지중추원사 겸 경상좌도 도절제사로 삼고, 예조판서(홍윤성)를 지중추원사 겸 정상우도 도절제사로 삼아 영남 일대의 동요를 진정시키도록 하라."

"……"

"도승지는 예판에게 보낼 어찰御札 (임금의 편지)을 초하시오."

"예."

이때 예조판서 홍윤성은 모친상을 당하여 향리인 홍산현鴻山縣(충남

부여군 홍산면)에 내려가 있었다. 기복출사起復出仕(부모의 상중에 관직에 나가는 것)에는 어찰이 있어야 했다.

양정과 홍윤성은 그 이름만 들어도 울던 아이가 울음을 그칠 만큼 공포의 존재들이었다. 그래서 그 둘에게 경상도의 치안을 맡긴 것이었다.

"그리고 권완은 효수梟首로 다스리고, 송현수의 죄는 다시 거론하지 말라."

"……."

중신들은 누구도 입을 열지 못했다. 수양왕의 성품을 알고 있기 때문이었다. 지금 몹시 불편한 심기를 잘못 건드렸다가는 무슨 벼락을 맞을지 모르기 때문이었다.

"금성의 일은 다시 생각해보겠노라."

그날 이후 강녕전은 술 냄새로 찌들 지경이었다. 그러면서도 강원도 관찰사에게 특별 지시를 내렸다.

"노산군이 쓰는 비용은 원하는 대로 다 대주라."

다음 날에는 대궐에서 직접 노산군에게 옷가지를 내려보냈다. 노산군에 대한 이런 갑작스러운 배려는 겉으로는 중신들에 대한 일종의 시위였지만, 속으로는 노산군을 너무 가혹하게 취급한 데 대한 불안감이기도 했다. 그 불안감은 천벌이 연상되는 불안감이었다.

수양왕은 요즘 강녕전 앞 동침東寢인 연생전延生殿에서 왕비 윤씨와 함께 밤을 보냈다. 잠들 때가 되었는데도 왕이 자꾸 뒤척이니까 윤비도 잠을 잘 수가 없었다.

"마마, 무슨 심려라도 계시옵니까?"

"아니오, 그저……."

"저……, 혹시……."

"말씀하시오."

"송씨가 절 밖에 나와서 살고 있다는 얘기를 들으셨습니까?"

"송씨라고? 음……, 대비 말이구료. 못 들었는데……."

송비가 어렵게 지내고 있다는 말을 들은 윤비는 얼마 전 부담마負擔馬를 끌고 김상궁더러 거기 갔다 오라 시켰는데, 김상궁이 갔다가 거절당하고 온 얘기를 간단히 들려주었다.

"엎드려 염불을 했던 게 그날 밤이었소?"

"그렇사옵니다."

"속이 많이 상했겠소."

"하도 부아가 치밀어 도무지 어찌할 바를 몰랐었는데, 슬며시 이런 생각이 나질 않겠어요? 이제는 그네들을 더 이상 아랑곳하지 않겠다는……, 이제는 남남처럼 무심해져야겠다는……."

"잘 생각했소. 바로 그거요. 감상에 젖지 말고 무심해지는 거요. 우리가 그들에게 죄를 지었다는 생각을 말아야 하오. 하느님이나 부처님에게도 더 이상 송구해야 할 필요는 없소. 하늘은 늘 우리 편을 들어주었소. 우리의 모든 거사는 성공하게 해주었고, 저들의 모든 거사는 실패하게 해주지 않았소?"

윤씨는 세상의 모든 파도가 일시에 잠잠해지는 것 같은 편안함을 느꼈고 두 사람은 모처럼 편안히 잠들 수 있었다.

"똑 똑 똑."

한참 자고 있는데 장지문 두드리는 소리가 났다.

"누구냐?"

수양왕이 물었으나 대답이 없었다.

"……."

수양왕이 몸을 일으키려 하는데 문이 스르르 열리며 웬 여자가 들어 오고 있었다. 뒤따라 차가운 바람이 불어닥쳤다.

"누구냐?"

"궁녀지……."

여자가 다가오며 말했다.

"뭐, 궁녀? 이 밤중에 궁녀가 이 지밀至密에 왜 함부로 들어왔느냐?"

"호호호호……."

고성으로 여자가 웃었다. 소름끼치는 웃음소리였다.

"호호호호……."

여자의 웃음은 계속되었다.

"누구냐? 신분을 밝혀라. 감히 여기가 어디라고 들어와서 함부로 웃느냐?"

"궁녀라니까, 아니 궁녀년이라니까, 호호호호……."

"요망스럽구나. 네가 누구이기에 감히 내 앞에서 웃는 게냐?"

"자꾸 물으니 신분을 밝히겠다. 네가 궁녀년이라고 항상 욕질을 하던 권씨다. 상왕마마의 어미다."

"옛!?"

수양이 방바닥을 기어서 두어 걸음 물러났다. 순식간에 여자가 세조에게 달려들었다. 참새를 덮치는 솔개처럼 덮쳐 수양의 목을 잡아 조였다.

"네 이놈. 이 악마!"

"아, 형수, 왜 이러시오?"

"천하에 더러운 이 역적놈아. 뭐라고? 형수란 말이 그 주둥이에서 나오느냐?"

여자의 긴 손톱이 얼음송곳처럼 수양의 목에 깊이 파고들었다. 숨이 막혀 죽을 지경이었다.

"억, 형수, 영문이나 알고 죽읍시다."

"그래. 알고는 죽어야지."

여자는 수양의 목을 풀어주었다.

"죽은 형수가 내게는 웬일이오?"

"죽어 지하에 있었더니 네 하는 꼴이 도저히 참을 수가 없더구나. 멀쩡한 내 아들을 더러운 수단을 다해 내쫓고 용상을 가로채더니……. 이제는 죄를 뒤집어씌워 산골에 내다 버리지 않았느냐? 그리고는 듣자하니 뭐 하늘이 너의 편이라고? 하늘이 너의 편이면 지하는 네 편이 아니다. 너 때문에 생긴 많은 원귀들이 너를 가만 둘 성싶으냐? 이놈. 죽어봐라."

여자가 다시 달려들어 목을 세차게 졸랐다.

"억, 살려주시오. 나는 아직 죽을 때가 아니오. 할 일이 많소."

숨이 거의 넘어가게 되었을 때 여자가 다시 목을 풀어주었다.

"죽기 싫다고……, 그럼 두고두고 고생이나 해보아라. 네놈이 내 자식을 내다 버렸으니 나도 네 자식을 잡아다가 버리겠다. 네 자식이 네놈 따라 왕이 될 줄 아느냐? 어림도 없다. 에이 더러운 놈."

여자는 돌아서 발소리도 없이 문 쪽으로 다가갔다. 수양이 엉금엉금

기어가 여자를 올려다보았다.

"형수, 잠깐 기다리시오. 오해를 풀고 내 말을 좀 들어보시오."

"에이 더러운 놈. 퉤 퉤……."

여자는 쳐다보는 수양의 얼굴에 침을 두어 번 뱉고는 나가버렸다.

"형수, 형수……, 형수……."

수양은 자기 목소리를 들으며 잠에서 깨었다.

"웬 잠꼬대를 하세요?"

"어? 어디 갔지?"

"꿈을 꾸신 거 아니에요?"

"어, 음, 꿈이었구먼."

"어린애같이 이불 밖으로 마구 나와 계시다니 가을 한기에 감기 드시겠어요."

"꿈이 이상하오. 무섭고……."

"무슨 꿈인데요?"

"상왕 생모 권씨가 나타나서 내 목을 마구 조였소. 그리고 내 자식을 잡아가겠다고 했소."

"예에?"

윤씨는 등골이 오싹했다. 하지만 침착하려고 마음을 다잡았다.

"음……."

"주사야몽晝思夜夢이라고……, 낮에 마음 한구석에 공연한 생각을 하시니까 그런 꿈을 꾸시잖아요. 마마야 말로 감상에 젖지 말고 무심해지셔야겠어요."

"아닌 게 아니라 마음속으로는 한 가지 불안한 게 늘 걸려 있었소.

그건 세종 아버님께서 지하에 계시면서 꾸중을 하시지 않을까 하는 생각이었소. 지난 3년간 내가 해치운 일에 대해서 야단치시지 않나 해서 말이오."

"염려 놓으세요. 흉몽대길이라 하지 않습니까. 지금쯤 아마도 궁녀 권씨는 세종 아버님께 큰 꾸중을 듣고 있을 것이옵니다."

"허어. 그것참 재미있는 말이요."

"마마 속내야 신첩이 누구보다 잘 알지요. 겉으로는 무정하신 척하시면서도 속으로는 매우 인자하시고 사려 깊으시다는 것을 말이에요."

"허. 꿈 덕분에 중전한테 칭찬을 다 듣는구먼. 허허."

"호호호……."

종소리가 들려왔다.

"벌써 파루罷漏인가?"

"하오나 꿈꾸신 만큼 더 주무세요."

"그래 볼까?"

둘은 다시 반드시 누워서 잠을 청했다.

해 뜰 무렵까지 둘은 늦잠을 자고 있었다.

"양위마마, 양위마마."

김상궁이 밖에서 불렀다. 왕비 윤씨가 먼저 들었다.

"왜 무엄하게 큰 소리냐?"

"양위마마. 큰일 났사옵니다. 세자마마께서 밤사이 병환이시라는 기별이옵니다."

"세자가?"

두 사람이 깜짝 놀라 일어나 앉았다.

"엊저녁까지도 말짱하던 세자가 웬 병이란 말이더냐?"

수양이 소리를 높였다.

"황공하옵니다."

세자궁의 상궁 목소리였다.

"어느 정도더냐?"

"주무시기 전에 감기 기운이 좀 계신 정도였사옵니다. 그런데 새벽녘에 갑자기 온몸이 불덩이처럼 펄펄 끓으셨습니다. 지금은 사람 출입도 잘 모르시옵니다."

"그때가 파루 치기 전이더냐?"

"그렇사옵니다."

"그럼 즉시 기별을 했어야지."

"한동안 열이 오르시다가 도로 누그러지셨기에⋯⋯."

"음⋯⋯."

"그런데 아침에 도로 열이 오르기 시작해서 여쭈러 왔사옵니다."

"알았다. 내 금방 가보겠다."

둘은 서둘러 동궁으로 갔다.

세자는 말마따나 열로 얼굴이 벌게졌다. 그리고 오른쪽으로 고개를 푹 꺾고 한참동안 몸을 떨다가, 다시 왼쪽으로 고개를 꺾고 또 한참을 부들부들 떨었다. 그러기를 반복하고 또 가끔 얼굴을 베게 밑으로 숨기려는 듯 파고들기도 했다. 참으로 이상한 증세였다.

"음⋯⋯. 전의청은 다른 일을 모두 중지하고 세자를 살피도록 하라."

세조는 편전으로 나갔다.

세자 장暲은 원래 몸이 강건한 편은 아니었으나 그렇다고 허약한 편도 아니었다. 그저 좀 유약한 편이었으나 그렇다고 병골은 결코 아니었다. 마음이 선량하고 인정이 많아 상왕이 예전 유년 시절에 유난히 좋아하고 즐거이 따르던 형이었다.

장은 계유정난이 일어났을 때도 덜컥 앓아누워서, 집안사람들의 가슴을 철렁 내려앉게 했다가 차츰 나아서 일어났었다. 병자사화 때도 성삼문 등 여러 사람들이 거열형을 받는다는 소문을 듣자 앓아누워서 고열에 며칠 동안 시달리다가, 차츰 나아져 일어났었다. 상왕(단종)이 청령포로 쫓겨난 이후 세자는 전에 없이 우울한 것 같았다. 한동안 앓아눕기도 했는데 곧 일어났었다.

그런데 이번에는 좀처럼 차도가 보이지 않았다. 예전처럼 차츰 나아져 일어날 것이라고들 여겼으나, 이번에는 전혀 차도가 보이지 않았다. 백약이 무효였다. 장의 이런 병은 아무래도 장의 가슴에 몰아친 공황恐慌의 광풍으로 인한, 선량한 심지心地의 황폐화인 것도 같았다.

경회루 앞에 승려들이 모여 공작재孔雀齋(공작명왕에게 무병장수를 비는 재)을 베풀었다. 명산대천에 사람을 보내 향을 피우고 축문을 태우며 기도하게 했다. 삼공, 육판과 승지들이 모여 간곡한 기도회도 가졌다.

그러나 세자는 아직 쾌차할 징후를 보이지 않고 있었다. 게다가 남도南道는 혹심한 가뭄이 들어 백성들의 시름이 깊어지고 있었다.

강녕전에서 잘 나오지 않는 수양왕은 이마의 깊은 주름을 펴지 못한 채 울민鬱悶의 화신化身이 되어 있었다. 중전 윤씨는 눈에 눈물이 그렁그렁한 채 강녕전에 나가 수양의 심기를 위로해야 했고, 세자궁에 나가 간병의 고초에 시달리는 빈궁을 위로해야 했다.

강녕전에서 참았던 중전 윤씨의 설움은 세자궁에서는 터져버리곤 했다.

"이게, 이게 도대체 무슨 변괴란 말이냐? 어이구⋯⋯."

"어마마마, 고정하시옵소서."

"이게 어디 고정할 일이더냐? 아이구, 세자⋯⋯."

이제 세자는 하루에도 몇 번씩 혼수상태에 빠져들곤 했다. 그때마다 빈궁의 곡성은 높아지곤 했다.

"저하, 어서어서 쾌차하시옵소서. 다음 대를 이으실 옥체이시옵니다. 저하."

참아내는 통곡의 사이사이 빈궁은 환자가 다음 지존이라는 막중한 존재임을 일깨워주고 있었다.

조석으로 정신을 차리게 하는 찬바람이 불자 세자의 병세가 차도를 보이기 시작했다.

'전처럼 또 완쾌되어 곧 일어나겠지⋯⋯.'

모두들 한시름 놓아가고 있는 사이 어느 새 추석이 다가오고 있었다.

추석 전날, 즉 8월 14일에 한명회가 이조판서에 제수되었다. 이제야 겨우 대감의 반열에 오른 것이었다. 권람은 그 자리를 떠나 판중추원사로 자리를 옮겼다.

한명회가 이제야, 홍윤성이나 양정보다도 늦게 이제야 판서에 오른 것을 의아하게 여기는 사람들이 많았다. 그러나 수양왕과 한명회의 관계는 이미 그런 보직이나 위계 따위를 훨씬 초월한 특수한 관계였다. 굳이 한두 가지 따지자면 서로 생명의 은인이기도 한 관계였고 가능한 한 가까이 있어야만 하는 관계였던 것이다.

판서 승진을 축하하는 사람도 별로 없어 권람이 축하차 한명회의 집을 찾았다.

"어서 오게. 이제 한직으로 물러났으니 어디 온천에라도 다녀오지. 전하께서도 아마 그리 생각하셨을 것이야."

"짐작하네."

"자네에게 미안한 생각이 들었어."

"우리 사이에 별소리 다 하네그려."

사실 권람은 요새 건강이 그전만 못했다.

"어디로 갈 텐가? 온양이 좋을 것도 같네만……."

"이 사람. 지금 어디 온천이나 갈 땐가? 지금 도성을 비울 때냔 말이야?"

"몸이 불편하면 우선 쉬고 봐야지……."

"고마운 말이네만, 아직 온천 갈 처지는 아니니 마음 놓게. 그런데 이보게."

"……?"

"권완은 처형하고……, 송현수를 살려놓고 있으면……. 이상하지 않은가?"

"이 사람, 정경. 거 답답한 소리……."

"답답하다니?"

"허어, 이 사람. 지금 세자저하께서 미령하신 판국이 아닌가? 이런 때는 죽일 사람도 살려 하늘의 은덕을 바라지 않던가?"

"그래, 듣고 보니 그렇구면……."

"그런데, 정경. 자네 보기에는 세자저하의 환후가 어떠한가?"

"그걸 어찌 알겠는가?"

"내 생각엔 쾌차하기 어려울 걸세."

"아니……."

"세상에 떠도는 말로는…… 천벌이라고 한다네."

"허, 이 사람."

"전하께서 많은 목숨을 희생시키고 어린 조카를 내쫓고 보위마저 찬탈하셨으니 하늘이 노하여 천벌을 내렸다는 게야. 앞으로도 이 나라 왕실에는 천수를 제대로 누리는 사람이 없을 것이니 두고 보면 안다고 한다네."

"아니, 누가 그런 소리를 한다는 게야?"

"백성들이 그렇게 여기고 있단 말이네."

"하기야 우리가 과도한 일들을 많이 하긴 했지. 난 그런 말 고깝게 여기지 않아. 어차피 누가 해도 해야 할 일을 한 것이니까. 뭐……. 마음에 거리낄 것도 없고……. 마음을 비워야지……."

물론 자기들의 합리화였지만 한명회는 당당했다.

"허지만 그런 말을 전하께서 들으시기라도 하면 어찌 되는가?"

"들으셔야지."

"아니. 이 사람."

"전하께서도 천벌이란 말을 들으셔야만 하네."

"……?"

"그래야 전하께서 확연히 깨닫게 되시네. 전하께서 지금 어떠한 자리에 계시는지 뚜렷이 알게 되실 게야. 세자저하의 환후를 천벌이라 부르는 백성들이 있는 나라가 아닌가? 이대로야 전하의 치세에 어찌 태평성대를 이루겠는가? 그러니까 그런 소리를 들으셔야, 금성과 노산을 살려두고는 참된 임금 노릇을 하실 수가 없다는 것을 아시게 될 것이네."

"……?!"

권람으로서는 한명회의 논리가 납득되지 않았다. 그러나 그런 주장의 의도는 충분히 이해가 되었다.

역시 한명회였다. 세자의 와병과 그것을 천벌이라고 하는 소문까지를 이용해서, 화근의 뿌리들을 완전히 뽑아버리도록 임금의 결단을 촉구하려는, 한명회의 분명하고도 무서운 의지였다.

'역시 무서운 사람이야.'

세자의 용태가 좀 나아지는가 싶더니 다시 위중해지기 시작했다. 전의가 분주하게 세자궁을 드나들었고 상궁 내관들이 세자의 병수발로 지쳐나갈 지경이었다.

빈궁 한씨는 세자의 곁을 잠시도 떠나지 않고 간병을 하며 며칠이고 그렇게 밤을 새우고 있었다. 한씨의 얼굴은 보기 민망할 정도로 핏기 없이 거칠어지고 부어 있었다. 의지가 아니라면 벌써 쓰러졌을 판이었다.

"빈궁의 정성이 갸륵하지만 좀 쉬어야겠다. 어서 가 잠시라도 쉬도록 해라."

"아니옵니다. 어마마마."

"허……. 김상궁, 어서 빈궁을 모시게."

"예. 빈궁마마……."

김상궁이 빈궁을 부액扶腋해 밖으로 뫼시고 나갔다. 딴 사람같이 푸석하고 초췌하게 변해버린 빈궁을 보며 밖에 있던 상궁들이 눈시울을 적셨다.

밖으로 나오자 빈궁 한씨 또한 눈물이 그렁그렁해졌다. 그것은 세자의 환후가 심상치 않기 때문이었다. 세자의 죽음이 자신에게 어떤 결과를 가져오는지를 누구보다도 잘 아는 빈궁이었다.

상궁의 부액을 받으며 자신의 거처로 한 걸음 한 걸음 옮기며 흘러내리는 눈물을 참으려 하지 않았다.

'오, 무상한 꿈이던가……'

"고정하시옵소서. 빈궁마마. 으흑."

함께 울면서 상궁은 빈궁을 자리에 눕혔다. 천근같이 무거운 눈꺼풀이 내려앉으며 빈궁은 깊은 잠속으로 빠져들었다.

그날 밤 수양왕이 세자궁을 찾았다. 세자는 의식을 잃은 채 늪과 같은 잠속을 헤어나지 못하고 있었다. 그런 세자를 물끄러미 쳐다보다가 자리를 고쳐 앉으며 땅이 꺼질 듯 깊은 한숨을 내쉬었다. 중전 윤씨의 눈시울이 젖어 들었다.

"다…… 내가 덕이 없어서지……."

허망한 마음속을 보이는 중얼거림이었다.

"종사가 난마亂麻 같은데 우환까지 겹친단 말이오. 천지신명도 무심한지고……."

"망극하옵니다."

"빈궁은 어디 간 게요?"

"잠시 쉬도록 했습니다. 빈까지 쓰러질 것 같아서요."

"잘하셨소."

"······."

중전 윤씨는 맥없고 파리해진 수양왕의 용태를 살피면서 지나간 삶의 면면을 떠올렸다.

수양대군으로 살던 시절이 가장 행복했다는 생각이 들었다. 그때는 이른바 단란한 가정이라는 게 있었다. 계유정난이 있고부터 가정이라는 것이 부서지기 시작했다. 가족이 아닌 사람들이 몰려들기 시작한 것이었다.

나라의 실권을 장악한 영의정이 되고 마침내 보위에 오른 뒤부터는 악몽과 같은 일들이 줄을 이어갔다. 역모가 일어나면 귀양살이가 생겼고 귀양살이 뒤에는 피바람이 일어났다. 그게 어디 한두 번이요 한두 사람의 일이던가?

병자년의 피바람은 생각하기조차 끔찍한 악몽이었는데도 권완과 송현수의 역모가 일어났고, 그게 빌미가 되어 지친이며 상왕인 어린 조카를 강봉시켜 영월 땅의 궁벽하기 짝이 없는 곳으로 쫓아냈다.

이제 또 금성대군의 피바람이 일고 있지 않은가? 결코 허약 체질이 아니었던 세자는 계유정난 때 덜컥 앓아눕더니, 그뒤부터 점점 몸이 쇠약해졌고 결국은 오늘날의 병세와 같은 위중한 사태에 이르고 말았다.

이게 진정 세상이 바라보는 것처럼 가장 영화롭고 가장 축복된 삶의 실상이란 말인가?

"후우······, 후우······."

중전은 수양왕이 옆에 있는 것도 잊고 가늠할 수 없이 깊은 한숨을 연이어 쏟아놓다 흠칫 놀랐다. 수양왕은 그런 중전을 말없이 지켜만 보고 있었다. 그 역시 죽어가는 세자를 앞에 두고 윤씨와 같은 생각을 하고 있었을 수도 있었다.

"중전께서도 들으셨을 테지요?"

수양왕이 느닷없이 던지는 질문이었다.

"예? 무슨 말씀이신지?"

"항간에 나도는 소문 말이오."

"소문……."

중전 윤씨는 갑자기 온몸에 소름이 쫙 끼쳤다. 그 소문이 왕의 귀에까지 들어간 게 틀림없지 않은가?

"세자는 반드시 죽을 거라는 구료. 그게 천벌이라고……."

죽어가는 자식을 앞에 놓고 정신이 온전하고 생각이 냉정한 사람이 어디 있으랴. 수양왕은 넋이 빠져나간 사람처럼 중얼거리며 세자를 보고 있었다.

"전하……."

터지려는 울음을 참는 중전이었다.

"수양 그놈이 원래 역적이었으니 당연히 그놈도 죽고 자식들도 다 죽어야 한다는 구료."

"아니. 전하……."

수양왕은 제정신이 아니었다. 아니 어쩌면 진정한 제정신이 돌아온 것인지도 몰랐다.

"세자의 태평성대를 열어주려 했건만……."

수많은 살생으로 이루어진 태종의 시대가 세종의 태평성대를 이루어주었듯이, 수양왕 또한 세자의 태평성대를 열어주고자 했단 말인가? 정말 그러고자 했다면……?

그러나 수양왕은 정말 그랬어도 그건 자기 역적질에 대한 변명이요 합리화일 수밖에 없었다.

"세자가 이리된 것도 모두가 신첩이 부족한 탓이옵니다."

"당치 않소. 중전의 후덕함이야 천하가 다 아는 일이오. 과인의 허물이 큰 탓이오."

"망극하옵니다. 전하."

세자는 아주 평온하게 잠을 자고 있는 것 같았다. 그러다 가끔 잠시 눈을 떠서 초점 잃은 눈으로 천장을 바라보고는 다시 눈을 감았다. 긴 잠이었다. 어느 날은 종일토록 눈을 한 번도 뜨지 않고 잠만 잤다.

반역죄로 갇혀 있는 송현수의 처리에 대한 어명이 내려졌다. 능지처사 시킬 것을 주장하는 신하들의 아우성 속에서 수양왕은 자신의 뜻을 관철한 셈이었다.

송현수가 누군가. 착하디 착한 옛 친구였다. 그리고 나중엔 조카 금상의 장인이었고 지금도 변함없는 사돈이었다. 병석에 누워 있는 세자의 쾌차를 생각해서도 죽일 수는 없었다.

"송현수는 장 1백 도를 때려 변방의 관노로 영속시키고, 그 가산은 적몰하되, 그 처와 자녀들은 송현수가 영속된 지역의 관노비로 삼아 가족이 함께 모여 살도록 하라."

장 1백 도를 맞고 변방으로 끌려가면서 송현수는 자신을 저주했다.

'내가 맞아 죽어도 싸다. 그 불한당 같은 수양 놈의 감언이설을 믿고 딸을 내주어 딸은 물론이요 온 집안이 쑥대밭이 되어 죽을 날만 기다려야 하니……. 내가 그때 끝끝내 거절했으면 수양 놈인들 어쩔 수 없었을 것이 아닌가? 명색이 대군이요 왕숙이란 자가 천기작부賤妓酌婦만도 못한 요설妖說을 밥 먹듯 하는 놈일 줄을, 허어…… 내 몰랐으니……, 내가 맞아 죽어도 싸다 싸.'

15

문둥병

세자의 병세는 나아질 기미를 보이지 않고 점점 더 기울어져 가는 것 같았다. 그동안 세자의 쾌유를 위해서 안 해본 일이 없을 정도로 난리를 치룬 셈이었다. 내불당 기도, 공작 재, 신 굿, 산천기도 등등은 그런대로 잘 시행이 되고 있었다.

내로라하는 무격巫覡들이 일러준 비방도 시행해보아야 하는데 어려움이 많았다. 오대조五代祖 이내의 묘지 가운데 도굴된 데를 찾아 메우는 일, 내명부 가운데 세자에게 원심怨心을 품은 계집을 찾아내 죽이는 일, 세자가 유아일 때 짜증을 내며 젖을 물린 유모를 찾아 그 유모의 유방을 잘라내 달여서 세자에게 먹이는 일 등은 아직 해내지 못하고 있었다.

수양의 몸도 많이 고달팠기에 며칠 만에 조회를 열었다. 조례사배朝禮四拜를 마치자마자 수양이 하소연하듯 답답함을 털어놓았다.

"이 나라에는 도대체 화타華陀, 편작扁鵲이 없단 말이요? 세자가 죽어가고 임금이 병들어 가는데 그저 멍하고 있다가 다 죽어야 한단 말이오?"

며칠 만에 수양의 얼굴을 본 제신들은 깜짝 놀랐다.

"전하, 황공하옵니다. 용안이 일변하셨으니 어이 된 일이시옵니까?"

맨 앞쪽에 있던 신숙주가 물었다.

"며칠 잠을 못 자다가 한 사흘 자고 났더니 온몸이 안 아픈 데가 없소. 나이 마흔에 벌써 이 지경이니 남은 날이 얼마 안 되나 봅니다. 손가락 발가락 마디마디 안 쑤시는 데가 없고 머리털 털끝마다 따끔거리고……, 온 얼굴 구석구석이 땅겨서 괴롭소."

"전하, 면경面鏡을 보시옵소서. 용안 처처에 상처가……."

"뭐요? 처처에 상처가? 여봐라 면경을 가져오너라."

면경이 왔다. 면경을 비춰본 수양이 자학自虐 같은 말을 내뱉었다.

"이건 뭐 문둥이가 될 모양이로군."

수양은 면경을 보며 자기 얼굴 여기저기를 만져보았다.

"허어, 틀림없구먼. 내가 꼼짝없이 그 궁녀 년에게 당하는 게 아닌가? 세자 장도 꼼짝없이 죽어야 하고……."

다른 사람들은 들을 수 없는 낮은 소리로 중얼거렸다.

제신들은 모두 허리를 굽히고 고개를 숙이고 있었다. 면경을 물리고 앞에 구부리고 있는 제신들을 바라보았다.

'흥, 이것들. 왕실이야 문둥이가 되든 죽어나가든 너희들이야 머리를 조아리다 퇴궐하면 편안한 집구석이 있으니 그만이지. 그저 벼슬과 녹봉만 주면 누가 왕위에 있건 상관없겠지. 수양대군의 가정은 천벌을 받아 저 꼴이 된다고 하겠지.'

수양은 앞에 구부리고 있는 백관들을 다 때려죽이고 싶었다. 황보인, 김종서, 성삼문, 박팽년 등이 저 속에서 자신을 비웃고 있는 것도 같았다.

"모두 고개를 들라."

사모紗帽 아래 나타나는 얼굴들을 보면서 수양은 취기에서 깨어나듯 제정신을 찾고 있었다.

'어쩌랴, 그래도 저것들에 의지해 살아야 하는 것을⋯⋯.'

"누구든지 솔직히 말을 해보시오. 얼마 전 과인이 아주 흉악한 악몽을 꾸었소."

수양은 꿈 이야기를 간략하게 해주었다.

"그 밤부터 세자는 병이 들어 목숨이 경각에 달려 있고, 과인의 몸도 이 모양이 되었소. 도대체 어찌해야 이 난국을 수습할 수 있을지 대책을 말해보시오. 영상부터 말해보시오."

영의정 정인지가 앞으로 나왔다.

"성명聖命을 받들어 신의 소견을 아뢰오. 세자의 병와病臥로부터 궐내에는 많은 변화가 일어났습니다. 공작재에서 태워버린 선향線香의 재만도 한 무더기가 되며, 신 굿에서 두드려 구멍 뚫어진 북이 다섯 개이며, 내관 궁인들 중에 죄를 얻어 하옥된 자가 백여 명입니다. 옥사는 죄도 분명하지 않은 죄인들로 콩나물시루가 되었고, 내탕고內帑庫는 바닥이 났으며, 전의청의 직원들은 지위 고하를 막론하고 불면으로 부석부석합니다."

수양은 한심한 생각이 들었다. 다 알고 있는 일을 이 다급한 때 늘어놓는 이유를 알 수가 없었다.

"그거야 다 아는 바이니 그만두고 방책을 얘기해보시오."

"인명재천人命在天이라는 것을 모두 잊고 있는 것 같습니다. 민가 같으면 한 식구의 목숨을 건지기 위하여 파산에 이른다 해도 족히 이해할 수 있는 일이며, 효도나 우애로 칭찬받을 수도 있는 일입니다. 그러나 군왕은 수백만 백성의 생사존망生死存亡을 한 손에 쥐신 분입니다. 왕족 일인의 병으로 국망國亡을 초래할 수는 없는 일입니다."

'아니, 영상이란 자가 뭐 할 말이 없어서 저따위 소리를 지껄이고 있단 말인가?'

"아니, 영상. 나라가 지금 망한단 말이오? 그리고 왕세자의 목숨이, 왕통을 이어갈 세자의 목숨이 경각에 달렸는데 국인國人들은 눈 하나까딱하지 않고 범상해야 한단 말이오?"

"전하, 신이 말씀드리고자 하는 것은 그 효험입니다. 무슨 일이든 국왕의 권도로 능히 시도할 수는 있습니다만, 백성을 괴롭히고 재화를 탕진해가면서도 효험이 없다면 그것은 우행愚行 중의 우행입니다."

'유식한 척하기는……. 어느 것이 효험이 있는지 모르니까 이것 저것 다 해보는 게 아닌가?'

"결론을 말해보시오. 결론을……."

"사람은 결국 죽는 것이옵니다. 본조本朝의 역대 임금께서도 모두 지하로 돌아가셨고, 그중에 문종대왕께서는 요절을 하셨습니다. 인명은 재천이니 전하께서는 그 악몽과 세자의 와병이 서로 연관되어 있다고 믿어서는 아니 되옵니다."

'그럼 손 놓고 가만있으란 말이냐? 선현들의 말 몇 마디 믿고? 부처님께 빌어서 되는 일도 많은데? 공맹孔孟밖에 모르는 것들이…….'

"그럼 그게 서로 연관되어 있지 않다고 어떻게 확언할 수 있는 것이오?"

"세상에 요괴라는 게 있을 수는 있지만, 사필귀정事必歸正이요 사불범정邪不犯正인즉, 일월운행日月運行이나 사계변천四季變遷의 엄정 앞에 요괴는 무력한 것이옵니다. 비가 올 때가 되면 비가 오는 것이니 수해를 입었다고 요괴를 두려워할 일도 아니며, 풍년이 들었다고 해서 요괴에게 감사할 일도 아닌 것입니다. 부디 옥체를 보중하시와 국기國基(나라의 기초)에 미동도 없도록 하시옵소서."

'어이구, 장광설로 여러 말했다만 빤한 이야기로 잘난 척만 했을 뿐이 아닌가? 어이구.'

수양은 멋모르고 한바탕 술을 마시다가 취한 것처럼 묘한 심정이 되었다.

'저것들이 내 심정을 어찌 알 것인가? 저것들에게 세자를 살릴 방도를 물은 내가 잘못이지…….'

수양은 그만 조회를 파하고 말았다.

중전 윤씨의 몰골도 요즘 말이 아니었다. 중전을 가장 가까이 모시는 임상궁도 몰골이 많이 달라졌다. 그러다 보니 궁내의 모든 여인들이 털갈이 때가 된 짐승들처럼 푸석푸석하고 스산하게 보였다.

중전의 요즘 주된 일은 우는 일이었다. 하루에도 예닐곱 번 정도는 울었다. 그럴 때면 임상궁도 함께 울었다.

"중전마마, 고정하시옵소서. 온 나라가 발칵 뒤집혀질 정도로 병구완을 했으니 하늘도 무심치 않을 것이옵니다. 좋다는 방법은 다 써보았으니 곧 효험이 있을 것이옵니다. 고정하시옵소서."

한동안 서로 별실을 쓰던 수양이 정인지의 장광설에 실망한 나머지 조회를 파하고 불쑥 중전을 찾아갔다.

"중전 좀 어떻소?"

윤비는 일어서며 인사를 하려다가 그대로 얼어붙었다.

"아, 아니……."

"왜 그러시오 중전. 무리하지 말고 그냥 누워 계시구려."

"마마의 용안이……."

"아, 내 얼굴 말이오? 뭐 간단한 피부병이라니까 곧 나을 것이오."

"아니옵니다. 많이 악화된 것 같사옵니다."

"자, 이거야 뭐 곧 나을 테니 걱정 마시고 중전도 몸을 곧추 세우시려면 뭘 좀 드셔야지요."

수양은 중전의 걱정을 덜기 위해서 일부러 명랑한 척했다. 얼굴 모습과는 달리 수양의 목소리가 명랑한 척, 꾸민 것처럼 들리자 혹시 뭘 숨기고 있는 것은 아닌가 해서 중전은 불현듯 무서운 생각이 들었다.

"……."

"중전, 왜 그렇게 멍하고 있소. 내 얼굴이 그렇게도 흉하게 보이오?"

"아닙니다. 마마. 그게 아니오라……."

바로 그때였다. 다급하게 우르르 몰려오는 신발 소리가 들렸다.

"상감마마."

"상감마마."

세자의 머리맡을 지키던 상궁들이었다.

"무슨 일이냐?"

"세자마마께서 숨을 몰아쉬시옵니다."

수양이 뛰어나갔다. 중전이 비틀거리며 그 뒤를 따랐다.

세자는 인사불성이었다.

"세자야. 세자야."

"세자야, 어미다. 어미야."

"여보오……. 여보오……."

세자빈 한씨의 애절한 목소리가 듣는 이의 가슴을 에는 듯했다.

얼마 만인가, 세자가 눈을 떴다.

"세자야. 어미다."

"어머니. 소자를…… 데려갈…… 사람들이…… 문밖에…… 와 있습니다."

"세자야. 정신 차려라. 어미가 다 쫓아낼 테니 안심해라. 아무도 세자 가까이 오지 못한다."

윤비는 어린애 안듯 세자를 가슴에 안았다.

"걱정마라. 세자야. 어미가 있다."

"어머니……. 저 소리가……. 저……."

그러다 세자의 머리가 옆으로 푹 꺾였다.

운명殞命이었다. 아까운 나이 이제 스물이었다.

세자의 염습이 진행되는 동안 수양은 편전에 나와 있었다. 그는 교의交椅에 앉아 오른팔로 턱을 고이고 생각에 잠겼다.

한명회가 들어와 있었고, 내관 둘이 대령하고 있었다. 수양은 두어 줄기 눈물을 주르륵 흘렸다. 한명회도 고개를 숙이고 소리 없이 울었다.

수양은 고개를 숙이고 생각에 잠겼다.

'내 아들, 맞아들, 대를 이를 그 아들이 죽었다. 내가 무소불위의 힘을 가지고 있는 왕인데 내 아들이 죽었다.'

화가 치밀었다. 도끼를 가져다 교의를 다 찍어 부수고 싶었다.

'왕이면 뭘 하나? 자식 하나 못 살리고…….'

턱을 고인 채 손가락을 움직여 피부의 감촉을 느꼈다. 모과의 껍질인 듯, 호박의 껍질인 듯 까끌하고 무딘 질감이었다.

'처처에 버짐 같은 게 잡히고 거기에 고름이 고인다고 했지…….'

'우리 임금은 문둥이.'

백성들이 그렇게 부를 것이 아닌가.

조금 더 있으면 문둥병이 옮을까봐 왕비도 멀리할 것이고 신하들도 멀리할 것이 아닌가. 화가 부글부글 끓어올랐다. 정인지는 사불범정邪不犯正이라 했지만 그것은 어디까지나 속 좁은 유학도들의 안목일 뿐이었다.

'그런 상식 따위에 갇혀 있다면 그게 무슨 왕인가. 아무런 제약도 없고 무엇이든지 할 수 있는 강력한 힘을 가진, 오로지 자신만이 할 수 있고 산천초목을 뒤흔들 수 있는 힘을 가진 자, 그게 왕인 것이다.'

"여봐라."

"예."

승전내시가 대답했다.

"금부 당상을 대령시켜라."

"예."

내시가 나가자 잠시 후 의금부 판사判事, 지사知事, 동지사同知事가 달려왔다.

"양주 땅 현릉顯陵으로 가서 현덕왕후의 무덤을 파내 부관참시하라."

"예. 어명봉행이오."

그들이 물러가려 하자 다시 명령했다.

"그리고 그 관은 전에 소릉昭陵(현덕왕후가 세자빈으로 죽어서 묻힌 무덤)이 있었던 곳의 바닷가에 갖다 버려라."

누군가에게 화풀이를 하고 싶은 분한 생각이 머리 꼭대기까지 올라와 내린 어명이지만, 그래도 혹시나 잘못을 저지른 것이 아닌가 하는 불안감에 수양은 한명회를 의미 있는 시선으로 쳐다보았다. 개는 비록 충견이 아니더라도 주인의 마음을 알아차리는 육감六感이 있다 했는데, 한명회는 더구나 충견이 아니던가.

"전하. 조금도 거리낄 것이 없사오니 성념을 편히 하소서. 군왕은 조건에 매이지 않고, 군왕은 도덕에 매이지 않고, 군왕은 관습에 매이지 않고, 군왕은 본능에 매이지 않고, 군왕은 치욕에 매이지 않고……, 그 모든 것에 우선하옵니다. 이 다섯 가지는 군왕만이 지니고 있는 자격이요 능력이옵니다."

"음……."

수양은 입가에 자신감의 미소를 흘리며 고개를 끄덕였다.

'과연 한명회야.'

수양의 친형인 문종이 묻힌 현릉은, 문종이 죽었을 때 문종과 소릉에서 옮겨온 현덕왕후를 합장한 능묘였다. 소릉이나 현릉이나 당시에도 풍수를 아는 사람들은 최악의 장지葬地라고 여기며 걱정하던 곳이었다.

1441년 현덕왕후가 세자빈으로 죽었을 때 세종은 여러 대신들과 함께 당시 풍수의 고수라는 서운관부정書雲觀副正 최양선崔揚善에게 시켜 장지를 정하도록 했다. 대신들은 전문가인 최양선의 의견을 따랐다. 최양선은 수양대군의 밀계密計에 따라 안산의 와리산瓦里山으로 장지를 정했다.

그러자 전농시典農寺의 관노 목효지睦孝智가 상소를 올렸다.

(…) 장자, 장손이 일찍 죽는 악지입니다. 길지로 옮기소서.

세종은 풍수지리의 논리를 조목조목 명쾌하게 설명하며 그곳이 악지임을 지적한 목효지의 상소를 읽고 그의 해박한 지식에 감탄해 마지않았다. 이에 세종이 재조사를 시켰는데, 풍수에 밝다 해서 수양대군도 그 조사단에 포함시키는 실수를 저질렀다. 풍수에는 밝지만 내심은 새까맣기 짝이 없는 수양대군의 사람됨을 세종이 알지 못한 까닭이었다. 결국은 수양이 주장하여 장혈葬穴(시신이 들어가는 구덩이)만 약간 옮기고 장지는 그대로 정했다.

문종이 죽었을 때는 대신들도 참여했지만 수양대군이 주관하여 장지를 정했다. 문종은 원래 태종과 세종이 묻혀 있는 헌릉獻陵(태종과 원경왕후의 능), 영릉英陵(세종과 소원왕후의 능)이 있는 광주 대모산大母山(서울 서초구 내곡동)에 묻히고 싶어 했었다.

수양은 양주의 건원릉 옆이 길지라 하여 거기에 장지를 정했다. 깜짝 놀란 목효지가 비밀리에 쪽지를 내관에게 주어 단종이 읽도록 했다.

(…) 건원릉 옆은 악지이오니 길지인 마전현麻田縣 북쪽이나, 장단현長湍縣 북쪽
으로 옮기소서.

단종이 이를 공론화하자 수양이 고집을 부렸다.

"목효지는 척안隻眼(애꾸눈)이므로 풍수지리를 제대로 볼 수 없는 자
입니다. 건원릉 옆이 대길지大吉地입니다."

수양의 주장에 따라 양주의 건원릉 옆에 장지를 정하고 장혈葬穴을
팠다. 한 길쯤 파자 물이 솟아올랐다. 이에 사람들이 깜짝 놀랐다. 그러
나 수양은 장혈을 조금 옮겨 다시 팠을 뿐 예정대로 그곳에 형왕인 문
종을 장사지내면서 현덕왕후를 천장시켜 합장묘를 만들었던 것이다.

그 합장 능묘가 파묘되고 있었다. 임금이요 친형이 묻힌 왕릉 무덤
을 일호의 거리낌이나 망설임도 없이 사정없이 마구 파헤쳤다.

수양은 왕위에 오르자 목효지를 교수형에 처해버렸다. 사헌부에서
목효지를 죽일 이유가 없다고 따지자, '역심을 가진 무속인들과 같다'
고 얼버무리고 말았다.

수십 명이 내려찍는 곡괭이에 의해 현릉은 사정없이 파헤쳐지고 있
었다. 능묘를 파헤친다는 것은 대개 도적들이 행하는 야만적 절도 행
위였다. 보물을 노린 도적들이 밤에 몰래 능묘를 파헤치는 일은 종종
있었다. 외적이 쳐들어왔을 때 그들의 창검이 지키는 가운데 백주에
능묘가 파헤쳐지는 일도 더러 있었다.

그러나 자기 왕실의 능묘가 같은 왕실의 명령으로 무지막지하게 파헤쳐지는 일은 전대미문의 일이요, 온 나라가 경악하지 않을 수 없는 일이었다. 수양은 이런 전대미문의 야만을 자기 친형의 왕릉에서 자행하고 있었던 것이다.

'하기야 제 놈이 죽인 형 따위인 데야⋯⋯.'

이 왕릉 지역은 바로 옆에 이태조의 건원릉이 있어 매우 신성시하는 곳이기도 했다. 또한 이태조 승하의 날(5월 24일), 문종 승하의 날(5월 14일)에 모시는 기제사忌祭祀, 그리고 설날, 한식, 한가위에 올리는 제향祭享이 있어, 그런 날이면 많은 백성이 몰려와서 구경하는 곳이었다.

이날의 일은 백주 대낮에 지척에서 태조임금의 혼령이 건너다보는 가운데, 남편인 문종 임금의 시신이 바로 옆에 누워 있는 가운데, 자기 형수의 능묘를 파헤치는 천인공노할 파묘였으니 조용할 리가 없었다. 놀랍고 황망하여 주변에서 뛰쳐나온 백성들이 인산인해를 이루고 있었다. 행여 백성들의 소요가 있을까 염려했음인지 군사들도 데리고 와 지키게 하고 있었다.

봉분이 반 정도 파 헤쳐졌을 때 복숭아 씨방 같은 광중壙中(관이 들어 있는 구덩이)이 들어났다. 이 광중은 물길, 나무뿌리, 벌레, 뱀, 두더지, 기타 사체를 먹는 짐승들의 폐해를 막고자 삼합토三合土(석회, 황토, 고운 모래)를 이겨서 둘러 발랐기 때문에 매우 단단했다.

한참 동안 인부들이 사정없이 곡괭이를 내려치더니 광중이 깨지고 관곽棺槨이 드러났다.

"관을 실어내라."

금부지사는 입회만 하고 금부도사가 지휘했다. 관이 밖으로 나와 땅바닥에 놓였다. 17년 지났지만 크게 상한 데는 없었다.

"뚜껑을 열라."

뚜껑을 열었다. 육탈肉脫되어 깨끗한 백골이 나타났다.

"행형行刑하라."

나장들이 뚜껑을 닫고 관에 놓인 백골의 모가지를 조준하여 관을 톱으로 썰어 들어가기 시작했다. 백성들의 안타까운 넋두리가 여기저기서 들렸다.

"에이구, 불쌍도 하셔라."

"이러다 천벌을 받지. 하늘이 무심치 않으리라."

"천벌을 받아 식구들 하나도 남지 않을 거야."

병사들이 백성들을 쫓아냈다. 행형하고 난 관을 가마니에 싸 묶고 수레에 실었다. 금부도사 일행은 관을 호송하여 달렸다. 그리고 마침내 안산의 바닷가에 도착했다. 쓰레기 치우듯 버리라 했으나 차마 그럴 수 없어 웬만한 언덕에 봉분 없이 묻어주었다.

훗날 1513년(중종 8)에 복위復位된 뒤 그 바닷가에 가서 시신을 찾았으나 찾을 수가 없었다. 그러나 오랫동안 끈질긴 노력의 덕택이었을까, 찾아 나선 궁녀들의 손에 겨우 뼈 몇 점이 수습되어 다시 현릉의 남편 곁에 묻히게 되었다. 그러나 봉분이 멀리 동떨어진 동원이강릉同原異岡陵으로 묻히게 되었다.

현덕왕후가 애초에 묻혔던 소릉이나 문종이 묻힌 현릉은 악지 중의 악지라는 숙덕거림이 후세의 이른바 풍수가들에 의해서도 오래도록 이어졌다.

세자의 죽음은 왕실과 조정 누구에게나 큰 슬픔이었지만 빈궁 한씨에게 비할 바는 못 되었다.

"저하, 저하, 신첩은 어찌하라고 이렇게 허무하게 떠나시옵니까? 세손을 어찌, 어찌 놓아두시고……."

당당한 국모로 약속된 영광의 자리에서 급전직하하여 출궁出宮 기거起居의 신세로 전락한 게 아니던가. 이미 국모의 자질을 갖추고 있을 만큼 영특하고 빈틈없는 빈궁이었다.

빈궁을 잘 아는 왕도 중전도 빈궁의 통곡을 말리지 않았다. 실컷 통곡이라도 할 수 있도록 놓아두는 수밖에 달리 위로해줄 방도가 없었다. 내관들도 상궁들도 모두 눈시울을 적셨다. 빈궁 한씨의 설움을 알기 때문이었다.

세자의 죽음은, 조심조심하며 처리하던 반역도들에 대한 옥사를 서둘러 종결짓는 쪽으로 전환하는 계기가 되었다. 특히 중신들은 이제 조심조심할 이유가 없다고 여기고 있었다.

9월 10일, 일본국 총관부摠管府 원승원源勝元의 사신 일행 20여 명에 대한 인견이 사정전에서 있었다. 늘 있어온 일이라 별로 번거롭지는 않았다. 그들도 국상 중이라는 것을 알기에 오래 머무르지 않고 곧 물러났다.

왜인들이 물러났음에도 그들을 인도했던 신숙주는 나가지 않고 서 있었다.

"좌찬성은 무슨 일이 있소?"

수양왕은 달갑지 않은 표정으로 물었다. 신숙주는 몹시 망설이다가 입을 열었다

"전하, 비록 국상 중이기는 하오나 서둘러 처결할 일이 있는가 하옵니다."

"흠······!"

왕은 가볍게 한숨지었다. 짐작되는 일이라 짜증스러웠다.

"······."

왕의 심기를 짐작한 신숙주가 말을 꺼내지 못하고 있었다.

"좌찬성."

"예, 전하."

"세자를 잃은 과인의 심정을 좌찬성은 더 잘 알 것이 아니오? 무슨 시급한 일인지는 모르나 후일로 미루도록 합시다."

"전하, 아니 되옵니다."

"아니, 아니 된다고?"

"예, 전하. 사직의 안위가 달린 일이옵니다. 후일을 기다릴 일이 아니옵니다."

"오늘은 좀 쉬고 싶소."

"전하, 죄인 유와 노산군에 대한 일이옵니다."

"······!"

왕은 신숙주를 쏘아보다 입을 열었다.

"유는 안동에 있고 노산군은 영월에서 죗값을 치르고 있지 않소? 더 의논할 게 없는 것으로 알고 있소."

"전하, 비록 말 한마디라 할지라도 그것이 사직에 관한 일이라면 극형에 처하는 것이 이 나라의 법도이옵니다. 유는 대역을 범한 것이 명백하게 드러났사온데 어찌 용서가 가당하오리까? 서둘러 사사賜死해야 마땅한 줄로 아옵니다. 또한 유와 성삼문 등이 모두 노산군을 내세워 반역을 도모한 것이니 노산군도 편히 살게 할 수는 없는 일이옵니다."

"후……."

수양왕은 맥이 풀렸다. 한참이나 물끄러미 신숙주를 바라보다 힘없이 입을 열었다.

"좌찬성. 아니 범옹."

비록 군신 간이지만 세종 시대에는 갑장甲長(같은 나이) 친구였다. 그런 옛 친구의 정에 기대어보려는 마음도 있었다. 그러나 신숙주는 조금의 여유도 주지 않았다.

"전하, 결단을 내리셔야 하옵니다. 이 일이 매듭지어지지 않고서는 다른 일을 할 수가 없사옵니다."

"범옹, 좀 미루어도 되지 않는가? 경은 자식 잃은 아비의 심정을 모른단 말인가? 세자를 잃고 며칠이 되었다고…… 꼭 이래야만 하는가?"

"……."

"나를 좀 편하게 놓아둘 수는 없는가?"

"전하께서는 천하의 대도를 가셔야 하옵니다."

"알았소. 그만 물러가시오."

16

사사 독촉

물러가라 했는데 아니 나갈 수도 없었다. 신숙주는 하는 수 없이 물러 나와 의정부로 갔다. 거기서 수양왕의 심중을 전했다.

함께 있던 여러 중신들도 들었다.

"이건 뒤로 미룰 일이 아닐세. 다시 들어가 뵈어야겠네."

정인지가 벌컥 화를 냈다. 그리고 왕을 뵈러 들어가자 거기 있던 정창손, 강맹경 등이 따라 들어갔다. 거기 있던 한명회는 그러나 따라 들어가지 않았다.

왕 앞에 모두 부복하자 정인지가 대표로 주청했다.

"유의 반역은 일조일석의 일이 아니옵니다. 지난번 도성에서 역모를 꾀한 것만으로도 죽어 마땅한 일이온데 또 거듭 대역을 범하여 그 일이 종사에 관계되는 바이니, 전하께서 사사로이 용서할 바가 아닌 줄로 아옵니다. 어찌 그 일당만을 처단하는 데 그치고 그 원흉은 살려 둘 수 있사옵니까? 부디 국법대로 처결하시옵소서.”

“허어, 경들은 과인의 심정을 그리도 모른단 말이오? 내가 이래저래 마음이 울적하오. 마음을 잡고 좀 더 헤아려보고자 하니 당분간은 그 일은 거론하지 마시오.”

“반역자들의 사안이옵니다. 헤아려보실 일이 아니옵니다. 국법의 지엄함을 보여야 하옵니다.”

“허어, 경들은 어찌 그리 고지식하오? 요遼나라 태조의 고사故事도 있는데 말이오?”

과연 요나라 태조의 고사도 있었다.

거란족의 야율아보기耶律阿保機는 서기 907년, 많은 사람의 추천을 받아 초대 왕이 되었다. 왕이 된 뒤에도 원정에 바빴는데, 서기 911년 그의 동생들인 야율랄갈耶律剌葛, 야율질랄耶律迭剌, 야율인저석耶律寅底 石, 야율안단耶律安端 등이 잇따라 반란을 도모하다가 발각되었다.

그런데 많은 사람의 예상과는 달리 놀랍게도 야율아보기는 그 동생 들의 계속되는 배신과 반란에도 불구하고 계속 그들을 용서하고 죄를 사면해주었다. 그 동생들을 부추겨서 반란을 일으키게 한 부하들만 처형했을 뿐 그 동생들은 끝끝내 살려주었다. 나중에는 결국 동생들이 반성하고 충성을 다하게 되었다.

5백여 년 전의 다른 나라 고사까지 들춰내며 왕이 뜻을 굽히지 않 자, 정인지가 당치 않다는 듯 반박했다.

“요나라는 오랑캐 나라이옵니다. 어찌 근본이 없는 오랑캐의 법을 따를 수 있사옵니까? 유는 즉시 사사賜死해야 하옵고, 노산군도 편안히 둘 수는 없는 일이옵니다. 비록 앞에 나서지는 않았다 하오나 반역이 연이어 일어나는 것은 다 노산군 때문이 아니옵니까?"

수양왕의 생각으로도 금성이나 노산군은 언젠가는 처리해야 할 존재들이었다. 요나라의 태조처럼 그렇게 끝까지 용서해줄 마음도 없었다. 그러나 지금은 세자의 모습이 어른거리기도 하고, 많은 왕실 사람들, 관원들, 선비들, 백성들의 반감과 긴장감을 누그러뜨려야 할 시기이기도 했다.

공맹의 학문을 평생 익혀온 정인지가 그 학문의 깊음으로 스스로 오연傲然하는 주제에, 오랑캐만도 못한 사고방식으로 발끈하는 꼴에 수양왕은 내심 구토감에 시달리며 정인지를 빤히 쳐다보았다.

이미 이순耳順(60세)을 지난 나이였다. 천지만물의 이치에 통달하고 남의 말을 순하게 들어서 듣는 대로 모두 이해하고 순리대로 대처할 수 있는 나이라고, 공자가 말한 그런 나이를 이미 2년 전에 먹은 정인지였다. 학문으로는 자기를 따를 자가 없다고 늘 자만하는 정인지였다.

"노산군은 이미 강봉降封되었으니 추가로 폐위서인廢爲庶人(벼슬이나 신분적 지위를 박탈하여 서민이 되게 하는 것)할 수는 있으나, 당장 그 둘을 사사하라는 요청은 따를 수 없소. 유의 모역謀逆은 사실 궁핍한 외지 생활에서 생긴 불만일 수도 있을 것이오. 혈육지친血肉至親인데 너그러이 용서함이 옳을 듯하오."

정인지가 즉시 반론을 제기했다.

"유는 이미 왕족의 신분이 끊어진 사람이니 혈육지친이란 당치 않사옵니다. 그리고 유는 순흥부에 있으면서 의식衣食과 술, 그리고 금은 보화에 이르기까지 조금도 부족함이 없이 마치 토사土沙를 쓰듯 했다 하옵니다. 유의 뜻은 오직 반역에 있을 뿐이오니 통촉하시옵소서."

"……."

"사사해야 하옵니다."

"극형을 내리시옵소서."

다들 덩달아 한마디씩 했다.

"……."

"사직에 관한 일이옵니다."

"화급을 다투는 일이옵니다."

수양왕은 짜증 섞인 소리로 대답했다.

"다들 들으시오. 과인이 깊이 심사숙고할 것이니 물러가시오."

"대역은 숙고하실 일이 아니옵니다."

수양왕이 화를 벌컥 내며 말했다.

"경들이 아니라 내가 숙고할 것이란 말이오. 물러들 가시오."

큰 소리가 나고서야 중신들은 물러나왔다.

그러나 그것으로 끝난 것은 물론 아니었다. 조정 중신들과 수양왕은 이 일을 두고 틈만 나면 입씨름하기에 신물이 날 지경이었다.

10월 9일, 금성대군의 역모에 관련된 자들에 대한 처벌이 내려졌다.

순흥 품관 안순손安順孫, 김유성金由性, 안처강安處强, 안효우安孝友, 순흥 군사 황치黃緻, 신극장辛克長을 능지처참하고, 부사 이보흠과 향리 김근金根은 장 1백 도에 유流 3천 리하고, 향리 김각金恪은 장 1백 도, 향리 안당女堂은 장 80도에 처하고, 나머지 무리들은 논하지 말라 했다.

10월 10일, 의정부, 육조, 승정원, 사헌부, 사간원이 차례대로 금성 사사를 주청했다. 왕의 불윤不允. 이후 매일 전날과 같은 일이 반복되었다. 종친들, 의정부, 충훈부忠勳府, 육조에서 잇달아 아뢰었다.

"근일에 노산군을 빙자하여 딴 마음을 먹는 자들이 많습니다. 법대로 처리해야 하옵니다. 그렇지 않으면 부귀를 도모하는 자들이 노산군을 빙자하여 또 난을 일으킬 것입니다. 유는 천하의 크나큰 역도이니 사사로운 은혜로써 이를 용서하는 것은 불가하옵니다."

임영대군臨瀛大君 구璆도 나섰다. 구는 정창손을 깨우쳐주었다.

"한남군과 영풍군, 송현수도 금성과 죄가 같은데, 살게 하는 것은 옳지 않으니 아울러 계청啓請해야 할 것입니다."

정창손은 중신들에게 이 말을 했고, 그 뒤 중신들이 주청할 때는 한남군, 영풍군, 송현수도 함께 죽이라고 했다.

수양왕은 입씨름하기가 지겨웠는지 다 나가라 하고 어찰御札을 내렸다.

제신들의 뜻은 알고 있으나 내가 듣지 않는 것은, 내가 덕을 자랑하는 것이 아니다.

지극히 박덕한 내가 어찌 다시 감히 골육을 죽이겠는가?

이는 제신들의 계청이 잘못된 것이다.

조급히 굴지 말고 내가 끝까지 헤아리기를 기다리도록 하라.

정창손이 발끈했다.

사위 김질이 수양대군을 죽이는 일에 동참하고 있다는 정황을 간파하고도 자신은 모른 척했었다. 수양이 죽어서 상왕이 다시 보위에 오르는 것도 괜찮은 일이라고 여겼던 작자였다.

가장 충성스러운 원로인 양, 목에 힘을 주고 일어나 왕 앞에 나아갔다.

"신등은 성상께서 차마 하시지 못하는 마음을 잘 알고 있사옵니다. 하오나 이른바 골육을 해친다는 것은 이런 것을 뜻하는 게 아니옵니다. 옛말에 이르기를 '사사로운 은혜로는 공의⽤義를 폐하지 않는다'고 했습니다. 바라옵건대 공의로써 결단하소서."

"어찰에서 이미 다 말했으니 다시 고쳐 말할 게 없소. 그만 물러가시오."

정창손이 버티며 다시 굳센 충성을 보였다.

"전하, 나라의 상벌은 막중한 것이옵니다. 대역부도는 의심스러운 죄가 아니옵니다. 다시 헤아려 생각할 수 있는 그런 죄가 결코 아니옵니다. 간청하옵건대 속히 결단하소서."

왕이 그만 언성을 높이고 말았다.

"바야흐로 헤아리는 중이니 물러가시오."

양녕대군과 효령대군이 들어와 유 등과 노산군을 처단하라고 주청했다.

"그 일은 논하지 마십시오. 오늘은 그저 술이나 드시지요."

양녕대군이 종친들과 함께 다시 들어왔다.

"노산군과 유 등의 죄를 청했으나 윤허를 받지 못하여 다시 청합니다. 저들을 법대로 처단하소서."

"아니 됩니다."

양녕대군이 다시 아뢰었다.

"대역과 같이 종사에 관련되는 일은 상량商量할 바가 못 됩니다. 대의로써 결단하시오."

불윤이었다.

대간臺諫(사헌부, 사간원)에서 나섰다.

"전일 유 등의 죄를 청하였사오나 아직도 성상의 재가를 받지 못하였습니다. 윤허하소서."

"지금 나가야 할 일이 있으니 물러가시오. 돌아와 다시 생각해보겠소. 그러니 내가 부르기 전에는 들어오지 마시오."

수양왕은 요즘 틈틈이 강녕전이나 편전의 자리를 비우고 가는 곳이 있었다. 내관만 따를 뿐 승지들도 따르지 못하게 했다. 대궐 안에 비밀스러운 방을 두 군데 마련해두고 중신들 몰래 이쪽저쪽을 번갈아 들랑거렸다.

"오, 다 되어가는구료. 살아 있는 듯하니……, 좀 더 있다 걸어 나오면 얼마나 좋겠는가?"

"망극하옵니다. 전하."

한쪽 방에서는 도화원圖畵院의 화원 최경崔涇이 초상화를 그리고 있었고, 또 한쪽 방에서도 역시 화원인 안귀생安貴生이 똑같은 초상화를 그리고 있었다. 그들이 그리는 초상화는 죽은 세자의 생전 모습이었다. 똑같은 그림을 양쪽에서 그리게 해놓았으니 두 사람은 피차 경쟁자가 되었기에 있는 재주를 다해 그리지 않을 수 없었다.

수양왕은 이 방 저 방을 왔다 갔다 하면서 그림을 번갈아 구경했다.

두 사람의 솜씨는 우열이 없는 것 같았다. 정교한 붓끝에서 화사하게 살아나는 아들의 여기저기 모습을 수양왕은 넋을 놓고 바라보곤 했다.

여러 날이 걸려 마침내 초상화 두 장이 완성되었다. 수양왕은 그 두 장의 초상화를 한 방의 벽에 나란히 걸게 하고 그 앞을 휘장으로 가려 놓게 했다. 그리고는 내관을 시켜 중전을 모셔오라 했다.

"중전, 세자가 보고 싶지요?"

"마마, 갑자기 웬 말씀이십니까? 새삼스럽게 신첩을 괴롭히는 말씀을 하시니……."

"그게 아니오. 자, 보시오."

수양이 눈짓을 하자 내관들이 휘장을 좌우로 걷어 올려 걸었다.

"아! 아니……."

중전은 놀라며 탄성을 질렀다.

"어떻소?"

"어쩌면 이렇게도 똑같사옵니까?"

"화원들의 솜씨가 대단하오."

중전 윤씨는 양쪽의 그림을 찬찬히 뜯어보며 말을 이었다.

"이쪽 모습은 빈을 맞아들이던 날의 얼굴처럼 홍조를 띠고 있습니다. 만지면 온기가 느껴질 것 같고 눈에선 생생한 총기가 피어나고 있사옵니다. 이쪽은 어미한테 옥중 죄인들을 찾아 위로하기를 청할 때처럼 인자하고 사려 깊은 모습이옵니다."

혼잣말처럼 말을 이어가던 중전은 어느새 눈시울을 적시고 있었다.

"중전, 그럼 저 그림을 중궁전에 갖다 걸어두시구려."

"마마. 황감하옵니다."

수양왕은 여러 번 보아온 그림이지만 중전과 함께 보고 있노라니 감회가 새삼스러웠다. 수양왕은 문득 자신과 중전과 남아 있는 아이들의 초상화도 그려서 저 휑뎅그렁한 편전에 걸어두면 어떨까 하는 생각을 해보았다. 그렇다면 백 년, 이백 년이 지나도 자손들이 마음을 가다듬고 쳐다볼 것이 아닌가.

이때 중전은 치미는 슬픔과 절실한 그리움에 흐느끼며 하소연하듯 중얼거렸다.

"어이구, 별 볼 일 없는 이 어미는 살아남고 스무 살 한창나이 젊디젊은 네가 죽어 한마디 말이 없다니……. 어이구, 세자야."

수양왕은 콧날이 시큰거렸다.

'세자는 나 때문에 죽었는지도 모른다.'

무더기로 사람을 죽일 때마다 덜컥덜컥 드러누워 앓던 세자가 아니던가.

'정말, 나 때문에 죽었는지도 몰라…….'

수백 번 곱씹었던 생각이었다. 수양왕은 마음속으로 사죄 아닌 사죄를 하며 물끄러미 아들의 초상을 바라보았다. 가슴이 저리고 아팠다.

자식 사랑은 누항陋巷의 필부필부匹夫匹婦들이나 궁성의 천승지존千乘至尊이나 다 같은 것이라 여겨졌다.

'내가 남의 자식들을 많이 죽였지……. 언젠가는 죄다 그 짐을 받을지도 모르겠구나. 그러니 죽이는 것도 불행한 일이 아닌가.'

"전하, 죽는다는 것은 참으로 불행한 일인가 하옵니다."

"그렇소 정말 불행한 일이오 또한 죽이는 것도 참으로 불행한 일이오"

"그러하옵니다. 앞으로는 제발 그런 일이 없었으면 하옵니다."

"옳은 말씀이오. 이제 그런 불행한 일이 우리 왕실에 더는 없을 것으로 믿고 있소. 우리 세자가 그런 불행을 마감하는 큰일을 한 것 같소."

수양왕도 이 순간은 잠시나마 사람의 선성善性을 회복하고 있는 것 같았다.

"황공하여이다. 전하."

신하들의 아우성은 좀처럼 수그러들지 않았다.

금성대군으로부터 송현수에 이르기까지, 그리고 그 모든 자들의 수괴인 노산군까지 죽이라고 떠들어 댔다. 종친들도, 조정의 각 부서도 충성 경쟁이나 하듯 다 죽이라고만 했다.

임금이 면대를 싫어하자 상소가 이어졌다. 양녕대군을 소두疏頭로 한 종친들의 상소가 올라왔다.

> 신등은 듣건대, 유예부단猶豫不斷은 반드시 후환이 있고, 사은私恩으로 대의大義가 멸절滅絶하면 대계大計를 해친다고 합니다.
>
> 전일 간흉奸凶들의 변란에는 노산군이 참여하여 종사에 죄를 지었고, 이유李瑈는 그를 성원하는 일당과 결탁하고 불궤不軌를 저질러 신민臣民이 함께 분노하는데, 전하께서 오히려 사사로운 은혜로 돌아보시고 차마 법에 두지 못하시어, 외방外方으로 옮겨놓으시고 곡진曲盡히 성명性命을 보전케 하셨는데도, 오히려 그 재조再造(다시 살게 함)의 덕을 알지 못하고, 군사를 일으켜 반역을 꾀하여 장차 노산군을 끼고 종사를 위태롭게 하려고 했으니, 죄악이 이르지 않는 곳이 없어 천지가 용납하지 못하는데, 어찌 다시 용서하여 국법을 문란케 하겠습니까?
>
> 신등이 누차 법을 바로 세우시기를 청하였으나 윤허를 얻지 못하와 분울憤鬱함

을 이기지 못하겠습니다.

이영李瓔(화의군), 이어李𤤴(한남군), 이전李瑔(영풍군), 정종鄭悰(영양위), 송현수宋玹壽(여량부원군) 등의 흉악한 모역죄는 왕법에 반드시 주살誅殺하고 용서하지 못할 자들입니다.

엎드려 바라건대 대의로써 결단하시어 전형典刑을 바르게 밝히시어 화근禍根을 끊고 세상의 인심을 안정되게 하소서.

세상의 인심이 참으로는 어떠한지 알지도 못하면서 존장尊丈의 위신으로 수양왕의 결단만을 이루고자 하는 상소였다.

수양의 천인공노할 반역의 감행에는 이를 부추긴 양녕의 똑같이 천인공노할 사죄가 더해졌다 아니할 수 없는데, 양녕 스스로는 대단히 잘한 일로 여기고 있었다.

머지않은 옛날에 양녕이 수양에게 우직하고 완력 강한 노복奴僕 임얼운을 선사할 때부터, 양녕은 아버지 태종과 동생 세종에게 마음속 깊은 저주와 갈등을 풀어내고 있었던 것이다.

수양이 저지른 세종 집안의 전도적 풍비박산인 패륜과 반역의 완성(문종 암살, 단종 사사 등)은, 이제 양녕의 카인 콤플렉스Cain complex(심층 심리적 적대감)를 치료하는 탁효卓效의 청심환淸心丸이 되고 있었다.

정인지가 소두로 된 의정부의 상소도 올라왔다.

그윽이 생각하건대, 은혜는 가볍고 의리는 무거워서, 대의가 있는 곳에는 친속親屬도 주멸誅滅하는 법입니다.

노산군의 전일의 변은 그 죄가 종사에 관계되어 입으로는 말할 수 없으며, 유(금성대군)는 화심禍心을 품고 불궤를 꾀했으니, 죽어도 죄가 남음인데 전하께서 차마 꺼리시는 마음으로 외방에 안치해두었습니다.

은사恩赦가 많이 무거웠는데도 오히려 성은을 생각하지 못하고 군사를 일으켜 반란을 시도하며 노산군을 끼려고 도모했으니, 그 죄는 천지 사이에 용납되지 않는 것인 바, 전하께서 사사로운 은혜로 뜻을 굽혀 용서하시려 하여 신들이 여러 날 청을 계속했으나, 윤허를 받지 못하여 대소신료들은 분통함과 억울함이 가시지 않고 있사옵니다.

또한 영, 어, 전, 정종, 송현수 등의 일당이 반역한 죄도 용서할 수 없습니다.

엎드려 바라건대, 전하께서 대의로써 결단하시어 전형典刑을 바르게 밝히시어 신민의 여망에 부응케 하소서.

정인지는 여기서도 은혜는 가볍고 의리는 무겁다 했다. 그는 언필칭言必稱 의리였으니 필설筆舌엔들 어찌 의리가 가벼울 수 있으랴.

세종 시대 찬란했던 문화와 학문의 전당인 집현전 대제학을 지낸 정인지는, 세종 시대를 이끌던 지성知性이요 존경받던 학자요 지조 바른 총신寵臣이었다.

그는 세종이 어린 원손을 무릎에 앉히고 신하들을 대할 때부터, 세손으로 봉해진 8세의 어린 손자의 손을 잡고 신하들을 대할 때까지, 그리고 어린 세손의 보위를 부탁하는 고명顧命을 받을 때에도, 정인지는 가장 충순忠純한 신하였다.

그러나 그는, '국운의 대세에 응하는 것이 순리'라는 표방적인 이유를 앞세워, 일순의 망설임도 없이 단종을 배신하고 수양을 따랐다.

그를 두고 사람이 죽기 싫어 그럴 수도 있다고들 했다. 그렇다면 '모나고 튀어나게 굴지나 말고 원로답게 조용히 후원이나 하면 오죽 좋으랴'라고들 했다.

그는 이 상소에서도 평시의 표리부동表裏不同과 다름없이 결국 '주둥이와 붓끝으로만' 의리가 무겁다 했던 것이다.

때가 되었다고 여긴 수양왕은 명을 내렸다.

"유는 사사하고 영, 어, 전, 정종, 송현수는 논하지 말라."

금성대군은 죽이고 화의군, 한남군, 영풍군, 정종 그리고 송현수는 그대로 두라는 것이었다.

정인지가 발끈하고 들어가 다시 충성스럽게 아뢰었다.

"하명하신 나머지 사람들도 죄가 같으니 또한 법대로 처치하는 것이 마땅합니다."

정인지 나이 물론 62세였다. 수양왕은 신선같이 하얀 백발의 정인지를 또 물끄러미 바라보다 입을 열었다.

"모두 다 처치할 수는 없소. 옛사람들도 괴수들은 섬멸하고 협박에 못 이겨 따른 자들은 다스리지 않았다 했소. 또 성인들은 너무 심한 일은 하지 않았으니, 이제 모두 다 아울러서 법대로 처치한다면 너무 심하지 않겠소? 허니……, 송현수만 교형絞刑에 처하고 나머지는 논하지 마시오."

착하디 착한 송현수는 왕이라는 탈을 바꿔 쓴 음험한 늑대에게 이용만 당하고, 결국은 불쌍하게도 황량한 변방의 관노 막사 앞에서 목이 졸려 죽었다.

사약賜藥을 든 의금부 관원들이 안동으로 길을 떠났다. 안동 감옥에 잡아 가둔 금성대군에게 사약이 내려졌기 때문이었다.

일이 실패로 돌아갔다는 것을 알자 금성과 이보흠은 반항 한 번 없이 순순히 포박을 받았다. 그런데 사약을 받든 금부도사 일행이 안동 감옥에 도착해보니, 사약을 받아야 할 당사자인 금성대군이 온데간데 없이 사라져 옥에 없었다.

낭패가 아닐 수 없었다. 감옥에 잡아 넣어둔 죄인이 행방불명이라 니…….

"도대체 역적 감시를 어찌했기에 옥중에 있던 죄수의 행방이 묘연하단 말이오? 시각이 지체되면 당신들과 내가 벌을 받게 된단 말이오."

금부도사가 옥리들을 나무라기는 했지만 사라진 죄수가 그래서 나타날 리는 없었다. 금성이 사라진 사실을 그때서야 알게 된 안동부사 조안효가 펄펄 뛰었다.

"야, 이 호랑말코 같은 놈들아. 정신머리를 어디다 팔고 있었기에 옥방에 갇혀 있는 역적이 사라지는 것도 모른단 말이냐? 네놈들이 은덩이 몇 개에 팔려 일부러 빼돌린 게 틀림이 없다. 당장 찾아내지 않으면 네놈들부터 요절을 낼 것이니라. 당장들 나가서 찾아와. 이놈들아."

딴 사람도 아닌 금성과 같은 거물 역적이 탈주했다면 안동부사는 자신의 목숨으로 그 책임을 져야 할지도 모르는 일이었다.

"한 시진時辰(두 시간) 안에 죄인을 찾아내지 못하면 나는 바로 한양으로 떠날 것이오. 그렇게 되면 당신들은 끝장이오."

금부도사가 으름장을 놓았다.

그러자 옥리들은 물론이요 안동의 관속들이 모두 나서서 사라진 역적을 찾고자 혈안이 되어 날뛰었다. 그러나 자취를 감춘 금성대군은 도대체 찾아지지를 않았다.

한 시진이 다 흘렀다. 금부도사가 내려놓았던 사약을 도로 들어 올려 말 등에 싣고 묶었다.

"자, 우리는 이제 한양으로 가오."

금부관원들이 막 떠나려던 참이었다.

"으아핫핫핫, 아핫핫핫."

그들 등 뒤에서 커다란 웃음소리가 들렸다. 바로 금성대군 본인이었다.

옥졸들, 나졸들이 우르르 몰려가 잡으려 하자 금성이 손사래를 치며 더 크게 웃었다.

"아하하하, 이놈들. 물러서라. 도망칠 사람이라면 이렇게 나타날 리가 있겠느냐? 아하하하. 네놈들이 아무리 수효가 많고 옥방의 쇠창살이 아무리 강하다 해도 이 금성이 도망치려 하면 사라지는 것은 여반장如反掌이니라. 하하하하. 하지만 애꿎은 너희들이 덤터기 쓰는 꼴도 보기 싫거니와 구구도생區區圖生(겨우 살아가기) 하기도 싫어서 돌아왔느니라."

그러자 금부도사가 일렀다.

"어명을 받들고 왔소이다."

"사약이더냐?"

"그렇소이다. 북향사배北向四拜의 복죄예절服罪禮節은 잘 아실 것이오."

"예끼, 이 쥐새끼 같은 놈들아. 나의 임금은 이쪽 영월 땅에 계시니라."

돗자리가 깔렸다. 그리고 쟁반에 약사발이 놓였다. 금성대군은 사람들을 멀찍이 물리치고 영월 땅을 향해 무릎을 꿇었다. 그리고 천천히 사배를 올리고 하직을 고했다.

"신臣 유瑜 시운時運이 비색否塞하여 사약 앞에 먼저 앉게 되었나이다. 보잘것없는 숙부가 되어 떳떳하게 보좌하지 못하고 먼저 하직함을 용서하소서."

그러고 나서 다시 북쪽을 향하여 옮겨 앉았다. 수양왕에게 그가 무슨 할 말이 있을 것이라고 여기며 고개를 갸웃하는 사람들도 있었다.

"이부사, 그동안 고마웠소. 육십이 넘은 나이를 불고한 그대의 헌신으로, 바른 임금을 모시고 나라를 바로 세우고자 한 심모원려深謀遠慮의 거사가 바야흐로 익어가던 차에, 이 몸의 부덕으로 인하여 대계大計가 무너졌으니 실로 면목이 없소이다. 차라리 나 없이 그대 혼자 일을 했더라면 이 꼴은 안 되었을 것이오. 참으로 부끄럽고 미안하오. 용서를 빌며 이 몸이 먼저 가오."

강요에 못 이겨 반역에 가담했다 하여 죽음을 면하고 평안도 박천博川으로 귀양 가 있는 이보흠에게 하직인사를 했던 것이다.

금성대군은 약사발을 들어 깨끗이 비웠다. 빈 약사발은 입에서 바로 떨어져 바닥으로 내동댕이쳐졌다. 동시에 금성대군의 몸이 앞으로 쓰러졌다. 왈칵, 토해져 나오는 검붉은 피가 돗자리를 흥건히 적셨다.

그해(1457년) 조상께 햇곡식을 바치는 상달(10월)의 어느 날이었다. 피 끓는 한창 나이 32세의 아우가 또 이렇게 친형의 더러운 손에 죽어갔던 것이다.

이로부터 얼마 되지 않아 이보흠도 박천으로 파견된 의금부 관원에 의하여 교살되고 말았다.

의금부 관원들이 사약을 들고 안동으로 떠날 때 의금부의 또 다른 관원들이 순흥부로 떠났다.

그간 대사헌 김순金淳과 경상좌도 도절제사 양정楊汀의 보고를 받아 온 수양왕은 의금부에 따로 밀명을 내렸다. 수양왕의 사람 백정 본성 이 또 드러난 조처였다. 순흥에서 금성을 돌봐준 사람들, 의기가 통하 여 금성과 이보흠에 동조하고자 했던 사람들을 소리 없이 모조리 처 단하라는 것이었다.

의금부에서는 야차 같은 병사들을 다수 대동하고 내려갔다. 그들은 순 흥부 관원들을 동원하여 명단에 올려 있는 죄인들을 잡아들이라 했다. 명단에 있는 사람을 못 잡으면 대신으로 부자父子나 형제를 잡아갔다.

순흥은 순흥안씨順興安氏의 집성촌 지역이었다. 잡혀온 사람들은 거 의 다 순흥안씨들이었다. 이들은 줄줄이 묶여 죽계천竹溪川의 강가로 끌려갔다.

죽계천은 석교리石橋里(영주시 순흥면)에서 시작하여 남쪽으로 흘러, 결 국은 낙동강으로 들어가는 상류 지역이었다. 단순히 순흥안씨라는 이 유만으로 죄 없이 잡혀온 사람들도 많았다. 그들은 아무런 신고도 절차 도 없이 잡혀 오는 대로 강가에서 목을 드리우고 참수로 처리되었다.

삽시간에 죽계천은 핏물로 붉어진 혈천血川이 되었고, 그 혈천은 십 여 리를 더 흘러 동촌리東村里(영주시 안정면)까지 이어졌다. 이런 불법무 참不法無慘한 만행은 며칠이나 계속되었다. 당시 혈천이 다다른 동촌리 는 이후 '피끝마을'이라는 이름으로도 전해졌다.

이후 순흥도호부順興都護府는 폐지되어 주위 지역으로 여기저기 찢 겨나가고 그 일부가 초라한 순흥면順興面으로 강등되어 남아 있게 되 었다.

17

청령포

청령포는, 계유정난(1453년 10월)이 끝나자 곧바로 한명회가 단종 임금을 쫓아내 가두어둘 곳으로 미리 알아본 장소였다. 한명회의 부탁으로 그해에 강원도 관찰사를 지낸 박강朴薑이 찾아낸 곳이었다.

박강은 강원도 관찰사로 겨우 한 달쯤(1453년 10~11월) 나갔다가 금방 돌아왔다. 그래도 그는 그사이 강원도 관찰사 어느 누구보다도 더 조정(임금)의 칭송을 받을 만한 놀라운 업적을, 영원히 역사에 남을 불후의 업적을 이루고 돌아왔던 것이다.

청령포는 참으로 감탄할 만한 내륙의 낙도落島요, 천험天險의 감옥이었다. 사람이 건너다니는 나루 반대편은 천인단애千仞斷崖의 절벽이 가로막고 있었고 나머지 삼면은 강물이 휘돌아 둘러싸고 있었다.

오지奧地 중의 오지인 이곳에, 이렇게 기막히게도 반역자의 마음에 꼭 드는 유배지를 골라 천거한 사람의 재능과 충성심에 사람들은 혀를 빼물지 않을 수가 없었다.

절해고도絶海孤島와 같이 빠져나갈 길이 없는 지형도 기가 막히지만, 이곳이 강이 휘돌아 흐르는 모퉁이에 모래가 쌓여 생기는 작고 낮은 모래톱 섬임에 틀림없다는 데 생각이 미치면, 소름이 끼치지 않을 수 없는 곳이었다.

모래섬은 높이도 낮고 나무들도 초라했기 때문에 장마철에 물이 불기라도 하면 섬은 물속에 가라앉거나 아니면 다 젖을 수밖에 없는 곳이기 때문이었다. 비록 물속에 다 잠기지 않는다 해도 늪지가 되어버릴 그런 곳에서 사람이 결코 살 수는 없기 때문이었다.

찬탈자들의 간악한 의도가 환하게 들여다보였다. 그들은 잘만 되면 거추장스러운 존재(단종)가 제풀에 죽어 없어질 수도 있다는 기대를, 불감청不敢請이나 고소원固所願인 간악한 기대를 분명히 가지고 있었던 것이다.

청령포에 갇히게 된 노산군은 그곳에 온 날부터 며칠 동안은 울면서 지냈다. 수양이 영의정이 된 날부터 바로 자신을 쫓아내 죽이려고 의도한 간악한 심사를 여기 청령포에 와서야 확실히 알게 된 때문이었다.

자다가도 울고 밥을 먹을 때도 울고 밖에 나가 거닐 때도 울었다. 밤이면 꺼이꺼이 소리 내며 통곡하기도 했다. 날이 가면서 흐느낌도 통곡도 점점 잦아들었으나 흐르는 눈물은 오래 이어졌다.

그는 또 적적하고 외로워서도 울었다. 이제 확실히 깨달은 수양왕의 배신감에 치를 떨며 울었다. 그래도 여전히 수양왕이 아바마마(문종)를 모살했다는 사실은 모르고 있는 게 다행인지도 몰랐다. 알았다면 심장이 터졌을 수도 있기 때문이었다.

자원해서 멀고 먼 이곳까지 따라온 궁녀들 여섯이 시중을 들었고, 자진해서 따라온 내관 두 사람이 수행을 했고, 영월부의 관노와 나졸들이 여러 명 호위해주고 벗해주었으나, 심산유곡의 천연감옥에 찬탈자들의 예정된 계획에 따라 무참히 버려졌다는 생각에, 뼛속이 시리도록 적적하고 외로워 울었다.

그는 야속하고 억울해서 울었다. 피붙이 숙부로서 마지못해 정난을 일으켜 섭정 영상이 되었고, 종묘사직을 망치려는 역신들을 몰아내고, 무너지려는 나라의 기틀을 잡아 세우기 위해서, 어쩔 수 없이 힘 있는 숙부가 보위를 맡았다는 대의명분이, 정말로는 속속들이 가식이요 사기였다는 사실에, 간이 졸아 붙을 만큼 숙부가 야속했고 죽이고 싶을 만큼 미웠다.

보위만이 전하를 지킬 수 있고 보위를 내주면 몰락의 수령으로 빠지고 만다고 극력 반대하던 혜빈 양씨나 중전 송씨의 피눈물 어린 충고를 물리쳐버린 자신의 멍청함이, 가슴 쓰리게 억울했다.

그는 그렇게 분하고 원통해서 울었다. 보위를 물려주었으니 더 편하게 여생을 보내게 해주겠다던 숙부의 자신에 대한 약속도, 송씨를 중전으로 간택하면서 어떤 경우에도 중전이나 중전의 집안과 중전의 아비인 부원군에게는 안전을 보장하겠다던 수양의 장담도, 애초부터 온전한 거짓말이었다는 것을 이제야 깨달았다.

세상의 뒷방에서 쉬쉬하며 떠도는 이야기를 살짝 들려주던 대전상궁의 말이 불현듯 떠올랐다.

"비열간교卑劣奸巧하고 음흉무신陰凶無信한 사람이 쥐상鼠相 관상을 가진 사람인데 수양 숙부가 바로 그런 사람이니 조심하십시오……."

수양 숙부는 어느 숙부보다도 웅혼雄渾한 기상이 보이는 헌헌장부軒軒丈夫인데 농담으로도 그건 틀린 말이라고 자기가 그냥 웃고 말았던 일이 기억났다. 수양 숙부가 눈 하나 까딱하지도 않고 멀뚱멀뚱하게 지금까지 온전한 거짓을 자행하고 있었음을 자신이 몰랐다는 게, 피가 거꾸로 솟을 만큼 분했다.

청령포에 오고 나서 이미 그때부터 마련해놓은 거소居所를 보면서야 깨달았다는 게, 염통이 터질 만큼 원통했다.

'아……, 나는 누구를 믿어야 하는가? 그래도 수양왕을 믿어야 하는가, 아니면 하늘만을 믿어야 하는가?'

"전하, 산딸기가 익었사옵니다. 맛을 보시옵소서."

궁녀 하나가 치마폭에 따 담은 산딸기를 펴보였다.

이제 7월에 들었으니 곧 여름이 가는 계절이었다. 산딸기는 떠나는 여름의 선물이었다.

"오, 신기하구나. 내 눈에는 보이지 않더니……. 어디서 땄느냐?"

"예, 전하. 저쪽 산봉우리 쪽으로 가는 오르막 숲속에 많이 있사옵니다."

"그러냐? 어디, 함께 가보자."

궁녀들을 따라 단종도 서남편 봉우리로 가는 오르막 숲을 올라갔다.

"전하, 보시옵소서. 여기 빨갛게 익었사옵니다."

"가만, 내가 따보아야겠다."

"아니옵니다. 손수 따시다니요?"

"아니야. 내 손으로 따보고 싶다."

단종은 익은 딸기 몇 알을 손수 따더니 손바닥 위에 놓고 후후 불다가 입에 털어 넣었다.

"오오, 새콤달콤한 게 참 별미로구나."

"예. 전하. 별미이옵니다. 하온데 전하 더는 오르시지 마시옵소서. 길이 가팔라서 위험하옵니다."

"아니다. 이 도산刀山이라고 하는 봉우리까지 올라가 보아야겠다."

단종은 이제 결코 어린아이가 아니었다. 활력이 샘솟기 시작하는 17세의 젊은이였다.

단종은 앞장서 걸어 올라갔다. 칼날같이 솟아 있는 바위 능선 길을 따라 사이사이 서 있는 소나무를 손으로 잡고 한 걸음 한 걸음 가파른 산길을 올라갔다.

"전하. 위험하옵니다. 그만 내려옵소서."

"아니다. 끝까지 가보련다."

궁녀들은 따라오지 못하고 뒤에 그냥 서 있었다.

단종은 조금씩 조금씩 더 올라갔다. 산의 중턱쯤 올라왔을까, 천지가 개벽하듯 앞이 뻥 뚫리더니 서녘 하늘이 눈부시게 펼쳐졌다. 소나무를 잡고 서서 자신이 서 있는 발아래를 보니 오른쪽으로는 천길 같은 낭떠러지요, 저 밑으로는 가물가물 강물이 휘돌아 흐르고 있었다.

왼쪽으로 오던 길을 이어서 더 오르려 했으나 수직으로 선 바위에 막혀 더는 오를 수가 없었다.

단종은 거기 멈출 수밖에 없었다. 고개를 들어 서녘 하늘을 보았다.

서녘 하늘은 한양까지 보일 만큼 아득히 광막廣漠했다. 상쾌하고 예리한 전율이 가슴을 관통했다. 위아래로 아득하고 시원하게 트인 천지의 공간이 또한 무한한 자유의 해방감으로 가슴을 붕 붕 띄웠다.

'아, 하느님……'

동굴 속처럼 답답한 이 청령포에서 이렇게 시원하고 환한 해방의 공간을 선사한 하늘이 참으로 고마웠다.

'그래, 어차피 하늘만을 믿을 수밖에……. 그래 하늘만을 믿기로 하자. 이 모두가 하늘이 내려주신 선물인지도 모르지……'

단종은 길고 깊게 한숨을 쉬었다. 천천히 여러 번 쉬었다.

'이제 내려가야지……'

그러나 발길이 떨어지지 않았다. 아득한 서녘 하늘로 자꾸만 눈길이 갔다.

'오. 대비…… 어찌 지내시오. 보고 싶소.'

그렇다. 발길을 잡는 것은 피맺힌 그리움이었다. 서녘 하늘의 저편에서 그곳 백성의 옷을 입고 서서 손을 들어 흔드는 대비가 어른거렸다.

"대비, 내 날마다 여기 올라와 대비를 바라보겠소. 삼백예순 몇 날이 몇십 번을 지나가든 우리는 반드시 다시 만날 것이오. 이제 하느님이 도와줄 것이오."

아래쪽에서 연이어 부르던 궁녀들 중 하나는 단종이 서 있는 곳까지 따라 올라오고 있었다.

'대비, 내일 다시 오겠소. 삼백예순 몇 날, 날마다 오겠소.'

단종은 근처에서 돌멩이를 하나 주우려고 발밑을 쳐다보았다.

"전하, 괜찮사옵니까?"

따라온 궁녀는 다 올라와 있었다.

"오, 조심해라."

"예, 험하긴 하온데 참으로 경치가 좋사옵니다."

"응. 그렇구나."

단종은 돌멩이 하나를 주워들었다. 그리고 그것을 능선 위의 한 곳 평평한 곳에 올려놓았다.

이것이 훗날 망향탑望鄕塔의 근거가 되었다.

'오늘 당신을 바라본 증표證票인 돌이요. 그리고 내일 다시 당신을 보러 온다는 신표信標인 돌이요.'

"전하, 어찌 돌멩이를……."

"내가 오늘 한양 땅을 바라본 기념이니라……."

"쇤네도 바라보았으니 그럼……."

궁녀도 돌멩이 하나를 주워 단종이 놓은 곳에 올려놓았다. 그리고 그들은 천천히 능선 길을 내려왔다.

단종은 다음 날 다시 그 능선 길을 올라가 서녘 하늘을 바라보며 대비의 모습을 그리워했다. 그리고 또 하나 돌멩이를 주워 증표요 신표로 올려놓고 내려왔다. 그날은 궁녀 둘이 따라 올라와 함께 바라보고 함께 돌멩이를 주워 올려놓았다.

단종은 매일 올라와 서녘 하늘을 보고 대비를 그리워하고 보고픈 사람들을 그리워했다. 그럴 때면 늘 궁녀나 내관이 함께 모시고 따랐다.

그리고 이 일은 청령포에 사는 단종의 가장 소중한 일과가 되었다. 능선 길에서 내려와서도 숙소에 들어가 있지만은 않았다. 갇힌 신세의 답답함이었다.

멀리 소나무 숲 사이를 헤매듯 거닐었고 가까이 돌멩이를 때리며 흐르는 물소리 따라 강가를 거닐었다. 밤이 되어 거처에 들어오면 더욱 답답해 가슴이 터질 것만 같았다.

"지필묵을 가져오너라."

나이든 궁녀 자개舊介가 얼른 보자기를 가져와 풀었다.

한지를 펴놓고 먹을 갈았다. 천장을 쳐다보던 단종이 붓을 들어 먹물을 묻히고 천천히 써내려갔다.

천추무한원千秋無限寃 만고일고혼萬古一孤魂

(천추에 끝없는 원통을 안고 만고에 외로운 혼이 되었네)

적령황산리寂寧荒山裡 창송요구원蒼松繞舊園

(적막한 영월 땅 거친 산속 짙푸른 솔숲이 옛 동산 둘러치고)

영수삼천로嶺樹三天老 계류득석훤溪流得石喧

(고개 위 나무들 삼천을 받들어 늙었고 냇물은 강돌에 부딪쳐 소란스레 흐르네)

산심다호표山深多虎豹 불석엄시문不夕掩柴門

(산 깊어 호랑이 표범 많을 테니 저물기 전 사립문 닫아거네.)

산림 깊은 오지여서인지 두견 소리가 유난히 많이 들렸다. 뻐꾸기[곽공(郭公)]는 낮에만 울고, 소쩍새[정소조(鼎小鳥)]는 밤에만 우는데, 두견杜鵑[자규(子規), 귀촉도(歸蜀道)]은 밤낮으로 운다고 했다. 그래서 두견이 소리가 더 많이 들리는 모양이었다.

거처에 들어 있어도 들리는 밤의 두견이 소리는, 자신의 비창悲愴한 심사를 하소연해주는 것 같아 더 마음이 끌렸다.

"어떠냐? 글이 제법 된 것 같으냐?"

자개를 보며 단종이 물었다.

"이렇게 밤에도 두견이가 우는 것을 보면 비록 산골일지라도 호랑이는 없을 것이옵니다."

"네 말이 맞는 것 같다."

"하시오면 여기 호표虎豹는 전하를 해치려는……."

"잘 보았다. 바로 그런 자들의 세력이 여기에도 뻗쳐 있을 텐데 날이 저물어 가면 사립문이라도 잘 닫도록 해야지……."

"전하! 으흑……."

단종의 지나온 간난고초艱難苦楚와 억분통한抑憤痛恨을 잘 알고 있는 이 궁인은 금방 서러움이 북받치는 모양이었다.

삼천三天(세종, 문종, 단종)을 받들던 충신 거목巨木들은 늙어 사라지고, 단종을 따르는 바른 신하 계류溪流는 방해자들인 강돌 때문에 소란스러웠던 것이다.

청령포에서 며칠 살다보니 이 오지의 밤을 온전히 느끼고 싶어 밤에도 나와 거닐었다. 물론 수행과 호위가 따랐지만 홀로 거닐고 싶어 따르지 못하게 할 때도 있었다. 그럴 때면 야경 서는 나졸이나 수행하는 내관은 하는 수 없이 눈치 채지 못하게 멀찍이 따르는 수밖에 없었다.

그렇게 혼자 거닐 때는 그리워 떠오르는 많은 사람들, 애태우고 놀라게 했기에 잊히지 않는 많은 일들 때문에, 만감이 교차되어 저도 모르는 사이 흐느끼곤 했다.

초승달이 구름 사이를 들랑거리는 밤이었다. 초승달이 강물에서는 산산이 부서지는 것을 보게 되었다. 그 초승달이 마치 청령포에 와 있는 자신의 신세인 것만 같아 또 울음보가 터졌다.

"으흑……."

한참을 울며 거니는데 어디선가 또 다른 흐느낌이 들리는 것 같았다. 자신의 흐느낌을 따라서 잘 흐느끼던 궁녀들의 울음소리는 분명 아니었다.

"……?"

단종이 뚝 그쳐보았다.

"흑……, 흑……."

그런데 다른 흐느낌은 여전했다.

귀를 기울여 들었다. 나이든 사내의 참아내는 흐느낌이었다. 단종은 덜컥 겁이 나서 사방을 둘러보았다. 아무도 보이지 않았다.

"으흑……."

그런데도 참아내는 흐느낌 소리는 계속 들렸다. 남을 해치려는 상대는 아닌 것 같았다.

"……?"

단종은 소리가 나는 쪽으로 목을 쭉 빼고 자세히 쳐다보았다.

"아니……."

풀무더기 옆 강가의 자갈밭에 한 사내가 웅크리고 있는 것이 보였다. 머리끝이 쭈뼛했다. 정체를 알 수 없는 막연한 불안이었다. 참으로 괴이한 일이었다.

아무도 마음대로 들어올 수 없는 육지고도의 으스름달밤에 정체불명의 사내가 들어와 엎드려 울고 있다니…….

단종은 겨우 용기를 내 물었다.

"누구냐?"

"……."

대답은 없고 흐느낌은 이어졌다.

"누구냐? 대답을 해보아라."

"으흑……, 전하……."

전하라는 소리에 안심했고 동시에 눈물이 왈칵 솟아졌다.

"……!"

"전하……. 어찌 이렇게 지내실 수가……. 전하……. 으흑흑……."

나이든 사내의 목소리였다. 사내는 자갈밭에 머리를 찧어가며 다시 통곡했다.

단종은 콧등이 시큰해 오는 것을 느끼며 애써 목청을 가다듬었다.

"그만 진정하고 이리 가까이 오너라."

"……."

사내는 울음을 참아내며 어깨를 들썩거렸으나 다가오지 않았다.

"어려워하지 말고 가까이 오너라."

사내는 그제야 무릎걸음으로 주춤주춤 기어 나와서 단종 바로 앞에 와 엎드렸다.

"전하. 망극하옵니다. 전하께서 어찌 이런 고초를 겪으시옵니까?"

"허어. 이제는 임금이 아니니라. 그렇게 부를 건 없고……."

"전하……."

"허어 그래도……. 그런데 어디 사는 누구냐?"

"전하. 신은 여기 영월에 사는 호장戶長(고을 아전의 우두머리) 엄흥도嚴興

道라 하옵니다."

"음……, 엄흥도라……."

잘 기억되도록 이름을 천천히 외웠다.

"……."

"그래, 여기는 어떻게……."

말을 하다 보니 엄흥도의 몸이 흠뻑 젖어 있었다.

"……."

"엄호장, 옷이 모두 젖어 있구먼. 어찌 된 일이냐?"

"……."

엄흥도는 대답을 못 하고 있었다. 그러나 단종은 짐작할 수 있었다. 강을 건너야 올 수 있으니 헤엄을 쳐 온 것이 분명했다.

"헤엄을 쳐 건너온 것이구나. 그렇지 엄호장?"

"예, 전하……."

"그런데 어째서 이 밤중에 여길 건너오게 되었느냐? 이곳은 사람이 출입할 수 없는 곳이라는 것을 호장이라면 알고 있을 텐데……."

"……."

엄흥도는 울음을 참느라 대답을 못 하는 것 같았다.

"마음 편히 하고…… 말해보아라."

"전하, 신은 날마다 밤이 오면 이곳 청령포를 향하고 앉아서…… 전하께서 평안히 침수 드시기를 기원했사옵니다. 하온데 오늘 밤은 늦게까지 침수는 드시지 않으시고……. 조용한 바람결에 전하의 곡성이 들려오는지라……."

"헉……."

단종은 감격하여 숨이 막힐 것 같았다. 강 건너에서 울음소리를 듣고 헤엄쳐 오다니……. 엄흥도 호장. 이 사람이야 말로 마지막 남은 진짜 신하가 아닌가.

"엄호장. 이리 가까이 올라오게나."

단종은 길가의 바윗돌 위에 앉으며 말했다.

"전하, 아니 되옵니다."

"이리 올라오라니까. 난 이제 임금도 아니니 구차한 예는 갖출 필요가 없네."

"하오나 전하……."

"그럼 내가 그리 내려갈까?"

"아, 아니옵니다."

그때서야 엄흥도는 몸을 일으켜 조심조심 노산군 앞으로 다가와 부복했다.

"엄호장."

"예, 전하."

"내가 천연감옥인 이 청령포에 와 하도 답답해서 철없는 한탄을 했더니……. 오늘 이렇게 엄호장을 만났구먼. 부덕한 내가 가는 곳은 어디나 충절들이 끊이지 않으니……, 죽어도 여한이 없네."

"당치 않사옵니다. 전하께서는 기필코 복위하실 날이 올……."

"엄호장!"

단종은 얼른 엄호장의 말을 잘랐다.

"……?"

"엄호장, 내 말 잘 듣게. 복위니 뭐니 하는 말은 절대로 입에 담지 말게.

그 말 때문에 화를 당한 사람이 어디 한둘이던가? 다시는 그런 말은 하지 말고……. 그냥 벗처럼 가끔 이렇게 찾아주면 좋을 것이네. 알겠는가?"

"……."

"지금도 저 뒤쪽 어딘가에서는 엿듣는 귀가 있는지도 모르네."

"전하……."

"내 워낙 고적하니 가끔 찾아와서 시절 얘기라든가 농사 얘기라든가 얘기도 해주고…… 그냥 내 벗이 되어주면 되는 게야."

"전하……."

비통과 감격이 교차되어 가끔 어깨를 움찔할 뿐 고개를 들지 못하는 엄홍도의 손을 끌어다 단종은 꼬옥 잡아주었다. 엄홍도의 손은 섬뜩할 만큼 차가웠다. 물을 건너온 탓이었다.

단종은 엄홍도의 손을 놓지 못했다. 단종의 눈에서는 다시 눈물이 고이기 시작했다. 눈물을 떨어뜨리지 않고자 고개를 들어 달을 바라보았다. 눈물로 일그러져 보이는 초승달 위에서 대비가 손을 흔들고 있었다.

'오, 대비……. 대비도 이 사람을 보고 있소?'

"전하, 망극하옵니다."

엄홍도는 잡힌 손을 가만히 빼고 나더니 엎드려 절을 했다.

"……."

"그만 물러가옵니다. 다음 날 또 찾아뵙고자 하옵니다."

엄홍도는 일어나 뒷걸음으로 천천히 물러나 강물 쪽으로 걸어갔다.

"조심해서 건너고……, 다시는 헤엄쳐 오지 말게……."

엄홍도의 모습이 어둠 속으로 사라지자 단종도 돌아섰다.

청령포는 하루에 한 번 아침나절에 나룻배가 건너왔다.

영월부 소속의 관노와 나졸 서너 명이 다소의 생필품을 싣고 건너와서 전날 왔던 사람들과 교대했다. 그들의 임무는 주로 유배자의 감시였다.

전날 왔던 사람들이 배를 타고 나가면 다음 날 아침나절까지는 배는 건너오지 않고 유배지 건너편에 묶여 있었다.

백중날百中(음력 7월 15일)이 다가오고 있었다.

백중날에는 민관을 막론하고 또 경향京鄕의 구별 없이 사흘 동안 (14~16일) 우란분회盂蘭盆會(음력 7월 15일 죽은 조상을 위하여 절에 가서 행하는 불교의식의 하나)에 나가 참예參詣했다. 집으로 스님을 초청하여 조상들, 또는 돌아갈 곳이 없는 무연고자의 혼령들을 위한 재齋(명복을 비는 공양)를 올리기도 했다.

조상의 산소를 찾아 성묘하고 지전紙錢을 불사르기도 했다. 단종을 모시는 궁녀들 중 나이 많은 궁녀들은 비록 유배지이긴 하지만 단종을 위해 뭔가 염불도 외우고 재도 올리고 싶어 했다.

그런데 밖으로 나가 필요한 물품이나 도구를 구해 올 도리가 없었다. 영월부에서 매일 감시역監視役으로 들어오는 관노 나졸들은 청을 들어주기는커녕 말도 꺼내지 못하게 했다.

그런데 마침 새로이 강원관찰사로 부임한 노숙동盧叔仝이 청령포를 찾아왔다. 궁녀들의 부탁에 노숙동은 흔쾌히 허락하고선 따라온 영월부사에게 돌봐주라 일렀다. 궁녀들이 밖에 나가 인근 민가에서 도구를 빌리려 하자 백성들이 아예 행사에 필요한 도구와 음식들을 다 장만해주었다.

떡가루를 빻아 떡을 만들어주었고, 차조, 옥수수, 고비, 버섯, 열무, 오이, 참외, 수박, 가지, 고추 등등을 서로 들고 와 수두룩하게 쌓아놓았다. 등촉과 등도 적지 아니하게 가져왔다. 고맙게 받아서 청령포로 다 옮겼다.

거소의 후원 소나무 밑에는 단종이 나와서 걸터앉아 쉬는 단壇이 있었는데 그것을 제단 삼아 공양할 음식들을 진설했다.

14일, 이날 볕이 환한 맑은 날이었으나 몹시 무더웠다. 초가을답게 하늘은 새파란데 때때로 여기저기 뭉게구름이 피어올랐다. 늙은 궁녀들은 구름머리를 바라보며 걱정을 했다.

"비가 오지 말아야 할 텐데……."

밤이 되자 작은 등불들이 달렸다. 강물에 띄워 보낼 등들도 모아놓았다. 환하게 떠 오른 달이 흐르는 구름장들 속을 들락날락했다.

제단 뒤 소나무에 커다란 판때기를 걸었다. 거기에 붙일 지방紙榜을 단종이 손수 썼다.

삼생부모영가三生父母靈駕

쓰고 나자 눈물이 왈칵 쏟아졌다. 세종 할아버지의 그 따스한 체온이 느껴졌다. 잘생기신 아버지 문종의 관후 인자하신 모습이 눈에 밟혔다.

본 일이 없어 더 보고 싶은 어머니 현덕왕후. 수양 숙부가 얼마 전 그 어머니에게 부관참시를 자행했다는 소식을 들었을 때처럼 오늘 또 피눈물이 솟았다.

단종은 '삼생부모영가' 다음 줄에 혜빈 양씨와 그 세 아드님을 쓰고, 그다음에 안평 숙부 부자, 그다음에 아버지 항렬 중 가장 나이 많으신 화의군을 썼다.

그리고 그다음으로 황보인, 김종서, 정분, 허후 등 계유정난에 역적 폭도들에게 무고하게 희생된 사람들을 썼다. 그리고 그다음에 성승, 박쟁, 유응부, 성삼문, 박팽년, 이개, 하위지 등 병자사화에 희생된 사람들을 썼다. 그리고 그다음에 부원군 송현수 부처를 쓰고, 맨 마지막으로 자신의 유모 봉보부인奉保夫人과 그 부군夫君 이오李午를 썼다.

그리고 그 밑에 큰 글씨로 매듭지었다.

충혼원혼영가忠魂冤魂靈駕

단종은 지방을 써주고는 방으로 들어갔다. 의관을 정제하고 단정히 앉았다. 그리고 후원에서 늙은 궁녀들이 염불하고 축원하는 소리를 들었다. 염불 축원의 사이사이 '왕생극락往生極樂', '천추만세千秋萬歲' 하는 소리가 들렸다. 그러기를 한참 후 '나무아미타불南無阿彌陀佛', '관세음보살觀世音菩薩' 하는 소리가 들렸다.

단종은 행사가 이제 다 끝나간다는 것을 짐작할 수 있었다. 그런데 이때부터 투드럭투드럭 똘배나무 잎에 굵은 빗방울이 떨어지는 소리가 들렸다. 그러더니 금방 천병만마千兵萬馬가 달려오는 듯 소리를 내며 장대비가 쏟아졌다.

순식간에 마당에 물이 흥건하게 차올랐다. 또한 연달아 번개가 치고 천둥이 고막 째지게 울어서 하늘 한구석이 부서져 내리는 것 같았다.

제단에 마련한 것들, 불을 켜 흘려보내려고 모아둔 작은 등들이 다 떠내려가 버렸다.

궁녀 내관들은 단종 좌우에 둘러서서 무슨 벌이나 받기를 기다리듯 벌벌 떨고 있었다. 딴 채에 기거하는 감시 관속들도 방 안에 서서 불안으로 덜덜 떨고 있었다.

단종이 앉아 있는 방에 물이 차오르기 시작했다.

"우르르 꽝, 우르르 꽝……."

번개 천둥은 더 요란하고 더 무섭게 쳐댔다. 무엇이 무너지는 소리가 나서 보니 부엌 뒷벽이 무너지고 그리로 물결이 치고 들어왔다.

"아이구, 엉엉……."

"어머, 어머, 어떡해……."

궁녀들의 곡성이 시작되었다.

"안 되겠다. 나가자."

단종이 일어나 밖으로 나갔다. 우산이고 비옷이고 챙길 겨를이 없었다. 더 지체했다가는 차오르는 물속에 갇혀 그냥 익사할 것 같았다.

'오, 음흉한 놈들…….'

'청령포를 유배지로 고른 놈들의 간악한 의도가 바로 이런 것이었구나!'

단종은 반항의 용기가 솟았다.

"모두 따르라. 산으로 가자."

단종은 앞장서 물속을 걸으며 매일 가던 서남쪽 능선 길로 나아갔다. 바깥채에 있는 관속들도 불러 함께 갔다. 경각간에 옷은 다 젖어 물이 줄줄 흐르고 세찬 바람이 후려갈기는 빗발에 눈을 제대로 뜰 수가 없었다. 다행히 능선으로 가는 길은 노산군과 젊은 궁녀들이 늘 다니던 길이어서 더듬더듬 찾아 걸을 수가 있었다.

벼랑으로 오르는 등성이 중간쯤 소나무들이 촘촘한 곳에 이르자 단종이 나무 밑에 주저앉았다.

"아, 내가 어찌 이리도 박복한고?"

단종의 한탄에 궁녀들의 흐느낌이 한껏 높아졌다.

"여기들 앉아라. 여기서 비가 개기를 기다릴 수밖에 없구나."

궁녀, 내관, 관속들이 근처 나무 밑을 찾아서 죽 앉았다.

갑자기 서북 편에서 큰 번개가 쳤다. 순간 온 하늘이 불빛인 듯 주위가 대낮같이 밝아졌다. 사람들이 앉아 있는 저 아래로 지나온 청령포의 언덕과 나무와 바닥과 집들이 온통 물속에 포옥 잠겨 있는 모습이 환하게 보였다.

'조금만 늦었어도 헤어나지 못할 뻔했구나.'

'저 물속에 빠져 죽었겠지…….'

'아이구, 무서워. 하마터면 물귀신 될 뻔했잖아…….'

'어찌 이런 곳에 집을 짓고 살라 했단 말인가.'

다 제각기 무섭고 아찔한 생각을 하며 몸을 떨었다.

비는 계속 쏟아졌다. 냉기와 두려움에 오돌 오돌 떨며 그렇게 그들은 먼동이 터오는 새벽을 맞았다. 새벽이 되면서 바람도 잦아들고 빗줄기도 가늘어졌다.

가는 비는 내렸지만 날은 훤히 밝아왔다. 저 아래 바닥의 물도 차츰 빠져나가는지 수위가 낮아지고 바닥이 조금씩 드러나고 있었다. 능선의 소나무 밑에 모인 일행은 머리 꼭대기부터 발끝까지 속속들이 젖은 몸을 옹송그리고 부들부들 떨며 저 아래 바닥의 물이 다 빠지기를 기다릴 수밖에 없었다.

'아. 어이 할꼬? 언제쯤이나……, 물이 빠지기나 할 것인가? 또다시 장대비가 쏟아지지는 않을 것인지?'

불안과 두려움을 안은 채 일행은 하염없이 기다릴 수밖에 없었다.

얼마나 시간이 지났을까?

"전하, 저기 사람들이 올라옵니다."

평상시라면 조반을 마칠 때쯤 되었을 시각이었다. 멀리 저 아래 수풀과 나무들 사이로 사람들이 움직이는 것이 보였다. 찬찬히 바라보니 대여섯 사람이 밧줄을 끌고 물속을 걸어와 건너편 나루터 가까이 서 있는 굵은 소나무에 그 밧줄을 걸어 묶고 있었다.

"……?"

"영월부에서 사람들이 온 것 같사옵니다."

"저쪽 강가에서 나룻배를 삿대로 괴고 있는 것 같사옵니다."

강가의 나룻배가 보이고 몇 사람이 움직이는 것도 보였다.

"맞습니다요. 줄잡이 배로 만들고 있는 것입죠. 우리를 밖으로 실어 나르려는 것입죠. 강물이 불어나면 노를 저어도 배가 흘러가니까 저렇게 해야……."

어제 들어왔던 당번 관속들이 하는 말이었다.

과연 그랬다. 강 건너에 한쪽을 묶어놓은 밧줄 다발을 나룻배에 신고 그 다발을 풀면서 나룻배가 이쪽 나루터로 건너와, 몇 사람이 삿대로 배를 고정시키는 사이 몇 사람이 밧줄을 당겨 그 한쪽을 이쪽 언덕의 소나무에 동여매고 있었다.

가는 비가 이슬비로 바뀌면서 청령포 바닥의 물도 거의 다 빠져 나갔다. 물이 빨리 불고 빨리 빠지는 것을 보면 청령포는 과연 모래톱의 섬이었다.

밧줄 매기를 마친 사람들이 올라와 여기저기 사람을 찾는 것 같았다.

"여기요…… 이쪽 능선 쪽이요……"

이쪽에서 관속 하나가 일어나더니 손나팔을 입에 대고 있는 힘을 다해 외쳤다. 저쪽에서 알아들었는지 손을 들어 흔들고는 곧장 이쪽으로 걸어왔다.

"전하, 이제 내려가시옵소서."

"그래, 내려가 보자."

청령포 거소 근처에 이르자 모래흙 바닥이 질퍽거려 발목까지 빠지는 데가 대부분이었다. 만일 사람들이 밖에서 영영 데리러오지 않는다면 이 안에서는 빠져 죽거나 떠내려가 죽거나 아니면 굶어 죽을 판이었다.

'당장 오늘 밤에라도 다시 폭우가 쏟아진다면…… 어이구, 생각만 해도 무섭구나.'

단종은 새삼스럽게 소름이 끼쳐 떨었다.

다행히 영월부에서 서둘러 구조하러 와 곤경을 벗어나게 되었다. 일행은 아침에 들어온 관속들의 도움을 받아 몇 차례 줄잡이 배를 타고 모두 무사히 청령포 밖으로 나왔다.

"아니. 옷가지며 살림도구들을 가져와야 할 텐데…… 어찌하면 좋아요."

나이든 궁녀가 걱정을 하자 관속 하나가 핀잔을 주었다.

"지금 그런 거 걱정할 때가 아니요. 어서 빨리 걷기나 합쇼. 날씨 찌푸린 걸 보면 또 장대비가 쏟아질지도 몰라요."

단종 이하 일행은 다 같이 한참이나 걸어서 영월의 동헌에 도착했다. 그리고 거기 객사에 파김치가 된 몸을 부렸다.

영월부사는 그날부터 단종에게는 객사가 딸린 동헌인 관풍헌觀風軒을 내주어 기거하게 하고, 자신이 집무할 동헌은 다른 건물로 옮겼다. 그리고 즉시 파발을 원주 감영으로 보내 자초지종을 보고했다.

다음 날 강원감사 노숙동이 와서 단종에게 문안드리고 단종 일행의 뒷바라지를 부사에게 부탁하고 돌아갔다. 청령포에 남겨두고 온 여러 가지 물건들도 관풍헌으로 거둬올 수가 있었다.

감사는 돌아가서 즉시 저간의 상황을 적어 조정에 장계를 올렸다. 조정에서는 단종을 다시 청령포로 보내지 말고, 관풍헌에 그대로 부처토록 하라는 지시가 내려왔다.

단종은 공식적으로는 동헌객사에 부처된 몸이었으나 그날 이후에는 영월부의 여기저기를 돌아다니며 지낼 수도 있게 되었다.

단종이 밖에 나와 어디서든 보이면, 어른들, 아이들, 심지어는 아낙네들까지도 멀리에서부터 가까이 따라다니며 흠모와 연민의 한숨들을 내뿜곤 했고 안타까움을 수군대기도 했다.

"아유……. 정말 잘생겼구먼. 임금님이라서 그런가잉?"

"키가 훤칠하니까 더 잘나 보이지."

"지금 몇 살인고?"

"열일곱 살이라고 하던데……."

"다 큰 어른인 줄 알았는데……, 어쩐지 애티가 나 보인다 했지."

"아이고. 저리 잘생기고 착하게 생긴 양반이, 아니지 임금님이 어쩌다 이 산골짜기로 귀양을 오셨을꼬?"

"불한당 같은 수양대군인지 수양왕인지 그 숙부 놈이 없는 죄를 뒤집어씌워 강제로 쫓아냈다는 거 아니야?"

"쉿. 입 다물어. 까딱하다가는 잡혀서 골로 간다고……."

"엑……."

관풍헌 객사로는 알게 모르게 백성들이 계절에 따른 채소, 산나물, 과일, 버섯 등과 계란과 닭 그리고 강에서 잡은 물고기 등을 가져왔다.

관풍헌의 맞은편 길 건너에 정자 매죽루梅竹樓[후에 자규루(子規樓) 현판이 추가됨]가 있었는데 단종은 특히 밤에 그곳에 자주 오르곤 했다.

청령포를 감아 흐르는 강을 서강이라 하고, 영월부의 동쪽으로 흐르는 강을 동강이라 하는데, 동서의 두 강은 팔괴八槐 나루 위쪽에서 합류해 한 줄기로 흘러 남한강이 되었다.

관풍헌에서 걸어서 동강 쪽으로 가면 경치 좋은 곳이 많았다. 그 동강 가 깎아지른 절벽 위 경관 좋은 곳에 정자 금강정錦江亭이 있었다. 궁녀들 또는 내관들이 가끔 낮에 단종을 모시고 이곳 금강정에 와 쉬며 경관을 감상하곤 했다.

그런데 어떤 때는 관속들이 나오거나 아니면 부사 자신이 나와 금강정 행차를 못 하게 막아섰다.

"마마, 여기서 더 나아가시면 소인의 목이 달아납니다."

관장이나 관속들은 절대로 '전하'라고 하지 않았다.

"알았느니라. 돌아가마."

그런 날이면 관속들이 어디서 날아오는지 모르는 돌멩이에 맞아 피를 흘리기도 하고, 부사가 나와 행차를 막은 날은 그날도 그다음 날도 부사는 또한 어디서 날아오는지 모르는 돌멩이에 맞아 혼쭐나기 일쑤였다.

어느새 바람이 삽상颯爽해지고 조석으로 한기가 옷깃을 파고들더니 가을이 왔다. 가까운 금강정, 동강 나들이도 못 하게 되자 단종은 매일 매죽루에 올랐다. 종일토록 있다가도 깊은 밤 삼경이 지나서야 돌아가 침수에 들곤 했다.

매죽루 난간에 기대 앉아 있노라면 주마등처럼 머릿속을 비추며 지나가는 옛 일들이 속속들이 머릿속을 아프게 찔렀다. 보고 싶은 사람들, 할아버지, 아버지, 혜빈 양씨, 안평 숙부, 경혜 누님, 매부 정종, 금성 숙부 그리고 왕비 송씨가 너무너무 보고 싶었다. 그럴 때면 고춧가루 섞은 소금을 쟁여놓은 것처럼 가슴이 짜고 아렸다.

단종은 1448년[세종 30년, 무진년(戊辰年)], 여덟 살의 나이에 당당한 정통의 왕세손으로 책봉되고 천하에 선포되었다. 당시의 식자들 특히 집현전의 젊은 학자들은 앞날을 기대하는 예언과 같은 환담을 많이 했다. 세손에게 글과 제왕학帝王學을 가르친 스승들은 한결같이 놀랄 만한 전조前兆를 기뻐하며 회심의 미소를 짓곤 했다.

세종은 민생안정民生安定, 위업창달偉業暢達, 강역확장疆域擴張으로 태평성대를 이룩한 제1세대 성군이었다.

문종은 세종 못지않은, 그보다는 아무래도 더 큰 업적으로 태평성대를 이룩할 제2세대 성군이 될 것으로 기대가 컸었다.

그리고 세손(단종)은 문종보다 더 위대한 업적으로 최상의 태평성대를 이룩함은 물론이요, 고구려 고토를 수복하고, 여말麗末에 공론이 되었던 중국 대륙의 북방(화북지방)까지 강역을 넓히고, 또한 일본을 복속시키는, 대 강역의 제3세대 성군이 될 것이라고 스스럼없는 담소들을 하곤 했었다.

그런 담론이나 기대들은 이 세 왕들의 성인다운 인성人性과 천재적인 지력智力과 하늘이 내린 운수에 대한 진지한 믿음이라고 할 수 있었다.

비단 조선에서뿐만 아니라 중국 명나라에서도 유수한 대관들이 긍정하고 있었던 이른바 확신되는 예견들이었다. 백성들이 도인道人 또는 도사道士라고 부르던 사람들도 나름의 풀이를 내놓곤 했었다.

세손은 정통의 왕손으로 태어난 최초의 정룡正龍이었다. 게다가 60년 만에 한 번 돌아오는 황룡黃龍(동서남북을 맡은 사신의 장이요, 청, 홍, 황, 백, 흑룡인 오룡의 장인 최상위의 용)의 태세太歲(그해의 간지)에 세손으로 책봉된 것은, 이미 하늘의 뜻으로 세손이 진정한 황룡임을 세상에 예고해주는 것이라 했다.

당시 조선 천재들이 모여 있었던 집현전의 학사들이 세손을 대할 때마다 문득문득 발산되는 그의 천재성에 놀랐고, 세손을 직접 가르친 성삼문, 박팽년 등은 세손의 천재성에 놀라 경애하는 마음이 더욱 깊어졌다고 했다. 단종의 세자 시절에 가르쳤던 이개, 유성원 또한 세자의 관후인자寬厚仁慈한 성품과 천재다운 지능에서 미래의 성군됨을 확연히 알 수 있었다고 했다.

그런 미래의 두 성군(문종, 단종)이 불한당의 괴수일 뿐인 수양에 의해 하나는 모살을 당하고, 또 하나는 모살을 위한 음모에 의해 이제 멀리 궁벽한 산속으로 쫓겨나 있었던 것이다. 그래서 단종은 이제 먼 벽지僻地의 한구석에 있는, 들여다보는 이 하나 없고 초라하고 을씨년스럽기 짝이 없는 누각만을 찾아야 했던 것이다.

억울한 귀양살이의 고적한 신세로 어슴푸레한 달밤 무렵에 여기 홀로 올라와 있노라면 세상의 끝에 도사린 애달픔과 서글픔이 애간장에 넘쳐나 차라리 죽음이 그리웠을지도 모를 일이었다.

수양왕은 무도함의 표본이었지만 더하여 더럽고 간교하고 치사한 불한당의 괴수였다. 형왕을 모살하고 불한당들을 모아 친동생을 미끼로 죽이며 정권을 거머쥐고 어린 조카 왕을 핍박했다.

조카 왕을 상왕으로 몰아내면서는 철면피鐵面皮한 감언이설로 너스레를 떨었다. 주절거릴 핑계거리가 생기자마자 그 어린 상왕을, 애초에 미리미리 찾아놓은 오지의 산속 천연감옥인 모래톱에 고이 처박았던 것이다.

이제 수양왕의 빤한 나머지 조처는 그저 불원간일 뿐이었다.

초가을 멀고 궁벽한 오지 한구석으로 쫓겨난 몸으로 적적한 정자 한구석에 쪼그려 앉아, 처량한 두견이의 울음소리를 듣고 있는 귀양살이 소년의 몸은, 그러나 출천出天의 성군으로 촉망받던 천승지존千乘至尊의 몸이었다. 전혀 수양왕 따위가 아니었다.

그러나 어쩌랴. 돌볼 이 아무도 없이 밀려난 신세로야 어디서고 바

깥의 외로움이 뼈에 사무치는 것을! 이 외로운 몸은 그저 산속의 초가
을 달밤을 느끼고 있었지만, 마음은 사계四季와 생애生涯를 관통하여
느끼고 있었다.

18

자규시

단종은 누각 아래 입구 쪽을 바라보았다.

지필묵을 싸들고 늘 따라다니는 나이 든 궁녀 자개書介와 그를 시종하는 궁녀 덕비德非가 앉아 있었다.

"보자기를 가져오너라."

궁녀들이 올라와 단종 앞 누각 바닥에 보자기를 펴고 먹을 갈았다. 잠시 후 단종은 붓을 들어 한지에 자신의 심사를 토로하는 시 몇 줄을 썼다. 이른바 〈자규시子規詩〉라는 것이었다. 후세 사람들은 이를 절창絶唱의 명시名詩라 했다.

세종의 명으로 집현전을 수없이 들락거렸어도 수양왕으로서는 죽었다 깨어나도 이런 시는 짓지 못한다 했다. 이 시 하나로 보아도 단종과 수양왕은 그 우열에서 천양지차天壤之差가 나는 서로 다른 씨알(종자)이라 했다.

일자원금출제궁一自寃禽出帝宮　　　　(원통한 새 되어 궁궐을 나오니)

고신척영벽산중孤身隻影碧山中　　　　(깊은 산중에 그림자도 외롭네)

가면야야면무가假眠夜夜眠無假　　　　(밤마다 잠 빌어도 잠은 오지 않고)

궁한연년한불궁窮恨年年恨不窮　　　　(어느 때 되어야 이 서러움 다할까)

성단효잠잔월백聲斷曉岑殘月白　　　　(두견새 지쳐도 조각달은 밝은데)

혈루춘곡낙화홍血淚春谷落花紅　　　　(피눈물 흐르기에 지는 꽃도 붉은가)

천롱상미문애소天聾尙未聞哀訴　　　　(애끓는 하소연 하늘도 못 듣는데)

하내수인이독청何奈愁人耳獨聽　　　　(어찌해 시름 찬 내게는 잘도 들리는가.)

자규子規는 두견새 또는 두우杜宇라고도 했다. 낮에만 우는 뻐꾸기[곽공(郭公)]나, 밤에만 우는 소쩍새[정소조(鼎小鳥)]와는 달리 두견새는 밤낮을 가리지 않고 운다고 했다.

자규는 또 귀촉도歸蜀道라고도 했다. 중국 삼국시대 촉蜀나라의 2세 황제 유선劉禪은 자신의 무능으로 나라는 망하고 자신은 외지에 끌려가 고혼孤魂(문상하는 사람이 없어 외로이 떠도는 넋)이 되었다.

그 고혼이 자규새가 되어 '촉蜀 촉 가고파' 이렇게 밤낮없이 애절하게 하소연하며 운다 하여 귀촉도라는 별명이 붙었다고 했다.

단종 또한 이런 두견에 기대어 자신의 애절한 심사를 읊었던 것이다.

혈루춘곡血淚春谷 낙화홍落花紅!

그렇다. 주야장천 피눈물이 흐르는 골짜기에서야 지는 꽃잎도 빨갛게 물들 수밖에 없지 않은가. 가슴을 치는 슬픔의 정서를 표현한 이 시는 문자화文字化의 작품으로서는 가히 신품神品이라 했다.

더구나 이제 조선나이 열일곱 살의 소년의 작품임에랴! 집현전을 수없이 들락거렸다 해도 수양왕으로서는 죽었다 깨어나도 흉내조차 낼 수 없는 그런 경지의 작품이라고 후세 명현대가名賢大家들이 경탄을 금치 못했다 하지 않던가.

단종은 여기서 며칠 후 〈자규사子規詞〉라는 작품도 남겼다. 이 또한 명작이었다.

이날도 자개가 지필묵을 대령했다.

월명야촉혼추月明夜蜀魂啾	(밝은 달밤 두견이 울 때)
함수정의루두含愁情依樓頭	(시름겨워 누각에 오르니)
이제비아문고爾啼悲我聞苦	(네 울음 슬퍼 내 가슴 아프네)
무이정무아수無爾聲無我愁	(네 울음 없다면 내 설움 이러하랴)
기어세상고로인寄語世上苦勞人	(세상 쓴 맛 겪은 이들이여)
신막등춘삼월자규루愼莫登春三月子規樓	(춘삼월 자규루에는 아예 오르지 마소.)

"읽어보아라. 어떠냐?"

단종은 자개더러 읽어보라 했다. 자개는 글을 많이 알고 있었다.

자개는 읽고 나더니 눈물방울을 떨어뜨렸다.

"어디 이상한 데는 없느냐?"

"여름의 자규가 왜 춘삼월 자규가 되었는지요?"

"그렇다. 잘 맞추었다. 그런데 왜 그랬을까?"

"모르겠사옵니다."

"허허, 내 나이 이팔청춘이 아니냐? 그러니 계절로 치면 춘삼월이지. 나도 춘삼월이요, 한양 땅 우리 대비도 춘삼월이란 말이다."

"망극하옵니다. 전하."

"이쪽이 동강, 저쪽이 서강, 두 강이 만나 한강이 된다 한다. 한강을 타고 한 5백 리쯤 흘러가면 한양 땅이 될 것이다."

자개와 덕비는 눈물을 흘리고 있었다.

"우리가 몰래 뗏목을 만들어볼까?"

"어디 쓰시려 하시옵니까?"

"그것도 몰라? 우리가 타고 있으면 뗏목이 우리를 한양으로 데려다 줄 게 아니냐?"

"망극하옵니다."

"그러면 대비를 만날 수 있지 않겠느냐?"

"망극하옵니다. 전하."

두 궁녀를 따라 단종도 눈물을 흘렸다.

삼경三更 지나 숙소로 돌아가며 단종은 늘 밤하늘을 올려다보곤 했다.

오지의 밤하늘엔 초롱초롱 맑게 빛나는 별들이 한없이 가득했다. 유난히 선명하고 아름다운 그 별들은, 무지갯빛 수정 같은 별들이 되어 황홀하고 찬란하게 빛나곤 했다. 무지갯빛 수정 같은 그 황홀하고 찬란한 별들, 그건 떨어뜨리지 않으려는 눈물 때문이었다.

19

세상을 등지는 사람들

1. 수옹 구인문睡翁 具人文[1409(태종 9)~1462년(세조 8), 54세 졸]

단종이 누정樓亭에 나오면 누정 옆으로는 평시보다 좀 더 많은 사람들이 지나갔다. 그건 물론 단종을 보기 위해 일부러 나온 사람들이 보태지기 때문이었다. 늘 그러기에 감시 역할을 위해 근처 어딘가에서 지키고 있는 관속官屬들도 이들을 별로 경계하지 않았다.

어느 날은 어두워진 지도 이미 오래인데, 누정 아래 저만큼에서 어떤 사람이 땅바닥에 꿇어앉아 소리를 죽여 가며 흐느끼고 있었다. 누각 위에서 그를 발견한 단종은 언뜻 짚이는 바가 있어 주위를 살폈다. 가까이에는 다행히 아무도 없었다.

단종은 일어나서 조용히 누각을 내려가 그 사람 앞으로 다가갔다.

폐포파립弊袍破笠이긴 하나 과객 행색으로 꿇어앉은 사람은 초로初老에 든 완연한 선비였다.

"누구시오?"

목소리를 낮춰 물었다.

"전하……."

흐느낌을 참으며 겨우 내는 소리였다.

"고정하시오. 어디서 왔소."

"망극하옵니다. 당진唐津(충청남도)에서 올라온 전 집현전 교리 구인문具人文이라 하옵니다."

"오, 기억나오. 아바마마께서 자주 찾으시던 수옹睡翁이 아니시오."

집현전 교리, 사간원 좌정언左正言 등 청요직淸要職(청빈이 요구되는 대간직)을 지내면서 문종의 특별한 총애를 받았고, 단종 역시 매우 아끼던 신하였다. 이때 나이 49세였다.

그는 단종이 폐위되고 수양왕이 임금이 되자 벼슬을 내던지고 고향에 내려가 눈뜬장님 행세를 하며 두문불출하고 있었다.

"망극하옵니다. 전하……."

"이 오지까지 오시다니……. 고맙소. 허나 다시는 오지 마시오. 공연히 역도逆徒로 몰려 화를 당할 수도 있소."

단종은 기뻤다. 그러나 불안했다. 자신 때문에 얼마나 많은 사람들이 희생되었던가. 단종은 그의 손을 두 손으로 꼭 잡고 그를 일으켰다.

"전하, 만수무강하시옵소서."

그는 다시 엎드려 절을 올렸다. 하직 인사였다.

그리고 구인문은 천천히 뒷걸음질 쳐 어둠 속으로 사러져 갔다. 구인문은 그 뒤로 두어 차례 더 은밀히 찾아와 밤에 멀리서 바라보며 망배望拜만 하고 혼자 영월 지역을 며칠씩 떠돌다 돌아갔다.

그는 돌아가 깊은 산속으로 들어가고 다시는 나오지 않았다.

2. 송간宋侃(생몰년 미상)

어느 날은 단종이 기거하는 관풍헌 문밖에서 아침부터 통곡 소리가 들렸다. 관복 차림의 웬 선비 하나가 문밖 땅바닥에 앉아 땅을 치며 통곡하고 있었다.

"전하, 소신 송간, 순시 임무를 마치고 돌아와 어전에 복명復命하나이다."

그는 가선대부嘉善大夫(종2품)로서 1455년 단종의 어명을 받아 삼남三南(충청, 전라, 경상)의 민정 순시를 나갔었다. 그런데 그사이 임금이 쫓겨나서 영월에 귀양 가 있게 되었던 것이다.

"이보시오. 전하는 한양에 계시오. 여기는 반역 죄인이 부처되어 있는 곳이오."

나졸, 관속들이 나서서 내쫓으려 했다. 관풍헌의 문에도 관속들이 서서 지키고 있어 문이 열리지도 않았다.

"전하, 이게 도대체 어이 된 일이옵니까? 전하……, 으흑."

창을 든 나졸들이 몰려왔다. 송간을 잡아 일으켜 내쫓았다. 하는 수 없이 송간은 통곡을 하며 떠났다.

그는 고향 여산礪山(전북 익산)에 돌아가 두문불출했다. 단종 시해弑害 소식을 듣자 사촌 송경원宋慶元과 함께 계룡산 동학사東鶴寺에 가서 뜻이 같은 여러 사람과 함께 방상方喪(아버지의 상을 치르는 예로 임금의 상을 치름) 3년을 지냈다.

그 후 그는 현감을 지내던 두 동생과 함께 흥양興陽(전남 고흥) 마륜촌
馬輪村에 들어가 숨어 살았다. 10여 년 뒤 가족들이 찾아냈으나 늘 만취
상태로 대성통곡하며 떠돌아다니고 있었다. 미쳤다고 여긴 가족들은
어찌할 수 없어 그만두고 말았다.

3. 관란 원호觀瀾 元昊(생몰년 미상)

하루 안에 와서 청령포를 건너다보고 돌아갈 수 있는 거리쯤의 서
강西江(남한강 상류)가에 초막草幕을 짓고, 강 언덕 영월이 잘 보이는 쪽에
망배단望拜壇을 쌓은 사람은 생육신의 한 사람인 원호元昊였다.

그는 재사才士들이 모이는 집현전의 학사로서 직제학直提學이었다.
수양대군이 계유정난을 일으키고 영의정이 되자 병을 핑계로 향리인
원주原州로 돌아가 은거했다.

단종이 영월에 유배되자 하룻밤 통곡을 한 다음 집을 나와 서강 가
에 초막을 짓고 망배단을 만들었던 것이다. 그는 아침저녁으로 망배단
에 올라가 단종이 있는 곳을 향하여 조석 문안 예배를 드리고 통곡하
여 울었다.

초막에 앉아 글을 짓기도 하고 강가를 산책하며 시가를 읊기도 했
다. 그러고 닷새에 한 번은 영월에 가서 멀리서나마 단종을 바라보고
망배를 한 다음 초막으로 돌아왔다. 단종이 매죽루에 나와 있을 때는
가까이 가서 예배를 드리기도 했고 구인문처럼 단종이 손을 잡아주기
도 했다.

이때 멀리 함안咸安(경남 함안군)에서 한 달에 한 번 또는 두 번 영월의

단종에게 문안드리기 위해 올라오는 전 성균관진사 조려趙旅(생육신의
하나)가 이 초막을 찾아왔다. 그럴 때면 함께 기거하고 함께 망배하고
함께 영월을 찾았다.

단종이 죽자 원호는 초막에서 3년 봉상奉喪을 지내고 고향 원주에
돌아가 두문불출했다. 앉을 때는 반드시 동쪽을 향해 앉고 누울 때는
반드시 머리를 동쪽으로 두었다. 생사 간에 단종은 동쪽인 영월에 있
기 때문이었다.

조카인 원효연元孝然이 예조판서가 되어 수행하는 자들을 물리치고
홀로 와서 문안드리기를 청했으나 거절했다. 수양왕이 부르기도 했으
나 물론 거절했다.

그는 사람들이 자주 찾아오는 원주를 떠나길 마음먹고 마침내 강원
도 주천현酒泉縣(강원도 영월군 주천면)의 깊은 산골로 들어갔다. 청산유수
를 벗 삼아 살며 끝내 나오지 않았다.

후세 사람들이 서강 가의 초막 자리(충북 제천시 송학면 장곡리 산 14-2)에
누각을 짓고, 그의 호를 따서 관란재觀瀾齋 또는 관란정이라 불렀다.

4. **단고 조상치**丹皐 曹尙治(생몰년 미상)

세종, 문종, 단종을 섬겨온 집현전 부제학 조상치曹尙治는 성삼문 박
팽년과 더불어 총애를 받아온 사람이었다. 수양왕은 즉위하자 그에게
예조참판을 제수했다. 그러나 그는 병을 칭탁하고 사직을 청했다.

수양왕은 청을 들어주며 동문 밖에서 송별연을 열도록 해주었다. 송
별연에서 박팽년이 쪽지를 전해주었다.

길바닥에 먼지가 자욱하니 뭘 말하기가 어렵네.

성삼문도 적어주었다.

영주永州(경북 영천시)의 청풍淸風(맑은 바람으로 조상치를 가리킴)이 갑자기 동방의 기산

영수箕山潁水 [중국 요(堯) 임금이 허유(許由)에게 양위하려 하자 허유가 들어가 숨은 곳, 은둔지 또는

은둔지]가 되었으니, 우리들은 그대에게 죄진 사람들이오.

영주에 돌아간 조상치는 항상 단종이 있는 동쪽으로 향하여 앉고
자고 글도 썼다. 은밀히 영월에 들려 몰래 단종을 뵙고 내관에게 부탁
하여 단종의 평상복 저고리 하나와 〈자규시〉와 〈자규사〉를 적은 한지
를 얻어왔다. 〈자규시〉와 〈자규사〉는 자개가 적어준 듯했다.

돌아와 저고리를 고이 싸서 영월 쪽 벽 아래에 모셔놓고 〈자규시〉
와 〈자규사〉를 그쪽 벽에 붙여놓고 아침저녁으로 절을 했다.

또 수시로 그 시사詩詞를 읽고 탄복해 마지않으며 눈물을 흘렸다. 가
끔 그 시에 화답하는 시를 짓곤 했다.

단종이 사사賜死되었다는 소식을 듣고는 두문불출했다. 단종 사사
다음 해 공주 동학사에 가 단종 천도제遷度祭에 참례하고 돌아왔다.

그는 자신이 직접 구해온 자연석에 가공하지 않은 채 그대로 비문
을 새기게 하고 자신이 죽으면 묘비로 세우라 했다.

노산조부제학포인조상치지묘魯山朝副提學逋人曺尙治之墓

(노산의 왕조로 망명하여 부제학이 된 조상치의 무덤)

5. 율정 권절栗亭 權節[1422(세종 4)~1494년(성종 25), 73세 졸]

권절은 문무를 겸전한 인재였다. 세종은 그의 능력을 알아보고 무관으로서의 능력 향상과 문관으로서의 자질 향상을 할 수 있도록 보직을 배려해주었다.

권절이 집현전 교리였을 때 집현전을 드나들던 수양대군이 권절에게 눈독을 들이고 있었다. 그래서 수양대군은 사람을 시켜 권절을 자기 사저로 초대했다.

"나리, 소인 같은 사람을 부르시어 세상 얘기를 나누자 하시니 송구스러울 뿐이옵니다."

"무슨 말씀이시오? 율정栗亭(권절의 호) 같은 분이 소인이라면 말이 안되지요. 문무에 뛰어난 율정을 아직은 따를 자가 없소이다."

부부인 윤씨가 마련한 주안상이 나왔다. 권절이 생각하기에 아무래도 과분한 접대인 것 같았다.

"율정, 이 잔을 받으시오. 술 한잔 권하고 싶어 모셨소이다."

"고맙소이다. 나리."

"율정을 대접함에 있어 허술해서는 안 되겠지만 궁색한 생활이니 이해해주시오."

"대군나리께서 소인을 이처럼 환대해주시니 몸 둘 바를 모르겠습니다."

권절이 수양의 사저를 나온 것은 저녁 무렵이었다. 불각대취不覺大醉 지경이었지만 워낙 장사인 터라 비틀거리지는 않았다. 권절은 호탕하게 웃어대던 수양의 얼굴에서 야심이 번득이는 두 눈을 볼 수 있었다.

권절은 돌아오다 조카 은군자 권안權晏의 집을 찾았다.

"숙부님, 어인 일이십니까? 갑자기 저희 집을 찾아오시다니요."

사랑채에 들어 좌정하자 권절이 찾아온 뜻을 말했다.

"오늘 갑자기 찾아온 것은 조용히 상의할 일이 생겨서네."

"숙부님께서 저와 상의하실 일이라니요? 무슨 일이라도 생겼습니까?"

권안이 살펴보니 권절은 취기로 얼굴이 붉어 있는데 일찍이 보지 못한 깊은 수심이 드리워져 있는 것 같았다. 권절이 문무에 능할 뿐만 아니라 성품 또한 호방하여 좀체 어두운 표정을 보이지 않는 사람임을 권안은 잘 알고 있었다.

권절은 한참 후에야 입을 열었다.

"지금 수양대군의 사저에서 돌아오는 길이네."

"수양대군저를 방문하셨다는 말씀입니까?"

"사람을 보내어 청하기에 할 수 없이 갔었지만 지금 생각하니 몹시 후회가 되네그려."

권안은 내심 깜짝 놀랐다.

수양대군의 그 호협豪俠하고 야심에 찬 행동들이 나라의 앞날에 분명 불길한 징조라는 것을 이미 잘 알고 있는 권안이었다.

"숙부님께서도 짐작하시겠지만 수양대군은 야심이 많은 사람이라 가까이 하지 않는 것이 좋을 것입니다."

"낸들 어찌 그것을 모르겠나? 그러나 한 번 실수를 저질렀으니 큰일이 아닌가?"

"숙부님, 너무 걱정하시지 마십시오. 앞으로 조심하시면 별일 없을 것이옵니다."

그 후로도 수양대군은 은밀히 사람을 보내어 권절을 초청했다. 권절을 그때마다 신병을 핑계로 거절했다. 문종이 승하하고 단종이 즉위한 후로는 더욱 빈번하게 청하여 왔으나 끝내 칭병하고 가지 않았다.

어느 날은 사람이 와서 수양대군의 친서를 전했다. 상의할 일이 있으니 친서를 가져간 사람과 함께 꼭 들리라는 것이었다. 친서를 가져온 사람은 함께 가지 않으면 갈 수 없다고 기다리고 있었다.

하는 수 없었다. 그를 따라갔다. 권절이 찾아왔다는 말을 들은 수양대군은 몸소 대문 밖까지 나와 권절을 맞이했다.

"오오. 율정. 와주셨구료. 그간 신병이 있으시다 하셨는데 많이 나으셨습니까?"

"나리. 소인에게 그처럼 정을 베풀어주시니 그저 황감惶感할 따름이옵니다."

"자자, 어서 안으로 드십시다. 일각여삼추一刻如三秋로 기다렸소이다."

이윽고 정성 가득한 주안상이 들어왔다.

"자, 율정, 한 잔 받으시오."

"예. 고맙소이다."

"그동안 무술 연마는 많이 하셨소이까? 천하장사이신 율정의 그 힘이 참 아깝소이다. 시기가 오면 한번 그 힘을 써보시구려."

"신병 때문에 무술은 멀리한 지가 오래되었습니다."

"다시 시작하면 금방 회복될 것입니다."

"그만둔 것을 다시 하고 싶지도 않습니다."

술이 여러 순배 돌자 이야기는 더욱 진지해졌다.

"안평은 요즘 천하의 학자들과 문필가들을 모으고 있소. 나는 대신 천하의 호걸들을 모아 무예를 연마하고 싶소."

"나리, 지금 나라가 매우 위태로운 때인 줄로 아옵니다. 더구나 상감께서 아직 보령寶齡이 어리시니 더욱 많은 충신들이 보필하셔야 할 것이옵니다. 소인의 소견으로는 나리 같은 왕족들이 더욱 조심하시어 상감을 보필하며, 대군으로서 나라의 평안에 이바지하셔야 할 것으로 아옵니다만…….”

“허어, 율정은 모르는 소리요. 상감이 아직 어리시어 위태로운 때이니 왕족으로서 더욱 힘을 길러야 하오. 지금 조정이 흔들리고 있는데 어찌 가만히 보고만 있겠소? 조정이 쓰러지는 것을 보고만 있으란 말이오? 한번 궐기하여 천하를 바로 잡아보고 싶소이다.”

“그러시면 나리의 참뜻을 상감께 상주하여 보시지요.”

“그래 보았자 헛된 일이오.”

“……?”

수양은 눈빛을 더욱 빛내며 자기 말에 힘을 주었다.

“나는 천하를 안정시키고 싶소. 그러기 때문에 우선 호걸들이 필요한 것이오. 율정, 당신 같은 호걸이 나를 도와주어야 하오.”

수양은 권절의 손을 덥석 잡았다. 그리고 바짝 다가앉았다.

“율정, 나와 함께 마음을 합치면 어떻겠소?”

‘허어, 어린 임금은 안중에도 없구나. 모반하자는 뜻이 아닌가?’

“상감께서 아직 어리시나 나라가 평안한 이때 무력을 쓴다는 것은 나라를 어지럽게 만드는 일이 되옵니다. 소인으로서는 언감생심인가 하옵니다.”

“허어. 율정, 나와 의기투합하여 세상을 바로 잡는 날엔 그대에게도 좋은 벼슬이 돌아갈 것이오. 그때에는 이 세상에 태어난 보람을 느낄 것이오. 이것은 천재일우千載一遇의 기회요.”

"무술과 인연을 끊은 지 이미 오래이옵니다. 또한 아무래도 나라를 소란케 할 일인데 영 마음이 내키지 않사옵니다."

"허어, 공연히 좋은 기회를 놓치지 마시고 다시 잘 생각해보시오."

"예, 잘 알겠소이다. 오늘은 너무 취하여서 이만……."

그 후에도 수양은 사람을 계속 보냈다.

권절은 식구들에게 미친병이 생겨 집을 나갔다고 말하라 하고는 아예 잠적해버렸다.

6. 경은 이맹전耕隱 李孟專[1392(태조 1)~1480년(성종 11), 89세 졸]

이맹전은 세종 대에 한림翰林, 정언正言을 거쳐 외임外任을 원하여 거창현감居昌縣監으로 나가 있었는데 백성들의 존경을 받았다.

수양대군이 단종을 죽였다는 소식을 듣자 통곡을 한 다음 즉시 현감을 내놓고 고향 선산의 강정리綱正里로 돌아갔다. 이곳은 고려 말의 충신 길재吉再가 살던 곳이었다.

길재는 이미 고인이 되었으나 그의 수제자 김숙자金叔滋가 이어서 후학들을 가르쳤었다. 김숙자는 길재의 학문을 아들 김종직金宗直에게 전수시켰다.

김종직은 때때로 이맹전을 찾아와서 세상 얘기를 물었다.

"선생님, 권력자들이 세상을 마음대로 휘두르고 있습니다. 어찌하면 좋겠습니까?"

"우리야 세상을 등지고 사는 수밖에 없네. 그러나 젊은 사람들은 이제 세상에 나가 나라를 바로 잡아야 하네."

"어떻게 하면 나라를 바로 잡을 수 있을지 그 방법을 일러주시기 바랍니다."

"자네와 같이 젊고 패기가 있는 사람들이 세상에 나가야 하네. 우리 나라의 학문은 송나라에서 유래한 훌륭한 학문이네. 야은治隱(길재)께서 전수하신 그 훌륭한 학문을 세상에 널리 펴놓아야 하네."

"선생님 말씀을 명심하겠습니다. 그러나 저 같은 사람이 세상에 나가야 하겠습니까?"

"암, 나가야 하고말고. 나가서 조정에서 행하는 불의의 일들에 대항하여 나라의 기틀을 올바로 잡아야 하네. 나라가 이대로 썩어가서는 안되네. 우리가 살고 자네들이 살아가야 할 나라가 아닌가? 젊은이들이 나서야 하네. 젊은이들이 나서야 불의를 일삼는 조정도 바로 잡을 수가 있어. 알겠는가?"

이맹전이 묻혀 사는 선산의 금오산金烏山으로는 뜻있는 젊은이들이 많이 찾아왔다. 이맹전은 이 젊은이들을 격려하며 썩어가는 조정과 어지러운 세상을 바로잡도록 힘써 종용했다.

김종직을 비롯하여 많은 젊은이가 이맹전에게 감화 받은 대로 세상을 바로잡고자 애쓰며 평생을 살아갔다.

7. 어계 조려漁溪 趙旅[1420(세종 2)~1489년(성종 2), 70세 졸]

조려는 단종 1년에 성균관진사가 되었다. 당시 사림士林에서 명망이 높았으나 수양대군이 임금이 되자 향리 함안咸安(경남 함안군)으로 돌아와 서산西山 아래에서 살았다.

그는 스스로 어계처사漁溪處士라 하고 낚시로 소일을 했다. 서산 아래 작은 정자를 짓고 채미정采薇亭이라 했다. 끝까지 옛 임금에 대한 충절을 지키고자 수양산에 들어가 고사리를 캐 먹고 살았던 중국의 백이숙제伯夷叔齊처럼 살겠다는 의미였다.

그는 채미정에 올라 단종이 있는 곳을 향해 망배望拜하고 엎드려 마음속으로 성체聖體 일향만강一向萬康을 축원하곤 했다.

단종이 결국은 쫓겨나 영월 청령포로 유배되자 그는 영월 서강에 있는 원호의 초막을 찾아갔다. 그래서 원호와 함께 기거하고 함께 망배하고 함께 단종을 찾아뵙고 문안을 드리곤 했다.

단종이 억울하게 죽자 조려 또한 3년 봉상을 다하고 서산에 은거했다. 후세 사람들은 서산을 백이산伯夷山이라 불렀다.

8. 남은 서섭南隱 徐涉(생몰년 미상)

그는 세종 때 대과에 급제하고 단종 때 이조판서를 지냈다.

수양이 계유정난을 일으켜 충신들을 반역도라 하여 심문 조사를 한 차례도 없이 참살해버리고, 자신을 추종하는 무리들을 데리고 권력을 장악하자 단종에게 '척간소斥姦疏(간신 척결을 바라는 상소)'를 올렸다. 그러나 어린 임금을 속이고 그들은 서섭을 즉시 귀양 보냈다.

그는 귀양지에서 〈재적소시在謫所時〉라는 시를 지었다.

문석장사유차인聞昔長沙有此人 금인아역피무인今人我亦被誣人

(옛날 장사長沙에 이런 사람 있었다더니 오늘날 나 역시 남의 모함 당했네)

천필강인동부성天必降人同賦性 악하인야선하인惡何人也善何人

(하늘은 사람에게 다 같은 성품 내렸으나 누구는 악한 자 되고 누구는 선한 자 되는가.)

옛날 중국 전국시대戰國時代 말기(기원전 3세기) 초楚나라에 삼려대부三閭大夫라는 높은 벼슬에 있던 굴원屈原이라는 사람이 있었다. 그는 간신배들의 모함에 장사長沙(중국 호남성 동정호 남쪽 도시) 지역으로 쫓겨났다.

그는 강가나 호숫가를 떠돌며 나라를 걱정했다. 그는 이때 유명한 〈어부사漁夫辭〉라는 작품을 남겼고 이것은 후에 이백李白, 두보杜甫 등에게 큰 영향을 주었다.

굴원은 나라의 앞날에 희망이 없어지자 5월 5일, 상강의 지류인 멱라수에 가서 목에 큰 돌을 달고 강물에 빠져 죽었다. 5월 5일은 그를 추모하는 제일祭日이 되었고 단오절端午節의 유래가 되었다.

서섭은 귀양지에서 옛날의 굴원을 회상했던 것이다.

서섭은 얼마 안 있어 귀양에서 풀려났으나 남녘 향리인 황청동黃青洞(대구 달성군 수성면)으로 물러가 은둔 생활에 들어갔다. 이때부터 그는 남은南隱이라는 별호로 불리었다.

수양이 사육신 등을 사지 찢어 죽이는 거열형에 처했다는 소식을 접하자 그는 수일간을 통곡해 마지않았다. 서섭은 그때 또 〈문육신순절감음聞六臣殉節感吟〉이라는 시를 지어 자신의 심경을 토로했다.

거천봉일사어충擧天奉日死於忠 만고오동제일충萬古吾東第一忠
(하늘 받치고 해를 받들어 충의로 죽으니 만고에 우리 동방 제일의 충신들이네)

남아차세생무면男兒此世生無面 수식중심유혈충誰識中心有血忠
(남아로서 이 세상에 살아갈 면목은 없으나 마음에는 피맺힌 충심 있음을 누가 알 것인가.)

서섭은 단종의 원통하고 한스러운 마지막 장면의 소식을 듣고는 넋이 나가버렸다. 하늘도 땅도 산천초목도 다 사라져 세상이 텅 빈 것 같았다. 아득한 사막 사방에서 백성들의 호곡 소리만 들려오는 것 같았다.

그는 뺨을 꼬집고 머리를 흔들어 정신을 가다듬었다. 그리고 가까스로 붓을 들어 통한의 순간을 후일에 전했다.

산공목락일무상山空木落日無光 통곡가가고비상痛哭家家考妣喪

(산은 비고 나뭇잎은 지고 해는 빛을 잃었는데 통곡소리 집집마다 요란하니 부모상 당한 듯)

감괴미신생재세堪愧微臣生在世 타시지하면하상他時地下面何相

(부끄럽네 못난 신하 이 세상에 살아 있으니 훗날 지하에서 무슨 낯으로 뵈올 것인가)

9. 청파 기건靑坡 奇虔 [미상~1460년(세조 6)]

기건은 학행學行으로 이름이 높아 세종 때 등과登科 없이 사헌부 지평持平에 제수되었다. 그 후 연안延安(황해도)군수로 가 있었는데 그곳 특산물인 붕어를 3년의 임기 동안 한 번도 먹지 않았다. 그곳 군민이 붕어를 잡아 진상進上하느라 모진 고생을 다하는 실상을 알았기 때문이었다.

그는 또 제주목사로 가 있었는데 다른 목사들이 하지 못했던 많은 일들을 했다. 그는 제주 사람들이 부모가 죽으면 산곡의 아무 구덩이에나 외진 냇가나 바닷가에 내다 버리는 것을 보고 깜짝 놀랐다. 그는 주민들을 가르쳤다. 그래서 그 뒤부터 주민들은 부모가 죽으면 예절을 갖추어 장사를 지내게 되었다.

어느 날은 이방吏房이 기건에게 청했다.

"내일은 저희 아버님이 신선이 되시는 날이어서 등청하지 못하오니 허락하여 주십시오."

"어떻게 신선이 된단 말인가?"

이방에게 자세한 이야기를 듣고 난 기건은 한참 생각을 하다가 말을 했다.

"내가 옥황상제에게 편지를 한 장 써줄 테니 아버님께서 전달해주시도록 부탁 말씀을 드릴 수 있겠는가?"

"예. 아무렴요. 그리하지요."

"내가 편지를 한 장 써서 봉투에 넣어줄 테니 그 봉투를 아버님 품안에 소중히 간직하시라고 하게. 그리고 잔치가 끝나고 자손들이 하산하고 아버님 혼자 남게 되면 그때 봉투의 편지를 꺼내서 그 편지를 입에 물고 옥황상제가 올 때까지 기다리시라고 여쭙게. 그래야 옥황상제께서 그 편지를 바로 알아볼 수가 있네."

그 당시 제주도 사람들은 수명이 짧은 편이었으나 나이가 일흔이되도록 사는 사람도 더러 있었다. 그런 사람들에 대한 제주 사람들의 처분을 기건은 들은 적이 있었다.

그런 사람은 칠순이 되는 생일날 자손들이 근처의 적당한 오름(산)으로 모시고 가 잔치를 베풀어드리고 칠순 노인만 남겨두고 내려온다고 했다. 그러면 아무도 없을 때 옥황상제께서 내려와 칠순 노인을 신선이 되게 해서 하늘로 데리고 올라간다고 했다.

다음 날 이방이 출근했을 때 기건은 이방에게 옥황상제에게 보내는 편지를 시킨 대로 잘 간수하게 했느냐 물었다.

"그러문입죠. 잘 간수하셨다가 우리가 다 내려가면 입에 물고 계시도록 했습니다요."

"그럼 아버님께서 신선이 되시어 잘 오르셨는지 나랑 함께 오름 꼭대기에 가서 확인해보세."

그들이 올라가 보니 이방의 아버지가 앉아 있었던 자리에는 아무것도 없었다.

'정말로 신선이 되셔 하늘로 올라가셨는가 보구나.'

이방은 미소를 짓고 있었다.

그러나 기건은 오름 꼭대기 근처 여기저기를 둘러보다 깜짝 놀랐다. 꼭대기에서 얼마 떨어지지 않은 곳 깊지 않은 화산구에 커다란 뱀이 죽어 있는 것이 보였다.

"자네 이리 와서 저 뱀의 배를 갈라 보게."

이방이 뱀의 배를 가르고 보니 뱀의 뱃속에 이방 아버지의 시체가 고스란히 들어 있었다. 독약을 머금어 죽은 노인을 뱀이 삼키고 뱀도 그 독으로 죽은 것이었다.

"이방, 잘 보게나. 내가 옥황상제께 보내는 편지는 사실은 독약 물에 담갔다 꺼낸 한지였네. 이 뱀의 사체를 보면서 이제는 일이 어떻게 되었는지 짐작이 가겠는가?"

이방은 놀라서 눈을 크게 뜬 채 고개를 끄덕였다.

"이래도 신선이 되어 올라간다는 말을 믿겠는가? 칠순의 부모를 여기 모셔두고 내려가면 짐승의 밥이 되시라는 뜻이 아닌가?"

그다음부터 이런 풍습은 사라졌다.

당시 제주도에 풍창風瘡 또는 문둥병이라고 하는 한센병 환자들이 많았다. 이 병은 전염력이 강해서 환자의 부스럼 딱지를 먹은 물고기나 가금류를 사람이 먹으면 그 병에 옮을 정도로 전염력이 강했다.

때문에 가족 구성원 중에서 한 사람이 걸리면 그게 비록 부모라 할지라도 전염이 두려워 내쫓아 방치해 죽도록 하거나, 심지어는 살해하기도 했다. 그러다 그것이 발각되면 강상죄綱常罪로 참형을 당하는 일도 적지 않았다. 그러기에 때로는 환자 자신이 자살하는 일도 많았다.

기건은 우선 바닷가 벼랑에서 떨어져 자살한 환자들의 시신을 수습해 잘 묻어주도록 했다. 그 일은 주로 승려들이 도와주었다.

기건은 또 제주목濟州牧, 정의현旌義縣, 대정현大靜縣에 각각 구호시설인 구질막救疾幕을 설치하고 60여 명의 환자들을 수용했다. 그들에게는 의복과 식량과 약품을 대주고 의생醫生과 승려들을 배치해 그들의 구호 활동을 맡아 주관하게 했다.

구질막에는 바닷물로 목욕할 수 있는 시설도 만들어서 환자들이 때에 맞춰 몸을 씻게 했고, 너삼이라는 콩과식물을 원료로 하는 고삼원苦蔘元을 주 치료제로 사용하게 했다. 그 결과 2년 만에 수용환자의 70퍼센트가 완쾌되는 놀라운 성과를 거두게 되었다.

기건은 또 연안군수로 있을 때와 마찬가지로 제주에 있는 동안 전복을 일절 먹지 않았다. 물론 그것도 전복 따는 사람들, 특히 여인들의 참담한 고생을 생각한 때문이었다. 더구나 전복 잡는 사람들이 무리하게 전복을 잡다가 적지 않게 목숨을 잃곤 했었다. 기건은 전복의 진상進上(특산물을 임금에게 바침)을 폐지할 것을 조정에 건의하여 허락을 받아내기도 했다.

기건이 2년의 임기를 마치고 제주를 떠날 때 제주 사람들은, 특히 나병이 완치된 사람들은 헤어짐이 아쉬워 통곡을 했다.

그 뒤 얼마 동안 내직을 거쳐 전라도 관찰사 겸 전주부윤으로 나가

선정을 베풀었다. 그 뒤 개성부유수, 대사헌, 인순부윤, 평안도 관찰사, 판중추부사를 역임하는 동안 임금과 백성들의 신망이 특별했다.

그러다 수양이 조정 중신들을 아무런 논의도 심문도 없이 짐승 잡 듯 쳐 죽이고, 종친의 몸으로 스스로 영의정, 그것도 거의 조정의 전권 을 장악한 영의정이 되어 주공周公이라 자처自處하는 것을 보고 관직을 그 자리에서 작파作破하고 두문불출해버렸다.

수양이 좀 지나다 보니 어느 누구보다도 더 우선적으로 기건을 데 려다 관직을 주어 자기를 받드는 신하로 만들고 싶은 생각이 들었다. 그래서 기건의 근황을 알아보니 두문불출하고 있다는 것이었다. 그것 도 눈 뜬 장님인 청맹과니가 되어 거의 들어앉아 있다는 것이었다.

'멀쩡하던 사람이 갑자기 청맹과니라니…… 출사하기 싫어 핑계를 대는 것인지도 모르지…….'

수양은 고개를 한 번 갸웃하다가 어느 날 종자 하나만 데리고 미행 을 나갔다. 계유정란이라는 게 있었던 다음 해 봄이었다.

"이리 오너라."

대문에서 부르자 여종 하나가 쪼르르 달려와 대문을 열었다.

"누구시와요?"

"명례방明禮坊에서 손님이 왔다고 여쭈어라."

"예."

여종은 사랑방 앞에 가 전했다.

"명례방에서 손님이 오셨사와요."

기건은 방 안에서 대문 쪽 말소리를 다 듣고 있었다.

'허, 만리현 구석에 처박힌 다 늙은 사람을 굳이 찾아오다니……'

명례방에서 왔다면 수양대군이었다.

'허어, 이거, 느낌이 어쩐지 그럴 것 같더니 들어맞았구먼. 하여튼……'

기건은 평복 차림으로 그대로 일어서 방문을 열고 기어서 마루로 나왔다. 토방에 내려서더니 몸을 구부리고 손으로 신발을 찾는 척했다. 그러자 여종이 신발을 얼른 챙겨 기건의 발에 신기고 기둥 옆에 세워둔 지팡이를 쥐어주었다. 그러자 기건은 대문으로 더듬거리며 나아갔다.

이 모습을 수양은 대문간에서 다 보고 있었다.

"대감께서 이 누옥陋屋에 어인 행차이십니까? 어서 안으로 드시지요. 애야, 손님 사랑으로 어서 모셔라."

방에 들어 수인사를 마치자 기건은 초점 잃은 눈으로 수양을 멀거니 건너다보았다.

"청파青坡(기건의 호) 같은 분이 그냥 집에 계셔서야 되겠소? 유약하신 전하를 모시고 국사를 감당하다 보니 어려움이 참 많소. 원하는 대로 무슨 직책이든 주선해드릴 테니 나와서 이 사람을 좀 도와주시오."

수양이 출사를 권하는 것이었다. 수양이 보기에 기건의 장님 노릇은 아무래도 가짜인 것 같았다.

"참으로 말씀은 황감惶感하오나 보시다시피 이렇게 안맹眼盲이 되어서…… 무슨 일을 하겠소이까?"

"허어, 이러지 마시오. 공연히 안맹이라 칭하며 나를 피하는 게 아니오?"

"아닙니다. 어찌 가장하여 대감을 속이겠습니까? 아무래도 나이 탓이겠지만 앞이 안 보입니다."

"허어, 회갑을 넘기셨다 하나 이리 정정하신 분이 눈이 어둡다는 것은 말이 되지 않소그려."

수양은 전혀 믿지 않았다.

"안맹이야 나이와 상관이 있습니까?"

"아무튼 좋소. 안맹이라도 좋으니 나와서 나를 도와주시오. 부서는 원하는 대로 드리겠소."

"……."

"그리 알고 가겠으니 원하는 자리를 생각이나 해두시오."

"아이고 이렇게 그냥 가시어서……, 차 한잔도 대접을 못해 드려……."

"안맹이라 하시니 나오지 마시오. 그럼……."

수양은 그렇게 돌아갔다.

그러다 그해 가을, 수양은 두 번째로 또 그렇게 나타나서 출사를 종용했다. 기건은 또 안맹을 핑계대고 사양했다. 수양은 원하는 자리를 말해주기를 기다리겠다며 그냥 또 돌아갔다.

'내가 뭐 별로 잘나지도 못하고, 또 반기를 들 위인도 못 된다는 것을 알면 그만 포기하겠지…….'

다음 해 1455년 여름, 수양은 마침내 어린 조카 왕을 몰아내고 용상을 차지했다. 긴가민가하던 많은 사람들이 마침내 가슴을 두드리며 속울음을 삼켰다.

'뭐 주공이라고? 이리 될 줄 짐작은 했지만……, 내 짐작이 잘못되기를 바랐건만……, 이런 고약한 놈이 그야말로 구밀복검口蜜腹劍(입으로는 달콤한 말을 하지만 뱃속에는 칼을 품고 있음)이었어. 하기야 계유정란 때

부터 거조擧措가 수상했지만……. 에이 더러운 놈 퉤 퉤.'

'이제는 나 같은 늙은이야 더 거들떠볼 일이 없지 않을까…….'

그러나 왕이 된 수양은 그 가을 전처럼 종자 하나만 데리고 세 번째 또 기건 앞에 나타났다.

"전하, 이 퇴물 청맹에게 어이 미련을 두시옵니까?"

"아니오. 이제야말로 내게 청파가 절실히 필요하오. 내 그대가 청맹이 아니란 것도 잘 알고 있소. 출사를 거절하려는 방편임도 잘 알고 있소."

"전하, 당치 않으시옵니다. 이 청맹 퇴물에 미련을 두지 마시옵소서."

"허어, 나는 기다리겠소. 영상을 달라 해도 드릴 것이오."

그렇게 수양왕은 돌아갔다.

이제 세상 사람들은 기건이 진짜 청맹과니가 된 게 틀림없다고들 했다. 기건이 바깥출입을 아니 하는 것은 당연지사이겠으나 찾아오는 이가 아무도 없기 때문이기도 했다.

'이제 수양왕도 그만 포기하겠지…….'

그러나 수양만은 달랐다. 네 번째 다시 나타났던 것이다.

기건은 깜짝 놀랐다.

'거참, 별 꼴 다 보겠구면……. 어찌 이리 끈질긴고? 삼고초려三顧草廬보다 더 하다니……. 수양 도적 눈에는 내가 제갈량諸葛亮보다 더 낫게 보인단 말인가? 허어, 기묘한 일이로군.'

사실 수양의 생각에 기건은 정인지보다 나이도 좀 더 많고 그 인품에 있어서 훨씬 더 매력적인 인물이었다. 영상을 달라 해도 마다치 않을 작정이었다. 수양왕도 삼고초려를 생각하고 있었다.

'십벌지목十伐之木이란 말도 있지만……, 제갈량도 삼고초려에 마음을 돌렸는데 나는 이번이 네 번째이니 이번에야 말로 마음을 돌리겠지. 그리고 참, 이번에야 말로 안맹의 진위도 한 번 가려봐야지…….'

"이리 오너라."

여종은 이제 누구냐고 묻지도 않고 바로 사랑으로 쫓아갔다.

"대감마님. 그 손님 어른이 또 오셨사옵니다."

"그 어른이 또……. 들어오시라고 여쭈어라."

기건은 눈을 멀거니 뜬 채 더듬더듬 밖으로 나와 마당에 부복했다.

"그간 평안했소? 내가 또 왔소."

"황공하옵니다."

"자, 올라갑시다."

수양왕이 먼저 사랑방으로 들어가 아랫목에 앉았다.

기건은 더듬거려 윗목에 가 섰다.

"서 있지 말고 거기 앉으시오."

기건은 그저 어찌할 줄 몰라 하며 주저주저하다 앉았다.

"그래 생각해보았소?"

그러나 기건의 대답은 여전했다.

"황공무지로소이다. 안맹인 데다 요즘에는 다리에 병이 생겼는지 걷기도 힘이 드니……, 이런 몸으로 어찌 출사할 수 있겠사옵니까?"

"허어, 안맹이든 족질足疾이든 관계치 않으니 그저 허락만 하시오. 내 원하는 대로 무슨 벼슬이든지 다 줄 수 있다 하지 않았소?"

"아니 되옵니다. 안맹으로 어찌 감히……. 누만 끼칠 것이옵니다."

"안맹? 안맹이라? 조금도 보이지 않소?"

"그러하옵니다."

"고개를 들어보시오."

기건은 천천히 고개를 똑바로 들었다. 기건의 눈동자는 진짜 청맹과니처럼 멀겋게 보이고 움직이지도 않았다. 수양왕은 손을 들어 이리저리 움직여 보았다. 그러나 역시 기건의 눈동자는 멀겋게 초점이 없었다.

'정말로 청맹과니인가?'

"정말로 보이지 않소?"

"예. 청맹은 눈을 뜨고도 보지 못하옵니다."

"그래도 좋으니 조정에 나와 짐을 도와주시오."

"그저 폐만 끼칠 것이온지라……."

"짐이 네 번째 왔는데 그저 또 허행虛行하란 말이오?"

"황공하오나 안맹인지라……."

"그래도 좋다 하지 않았소?"

"그리고 족질이 생겨 보행도 어려운지라……."

"보행을 못해도 좋소."

"하오나……, 동량준재棟梁俊才들이 허다하온데 어찌 안맹, 족질에다 늙은 사람을……."

"허어. 군왕을 기만하고도 무사할까?"

"기만이 아니옵니다. 정말로 안맹이라……."

"좋소. 기만인지 아닌지 증거를 보이겠소."

수양왕은 허리춤에서 중지中指만한 돗바늘을 꺼내 들고서 기건의 눈동자를 향해서 그대로 찔렀다. 돗바늘의 끝이 눈동자에 거의 닿았으나 찌르지는 않고 속눈썹만을 스치고 지나갔다.

기건은 눈도 깜짝이지 않고 태연히 앉아 있었다. 수양왕의 그런 동작을 전혀 의식하지 못하는 태도였다.

'허어. 이거 정말 안맹인지도 모르겠군.'

수양왕은 돗바늘을 던져버렸다.

"내 이제까지 하고자 해서 안 된 일이 없었건만……. 기건은 정말 안 된단 말인가?"

수양왕은 간다는 말도 없이 일어나 나가버렸다.

확실히 멀어져 갔음을 확인하자 기건은 눈물이 왈칵 쏟아졌다.

'아. 이제 싸움이 끝난 것인가?'

그러나 수양왕은 이레도 못 되어 또 찾아왔다. 무려 다섯 번째였다.

"짐이 그간 청파를 의심해서 미안하오. 이제야 청파의 진심을 알았으니 그저 한 번만 짐의 청을 들어주시오."

"청이라 하시오면……?"

"어떤 자리든 좋으니 맡겠다고 그저 허락만 해주시오."

"아이구. 아니 되옵니다. 안맹한 늙은이를 기어이 만좌滿座에 보이시려 하시옵니까? 이 청맹을 기어이 조소嘲笑 거리로 만드시려 하시옵니까?"

"그게 다 짐을 위하는 일이오. 알겠소?"

"아니 되옵니다. 차라리 이 몸을 죽여주시옵소서."

"허어. 이 사람이 그래도……. 에잇……."

수양왕은 또 화가 나서 그냥 가버렸다.

기건은 의금부에 잡혀갈 각오를 하고 있었다.

'곧 잡으러 오겠지…….'

다음 날 아침이었다. 제주도 유배의 명이 떨어지고 호송 나장과 나졸들이 들이닥쳤다.

'그나마 다행이다. 이제 제주도 풍광을 다시 즐기다 여생을 마치게 되었으니 말이다. 오락 같은 쌍륙雙六의 나이가 되었으니 이제 여생은 순전히 오락이구나.'

제주도에 부처付處된 기건은 지정된 거소에 들어와 대충 청소부터 시작했다. 옛날 고려 말 제주에 귀양 온 송설헌松雪軒 권홍權弘이 살던 집이라 했다. 우선 들어앉을 방과 거닐어볼 마당 등 손수 대강 치워 놓고 며칠 지내고 있었다. 아직은 어디 나가볼 생각도 하지 않고 방 안에 단정히 앉아 명상에 잠기곤 했다.

그러던 어느 날 아침, 밖에서 다급하게 부르는 소리가 났다.

"사또님, 사또님."

'죄인을 사또라 부르는 사람이 어디 있단 말인가?'

의아해하며 방문을 조금 열고 보니 어느 건장한 사내가 집 안으로 들어서고 있었다.

"사또님, 이놈 길운吉運이옵니다."

"엉!! 길운이라고……."

"예. 길운이옵니다."

"오냐. 잘 지냈느냐. 참 반갑구나."

기건은 자기도 모르게 일어서며 밖으로 나가려 했다.

"아니 옵니다. 앉아 계십시오. 소인 놈이 인사 여쭙겠습니다요."

"엉, 그래……."

기건은 엉거주춤 일어서다가 도로 앉았다.

길운이라는 사내가 들어와 넓죽 엎디어 절을 올렸다.

"사또님, 이 어인 일이시옵니까? 귀양살이라니요?"

"아무튼 그렇게 되었다만 널 보니 여기 오길 잘한 것도 같다. 그래 어떻게 지냈느냐?"

"소인 놈이야, 자나 깨나 사또님 생각으로 살지요. 이번에 길이 있어 한양까지 올라가 사또님 찾아뵙고 싶어 만리현萬里峴을 찾아갔지 않았습니까?"

"아니, 한양엘 다녀왔단 말이냐?"

"예에……, 그랬사옵니다요. 종당엔 여기서 뵙게 되어 반갑기 한량 없사옵니다만……."

"아니, 어떻게 한양을 가게 되었더냐?"

"예. 저번에 소금을 싣고 본토에 가는 편이 있어서 소인도 자청해서 따라갔사옵니다. 소인이 따라간 것은 사또님을 뵙고 싶어서였으니 애써 댁을 찾아갔었사옵니다. 그런데 사또께서는 이미 떠나신 다음이었사옵니다."

"허, 그랬더냐? 애 많이 썼구나."

"사또님 댁에는 다들 별고 없사옵고 사또님 걱정만 하셨사옵니다."

"오냐, 고맙다."

1443년(세종 25) 12월에 기건이 제주목사로 부임해 왔는데, 그다음 해 봄이었다.

석양 아래 보드라운 봄바람이 불던 근처 바닷가를 순찰차 돌아보던 중이었다. 저만큼 바위들 너머에서 웬 사람들이 둥글게 모여서 가운데 있는 한 사람을 욕하며 때리고 있는 광경을 보게 되었다.

기건은 들키지 않게 몸을 낮추고 가까이 가 바위 뒤에 숨어서 그들을 지켜보았다.

'아니, 저놈들이……'

기건은 깜짝 놀랐다. 그들은 자기의 수하인 제주목 이속吏屬(아전급 하급관리)들이었다. 바위에 묶여 있는 나이 어린 한 사람을 이속들이 족치고 있던 중이었다. 야단치기도 하고 발로 차기도 하고 손으로 때리기도 했다.

바위에 묶인 채 맞고 있는 사람은 다름 아닌 바로 자기의 통인通引(지방관의 심부름꾼)인 길운이었다. 그때 조선나이 열여섯 살이었다.

길운이는 착하고 영리하며 부지런한 아이였다. 그래서 기건은 그를 친자식처럼 귀애貴愛하고 있었다.

"네놈이 우리 일을 사또에게 나쁘게 고해바쳤지?"

"아니오. 나는 그런 일이 없어요."

"헛소리하지 마, 이놈. 내가 저번에 사또의 근원이 양반이 아니라 평민이라고 비웃은 것을 네놈이 일러바쳤잖아?"

"그런 일 없어요."

"그래, 참. 사또가 우릴 대하는 태도가 심한 것은 이놈이 고자질했기 때문일 거야."

"사또의 안색이 좋지 않은 것이 아무래도 이놈이 고자질한 탓일 거야."

"저놈이 내가 사또 수청 기생을 건드린 일도 일러바쳤을 것이야."

"자네가 사또 돈 훔쳐낸 일도 저놈이 필시 일러바쳤을 거야."

그러다가 저희끼리 무슨 꿍꿍이로 속삭이더니 길운이에게 다정한 듯 말했다.

"네 이놈. 지금 너를 여기서 요절을 낼 작정이었지만 네가 우리 말만 잘 들으면 살려줄 작정이다."

"그래. 좋게 말할 때 듣는 게 네 신상에 좋을 것이야."

"지금 너를 놓아줄 테니까 오늘 밤 간단한 일 하나만 해라."

"오늘 밤 말이야. 사또 방의 초를 쓰러뜨리기만 하면 된다. 그러면 사또 방에 불이 날 것이다. 그러면 네 죄는 다 용서하고 불난 난리 통에 우리가 훔쳐내는 돈도 나누어주겠다."

"우리는 사또를 태워 죽일 생각은 없다. 그저 돈만 훔쳐내면 된단 말이야."

"어쩔 테냐? 네가 불을 질러도 너는 의심하지 않을 것이다. 우리 중에 한 사람이 문초를 받다가 결국은 흐지부지될 것이다. 그래, 할 테냐 말 테냐?"

"야, 우리도 이 짓을 하고 싶어 그러는 건 아니야. 사또는 무섭고 배는 고프고 어쩔 것이냐? 너도 다 같이 사또 밑에서 고생하고 있지 않느냐? 우리 다 같이 살고자 하는 것이니 눈 딱 감고 한 번만 하자."

"그래. 어려울 것도 없다. 사또가 잠든 틈을 타 촛불을 넘어뜨리고 나와 버리면 그만 아니냐?"

그러나 길운이는 아무런 대답을 하지 않았다.

"너 인마, 왜 대답이 없어? 할 테야 말 테야, 웅?"

"야, 어쩔 테야? 너 싫다면 바닷물에 빠뜨려 물고기 밥이 되게 할 거야, 그래도 안 할래?"

"야. 인마. 너 대답 안 해? 너 정말 죽고 싶어? 빨리 대답해."

그때서야 길운이 대답했다.

"나는 죽으면 죽었지, 절대로 그런 짓은 못 하오. 잘못하면 사또가 죽을 수도 있소."

"야, 이 밥통아. 방 안에 불이 붙어 타기 시작하면 우리가 들어가 한편으로는 사또를 밖으로 끌어내 살리고 한편으로는 불을 끄는 척하며 돈을 훔쳐내는 것이야. 그런데 사또가 죽긴 왜 죽어?"

"그래도 나는 못 하오. 훌륭하신 사또를 속일 수는 없소."

"네깐 놈이 뭘 안다고 그래? 사또가 훌륭하긴 뭘 훌륭해?"

"여러 소리 필요 없다. 어쩔래? 할 거야, 안 할 거야?"

"나는 죽었으면 죽었지 그 짓은 못 하오."

몰래 듣고 있던 기건이 탄복했다.

'정말 착한 아이로구나.'

그들은 단호해졌다.

"그럼 할 수 없다. 살려두면 오늘의 일도 다 고자질할 것이니 소원대로 죽이는 수밖에 없다."

날은 어느새 저물어 땅거미가 찾아오고 있었다.

그들은 바위에 묶었던 길운이를 풀어내 끌고 바다 쪽으로 더 가까이 데리고 가더니 바닷물이 찰랑이는 곳에 서 있는 길쭉한 바위에 그를 꽁꽁 묶었다.

"어쩔 테냐? 할 테냐, 안 할 테냐?"

"죽어도 나는 못 하오."

"에이, 고약한 놈. 할 수 없다. 이제 점점 바닷물이 차올라 네 키를 넘을 테니 그리 알고 죽어서 물고기 밥이나 되어라."

그렇게 길운이를 묶어놓고 그들은 어둠 속으로 사라져 갔다.

그들이 다 멀리 사라졌음을 확인한 후 기건은 길운이 묶여 있는 물가로 갔다. 길운이는 오랫동안 매 맞고 시달려 기운이 빠졌음인지 의식이 가물가물한 것 같았다.

"얘야. 길운아. 나다. 정신 차려라."

길운이는 반응이 없이 신음소리만 냈다. 기건은 부지런히 묶은 끈을 풀어내고 길운이를 들쳐 업었다. 길운이는 분명 숨은 쉬고 있었다. 길운이는 하룻밤 기건의 간호를 받더니 이상 없이 멀쩡하게 다시 살아났다. 그리고 아무 이상 없이 기건의 통인 역할을 잘해냈다.

기건은 길운이 완전히 회복된 것을 보고 그날 바닷가에서 길운이를 족친 이속들을 다 잡아들여 심문했다. 이전부터 저지른 그들의 모든 죄를 조사해 밝힌 뒤 그들을 처벌해 내쫓은 뒤 새로운 이속들을 영입했다.

그 뒤로 제주목의 모든 일은 모범적으로 행해져 백성들의 칭송이 더욱 높아졌던 것이다.

"사또님 진지는……?"

길운이는 모든 게 궁금했다.

"먹을 만하다."

"주무시기는……."

"괜찮다. 나는 앉아서도 잘 잔다."

마루도 없는 방에서 지내는데 갈대 자리에 시커먼 홑이불 한 장뿐이었다.

'이럴 수가…….'

길운은 이를 부드득 갈고 주먹을 불끈 쥐었다. 그러나 무슨 뾰족한 수가 떠오르지도 않았다.

'아, 하늘도 무심하지. 성인 같으신 이런 어른께서 이 지경으로 지내시게 그냥 보고만 있다니…….'

"사또님, 사또님께서 이러실 수는 없사옵니다. 사또님을 몰라 뵙고 함부로 대접하는 동관同官 놈들부터 혼을 내주어야겠사옵니다."

길운이는 지금 20대 후반의 건장한 청년으로 자라 제주목의 어엿한 이속이었다.

"아서라. 참아야 한다. 내가 불평을 하지 않는데 네가 왜 성을 내느냐?"

일어나 튀어 나가려는 길운의 손목을 기건이 휘어잡고 그를 도로 앉혔다.

"너는 전에 의義를 위해서 목숨을 바치겠다고 말하지 않았느냐? 동관들을 혼내는 것은 의가 아니다. 그들은 그저 규정대로 해온 것이다. 나는 할 일을 마치고 쉬는 것이다. 좀 불편하면 어떠냐? 네가 혈기에 치우쳐 사리를 분간하지 못하면 나도 불편해지고 너도 도외시 당한다. 내 말을 명심해라. 일단은 참아야 하느니라. 알겠느냐?"

길운은 주저앉은 채 눈물을 뚝뚝 떨어뜨렸다.

"알겠사옵니다. 미련한 놈이 잠시 잘못 생각했사옵니다."

"그래, 알면 됐다. 나는 내 운명을 잘 안다. 남을 원망해서는 안 된다. 어서 가보아라. 동관이 기다리겠다."

"예, 그럼 사또님, 안녕히 계십시오. 또 들리겠사옵니다."

길운은 다소곳이 인사를 하고 떠났다.

길운은 이후에도 가끔 찾아왔다. 조금씩이나마 기건이 지내는 데 도움이 되는 것들을 챙겨왔다. 그리고 바깥세상 이야기며 제주도의 이야기를 아는 대로 다 들려드리곤 했다.

세월이 갈수록 길운이 없을 때도, 늘 죄인을 감시하며 지키는 자들도 눈매가 부드러워지고 말씨가 공손해졌다. 때로는 길운이와 함께 부처된 오두막 밖으로 나가 바람을 쏘이기도 했고, 길운이가 없을 때도 허가를 받아 바깥바람을 쏘일 수도 있었다. 이게 다 알게 모르게 뒤에서 애쓰는 길운이의 노력 덕분이었다.

기건의 귀양살이는 자신의 말마따나 할 일을 다하고 쉬러 와서 쉬는 것이었다. 분에 넘치게 편안히, 그리고 관속들에게나 백성들에게나 대접을 받으며 쉬는 게 오히려 미안할 지경이었다. 그동안 제주목사인 설효조薛孝祖나 원지어元志於도 기건이 워낙 훌륭한 인품의 원로元老라는 것을 잘 알고 있었기에 기건의 일상에는 전혀 시비를 걸지 않았고 오히려 암암리에 도와주곤 했다.

'아무튼 빠른 게 세월인가. 내가 여기 온 지도 다섯 해가 다 되어가니……. 더 바랄 것은 없지만……, 손자놈들 얼굴이나 한 번 더 보았으면……. 그래 내가 찬纘이라고 이름 지어준 큰 손자 그놈이 지금 몇 살인고……. 내가 그놈을 몹시 귀애하기도 했지만 그놈이 곰살갑게 날 잘 따르기도 했고……. 참, 글공부가 제법 뛰어났지……. 가만……, 열다섯인가, 열여섯인가? 허어, 총각이 다 되었구먼. 꽤나 잘생긴 얼굴이 환하게 피어났겠구먼, 허허…….'

기건은 기력이 하루하루 전만 못하다는 것을 느끼곤 했다.

"사또님. 너무 생각이 많으시면 몸이 축나시옵니다. 모든 거 다 잊으시고 세월을 즐기시옵소서."

"그래야지. 다 잊어야지. 큰 손자놈이 이제는 훤칠한 총각이 되었을 것이야. 그래, 그놈도 다 잊어야지……."

길운이도 어느새 철든 어른이 다 되어, 사람이 한평생 겪는 세월의 분수도 느낄 수 있을 만했다.

'사또님의 세월이 많지 않으신 모양이야.'

"사또님, 손자 이름을 아시옵니까?"

"모를 리가 있나? 그 손자는 내가 이름을 지어 써주었지, 찬이라고……. 내 첫 손자야. 찬이놈 지금 한창 총각 티가 날 것인데……."

"사또님. 손자가 보고 싶으시지요?"

"그야, 보고 싶지만……. 죄인이 어찌 보겠느냐? 그리고 한양에 있는데…… 잊어야지. 잊어야지."

기건은 말을 하면서 고개를 하늘 쪽으로 돌리며 눈을 자꾸 끔벅였다. 아무래도 눈에 눈물이 고이는 모양이었다.

'보고 싶은 손자를 생전에 다시는 못 볼 것으로 아시는 게지…….'

이런 생각에 길운이도 눈물이 핑 돌았다.

오뉴월 더위가 한창일 때였지만 제주도는 대양大洋의 해풍 덕인지 내륙만큼 그렇게 덥지는 않았다. 여름철이면 가끔 찾아와서 방금 떠온 냉수에 귀한 수박 조각을 띄워 갖다 주며 부채질도 해주던 길운이가 요즘 통 나타나질 않았다.

'혹 뭍에서 볼 일이 생긴 것인지도 모르지…….'

기건은 자기 오두막을 감시하는 관졸에게 물어보았다.

"예, 무슨 심부름인지는 모르오나 뭍에 올랐다 하옵니다."

'혹 한양에 간지도 모르겠구나. 그래 아마 그랬을 거야. 이놈이 내 본가를 또 들릴지도 모르지…….'

여름이 다 가도록 길운이는 소식이 없었다.

'하기야 한양에 다녀오려면 빨라도 두어 달은 걸릴 테니…….'

여름이 다 가고 소슬바람이 옷깃을 스미는 가을이 왔는데도 길운이 소식은 없었다.

'곧 나타나겠지……. 가을도 오고 있는데…….'

그때 길운은 한양 만리현 기건의 본가에 와 있었다.

근처에 사는 가족들이 본가에 모였다.

"오, 자네가 그 먼 길을 또 왔네그려. 고마우이. 대감님은 어떠하신가?"

"사또님께서는 기력이 전만은 못하시오나 여전히 무탈하시옵니다."

"오, 반갑네. 그런데 대감께서 다녀오라 부탁하시던가?"

"아니옵니다. 실은 큰 손자 찬을 몹시 보고 싶어 하시기에 될 수 있으면 그 손자를 모시고 내려가 사또님께 뵈어드리고자 달려 왔사옵니다만……."

"오, 저런 고마울 데가……. 잠시 기다려 보게. 이따가 찬이 부모의 의견도 들어보고……, 그래 찬이 그 녀석 뜻이 어떤가도 알아보고……."

저녁에 찬의 부모와 찬까지 모일 수 있는 가족들이 다 모였다. 찬의 친부인 기축奇軸이 주장하여 찬을 보내기로 결정했고, 찬 또한 할아버지를 뵈러 가는 것을 매우 기뻐했다. 기축이 집안 노복 두 사람을 찬의 수행으로 정하고 만반의 준비를 시켰다.

다음 날, 찬과 노복 두 사람은 길운이를 따라 제주 길의 장도長途에 올랐다. 아침저녁 가을 기운이 새삼스러운 7월 중순이었다.

기건은 길운이가 없어서인지 세월이 한결 더 무료해서 바닷가 산책이라도 해보려 했으나 아무래도 걸어 나갈 자신이 없었다. 방에서 기어 나오다시피 마당에 나와 걸어보니 무릎 힘이 다 빠졌는지 몸이 휘청거려 걷는 것조차 마음 같지 않았다.

'허, 이러다 넘어지기라도 하면……, 아이고 낭패가 되지…….'

기건은 다시 방으로 들어가 드러누웠다.

'그래, 몸으로 못 놀면 마음으로 놀아야지…….'

그는 옛날 일들, 특히 제주목사 시절의 일들을 차근차근 하나하나 떠올리기 시작했다. 옛일을 떠올리다 잠이 들면 이상하게도 꿈속에서 또 옛일이 떠오르곤 했다.

칠순 아버지에게 오름 꼭대기에서 생일잔치를 베풀어주고 내려오면 그 아버지가 신선이 된다 했던 이방의 일이 너무 충격적이었던지, 그 굼부리에서 죽은 큰 뱀이 자주 상기되곤 했다.

구질막에서 치료받고 완쾌되어 나온 사람들이 기뻐서 춤을 추던 일, 자기가 임기를 마치고 떠날 때 그들이 통곡하던 일도 자주 떠올랐다. 전복 따다 죽은 아낙에 매달려 울부짖던 어린 것들 때문에 자신이 가슴 아파서 잠을 이루지 못했던 기억도 떠올랐다.

어느새 가을도 다 가는 것인가. 아침저녁의 서늘한 기운이 어느새 살갗을 파고드는 한기로 변해가고 있었다. 이즈음 기건은 바깥 한기도 몸에 거슬리고 서 있을 기운도 없어 거의 방에서 지냈다.

앉아 있기도 불편해 주로 누워서 지냈다. 그러다 보니 비몽사몽 간에 기억 속으로 흐르는 제주의 과거사가 소일거리요 일과였다.

이제는 밥맛도 없었다. 아침저녁으로만 죽을 먹는데 그것도 먹기 싫어 안 먹으려 하니 이졸吏卒이 떠먹여주려고 성화였다.

'내가 아무래도 갈 때가 다 된 모양이구나. 갈 때라도 길운이를 보고 싶은데 이 사람이 왜 이리 못 나타나는고……'

9월도 보름이 다 되었다.

길운이가 몹시 보고 싶었다. 손자 찬이 놈도 몹시 보고 싶었다. 기건은 당나라 두심언杜審言(시성 두보의 조부)이 변방의 전쟁터에 나가 있는 친구 소미도蘇味道가 빨리 돌아오기를 기원하며 지은 당시 한 구절을 떠올리며 길운이를 생각했다.

운정요성락추고새마비雲淨妖星落秋高塞馬肥

(구름 걷히고 하늘 맑아 요성 떨어지니 가을은 높고 요새의 말들은 살이 찌네)

거안웅검동요필우서비據鞍雄劍動搖筆羽書飛

(장군은 말을 타고 명검을 휘두르고 그대는 붓을 들어 바쁜 문서 쓰리라)

여가환경읍붕유만제기輿駕還京邑朋遊滿帝畿

(피난 간 황제도 장안으로 돌아오니 친구들도 장안 근처에 가득 모였다네)

방기래헌개가무공춘휘方期來獻凱歌舞共春暉

(하루빨리 승리 거두고 개선해서 봄에는 가무 함께 승전을 축하하세)

기건은 길운이와 함께 가을 제주도의 말 목장을 둘러보며 꿈속을 거닐고 있었다.

'그래, 천고마비天高馬肥인 게야.'

날이 저무는가 했더니 금방 사방이 깜깜해지며 아무것도 보이지 않았다.

"사또님 길운이가 왔사옵니다. 사또님. 눈을 떠 보시옵소서. 사또님."

"할아버님. 손자 찬이옵니다. 할아버님 뵙고 싶어 제주도에 왔사옵니다. 할아버지 눈을 뜨시고 저를 보세요. 할아버지……."

길운이와 찬 일행은 제주도에 도착하자마자 곧장 기건의 배소配所 오두막으로 달려갔다. 밖에서 불러도 대답이 없어 방으로 뛰어들었다.

기건은 머리까지 이불을 올려 덮고 자고 있었다. 소리쳐도 아무 반응이 없었다. 길운이가 이불을 걷자 얼굴이 드러났다. 기건은 눈을 감은 채 미소를 머금고 똑바로 누워 있었다.

길운이가 귀를 기건의 얼굴에 대고 호흡을 확인했다. 반응이 없었다.

1460년(세조 6) 9월 16일이었다. 일흔 살 기건의 조용한 운명殞命이었다. 그의 혼은 제주도를 돌보는 신선이 되었다고 제주도 사람들은 새로운 설화를 이야기하기 시작했다.

10. 문두 성담수文斗 成聃壽(생몰년 미상)

단종 복위를 꿈꾼 성삼문 사건(병자사화, 1456년, 세조 2)이 터지자 성삼문의 근친인 홍문관弘文館 교리校理 성희成熺도 연좌되어 잡혀갔다. 모의 가담 여부와 상관없이 혹독한 고문을 당하고 김해로 귀양살이를 갔다. 그는 다음 해 귀양에서 풀려 공주로 돌아왔으나 분격憤激하여 3

년을 더 살지 못하고 세상을 떠났다.

그의 아들 성담수(성삼문의 6촌 동생)는 아버지를 선영先塋의 고장인 파주의 문두리文斗里에 귀장歸葬했다. 그는 불의의 세상이 싫어서 선영 아래 거처를 마련하고 은둔 생활에 들어갔다. 주로 책읽기와 낚시질로 세월을 보냈다.

당시 조정에서는 병자사화와 관련되어 죽은 죄인들의 자제에게는 참봉參奉(종9품) 벼슬을 제수했다. 입에 풀칠이나 하면서 연명이라도 하라는 뜻도 되었으나 그들의 거취를 살피기 위한 방편이라는 데에 더 큰 뜻이 있었다. 더러 그 제의를 받아들이는 사람들도 있었다. 성담수에게도 그런 기회가 왔으나 그는 즉시 거절했다.

그는 성정이 조용하고 차분했으며 세상의 명리에 초연했다.

단종이 사사된 다음 해인 1458년(세조 4) 봄, 계룡산 동학사東鶴寺에서 김시습의 주관 하에 단종의 초혼제招魂祭가 거행되었다. 이때 단종을 몰래 장사 지낸 엄흥도嚴興道가 단종이 입던 옷을 가지고 달려와 참석했다.

영천에서 조상치가 달려왔다. 그는 단종의 저고리와 〈자규시〉, 〈자규사〉를 필사한 한지를 가져왔다.

성삼문의 근친인 성희가 귀양에서 풀려 아들 성담수와 함께 참석했다. 함안의 조려, 전 우의정 정분鄭苯의 아들 정지산鄭之産, 전 병조판서 박계손朴季孫, 전 참판 이축李軸, 전 동지중추부사 송간宋侃, 그리고 여러 승려들이 참석했다.

축문祝文은 조상치가 지어 낭독하고, 제문祭文은 김시습이 지어 낭독

했다. 낭독을 마치며 김시습은 피맺힌 통한에 젖은 오열을 터뜨렸다. 그만 그칠 줄을 몰라 사람들이 말리느라 애를 먹었다.

아버지 성희가 죽은 후 성담수는 파주 오두막을 거의 떠나지 않았다. 점필재佔畢齋 김종직金宗直의 제자인, 탁영濯纓 김일손金馹孫(1464년생)이 과거에 급제한 다음 해(24세)인 1487년 가을에, 행주幸州(고양시)에 있는 10년 선배 추강秋江 남효온南孝溫(1454년생)을 방문하고 함께 파주의 문두리文斗里(파주시 파평면 두포리)에 있는 성담수를 찾아뵈었다.

당시 나이 51세의 성담수는 비바람을 제대로 가리지도 못하는 낡은 초옥草屋에서 살고 있었다. 거처하는 방은 자리도 깔지 않아 흙바닥이 그대로 드러나 있어 이런 곳에서 어찌 살아가는지 짐작만으로도 처연하기 그지없었다.

거처하는 곳과 거처하는 사람의 딱함에 가슴 저린 내방자들과는 달리 본인 성담수는 자신의 유유자적을 괘념치 말라는 듯 스스럼없이 두 사람을 맞이했다.

내방자들은 낚싯대를 들고 술병을 신고 성담수를 인도하여 내포리內浦里(파주시 문산읍) 강상에 배를 띄우고 유람을 즐겼다. 젊은 내방자들의 환대와 취흥에 고무되었음일까. 성담수는 자신의 은둔 일상을 읊어 시를 짓기도 했다.

조어釣魚

(낚시질)

파간종일천강변把竿終日趁江邊

(낚싯대를 붙들고 종일토록 강변을 헤매네)

수족창랑곤일면垂足滄浪困一眠

(푸른 물에 발 담그고 곤한 잠을 청하니)

몽여백구비해외夢與白鷗飛海外

(백구와 함께 딴 나라 나는 꿈을 꾸다가)

각래신재석양천覺來身在夕陽天

(문득 깨고 보니 몸뚱이는 석양 아래 누웠네.)

　　성담수가 이렇게 시를 지어내자 김일손이 화답하는 시를 지어 성담
수에게 올렸다. 김일손은 시의 각운을 일부러 성담수의 시에 맞추어
화답했다.

봉화문두성선생담수奉和文斗成先生聃壽

(삼가 문두공 성담수 선생께 화답해 올림)

구로망기호양변鷗鷺忘機護兩邊

(갈매기 해오라기 때 잊고 강변을 날고 있는데)

인사침석공한면茵沙枕石共閒眠

(모래 깔고 바위 베고 한가히 함께 잠이 들었소)

지군일몽유하처知君一夢遊何處

(꿈속에 선생 어디 가 노셨는지 알 것도 같소만)

지재청풍북해천只在淸風北海天

(지금은 다만 청풍 북해 하늘 아래 계시오.)

내방자 두 사람은 10여 일 함께 지내다 떠났다.

성담수의 아우 성담년成聃年의 아들인 성몽정成夢井이 경기감사가 되어 어렵게 겨우 거처를 찾아왔다. 백부인 성담수는 어디로 숨었는지 찾을 길이 없는데 그의 거처는 너무도 초라하여 어떻게 앉아볼 수조차 없었다.

성몽정은 돌아와 깔자리와 방석 등 몇 가지를 장만해 보냈으나 그것은 며칠 뒤 성몽정에게 되돌아오고 말았다.

11. 추강 남효온秋江 南孝溫[1454(단종 2)~1492년(성종 23), 39세 졸]

사람됨이 솔직 담백하고 사회적 영욕에 초탈했다. 뜻이 고상하여 속세의 사물에 구애되지 않았다.

김종직金宗直, 김시습金時習에게서 학문을 배웠으며 김굉필金宏弼, 정여창鄭汝昌, 조신曹伸, 이윤종李允宗, 주계정朱溪正, 안세安應世 등과 사귀었다.

1478년(성종 9), 성종이 자연 재난의 어려움으로 인해 신하들에게 직언直言을 구하자, 당시 25세 나이의 무관無官의 백성으로서 장문의 상소를 올렸다.

총 여덟 가지 내용을 올렸는데, 그중에 문종의 비 현덕왕후顯德王后의 무덤을 능陵으로 복위復位할 것을 건의하는 내용도 있었다. 수양왕이 자신의 친 형수인 현덕왕후가 꿈에 나타났다 해서, 그 능을 파헤쳐 부관참시한 다음 그 시신을 안산의 바닷가에 버린 일을, 남효온은 참으로 치졸稚拙, 오예汙穢, 추잡醜雜, 광패狂悖한 처사라고 여겨왔었다.

그러나 소릉 복위 문제는 수양왕의 공신들 내지 훈구파들이 정권을 쥐고 있던 당시로서는 대단히 모험적인 건의였다. 도승지 임사홍任士

洪, 영의정 정창손 등은 남효온을 잡아다 국문하자고 주장하기까지 했다. 이 일로 해서 남효온은 조정 사람들로부터는 미움을 받았고, 세상 사람들에게는 정신 나간 선비로 취급되었다.

1480년(성종 11), 27세 때 어머니의 성화에 못 이겨 생원시에 응시 합격했으나 그 뒤 과거에는 나가지 않았다. 김시습이 세상의 도의를 위하여 과거를 보고 정계에 나서보라 했으나, 남효온은 소릉 복위가 이뤄진 다음에 고려해보겠다고 했다.

남효온은 가끔 무악산毋岳山(안산)에 올라 통곡하기도 했고 강가에 나가 낚시질로 세월을 보내기도 했다.

남효온은 만고의 충절들이 세상에 전해지지 않을까 염려하여 성삼문, 박팽년, 하위지, 이개, 유성원, 유응부 등의 생애를 《육신전六臣傳》이란 저술로 기록하여 세상에 남겼다.

그는 29세 때인 1482년(성종 13), 죽림거사竹林居士 모임을 결성했다. 신영희辛永禧, 홍유손洪裕孫, 이정은李貞恩, 이총李摠, 우선언禹善言, 조자지趙自知, 한경기韓景琦 등 대다수 김종직金宗直의 문하생이었으나 종실 사람들과 명문가 자손들도 참가했다.

그들은 중국 진晉 때 노자老子, 장자莊子의 무위사상無爲思想을 숭상하여 죽림에 모여 청담으로 소일했던 죽림칠현, 즉 산도山濤, 왕융王戎, 유영劉伶, 완적阮籍, 완함阮咸, 혜강嵇康, 상수尙秀 등의 삶을 본받아 세월을 보내기로 했다.

그들은 소요건逍遙巾을 쓰고 유유자적하며 음주가무를 즐겼다. 그는 또 전국을 유랑하면서 《유금강산록遊金剛山錄》, 《송경록松京錄》, 《공주국선암公州國仙庵》, 《유천왕봉기遊天王峯記》, 《담양향교보상기潭陽鄕校寶上記》,

《조대기釣臺記》 등 많은 글을 남겼다. 이렇게 세상을 떠돌다 1492년(성종 23)에 아까운 나이 39세로 세상을 떠났다.

남효온이 죽은 뒤인 1498년(연산군 4), 수양왕의 왕위찬탈을 암시한 김종직의 조의제문이 빌미가 되어 무오사화가 일어났는데, 남효온 또한 궤변으로써 시국을 비방했다고 여겨진 김종직의 일당으로 지목되었다.

1504년(연산군 10), 연산군의 어머니 윤씨의 복위 문제로 갑자사화甲子士禍가 일어났는데 소릉 복위를 건의했던 일이 다시 문제가 되었다. 이일로 그의 아들 남충서南忠恕가 처형되었다.

1511년(중종 6), 참찬관參贊官 이세인李世仁의 건의로 성현成俔, 유효인俞孝仁, 김시습金時習 등의 문집과 함께 그의 문집도 발행이 허가되었다.

1513년(중종 8), 현덕왕후가 복위되어 현릉顯陵으로 옮겨지자 남효온이 신원伸寃되어 좌승지에 추증되었다.

1782년(정조 6), 이조판서에 추증되었다.

저술로는 《육신전六臣傳》, 《추강냉화 秋江冷話》, 《사우명행록師友名行錄》 등이 있고, 문집으로는 《추강집秋江集》이 있다.

1577년(선조 10), 외증손 유홍俞泓이 문집 초판본 5권 4책을 간행했고, 1677년(숙종 3), 유홍의 증손자 유방俞枋이 다시 5권 5책으로 간행했다. 1922년(일제시대), 후손 남상규南相圭가 재간행하여 오늘에 전하고 있다.

12. 서산 유자미西山 柳自湄[미상~1462(세조 8)]

유자미는 1451년(문종 1) 문과 급제하여 사헌부감찰司憲府監察이 되었다. 1455년(단종 3, 세조 1) 수양왕이 단종의 왕위를 빼앗자 관직을 버리고 곧 공문空門[불문(佛門)]을 찾아 떠돌았다.

1456년(세조 2), 단종 복위 사건으로 성삼문 등 많은 충신들이 혹독한 처벌 뒤에 죽임을 당하게 되자 안타까운 마음으로 어찌할 바를 몰라 했다. 그러다 그는 성삼문의 어린 손녀(성삼문의 아들 성맹년의 딸)를 몰래 데려와 암암리에 기르게 했다.

1457년(세조 3), 상왕으로 있던 단종이 폐위되어 유배되자 그는 마침내 머리를 깎고 승복을 입고 황해도 해주 수양산首陽山의 신광사神光寺에 들어가 몸을 담고 살았다.

성삼문의 어린 손녀가 자라자 자신의 막내아들 유집柳輯과 혼인 시켜 며느리로 삼았다.

유자미는 말년에 경기도 양주 서산西山으로 이거하여 살았다. 그는 죽기 전에 자신의 묘비에는 자신의 본직만 쓰고, 자손들로 인한 추은推恩(시종관, 수사, 병사 등의 아버지가 70세 이상일 때에 나라에서 그 아버지에게 정3품 통정대부 이상의 품계를 내려주는 것)의 증직贈職은 기록하지 말라 했다.

유자미는 그림과 글씨에도 뛰어났다. 그의 유작으로는 1493년(성종 24)에 그린 것으로 추정되는 〈지곡송학도芝谷松鶴圖(간송미술관 소장)〉 한 점이 전해지는데, 중국 남송南宋(1127~1279년) 시대의 마하파馬夏派의 화풍을 보여주고 있다 한다.

13. **매월당 김시습**梅月堂 金時習[1435(세종 18)~1493년(성종 24), 59세 졸]

김시습은 천재로 태어났다. 그래서 전설 같은 일화가 많고 사람들이 이해할 수 없는 신비스러운 존재로 여겨지기도 했다. 수양왕의 왕위 찬탈만 아니었다면 나라와 백성을 위해서 많은 큰일을 할 사람이었다고 여겼었다.

김시습은 성균관이 있는 서울의 북쪽 마을 반궁리泮宮里에서 태어났다. 김시습은 태어난 지 8개월 때부터 글을 깨쳤다.

이웃에 먼 친척 할아버지가 되는 최치운崔致雲이라는 학자가 살았다. 그는 명나라에 다녀오는 등 외교 분야에서 공을 세웠고 여러 관직을 거쳐 이조참판을 지내기도 했다. 그가 김시습의 재주를 보고 김시습의 외조부에게 '시습時習'이라는 이름을 지어주었다고 한다.

자왈子曰 학이시습지學而時習之 불역열호不亦悅乎

(공자께서 말씀하셨다. 배우고 때때로 익히면 그 또한 기쁘지 않은가.)

유붕자원방래有朋自遠方來 불역낙호不亦樂乎

(벗이 있어 먼 곳에서 찾아오면 그 또한 즐겁지 않은가.)

인부지이불온人不知而不慍 불역군자호不亦君子乎

(남이 알아주지 않아도 노여워하지 않으면 그 또한 군자가 아닌가.)

이 문장은 이 세상 제일의 책이라고 하는 공자孔子의《논어論語》〈학이편學而篇〉에 나오는 첫 문장인데, 시습이란 이름은 여기서 따 온 것이었다. 다시 말하면 '재주만 믿지 말고 늘 노력하라'는 의미가 담겨진 이름을 지어준 셈이었다.

외조부는 시습에게 우선《천자문千字文》부터 가르쳤다. 시습은 말을 제대로 하지 못하면서도 그 뜻을 알아들었다. 붓을 쥐어주면 그 뜻을 글자로 나타낼 줄도 알았다. 세 살 때부터는 스스로 글을 지을 줄도 알았다.

그는 다섯 살 때에 이웃에 사는 홍문관 수찬 이계전李季甸의 문하에 들어가 공부하게 되었다. 이런 소문을 들은 당시 정승 허조許稠가 일부러 찾아와 어린 시습을 시험해보았다.

"내가 노인이니 늙을 노老자를 넣어 시를 지어보아라."

허조가 말하자, 어린 시습이 눈을 두어 번 깜박깜박하더니 붓을 들고 백지 위에 시 한 구절을 써 내렸다.

노목개화심불로老木開花心不老

[늙은 나무에 꽃이 피니 속(마음)은 늙지 않았소.]

허조는 깜짝 놀랐다.

"허어, 이 아이야말로 가히 신동이로구나."

신동이 나타났다는 소문이 퍼지더니 소문은 대궐에까지 들어가게 되었다. 임금(세종)이 지신사知申事(도승지) 박이창朴以昌에게 시켜 김시습을 데려다 시험해보라 했다.

박이창은 어린 시습을 데려와 무릎에 앉혀 놓고 말했다.

"동자지학 백학무청송지말童子之學 白鶴舞靑松之末(동자의 배움은 백학이 푸른 소나무 가지 끝에서 춤을 추는 것 같구나)."

이 말을 들은 김시습이 금방 대답했다.

"성주지덕 황룡비벽해지중聖主之德 黃龍飛碧海之中(성스러운 임금의 덕망은 황룡이 푸른 바다 가운데를 날아가는 듯합니다)."

박이창은 깜짝 놀라 한참 동안 입을 다물지 못했다. 그러다 벽에 걸린 산수화를 가리키며 시를 지어보라 했다. 김시습은 즉시 대답했다.

"소정주택하인재小亭舟宅何人在(작은 정자와 배 안에는 누가 있을까)."

박이창은 또 한 번 놀랐다.

임금이 이 소식을 듣고 전지를 내렸다.

"나도 어린이를 불러 보고 싶지만 혹 사람들이 해괴하게 여길까 염려스럽다. 너무 드러내지 말고 잘 가르치도록 하라. 나이가 들고 학업이 성취되면 내가 크게 쓸 것이니라."

그리고 비단 50필을 상으로 내려주고 김시습 혼자의 힘으로 가져가도록 하라고 하명했다. 거기 모인 백관들은 호기심에 사로잡혀 어린 김시습이 어떻게 하는가 유심히 지켜보고 있었다.

어린 시습은 일어나 비단 한 필의 끝과 다른 한 필의 끝을 서로 묶었다. 그렇게 50필의 비단을 다 묶더니 처음 묶은 맨 앞의 비단 앞자락만을 허리띠에 묶었다. 그러더니 돌아서서 백관들 사이로 유유히 걸어 나갔다.

그 광경을 지켜보던 관원들은 너무나 놀라서 멍청이들처럼 입을 헤벌리거나, 눈을 크게 뜨거나, 혀를 내밀거나, 고개를 옆으로 꼬았다.

김시습은 어머니를 일찍 여의었는데 이후 가세가 여의치 못해 시골에 내려가 살기도 했다. 그러다 형편이 되자 다시 서울로 올라와 공부도 하고 친구도 사귀게 되었다. 그는 삼각산三角山(북한산) 중흥사中興寺에서 공부를 하고 있었다.

어느 날 한양 나들이를 하고 온 사람이 말했다.

"허어 참, 수양대군이 글쎄 임금이 되었다 하오. 금상今上께서는 상왕上王으로 물러나시고……."

"아니, 그게 정말이오? 틀림없는 말이오?"

"한두 사람의 얘기가 아니오."

"음······."

"그리 될 줄 알았다고 하며 땅바닥에 침을 뱉는 사람도 있었소."

"······!!"

'그래. 올 것이 온 것인가?'

김시습은 자기 처소로 들어가 문을 닫아걸고 벌렁 드러누웠다. 그는 사흘 동안을 꼼짝하지 않았다. 종자 대운이가 밥상을 들고 와 문을 열어보라고 애걸해도 대답도 없고 문도 열어주지 않았다.

그는 사흘째 되는 날 저녁에 대성통곡을 하고 나더니 대운이를 불렀다.

"이 책들을 저쪽 마당에 내놓아라."

대운이가 고개를 갸웃거리며 책들을 마당에 내놓자 또 말했다.

"불을 질러라."

"예에?"

"어서 불을 붙여 오너라."

"예에."

대운이가 부엌 쏘시개에 불을 붙여왔다.

"태워라."

마당에다 내다 놓은 책들에 불을 붙였다.

책이 다 타서 사그라졌다.

"바랑을 챙겨라. 내일 산을 내려갈 것이니라."

김시습 겨우 21세의 여름이었다.

김시습은 한양으로 들어가 여기저기 주막을 떠돌며 세상 돌아가는 사정을 알아보기도 했다. 그러다가 뜻이 맞는 사람들을 만나 어울리게 되었다. 전부터 알았던 영해 박씨寧海 朴氏들도 다시 만나게 되었다.

의기투합한 그들은 김화 사곡촌金化 沙谷村(철원군 근남면 사곡리) 근처 매둔산枚屯山에 들어가 초막들을 짓고 은거하며 단종의 복위를 도모하고자 했다.

김시습을 비롯해 집현전 부제학 조상치, 영해 박씨 일문 박칠현, 사복시정 박도, 예조좌랑 박제, 예빈경 박규손, 형조참판 박효손, 사직 박천손, 병조정랑 박인손, 병조판서 박계손 등 아홉 명의 의사義士들이었다.

이때 김시습은 박효손으로부터 영해 박씨 집안에 대대로 필사하여 내려오는《징심록澄心錄》을 받아 읽고 느낀 바가 컸으며, 또한《징심록추기澄心錄追記》를 쓰기도 했다.

《징심록》은 영해 박씨의 조상인 신라의 대학자요 대신이었던 박제상朴堤上이 저술한 것으로 3교敎 5지誌로 구성되어 있다. 이《징심록》은 너무 유명해서 세종 임금이 영해 박씨의 종손을 친히 궁으로 불러들여 그 내용을 강습받기도 했었다. 세상에 흔히《부도지符都誌》라고 알려진 책은 이《징심록》3교 5지 중 하나의 책이다.

김시습은 이《부도지》에 기술된 부도의 사상에 깊이 심취했다. 이후 김시습이 꿈꾸었던 이상향理想鄕(올바른 나라)은 유교적 또는 불교적 이상 사회가 아닌《부도지》에서 보인 그런 사회의 건설이었다.

《징심록》내용 중〈금척지金尺誌〉는 박제상의 아들 박문량朴文良이 추가하여 쓴 것이고, 그다음 칸에 김시습이 추기를 기록했던 것이다.

김시습의 추기에는, 훈민정음 28자의 제자 원리가《징심록》의〈금척지〉에서 영향을 받은 것이라고 기술한 내용도 있었다.

1456년(세조 2) 6월, 성삼문 등이 수양왕 부자를 죽이려 계획했던 일이 김질의 고자질로 탄로가 나서 병자사화丙子士禍가 일어났다. 성삼문 등 사육신을 비롯해 많은 사람들이 참혹한 죽임을 당했다. 사곡촌 의사義士들도 우선 헤어지기로 했다.

김시습은 대운이를 데리고 가 한강 갈대밭에 버린 성삼문 등의 머리를 수습해 노량진에 묻어주었다.

김시습은 관서지방으로부터 방랑을 시작했다. 관서를 떠돌다 중국에 사신으로 가는 김수온金守溫을 만났다. 당시 이름난 고승 신미대사信眉大師가 김수온의 형이었다. 김수온은 승려들에게 각별했다. 그러나 중 모습이 된 김시습에게는 달랐다.

"조선의 천재가 이렇게 지내서야 되겠소?"

김수온은 땡중 모습이 된 김시습을 매우 안타깝게 여기며 입사入仕할 것을 권했다.

"금강산도 구경을 해야 하겠기로……."

1457년(세조 3) 9월, 수양왕은 오대산과 속리산을 거친 다음 바로 귀경치 않고 공주 계룡산에 있는 동학사東鶴寺에 들렀다. 사육신 초혼단招魂壇을 보고 사육신과 연좌되어 죽은 백여 명의 성명과 고려왕들의 성명, 그리고 고려 말 충신들의 성명을 비단 여덟 폭에 적은 병자원적丙子寃籍(병자년에 원혼이 된 사람들의 명단)을 내렸다.

수양왕의 이런 일에 대해 알게 되자 머리를 이쪽으로 저쪽으로 돌리며 입을 삐죽거리며 생각해보는 사람들이 많았다.

1457년(세조 3) 10월, 영월에 유배되었던 임금이 살해되었다는 소식이 전해졌다.

1458년(세조 4) 봄, 김시습은 동학사로 향했다. 단종의 시신을 몰래 고을 북쪽 주구 동을지冬乙旨 골짜기 언덕에 암매장한 영월 호장 엄흥도嚴興道가 단종이 입던 어포御袍(임금의 평상복)를 가지고 왔다.

조상치曺尙治(집현전부제학), 조려趙旅(성균관진사), 성희成熺(승문원 교리), 송간宋侃(가선대부), 이축李蓄(황해도 관찰사), 정지산鄭之産(호조정랑) 등 많은 사람이 동학사에 모였다.

사육신을 모시는 육신단六臣壇 위에 품자형品字型 단 하나를 더 만들고 단종의 어포를 올려 모셔놓고 제사를 지냈다.

김시습이 축문祝文을 지었다.

상왕초혼사上王招魂辭

수려혜水麗兮 산심혜山深兮 월오혜月午兮

(물 곱고 산 깊고 한밤중입니다)

섭강왕령내림혜陟降王靈來臨兮

(왕의 혼령이시어 내려오셔 왕림하소서)

감사홍은혜感思洪恩兮

(크나큰 은혜 사무칩니다)

방좌철취제의관궤장이묘사혜倣左徹取帝衣冠几杖而廟祀兮

(의관 궤장으로 제사한 황제의 신하 좌철을 본받고)

인회계상대우사지제의혜引會稽上大禹祠之祭儀兮

(회계에서 우임금께 올린 제의를 받자와)

산과천어지속혜山果川魚之屬兮

(산과일 물고기 따위들로)

곡추부루초혼혜哭秋賦淚招魂兮

(시절을 통곡하는 시부와 눈물로 혼령 모시어)

예수미진의재자혜禮雖未盡義在玆兮

(예절 미진하오나 의로움은 예 있사오니)

감청상향敢請尙饗

(오시어 드시옵기 삼가 청하나이다.)

축문을 읽어가며 김시습은 물론 모두는 통곡을 참지 못했다.

1458년(세조 4), 수양왕은 다시 추부기追付記를 덧붙인 명단을 내렸다.
단종, 안평대군, 금성대군 등 종실. 계유정난 때 삼정승(황보인, 김종서,
정분) 등 죽은 사람들, 정축사화 때 사육신 등 죽은 사람들, 병자원적에
누락된 사람들까지 모두 백여 명의 명단이었다.

수양왕은 병자원적과 추부기를 합하여 혼록魂錄이라 하고, 제각祭閣
을 짓게 하고 초혼각招魂閣이라 했다.

주위 20리 땅을 내려주고 하나의 인장印章과 토지 25결結을 내려주
고, 유생과 승도로 하여금 해마다 10월 24일 제사를 주관하게 했다.

사람들은 또 고개를 돌리며 무슨 생각에 빠졌다.

김시습은 1458년(세조 4) 관서지방 유람을 마치며《탕유관서록岩遊關

西錄》을 써 남겼다. 지역 산하의 경관과 향토적 특이성 등을 기술한 것이었으나, 글 속에는 당시 통치계급들의 부패상에 대한 날카로운 풍자가 번뜩이고 있었다.

그는 관서를 돌고 나서 강원도로 향했고 금강산 만폭동萬瀑洞 절벽에는 손수 석각石刻을 남기기도 했다.

오대산, 강릉 등 관동을 돌아보고 1460년(세조 6)에 《탕유관동록宕遊關東錄》을 써 남겼다. 다음으로 호남지방을 돌며 1463년(세조 9)에 《탕유호남록宕遊湖南錄》을 써 남겼다.

각 지방을 유람하면서 세상 물정도 알 수 있었고 무엇보다도 말로만 듣던 농민들(백성)의 참상을 확인할 수 있었다. 대부분의 농민들은 그들의 터전인 농토를 권력자에게 다 빼앗기고 품팔이로 겨우 목구멍에 풀칠하며 살고 있었다. 또한 구석구석에 만연된 공신들, 권력층의 부패상을 속속들이 들여다볼 수도 있었다.

서울에 책을 구하러 올라갔다가 효령대군의 권유에 못 이겨 내불당內佛堂에 들랑거리며 수양왕의 《불경언해佛經諺解》사업에 동참하여 교정校正 일을 보아주었다. 그러나 그사이 거들먹거리는 고관대작들의 꼴불견에 구역질이 나면서 제정신이 들기 시작했다.

'아니, 내가 지금 뭘 하고 있단 말인가……'

겨우 열흘을 지내고는 내려와 버렸다.

1465년(세조 11), 그는 경주의 남산인 금오산金鰲山으로 내려갔다. 금오산 깊은 곳에 폐허가 된 용장사茸長寺가 있었다. 그는 이곳에 토굴을 짓고 금오산실金鰲山室이라 했다. 근처에 매화를 심고 자신을 매월당梅月堂이라 했다.

그는 나무에 시를 써놓고 한참 동안 읊고 나서는 한참 동안 통곡했다. 그리고는 그 시를 다 깎아버렸다.

그는 냇가에 앉아서는 종이에 시를 썼다. 역시 한참 동안 읊고 나서는 한참 동안 통곡했다. 그리고는 시 쓴 종이를 구겨 뭉쳐서 냇물에 던져버렸다.

그는 틈틈이 금오산을 나가 교외郊外나 시전市廛을 구경하기도 하고 바닷가에 나가 거닐기도 했다. 그는 또 산속에 밭을 일구고 농사를 지었다. 금오산 일대에서 화전을 이루고 사는 화전민들과도 어울렸고 그들에게 배우며 농사를 지었다. 그들은 벼슬아치들의 수탈에 못 견뎌 들어온 사람들이었다.

금오산에서의 삶은 유랑하며 동가식서가숙東家食西家宿할 때보다는 안정된 생활이었다. 그런 덕택에 그는 거기서 《금오신화金鰲新話》라는 조선 최초의 한문 소설과 기타 시편들의 모음인 《유금오록遊金鰲錄》을 써 남길 수 있었다.

오늘날 우리가 확인할 수 있는 《금오신화》는 다섯 편의 작품으로 되어 있다.

1. 〈만복사저포기萬福寺樗蒲記〉
2. 〈이생규장전李生窺墻傳〉
3. 〈취유부벽정기醉遊浮碧亭記〉
4. 〈용궁부연록龍宮赴宴錄〉

5. 〈남염부주지南炎浮洲志〉

이들 작품의 주인공들은 하나같이 잔인한 운명에 저항하는 인물들로 구성되어 있고, 또한 모든 이야기 속에는 조선시대의 모순된 신분 질서에 대한 탄식이 녹아 있다.

1471년(성종 2), 서울 언저리에서 맴돌던 지인들에게서 소식이 왔다. 임금이 바뀌었으니 상경하라는 권유였다. 그래서 그도 서울로 올라왔다. 37세의 이른 봄이었다.

그는 올라와 남효온南孝溫, 홍유손洪裕孫, 안응세安應世, 이정은李貞恩, 김일손金馹孫 등과 어울렸다. 그는 성동에 폭천정사瀑泉精舍를 지었고, 수락산에 수락정사水落精舍라는 거처를 짓고 근처에 화전을 일구기도 하며 지냈다.

성종은 자신의 치세에 들어서자 그동안 부패했던 정치적 풍토를 쇄신하려는 큰 뜻을 보였다. 김시습은 그래서 거기 참여해보고자 하는 기대에 부풀기도 했다. 그러나 부패는 여전했고 수양왕이 길러낸 훈구 척신들은 전보다 더욱더 부패해졌으며, 그들의 세력은 더욱더 공고해져 갔다.

훈구척신들은 가장 부도덕한 짓을 자행했고, 탐욕적으로 모든 것을 독점 전횡하면서 국가 최상층의 지배세력으로 여전히 군림하고 있었다. 수양왕 이전에 전통적으로 실시해오던 과전법科田法은 유명무실해지고, 훈구척신 세력들이 토지를 대량으로 사유화하여 대를 물려가며 소출을 독점하고, 대부분의 농민들은 그들의 노복奴僕 신세가 되었다.

김시습은 낙담하여 방황했다. 서울과 근교를 떠돌아다녔다. 지인들과 어울리기도 하고 혼자 떠돌기도 했다. 김시습은 밤중에 장안 곳곳에 익명서를 붙여 왕실에서 자행한 더러운 친족 살인을 조소하기도 했다.

김시습이 어느 날 술에 거나하게 취해서 걸어가는데 정승 정창손의 벽제 소리가 들렸다. 김시습은 정창손 앞으로 바싹 다가가 삿대질을 했다.

"야, 이놈아. 이제 그만 해먹어라."

정창손은 그가 김시습임을 알아보고 딴전을 피우며 서둘러 피해 갔다.

한명회는 당시 한강 가에 압구정狎鷗亭이라는 이름의 화려한 정자를 지어놓고 즐겼다. 거기에 자신을 과시하는 멋들어진 현판들도 걸어놓았다.

어느 날 김시습이 사람 없는 그 정자를 구경하게 되었다. 그러다 제법 특이한 현판을 보게 되었다.

거기에 이렇게 쓰여 있었다.

청춘부사직靑春扶社稷

(청춘에는 사직을 붙들었고)

백수와강호白首臥江湖

(늙어서는 강호에 누워 있네.)

'흥, 이 넋 빠진 더러운 놈이 사람을 웃기는구려…….'

한마디 중얼거리며 그는 현판의 두 글자를 고쳐 다시 써놓았다.

청춘위사직青春危社稷

(청춘에는 사직을 위태롭게 했고)

백수오강호白首污江湖

(늙어서는 강호를 더럽혀 놓았네.)

1481년(성종 12), 땡중 생활에 염증을 느꼈는지 47세의 나이에 환속還
俗하여 머리를 기르고 선비의 모습으로 의관을 정제하고 다녔다.

아내 안씨安氏를 맞아들였고 제사도 지냈다. 집안에 남아 있는 재산
도 챙겨 아내에게 맡겼다.

그는 제문祭文을 지어 읽었다. 지난날 조상과 부모의 제사조차 저버린
행동을 뉘우치고 앞으로는 예법대로 제사를 받들겠다는 뜻을 밝혔다.

그러나 그의 이런 변화는 채 일 년을 넘기지 못했다. 아내 안씨가 죽
은 탓이기도 했다.

1483년(성종 14), 그는 잠시 용산의 수정水亭이라는 곳에 머무르며 다
시 방랑길 떠날 준비를 했다. 49세의 늦은 봄날, 친구들 후배들의 환송
을 받으며 강원도로 길을 떠났다. 그는 많은 책을 싸 짊어지고 떠났다.

"가끔 서울에 올라오십시오."

남효온이 작별의 손을 잡고 말했다.

"다시는 오지 않을 것이네."

그는 다시 승려의 복색으로 강원도 여러 곳을 떠돌다 설악산에 일
시 자리를 잡았다.

1486년(성종 17), 유자한柳自漢이 양양부사로 왔다. 그는 김시습의 이

야기를 전부터 들어 잘 알고 있었다. 그는 김시습을 음으로 양으로 돌보고자 애를 썼다. 술과 안주와 쌀 등을 보냈다. 김시습은 고맙다는 답장을 보내며 다시는 보내지 말라고 했다.

유자한은 그에게 계집종을 보내 일상을 돌보게 했다. 그러나 김시습은 거절해 돌려보냈다. 그는 강원도를 몇 년 떠돌다 다시 충청도로 발길을 돌렸다. 이제 병든 몸이 되어 어디고 멀리 갈 수가 없었다.

발길이 홍산鴻山(부여군 홍산면)의 무량사無量寺에 닿았다. 스님들이 거처를 마련해주고 그의 수발을 들어주었다.

1491년(성종 22) 봄, 수구초심首丘初心에 떠밀렸음인가. 57세의 김시습이 갑자기 서울 삼각산 중흥사에 나타났다. 수양왕의 왕위 찬탈 소식을 듣고 공부하던 책들을 다 태워버리고 세상을 등지고자 떠났던 바로 그 장소였다.

그는 남효온과 김일손을 만났다. 김시습 57세, 남효온 38세, 김일손 28세. 그러나 그들에게 나이 차이는 전혀 문제가 되지 않았다. 뜻이 맞는 친구요 마음이 통하는 벗이요 의지가 같은 동지일 뿐이었다.

백운대, 도봉산에 오르고 저잣거리를 더듬어 통음痛飲도 하며 5일을 함께 지냈다. 그리고 김시습은 양화도楊花渡에서 배를 타고 떠났다. 관동으로 갔다가 무량사無量寺(부여)로 돌아왔다.

1493년(성종 24) 봄, 그는 무량사에서 간행하는《법화경法華經》에 발문跋文을 썼다. 그런데 그 발문의 서명에는 법호法號인 설잠雪岑이라 쓰지 않고, 췌세옹贅世翁(속세에 빌붙어 사는 늙은이) 김열경金悅卿이라 썼다. 열경은 그의 자字였다.

불교에 의탁해 살았으면서도 거기 얽매이지 않고 그것을 초월한 불기不羈의 삶을 살았다는 의지의 표현이었다.

그리고 그는 그해 봄, 59세의 나이로 생애를 마쳤다.

그는 열반涅槃에 들며 스님들에게 일렀다.

"내가 죽으면 우선 땅속에 3년 동안 묻어두었다가, 그 후에 다비茶毘(불에 태우는 불교식 장례)를 시행하도록……."

관을 만들어 모시고 땅속에 묻었다. 술친구 홍유손이 멀리서 긴 제문을 지어 보냈다.

3년 후 땅을 파고 관을 열어보니 김시습은 생시 모습 그대로 살아 있는 듯했다. 불그레하게 혈색이 돋아난 얼굴은 미소를 머금고 있었다.

"성불하셨소!"

스님들의 이구동성이었다.

그가 양양에서 유자한의 돌봄을 거절하고 살던 시절 자신의 일생을 짚어 지은 〈아생我生〉이란 시가 그의 일생을 요약해 전해주는 묘표墓表가 되었다.

아생我生

1. 아생기위인我生旣爲人 호불진인도胡不盡人道

(내가 이미 사람으로 태어났으니, 어찌 사람의 도리 다하지 않으랴)

2. 소세사명리少歲事名利 장년행전도壯年行顚倒

(젊어서는 명리를 일삼았고, 장년에는 세상에 좌절했네)

3. 정사종대뉵靜思終大恧 불능오어조不能悟於早

(조용히 생각하면 부끄러운 일을, 진즉에 깨닫지 못했네)

4. 후회난가추後悔難可追 오벽십여도寤辟甚如擣

(후회해도 돌이키기 어려워, 잠 못 이루고 가슴은 방아 찧는 듯하네)

5. 황미진충효況未盡忠孝 차외하구토此外何求討

(하물며 충효도 다하지 못했는데 이 외에 무엇을 구하고 찾으랴)

6. 생위일죄인生爲一罪人 사작궁귀료死作窮鬼了

(살아서는 한 죄인이요, 죽어서 궁색한 귀신이 될 테지만)

7. 갱부등허명更復騰虛名 반고증우민反顧增憂悶

(다시 또 헛된 명예심 일어나니 돌아보면 번뇌만 더해지네)

8. 백세표여광百歲標余壙 당서몽사로當書夢死老

(백년 후에 내 무덤에 표할 때는, 꿈꾸다 죽은 늙은이라 써주시게)

9. 서기득아심庶幾得我心 천재지회포千載知懷抱

(혹 내 마음 아는 이 있어도, 천년 뒤에나 내 품은 뜻 알게 되리.)

　사육신처럼 목숨을 바쳐 절개를 지킨 많은 사람들이 있는가 하면, 생육신처럼 살아서 충절을 지킨 사람들은 더 많았다.

　단종이 영월에 유배된 뒤 알게 모르게 영월에 찾아와 단종을 직접 만나보거나 또는 단종 모르게 경배하고 간 사람들은 아주 많았다.

　선비들 말고도 이름 없는 많은 백성들, 심지어 평민의 아낙들이나 초동樵童(어린 나무꾼)들까지도 유배지의 단종을 찾아와 남몰래 경배를 드리곤 했다.

비록 영월에 가 단종을 만나보고 오지는 못했지만, 수없이 많은 사람이 수양의 치세를 혐오하여 은둔했고, 평생을 단종에 대한 충성으로 절개를 지키며 살다 죽었다.

(제5권에 계속)

돗개무리 **제4권** 천애적소天涯謫所

초판 1쇄 발행 2021년 02월 05일

지 은 이   이번영
펴 낸 이   김환기
펴 낸 곳   도서출판 이른아침
주   소   경기 고양시 일산동구 정발산로 24 웨스턴타워 업무4동 718호
전   화   031-908-7995
팩   스   070-4758-0887
등   록   2003년 9월 30일 제313-2003-00324호
이 메 일   booksorie@naver.com

ISBN 978-89-6745-117-2 (04810)
      978-89-6745-113-4 (세트)